陈 寅 主编

征与尘

深圳特区报 30 年往事记述

深圳出版发行集团
海 天 出 版 社

图书在版编目（CIP）数据

征与尘：深圳特区报 30 年往事记述 / 陈寅编
—深圳：海天出版社，2012.5
ISBN 978-7-5507-0396-4

Ⅰ.①征… Ⅱ.①陈… Ⅲ.①回忆录–作品集–中国
–当代 Ⅳ.① I251

中国版本图书馆 CIP 数据核字 (2012) 第 070046 号

《征与尘——深圳特区报 30 年往事记述》

责任编辑：梁　萍　王筱鲁
责任技编：蔡梅琴
装帧设计：蒋南松

出版发行：海天出版社
（深圳市福田区彩田南路海天综合大厦 518033）
网址：www.htph.com.cn
邮购电话：0755–83460397
印刷：深圳市华信图文印务有限公司

开本：787mmX1092mm　1/16
印张：23.125
字数：350 千
版次：2012 年 5 月第 1 次
印次：2012 年 5 月第 1 次印刷
定价：60.00 元

報導特區春色
反映人民心聲

深圳特區報創刊三十周年紀念

吳南生 時年九十

《深圳特区报创刊 30 周年丛书》
总序

□黄扬略

创刊于 1982 年 5 月 24 日的《深圳特区报》，今年迎来了风华正茂的"而立之年"。

年届九秩的广东省老领导、经济特区的倡导者、实践者和见证者吴南生欣然挥笔，专门为《深圳特区报》创刊 30 周年题词——报导特区春色，反映人民心声。

三十而立。30 岁的《深圳特区报》，比以往任何时候都具有更成熟的气质，更充沛的活力，更宏大的规模，更灿烂的前程。

如果说，深圳创造了世界经济发展史的奇迹；那么，《深圳特区报》人也在努力创造着中国报业发展史的奇迹。

30 年前，《深圳特区报》只是一份 4 开的周报；现在，已发展成为每天 50 多个版的大型综合性日报。伴随着深圳特区昂扬前行的步伐，几代特区报人薪火相传，无私奉献，谱写了一曲中国报业敢闯敢干、锐意创新的动人乐章。

铁肩担道义，妙手著文章。植根于深圳经济特区这块改革开放的沃土，30 年来，深圳特区报始终坚持正确的舆论导向，传播改革强音，积极为中国的改革大业鼓与呼。深圳人创造的许多新观念、新经验，通过《深圳特区报》传播到内地去，使特区实验地的种子在全国各地开花结果。

《深圳特区报》被誉为"改革开放的窗口"。1992 年，在深圳市委支持下，《深圳特区报》率先报道小平同志视察南方的讲话精神，通讯《东方风来满眼春》和"猴年新春八评"（作为"经典作品"收

录在丛书之一《东方风来——深圳特区报30年优秀新闻作品选》)风行海内外，推动深圳以及全国掀起新一轮的改革开放浪潮。一张地方党报成功报道这样的重大题材，在新中国的新闻史上是罕见的。

30年来，几代特区报人敢为天下先，无论是在新闻改革、报业经营，还是在社会活动的各个方面，都做出了超迈前人的成就。在创刊30周年这一特殊的时间节点上，报社决定编辑出版系列丛书，算是深圳特区报30年历史的一份成绩报告单。

这套丛书共7种8册（其中《东方风来》为上下册），可分为四类——

第一类是《征与尘——深圳特区报30年往事记述》，由该报参与创刊者和历届老领导李伟彦、吴松营、陈锡添等70余人，讲述《深圳特区报》在特殊时期艰苦创业、在推进中国新闻改革的实践中敢为天下先的动人故事，挖掘、披露一些鲜为人知的细节，具有独特而珍贵的史料价值。逾30万字的记述，勾勒出《深圳特区报》创办30年，一幕又一幕真实而动人的画面……

第二类是作品选，共4种。《东方风来——深圳特区报30年优秀新闻作品选》，是该报30年精品力作的集大成者，分上下两册，主要收入获得中国新闻奖，广东省新闻奖一、二等奖，深圳市新闻奖一等奖的作品，以及一些虽未参加评奖、但社会反响大的代表性作品。

30年间，《深圳特区报》见证着深圳经济特区的成长。它高歌着这座城市的光荣与梦想，为改革开放鼓与呼；它直面那些阳光下的暗角，揭露社会弊端，伸张公平正义。那些曾经让人血脉贲张、痛快淋漓，曾经让弱势者扬眉、让跋扈者低头，曾经让乱象得到整治、让公正得以彰显的报道，最终汇集成了《钢的笔——深圳特区报30年舆论监督作品集》。从中我们可以看到的是，一种新闻人的坚守，一种对弱势者的情怀，一种为民请命的勇气，一种对这座城市的挚爱。

副刊是一张报纸的文化雅集。《深圳特区报》拿出整整一叠报纸作为文艺板块，这在全国党报中是不多见的。人家讲"新闻是历史的草稿"，那么

副刊应该是文化的内页。《文锦簇——深圳特区报30年副刊作品选萃》结集出版，恰是该报多年来"文化内页"的积蓄。副刊30年，记载的是几代人的心灵轨迹；这不仅是一个时代的侧面，更应该是一部完整的城市心灵史。

让历史在瞬间定格。《追光聚焦——深圳特区报30年影像选萃》由280多幅（组）新闻照片组成，这些作品摄于1982年至2012年间，以单幅、成组、配文、画刊等不同的形式，发表在《深圳特区报》上，像一串串不可磨灭的记忆，印进了广大读者的脑海。

第三类是《广赢策——深圳特区报广告营销沿革及案例精选》。《深圳特区报》这份当年年度广告收入仅40万元的地方报，今天已成长为声名远播的"传媒巨人"；年度广告营业额连年超过5亿元，跻身中国报业三强。《深圳特区报》成功的产品营销模式与市场拓展手法一度成为现代城市传媒回味思考、推广借鉴的"教科书"。《广赢策》从《深圳特区报》数以万计的营销策划中提炼出"十大广告经典案例"，包括《深圳十大生活方式征选》《三十而立，成就深圳》《深圳生活质量蓝皮书》等。以新闻为纲，以市场为目，纲举目张，正是本报《广赢策》最值得解读的地方。

第四类是《爱之范——深圳关爱行动爱心人物故事》，彰显了特区报作为大报的社会责任和历史担当。丛飞、郭春园、李传梅、郑卫宁、孙影等本书收录的24位普通市民，是《深圳特区报》每年通过广泛推举和严格评选出来的爱心人物典型。这项具有深圳特色并影响全社会的评选活动，作为深圳关爱行动一部分，迄今已连续举办9届，共评出了90位"最具爱心人物"。《深圳特区报》充分发挥市委机关报的优势，携手兄弟单位，全方位展开宣传造势，不遗余力鼓与呼。同时，我们身体力行，使每个新闻工作者都成为关爱行动的推动人、践行者。关爱行动，已经成为深圳这座全国文明城市的亮丽名片。

总序

这套丛书，我非常乐意向读者们推介。我认为，编辑出版这套丛书是一件很有意义也很有眼光的事。它是新老特区报人实践的总结，是智慧的结晶和感情的抒发，是为《深圳特区报》30岁生日献上的一份特别的礼物。丛书的编辑出版，可以说是《深圳特区报》30年筚路蓝缕、开拓创新的成果展示和检阅，也将激励特区报人继承和发扬好的传统，多出精品佳作。年轻的编辑记者尤其要加强业务学习和交流，多读书，多思考，多观察，多积累，写出更多鼓舞人、激励人、教育人的优秀新闻作品，为建设和谐深圳效益深圳、为中国的改革开放事业提供强大的精神动力和良好的舆论氛围。

《深圳特区报》30年的办报史，不仅是《深圳特区报》人的宝贵财富，也是深圳经济特区飞速发展和中国改革开放事业的生动见证。人们常说，新闻是时代的镜子、历史的记录。这套丛书，是深圳经济特区沧桑巨变、中国改革开放事业突飞猛进的一个精彩缩影。它唤起了人们关于这个城市的集体回忆，重温艰苦创业的激情岁月，思考特区在改革开放事业中的独特作用，必将激励特区人秉承当年"杀出一条血路"的勇气，把特区事业继续推向前进。

我当深圳报业集团总编辑时，兼任特区报总编辑，时间是从2002年到2004年底，前后有两年多。现在回想起来，这段时间是我新闻生涯中最重要的一个时期。这段难忘的岁月，丰富了我的新闻从业经历，进一步形成了我在新闻方面的若干观点和思想，特别是在如何与时俱进办好党报方面，生发了新的认识与思考，进行了一些有意义的探索和实践。两年多的时间不算太长，但我和大伙儿为办好这张报纸而朝夕相处的经历格外珍贵。

在深圳报业集团这个大家庭里，《深圳特区报》始终是一艘高扬主旋律的新闻旗舰。我们总结过去，是为了更好地开拓未来。"路漫漫其修远兮，吾将上下而求索"。在探索新形势下党报的创新发展之路上，《深圳特区报》任重而道远。下一个崭新的30年，正等待特区报人去摹画。站在新的起点上，《深圳特区报》这艘新闻旗舰，将继续乘着改革开放的东风扬帆远航！

（作者系深圳报业集团党组书记、社长）

改革与创新是我们的立报之魂（代序）

□陈　寅

逾 30 万字的回忆文章，勾勒出《深圳特区报》创办 30 年来一幕又一幕真实而动人的画面……

我是 1986 年大学毕业后分配到深圳特区报社工作的。这本书的讲述者大部分是我当年的老同事、老领导，《深圳特区报》是他们一生的情感所系，甚至命运所系。他们叙述的许多事情，我当年或曾亲历，或曾见证。那些年、那些人、那些往事，今天读来倍觉亲切，掩卷沉思，感慨不已！

衔胆栖冰老报人。岁月如流，30 年前的报纸和照片已然泛黄，一幕幕与报纸相连的历史情境却如繁花般生动绽放。他们是一群"牛"人，"拓荒牛"一样披荆斩棘、开拓创新；"爬坡牛"一样不畏艰难，坚韧不拔；"老黄牛"一样脚踏实地、辛勤耕耘；"孺子牛"一样咀草献乳，无私奉献。

梦起特区。12 个人，一间 10 多平方米的铁皮屋，3 张旧桌子和几条长木凳，3000 元的开办费，创业之路就从这里起步！

那时，没有印刷厂，每周三，编辑手提稿件箱赶往香港印刷，奔波于深港之间的"创刊之旅"，一走就是一年半。

那时，半个编辑部在香港这个"花花世界"，编辑却没有分文的补贴，最"特殊"的待遇就是市财政局一次性补助了 80 元人民币做了一套普通西装。

那时，晚上大风大雨，记者骑着自行车去值班，全是小路山道，路灯都没一盏。在半路上从车子上摔下山沟，一身的泥水。

那时，拉广告很不容易，吃不定时，睡不定时，经常是讲干口水，才弄到一条广告。嗓子沙哑了，喷点药继续跑。

那时，虽然条件艰苦，但大家对工作充满了激情。"试刊记当年，三两狂编。孤灯斗室不曾眠。"这首《浪淘沙》中的句子，就是当时办报的真实记录。

栉风沐雨，筚路蓝缕。娓娓道来的讲述中，他们的梦想，他们的抱负，他们的精神，他们的品性，他们的才情，穿过了岁月的光华，依然如此润泽而生动。

"当年四面弃封侯，甘作拓荒牛"。遥想当年，老一辈报人舍家别业来到特区，艰苦的工作环境、并不明朗的未来，白手起家创办《深圳特区报》，尽心竭力将这份报纸做大做强。凭的是什么？凭的就是一股子敢闯、敢干的气性与豪迈！

他们在最艰难的岁月到来，将最灿烂的年华奉献。当《深圳特区报》进入发展的黄金时代时，他们中的许多人，却因为各种原因已经离开报社，并不曾品尝到种子结实的甘美。然而，采访中，我们并未从他们的言谈中，感到丝毫的居功和不满。我想，他们也是满足的。他们是《深圳特区报》30年发展、繁荣的实践者、见证者，他们用辛勤的汗水和无私的奉献，浇铸了这份报纸最可宝贵的精神财富，并将那种激情和胆魄融入了血液和灵魂深处，所以他们无怨无悔。他们留下的，当是我们后人必须传承和发扬的。

报人共同的精神特质，必定呈现为报纸的报格。什么是《深圳特区报》的气脉所在？是改革创新！

《深圳特区报》诞生在深圳这座奇迹之城，成长在改革开放之音响遏行云的时代。"一报震南天，旗帜鲜鲜。"《深圳特区报》从其诞生的第一天起，就树起了"改革开放第一报"的旗帜。

代序

从试刊首期开始，就确立了记录重大历史时刻，引领改革开放思想舆论，激荡改革开放浪潮的办报理念。

——中国土地拍卖的第一槌、新中国第一张股票面市、实行建设工程招标、创办外汇调剂中心……深圳改革开放每一个振奋人心的历史瞬间，都在《深圳特区报》上定格。

——1992年小平同志视察南方，《深圳特区报》率先推出了长篇通讯《东方风来满眼春》和系列评论"猴年新春八评"，向海内外传播邓小平南方谈话的重要精神；20年后，小平南方谈话发表20周年之际，又连续在头版头条位置推出"龙年新春八评"，掀起一轮又一轮改革舆论冲击波。

——三天建设一层楼的"深圳速度"，"时间就是金钱，效率就是生命"的观念，"深圳质量"的发展抉择，大运精神……深圳创造的弥足珍贵的新观念、新理念，新精神，通过《深圳特区报》在全国迅速传播和推广。

改革创新，不仅见于办报理念和新闻报道中，更体现于报纸出版、发行、经营、管理的每一个环节。

——开全国党报先河，开辟"世界经济"和"港澳市场"专栏；刊载境外作者关于经济理论和管理方面的专访和文章，这些在当时中国党委机关报是独一无二的。

——冲破"禁区"，探索党报走向市场的经验。不靠吃"皇粮"，自负盈亏找市场，创办之初就确定了以广告养报纸的经营思路。试刊第一期，头版就发了四分之一版的彩色广告，第五期发了整版广告；1985年3月20日，首次开创了头版刊登全版广告的先河，在中国报业引起轰动；创刊3年广告额增长逾10倍。

——印刷出版走在前面。《深圳特区报》是全国第一家彩色胶印

的地方报纸；1988 年 3 月，再饮"头啖汤"，成为全国第一家全部采用激光照排新技术的日报；1989 年，成为全国首批日出对开 8 版的大报之一。

——经营管理先行先试。创办之初，就大胆打破论资排辈的旧传统，破格大胆使用人才；1993 年，在深圳新闻文化事业单位中率先实行自主经营、自负盈亏的企业化管理改革。2011 年，"雪花杯·深圳特区报"国际棋联女子大奖赛开幕，这是国际上首次由平面媒体承办顶级的国际象棋赛事。

今天，在矗立于深南大道上的高智能化 5A 级的"新闻巨舰"里，我们拥有一流的工作环境，拥有处于国内报业领先水平的智能化出版流程；当年的对开 4 版周报，现在已成为日均对开 48 版、发行范围覆盖全国 30 多个主要省市，传播效果强力辐射珠三角、港、澳的大型综合性日报；连续多次跻身中国品牌媒体城市党报 10 强。

30 年的道路，是一条敢闯敢干、历尽艰辛、改革奋进的腾飞之路；30 载的岁月，是一首继往开来、壮怀激烈、执着创新的浩荡长歌。

往事今述，知往鉴来。今天，是昨天历史脉络的延伸。回顾那段峥嵘岁月，重温老一辈报人的光荣与梦想，追溯《深圳特区报》改革创新的源头和历程，是为了传承我们的历史根脉，是为了将优良传统发扬光大。

报纸的理想追求、信念传递以及精神内核的塑造与传承，系于一代代报人之身。这本书，开启的不仅是一份报纸文化传统的记忆，更是《深圳特区报》在新起点再创佳绩的动力。让我们走进历史，走入昨天，从前人的品格中感受，从过去的实践中思考，从取得的经验中学习，将改革与创新精神铸入我们新一代深圳特区报人的魂魄，融入我们的血液，内化为我们的情怀与使命，成为我们强大的力量源泉！

改革创新，是浩浩荡荡的世界潮流；改革创新，是中国走向国富民强的根本出路；改革创新，是深圳经济特区的立身之本；改革创新，是《深圳特区报》的立报之魂。

代序

三十而立。承继"传播改革强音"的优良传统，承担"中国党报一面旗帜"的光荣使命，承载"办一份有强大传播力的新型城市党报"的远大梦想，深圳特区报人将以更加昂扬的斗志，勇立时代潮头，改革不息，创新不止，不断铸就新的荣光！

（作者系《深圳特区报》总编辑）

编辑凡例

一、本书定名为《征与尘——深圳特区报 30 年往事记述》，同谓互指，不分主副；一虚一实，相辅相成。

二、本书收入的回忆文章，共 74 篇逾 30 万字，管窥蠡测，足以洞见《深圳特区报》30 年历程中的艰难与辉煌。

三、回忆文章的作者，有深圳市和《深圳特区报》历届领导、早期创业者、离退休老同志、报社现职人员，以及已离开报社的各界人士等；本书目录安排以此为序。如果某一类中人数较多，则再按采编业务、广告经营、行政管理为次，以方便阅读。

四、本书文章来源凡三类：《深圳特区报》记者根据作者口述整理；作者自撰；转载于正式出版的书刊。除第二类外，前后两类均在文尾附有说明。

五、除省市领导外，每位作者名后标注在《深圳特区报》的曾任职务（或现任职务）；如其曾在多个岗位任职过，则取其最高任职标示。

六、编者对于文稿尽量保持原貌，除了技术性的修订外，只在证据信实的情况下，对个别事实和作者进行了核对。

目录

目录

目录

目录

目录

回忆《深圳特区报》初创的日子

□李伟彦（曾任中共深圳市委宣传部部长）

特区要办一张报纸

1980 年 8 月，我奉命从省委宣传部调来深圳任职。当时我有思想准备，这里新成立经济特区，将要开辟一个改革开放新天地，思想文化战线的任务十分艰巨。我到职前的 8 月 22 日，在广州参加了全省宣传工作会议。会上，省委书记习仲勋讲话，批评深圳宣传文化工作薄弱，要求加强宣传文化工作的力度。我到职之后，看到思想文化阵地一片萧条的情况，证明习书记的批评十分中肯。我想，我的工作开始踏入艰难岁月的里程。

那时生活条件很差，连宿舍都没有。我暂住在新园招待所四栋，市委第一书记吴南生和其他几位领导同志，也住在这里。

8 月 27 日，《中华人民共和国广东省经济特区条例》经全国人大常委会通过并发表了。我连夜起草了组织全市干部学习和宣传"条例"的通知，由吴书记签发了。

"条例"的出台和实施是关系到特区命运的一件大事，要让广大干部、市民认识什么是经济特区，特区的基本方针政策和发展前景，这当然是十分必要和迫切的，然而那时没有任何舆论工具，本来仅有的有线广播设施，年初遭受一场台风吹袭而杆倒线断，喇叭不响。面对这种情况，大家心急如焚，也意识到建立宣传舆论工具的重要性。这样一来，办报的意念浮出来了，很快提上市委的议事日程上。

有一天，吴书记找我谈话，布置办特区报的任务。过了几天又找我谈。我讲了一些想法，也提了经费、人力、设备方面的困难。吴书记态度坚决，话也干脆："有多少困难都想办法克服，办特区要闯，办报纸也要拿点勇气闯一闯。"他提出让我找两个人，一是司马鲁（管钱的副市长），另一位是新华社驻深圳记者张洪斌。

我立即行动，找到司马鲁，他明白我的来意是要钱就马上封口，说市里没钱，办特区中央不拨款，只有3000万元的贷款，现在各方面都等钱用呐，办报纸哪来的钱。我陷入了困境。第二个人张洪斌不用找了，他与我在新园同住一间房，我们早就是一见如故，同一条战壕作战的伙伴。为了谈办报的事，我专门邀请了张洪斌和新华社记者站负责人雷力行，去了一趟沙头角。晚上，我们住在一间小学校的楼上，把几张学生上课的桌子排起来作睡铺。这一晚，我们促膝谈心，围绕着办报展开讨论，各抒己见，慷慨激昂。他们对市里办报纸很热心，很拥护，并答应助我一臂之力。从这时开始，张洪斌就成为我心中筹办报纸的重要人选，并在以后成为创刊第一任老总。

1980年11月15日，市委常委会上作出由宣传部负责筹办报纸的决定，并要宣传部提出可行性方案。下来之后，部里讨论，新闻科提出两个方案：一是与北京某出版社或深圳一家有印刷能力的单位合作办报；二是先办试刊，委托香港《文汇报》或《大公报》印刷，印刷的外汇费用由市财政解决。方案报上去，市委原则上同意采用第二方案，决定由宣传部牵头并要求尽快行动，闯出一条新路子来。

创业的日子故事多

经几番请示、报告后，我们终于申请到了3000元开办费用做购买文具和工作人员交通费、夜餐费。接下来办报人员从哪儿来？说是从外面调进，但当时特区艰苦的环境谁愿意来呢？而且，远水救不了近火，后来干脆以市委宣传部科室骨干及新闻科全体同志为主力，当时有曾锦棠、黎颖、丘盘连、刘学强、黎珍宇、刘叶城、林雨纯、彭茂光，加上自告奋勇前来参加筹办报纸的张黎明、江式高、莫漠、戴木胜等12人，由张洪斌同志率领，就这样我们拉起了一个临时办报班子，开始了艰难的筹备工作。这一段的回忆很感慨，后来在我写的一首诗稿中就有"十二儒生壮志行，同舟共济竭真诚"的诗句，表达了我对这12"儒生"的敬佩和谢忱。

当时办报的地方是借了原市委大院（蔡屋围侧、原宝安县委所在地）旁边一间旧仓库作为办公室，面积十多个平方米，几张旧桌子，几条木长凳，就作为办报的据点。没有电话，就把宣传部的电话接过来。出去采访，别说专车，就连自行车也没有。那段时间，我很少在宣传部办公，全力投入筹备出报工作。那时很多具体困难已够我们应付，却还要顶住来自各方面让人头痛的压力，诸如有人说什么"特区是否办得成功尚不知道，还办什么报纸""深圳小小一块地方有什么新闻好刊登呢"等。我们不去理会那些闲言碎语，而是更坚定了办报的决心。可幸省委宣传部全力支持我们。我们呈报的办报请示报告，很快就获得批复同意。我们随即派出张黎明去省出版局办理刊号登记。第二天，张黎明来电话，说申请表上全部项目已填好，包括社长、总编辑的名字也填上了，唯有报社社址不知如何填报，"难道要写上那个十几平方米小平房吗？"这一问令我愕然。怎么办，大家议论纷纷，不记得是谁说了一句话：写深南大道1号最合适。理由是"1"字很有浩气，意为"开元""开创"，我们办特区报不就是"开元""开创"吗？此话说到大家心坎里了。我很快就接纳这意见并回复了电话。于是，特区报登记手续完毕，开始上路了。

首先我带着十几位同志到《南方日报》《广州日报》去学习、取经，再作人员分工，采编工作就紧锣密鼓地开始了。大家白天奔波采访，晚上就在拥挤、闷热的小办公室里写稿、编辑。具体工作主要落在张洪斌身上，他满怀热情，工作严谨，组织关系尚未调入深圳就积极投入报纸的筹备工作，实际上负起老总的职责。有他在，我可以腾出手来做其他工作了。

燃眉之急是报纸的印刷。1981年初，我同张洪斌赴港先后拜访了香港《大公报》《文汇报》的高层。他们知道我们的来意后，不约而同地表示支持。我当时坦言，眼下我们财政短缺，每期印刷、纸张费用只能暂时欠账，日后清还，行吗？他们回答："行！你们报纸什么时候有收入就什么时候结账。"他们慷慨友好的态度使我们十分感动。那么究竟选择哪一家代印？这还真给我出了难题。最后，经过友好协商才定下来：先由《文汇报》社承担印刷，下一步如有困难再请《大公报》社帮助解决。回忆当年情景，用"患难见真情"这句话来形容，是最贴切不过的。当时还有《香港夜报》社长胡棣周向我们伸出友谊之手，他说："我们正有一套旧的国产印刷设备要更换，如果你们需要，这套设备就免费送给你们，运回去就是了。"这令我们惊喜异常，虽说机器旧了点，但我们一分钱都不用出，又能为今后立足我们自己印报奠定基础，心里当然踏实了许多。隔了几天，两台印报机、一台铸字机从香港运回了深圳，就放在市委大院饭堂旁边，后来那套机器并没有派上用场，但香港朋友的那份兄弟情谊让我们倍感温暖。

奏响序曲的试刊报纸

按照市委的意见，办报先从试刊开始，但一切按正式出报的模式和要求去做。那么，《深圳特区报》要办成一张什么样的报纸？大家七嘴八舌地议论开了。有人主张传统方式办报，有人主张创新，显示这张报纸的价值。这时，吴书记发话，说特区的报纸就像办特区一样，敢于改革创新，有自己的特色。他鼓励我们解放思想，勇于探索，不怕出错，错了就改，并为报纸定下了基调：是党的报纸，但不要"党八股"；既区别内地报纸，又不同于港澳报纸；既继承中国新闻事业优良传统，又有分析地吸取境外报纸的有益经验；版面安排要比内地报纸轻松活泼，从内容到形式都要体现特区的特点。还说可试用竖版、繁体字，与港澳人阅读习惯接轨。报纸的名字也是吴书记敲定的，他推荐由书法家秦咢生书写，说赶快和秦咢生联系，秦咢生写好后，派人拿回来，我们按照吴书记的意见办。秦咢生写了两种字体：魏碑体和行楷体（即特区报现在采用的），对比选择的结果采用了魏碑体，因为许多人觉得这种遒劲有力的字体更能体现当时创业的那种坚忍不拔的精神。但以后也改用行楷体了。

按照当时的操作程序，我们在深圳完成基本采编任务后，就带着稿子前往香港《文汇报》社去做小样、审大样、再付印。1981年6月初，《深圳特区报》试刊第一期的大样贴在办报的办公室墙上，广泛征求意见，很多人都非常有兴趣地品评着。市领导也接踵而来，首先是黄施民，接着是方苞，最后梁湘也来了，他看后很高兴，说，想不到你们在那么短的时间就拿出一期报纸来，很不错！梁湘看到我们办报的条件很差，立即批了5000元，作为购买自行车的费用。

1981年6月5日，试刊第一期定稿后在香港《文汇报》社先印刷50份，立即由张洪斌送往北京，给正在参加特区工作会议的谷牧、任仲夷、吴南生等领导审阅。我和曾锦棠等人则在香港等候消息。此时，我们的心情实在紧张，有点像临分娩的产妇进了产房，亲人们在门外等婴儿出世的感觉一样。晚上8点，张洪斌急电传来喜讯：北京领导同志看了第一张报纸，一致认可，同意印行！这消息第一时间传给分管宣传文教的市委书记黄施民，再转告香港《文汇报》社。那时已是深夜，我们守候在印刷机旁的同志们激动万分，欢呼雀跃，当即连夜开机印刷8万份。《文汇报》社几位老总当场举杯向我们祝贺深圳经济特区第一张报纸的诞生。6月6日是有历史意义的日子，《深圳特区报》试刊号第一期以对开四版、竖排版、彩印的模样与人们见面了！新成立的特区一下子就有了自己的报纸，在社会上引起了强烈的反响，人们感到新鲜、好奇，争着先睹为快，拿到新华书店和街上派发的报纸很快就被抢光了。

试刊报纸一派清新。第一版上就有广告，报上既有重要的国内要闻、国际消息和地方新闻，又有世界经济、香港经济专版、房地产专版，有选择地使用外报的资料、信息，选登香港经济专家撰写的专稿；而且注意立法意识（开辟了特区法律、法令宣传专栏），注意贴近群众（开辟了反映群众呼声的"民声"专栏），注意地方性（开辟了介绍深圳历史沿革、山川景物、风土人情专栏）。这些做法和特色在当时国内报纸中还是少见的，因而广大读者一看就赞赏。但也有不同声音。内地有人看不惯特区的事情，这回看了试刊更不顺眼，说会不会"引狼入室"？记得当时吴南生书记很风趣地说，此话应改动一个字，把豺狼的"狼"改为新郎的"郎"，也许这张报纸还能引"郎"入室呢。

归根结底，它是改革开放的产物

首期试刊报纸的问世，引起各方面的重视。此时，接替吴南生书记职务的梁湘同志前来看望我们，鼓励我们继续把报纸办下去，早日过渡到出周报。我们也注意总结经验，针对不足之处作了改进。这样，我们又于6月20日、8月8日、9月9日、12月24日陆续试刊了共5期报纸，其中第5期还出了对开8个版。试刊的成功，为后来《深圳特区报》的正式创刊在业务建设和组织建设方面奠定了坚实的基础。1982年5月24日，《深圳特区报》在试刊的基础上正式创刊了。

正是这个时候，由吴南生书记（他调回省委，仍分工管全省经济特区工作）主持起草，以省委省政府名义上报党中央、国务院的《关于试办经济特区的初步总结》文件，文件中有这样一段话："试办特区，不仅促进了经济建设，也促进了精神文明建设。深圳创办了《深圳特区报》，建立了电视转播台……人们的精神面貌以及整个社会风貌都在不断进步。"由此可见，省委对深圳办报多么重视，我们仅初步取得成绩就给予充分肯定，并上报了党中央、国务院。这是对我们极大的鼓励和鞭策。

我深知，省委和省委有关部门对深圳办报的支持是不遗余力的。记得当初市里决定办报，要请省里支援干部，我便到省委宣传部找陈越平部长。在说明来意后，越平同志亲切而坚定地说，深圳的事情，凡是符合改革开放精神的，都开绿灯。于是，1981年4月，向新闻单位发出正式文件，要求《南方日报》《羊城晚报》《广州日报》抽调少量的办报领导和业务骨干支援深圳办报。这样，从1982年起，省里陆续调入干部支援我们，记得当时有陶牧、罗妙、张一村、区汇文、王初文等同志先后调入，从而大大充实了我们办报的力量。我想，为什么特区报这样一个新生事物一开始就受到各方面的支持，归根结底是因为它是改革开放的产物。

《深圳特区报》从试刊第一期算起，至今已31年，从正式创刊至今有30年了。人们高兴地看到《深圳特区报》越办越出色，事业越来越兴旺，已成为全国知名度颇高的大报了。

值庆祝特区报创刊30周年之际，向所有为创办特区报日夜操劳并作出成绩的同志致敬意，并深切怀念为创办特区报作出贡献、现已永远离开我们的同志。

（本文原载《脚印集——深圳文化垦荒岁月的断忆》，写于 1998 年 7 月，选入本书时作者有删改）

征与尘

深圳特区报 30 年往事记述

责任、探索、用心

——我的新闻生涯和感受

□吴松营（曾任《深圳特区报》社长、总编辑，深圳报业集团党组书记、社长）

我虽然是读工科的，但可以说，离开学校的几十年来一直都同新闻工作打交道。上个世纪 60 年代末期到 70 年代初期，我在海南工作时就在《海南日报》上发表文章、写新闻报道；70 年代中后期，我在湛江地委宣传部工作，经常在《湛江日报》上发表文章，并兼职《南方日报》新闻秘书；1981 年到深圳市委宣传部工作，继续兼任《南方日报》新闻秘书，得到省委机关报的不少奖赏（至今还保留一张获奖通知：吴松营写的《中英街居民爱看国产片》被评为半年度通讯员二等奖，奖 20 元）。这期间还担任《人民日报》通讯员。深圳特区创办初期，蛇口渔业一大队坚定不移走社会主义道路的经验，就是由省委宣传部的蓝红同志和我合写发表在《人民日报》上；《深圳特区报》1982 年 5 月 24 日创刊号上也有我写的报道……

1989 年我担任深圳市委宣传部副部长后，一项主要任务是，具体分管新闻出版工作，几乎每天都要同报纸和广播电视的工作打交道。1993 年 7 月，市委决定我全面主持《深圳特区报》工作（根据市委常委会纪要，我是 7 月就到《深圳特区报》主持工作的，只是某些原因，市委到 8 月才发文件）长达 9 年。那段时期，由于上下同心和不懈努力，《深圳特区报》的事业在原来的基础上又有了新的发展。在坚持正确舆论导向的同时，在办好办活方面也认真下苦功夫，使《深圳特区报》真正成为一张在中国及至海外有影响的大报。2002 年 9 月成立深圳报业集团，由我担任党组书记、社长，至 2005 年 1 月卸任，又历经 2 年多报业改革发展新的探索路程。

在新的时代，报人不但要会办报纸，还要会经营，学会赚钱。当深圳市委决定将深圳特区报业集团和深圳商报社合并成立新的报业集团的时候，深圳市审计局根据《中华人民共和国审计法》的规定，于 2002 年 9 月至 10 月 31 日，对我自 1993 年 8 月至 2002 年 6 月担任深圳特区报社社长、法人代表

期间的经济责任状况进行审计。审计结果（深审行征［2002］9 号）清楚说明：截至 2002 年 6 月 30 日，深圳特区报社（1999 年 11 月成立"深圳特区报业集团"）拥有资产总额 13.7150 亿元，比 1993 年（下同）增长 760.53%，平均每年增长 27%；净资产 8.1179 亿元，增长 436.75%，年平均增长 48.87%；实现净利润 6.489 亿元，上交各种税金 4.7137 亿元。

追思往事，我在当报人、又是企业和事业单位法人的那么多年，确有些刻骨铭心的感受和体会。

认真理解和尽自己的责任

不同行业，不同岗位，都有不同的责任。每个人对自己责任的理解、认识，都各有不同。

党委机关报社长的责任是什么？通过实践，我深深认识到：作为一个社会主义社会的主流媒体，尤其是作为一张党委机关报，要真正地负起责任，当好党的喉舌、工具，就不能只会照本宣科，而是要通过辛勤劳动、创造性地工作，首先把报纸办得既坚持正确舆论导向，又受老百姓喜爱，社会影响力大，对完成党在不同时期的任务和目标，对国家强盛和中华民族的振兴，起良好的文化和舆论推动作用。

我在报社工作的 20 世纪 90 年代初期到 21 世纪之初这段时期，国内、国际发生了许多重大事件。深圳经济特区也有过领导班子交替和重要人事任免；发生了自然的或人为过失的重大灾害事故；举办了高交会、文博会等重要活动。如何对这些重大的经济、政治和社会、文化事件进行分析，认真处理，正确加以报道，是对每一个新闻媒体的严峻考验。面对这些重大事件、重要新闻，我总是亲力亲为，站在一线，不避风险，与同志们一起尽心尽责，在把握好正确舆论导向的同时，力求创新并把《深圳特区报》及其他报刊办出自己的新闻特色。这期间，不但要任劳，而且必须任怨。往往是受表扬的少，被批评的多。而且，很多时候来自某方面的批评是没有道理的。就是在得到上级党委表扬、收到许多读者表扬信件，听到各种赞扬声时，我也从不敢懈怠，不敢满足一时一事的成绩。何者，"责任"二字使然也。既然市委把整个报社和报业集团的责任交给自己，人就必须任劳任怨，不能计较个人的得失。

我的又一个深刻体会是，改革开放新时期，党报社长的责任，不单要办好报纸，同时还必须会通过市场不断扩大报纸发行量。因为实践不断地证明：随着形势的变化，光靠强制性地用公费把报纸发行量搞上去、而自费订阅率很低的报纸，其社会效益并不怎么好——起码说明老百姓和广大读者对你的这份党委机关报不大欢迎，在报刊发行市场上不被认可。这样的报纸，当然也不可能有好的经济效益。一张报纸的社会效益和经济效益是互相关联、互相补充和促进的。既不可能取得良好的社会效益，也就不可能有良好的经济效益；同样，在市场上不受欢迎、经济效益不好，也不可能有良好的社会效益。

所以，作为党委机关报的社长，要真正负起责任，就不但要会办报纸，搞好采编业务，还必须学会经营管理，努力扩大报纸的发行和广告在市场上的占有份额，知晓赚钱之道，使国有资产保值增值，使员工的福利和健康越来越好。必须努力建立一支健康成长、不断壮大的员工队伍，建立健全适应于新形势、新环境的经营管理制度，努力探索一条新闻文化体制改革的新路子，促进"报"和"业"二者不断地良性互动，争取社会效益和经济效益双丰收。

作为党报社长，还必须有大局观念，把服务党和国家的大局当作自己的重大责任。上个世纪中开始，在西方大国的主使下，海外的舆论主流在相当长的时期是藐视、甚至是敌视社会主义中国的。作为一名新闻战线的共产党员干部、一名深圳特区早期的开荒牛，我理解"深圳是全国人民的深圳，特区要服务全国、服务大局"这句口号的含义，也深知中央对《深圳特区报》的要求和厚望。要能真正成为"改革开放的窗口"，就必须敢于先试先行，去突破海外舆论潮流，让世界更多地了解中国、理解中国，友好地对待中国。因此，我和报社的同志们把主动做好党的外宣工作也当作自己义不容辞的责任。

1995年7月1日，由广东省政府新闻办主办、由广东各大报供稿，深圳特区报承办的《今日广东》每周1个新闻版正式传送给美国《侨报》、法国《欧洲时报》出版、发行。1995年10月12日，由深圳特区报社与香港星岛报业集团合作创办的《深星时报》在香港正式出版、发行。凭借着深港两大报在资源、人才和经验上的优势，加上中央在政策上的支持，《深星时报》很快就成为香港和珠三角地区的一张具有很大影响力的主流报纸。1999年初，香港星岛报业集团换了新的老板，《深星时报》于7月清盘。然后，经中央批准，深圳特区报社又于9月19日正式控股并入主《香港商报》。我也兼任《香港商报》社长、总裁。当斯时，香港虽然回归祖国已经两年，但是有相当一部分人还是紧抱西方的价值观、文化观念。有少数一些人为了推销西方"民主"，甚至散布反中乱港的种种言论。而某些香港媒体则在舆论上为其煽风点火。在这种形势之下，《香港商报》既要做到"在商言商，港人报章"，融入香港主流社会，又必须坚持正确政治导向，在舆论上积极拨乱反正，为促进香港的繁荣稳定而努力。同时，《香港商报》在经济上不属于中央财政补贴范围，自身在经营管理上必须有所发展，尽快地扭亏为盈。这可不是轻易、简单的事情。于是，为了负起办好《香港商报》的责任，我就更加忙碌、更加辛苦。经常是上午在深圳特区报业大厦办公，午饭后在车上打个盹，下午赶到位于香港北角的香港商报社工作，甚至自己撰写社论和评论文章。曾经有人问我："搞外宣，那是中央的事。你这么辛苦干什么？"我往往笑而不答，心里说："报道中国的改革开放，传播中华文化和民族精神，不分内外、也不应分上下，每个共产党员干部都有责任。"

2002年9月30日，深圳特区报业集团与深圳商报社正式合并，成立深圳报业集团。市委决定由我担任集团的党组书记、社长，责任就更大了。

历经十年的"深圳两报竞争"在全国是出了名的，在中央也是挂上号的。竞争是必不可少的发展动力。竞争，让特区报人不敢松懈、商报人要努力超越；竞争，使大家都积极开拓、创新，不断前进。但是，竞争也有副作用。恶性竞争削弱了深圳人才和新闻信息资源、政策资源、地理资源的优势，甚至造成极大浪费，同时使两报在思想感情、文化观念、团队精神等方面产生了越来越大的隔阂。有不少时候，竞争变成了内耗，而且在一定程度上影响了兄弟报之间的感情。

成立深圳报业集团之时，全体员工已超过5000人。市委为了照顾历史的原因，同意报业集团党组7人，社委会委员17人。中层干部里面则"正处一整连""副处一个营"。这么庞大的队伍要消除隔阂、统一思想和步调，团结向前，绝对不是容易的事情；要形成合力，做大做强，更是难上加难。两报合并之后，我首先注意与党组的同志尤其是一二把手之间多商量、多沟通，思想认识上取得基本统一。然后集中集团的党组成员、社委委员、各部门主要负责人在本集团的小梅沙度假村开了整整一个星期的闭门会议，认真学习中央的有关指示，学习领会中央、省市领导人在深圳报业集团成立时的讲话、贺信的重要精神，讨论两报合并之后报业集团所面临的问题和困难，研究报业集团发展的战略方向和措施。在会议总结的时候，我归纳大家的意见，提出"有统有分，统分结合；要统出合力，分出活力"的口号。同时要求集团在经营管理上做到"五个统一"，即：人事统一、财务统一、新闻信息资源统一、报纸的印务统一、报刊发行统一。"梅沙会议"之后，我和报业集团领导班子的同志们继续努力地做好细致思想工作，教育和说服大家一定要从大局出发，用发展的眼光来分析和处理问题，使报业集团上下形成新的团结局面，步调也趋一致。整个深圳报业集团的工作很快驶入快速的发展轨道。

征与尘

深圳特区报30年往事记述

2003年1月8日，中共中央政治局委员、广东省委书记张德江到深圳报业集团考察，参观了"集团荣誉室"和特区报业大厦，临别的时候对我说："送给你们四个字：'开路先锋'。深圳是中国改革开放的开路先锋，你们是中国报业的开路先锋。要再接再厉。"

2003年2月4日，中共中央政治局常委李长春到深圳报业集团考察，不但参观"集团荣誉室"和特区报业大厦，还详细询问两报合并、成立报业集团的情况。在认真听取我们的工作汇报之后，长春同志高兴地说："深圳两大报通过集团化的改革，既坚持了正确的导向，又更加充满活力。改革取得了初步的效果。……总之，通过你们的实践证明，中宣部组织的报业集团这种方式是可行的，是有效的。"他还勉励我们要针对香港"一国两制"的情况，继续办好《香港商报》，发挥"改革开放的窗口"作用。6月27～28日，中央在北京召开全国文化体制改革试点工作会议。会议特别安排我在28日的大会上发言、介绍经验。也就在这次会议上，深圳报业集团和深圳电视台被定为全国文化体制改革的试点单位。

时间踏入2004年，我已经年过花甲。按政策规定，是该退休的年龄了。1月7日，深圳市审计局又发出（深审行通［2004］1号）通知，对我担任深圳报业集团社长、法人代表的经济责任进行审计。结果是：深圳报业集团新成立1年3个月以来，经营管理成本大为降低，合力增强，经营净利润2.6723亿元，上交各种税金3.6807亿元，国有净资产比任初增加了1.2748亿元，增长率13.43%。也可能是这个审计结果，深圳市委考虑工作上的需要，并没有让我马上退休，而是要我继续在深圳报业集团"一把手"的位置上再干一段时间。可是，"继续干的时间有多长？"谁也不知道。当斯时，就如大海中的一艘大船，既不能倒退，又不能远航，这真是难上加难。但是，作为"船长"的我，还是要站好最后一班岗，竭尽所能，克服各种困难，使航船在大风浪中保持平稳地前进。2005年1月19日，我终于正式交班，卸去报业集团的重任。到了8月，我连深圳市记协主席也辞去了。时髦的说法：终于平稳靠岸，安全着陆了。

诸葛亮在《出师表》里说他"受命以来，夙夜忧叹，唯恐托付不效……"回顾我在新闻工作岗位上的那些年月，其深刻感受如同于此。虽然历史时期和受命的内容、轻重不同，但受"责任"二字的压力，不敢有任何丝毫松懈的心情，是一样的。一年到头没有什么节假日，每天工作十几个小时。生活要比许多人俭朴、单调。还必须任劳任怨。何也？责任。我出身于穷苦农民家庭，因为有了共产党、毛主席领导的新中国，才有机会读大学、在工作中锻炼成长。而自己接受了人民的委托和党的任务，就要尽到自己的责任和最大努力，把任务完成得最好。

探索与风险

世界上做什么事情都会有风险。为了正义、进步的事业而勇于探索，敢闯，就必然要冒很大的风险。"不敢冒风险的干部不是好干部，乱冒风险的干部是坏干部。"这是我多次在报社公开说明的自己的心得、体会。

1993 年 7 月 9 日，深圳市委常委会就决定调派我到《深圳特区报》担任社长、总编辑。7 月 17 日，根据市委主管领导的指示，我先以市委宣传部副部长名义到报社一边调查了解情况，一边介入报社的领导工作，直到市委正式下达任命文件。由于我同时还担任市委宣传部副部长，一段时间，实际上还得半天（多半是上午）在市委宣传部上班，下午和晚上到报社工作。

1993 年的深圳市，已经高楼林立、各项现代化建设突飞猛进，许多企事业单位的干部、职工都已经奔在"小康"的大路上。而创刊已经 11 个年头、经过几任班子和同志们的艰苦创业、努力奋斗，在国内已经颇有名气的《深圳特区报》，却似乎未能分享整个深圳发展的繁荣与际遇。报社 500 多名干部职工还是蜗在那不足 1 万平方米的 9 层旧楼里办公，大楼的底层还被改建为狭小的印刷厂，印刷机器又是用了 10 年的瑞典旧"桑那"。各部门的编辑记者使用的多数是即将被淘汰的 286 电脑。职工的工资、奖金收入只属于当时深圳的中下水平。有 200 多职工在迫切地等待分配住房。不少有门路的记者在市里找到"好单位"，走了。而恰恰就在当年的 4 月 12 日，深圳市委思想文化领导小组又正式讨论并通过了《深圳特区报管理体制改革方案》，做出决定：深圳特区报社实行"事业单位，企业化管理"，经济上要独立核算，自负盈亏。也就是说，政府财政真的"断奶"了。

从 7 月中到 8 月底，我通过一个多月对《深圳特区报》日常工作的实际接触，同 60 多位干部、职工专门谈话，经过深入的调查了解，心里更清楚：要挑起深圳市委机关报改革、发展的担子，该有多难，对自己的人生事业会有多大的风险！

但是，我没有别的选择，唯"党叫干啥就干啥"，勇敢地往前走，"摸着石头过河"，鞠躬尽瘁。

"以报兴业，以业强报"。这是我在调查研究过程中逐渐形成的清晰理念。

党委机关报之区别于其他一般党报，就是执政的共产党各级组织主办并且最为看重的报纸。报社只有根据实际情况，首先把报纸办好了，让党委满意、放心和支持，才有可能兴办相关实业，同时凭借报纸的影响力和虚拟资本发展实业。

征与尘

深圳特区报 30 年往事记述

而当务之急，是把报纸办好。但是，当时报社里头有同志却从某些负面经验中得出教训，以为办党报，大事照登新华社的通稿、对上级党政领导人的讲话一字不漏地发在好版面上，就行了，起码不会有出错挨批的风险。针对这样的认识，我在报社内部的大会、小会上反复地强调：如果我们的报纸只会照搬新华社的稿件和党政领导的讲话，而不根据当时当地的实际进行认真编排；如果我们的报纸没有自己的新闻特色，没有自己丰富的经济、政治、文化信息，照样存在风险，而且会使我们的报纸失去自己的定位和读者群，发行量会不断下降，社会影响力会越来越小。结果是党委不满意，老百姓也不满意。最后，发行和广告收入越来越少了，连报纸生存都困难，这才是最大的风险。

　　作为社长、总编辑的我必须做出榜样。于是，我每天都认真关注中央及各重要省市报纸的版面安排，从比较中吸取别人的长处，力求自己报纸的版面有所创新，有更多亮点和看头。每天都要同大家一起认真处理好中央和省、市领导的重要新闻，编排好国际、国内和地方新闻。还要积极组织和策划各式各样有特色的专题报道，发起对维护改革开放和特区建设的重大是非问题的讨论，坚持正确的舆论导向。要努力使党报既有严肃性、权威性，又有可读性、知识性。不但如此，还必须在报业经营上动脑筋、花费很大精力。要冒着增加纸张印刷成本和人力资源成本的风险，大力扩增报纸的信息量以适应形势发展的需要，创办"鹏城今版"等符合社会主体潮流的各种专版，扩大"世界经济""港澳台"等原有专版的版面，几年间把报纸从每天出12个版扩大到每天出36个版；并购《投资导报》《车报》，创办《深圳青少年报》《Shenzhen Daily》《晶报》，扩充、增强本报的报业规模和实力。

　　上个世纪90年代中后期，全国各地的晚报、都市报如雨后春笋，抢占了许多发行、广告市场。本来居于垄断地位的党委机关报受到重大的挑战。党报如何面对市场的激烈竞争？有些人在新闻取舍和版面安排上又走向另一个极端。有的干脆把党委机关报"都市化"，只顾在增强可读性上下大力气。有一个大城市党委机关报甚至把英国王妃戴安娜1997年8月31日车祸丧身的消息和照片放在头版的显位。于是乎，有人就说"《深圳特区报》只会跟邓小平、跟江泽民、是想当《人民日报》第二"。报社内部还有些人议论说：吴某某是宣传部长出身，本来就姓"左"，哪里懂得办报纸？

　　面对这些尖锐的意见，我感觉到：这是如何坚持正确的马克思主义新闻观，如何真正把党委机关报办得更好的原则问题，必须坚决应对。在每周一上午的采编例会上，我反复对全体编委和各部门的负责人说：《深圳特区报》就是应该坚定不移地高举邓小平理论旗帜，坚决地同以江泽民同志为核心的党中央保持高度一致。党报就是应该办得有大气、有大势，积极、努力地做到可读性、知识性和权威性的高度统一。当今世界，经济的、政治的和文化在互相交融。政治家要懂经济、要有良好文化素养；经济学家和企业家要懂政治、文化；文化人要学习并懂得政治、经济。每一个企业尤其是大企业的高管人员都会认真了解、关注邓小平理论动态，都迫切想知道党中央的重大政策动向，并以之作为自己的投资动向、投资规模的依据。因此，恰恰因为我们"跟着邓小平，跟着江泽民"，保持了党报的严肃性、权威性，不单单是书记、省长、市长、县长等会看我们的报纸，企业家也会喜欢和认真看我们的报纸。

另一方面，在市场经济的新形势下，"报"与"业"是不可截然分开的，单单在办报上下功夫还不够，必须同时在兴业上也下功夫。由于报社上下共同努力，《深圳特区报》的社会影响力和有效发行量越来越大，自费订阅率达到80%以上。我们又在报纸发行价格和广告价格上既冒险又小心翼翼地做文章。《深圳特区报》到了1994年已经每天出版4大张16个版（重要的报道活动还加版面），每份报纸的纸张和印刷费已经超过0.6元，而发行价格则只是0.5元/份，还得交付邮局35%的发行费用。一天发行30万份报纸，报社每天就要直接倒贴10万元，尚且未曾计入人力和电费、房屋折旧等其他成本。要减少报社"自负盈亏"的风险，力争扭亏为盈，就必须在市场价格上做文章。但是，当决定报纸要提价的时候，报社内部有许多人、包括部分编委都极力劝我不要冒这么大风险。大家主要担心：如果读者和市场不接受，发行量就会急剧下跌，继而是广告收入大量减少，得不偿失。在做充分的调查研究工作的同时，并得到多数编委支持的情况下，我们决定从1994年7月1日起，每份《深圳特区报》提到0.6元。结果证明，发行量不但没有下降，反而继续以15%的比例在增长。问题的关键是要把报纸办得越来越好，而且必须出早报、送早报。单单发行提价一项，报社下半年就增加了150多万元收入（当时对社会许诺是，已经订阅全年报纸的订户不提价，只是零售报纸提价），更重要的是为明年增加2000多万元发行收入打好基础。以后，当报纸日出版20-24个版面时，1996年，每份提价到0.8元。到1997年，报纸日出36版以上，每份提价至1元，成为当时全国发行价格最贵的报纸。我们在广告价格上同样抓住市场供求关系，冒着风险、不失时机地提价。1993年，《深圳特区报》头版"报眼"的广告价格是一次6000元，到2000年涨至6万元；整版彩色广告则从10万元涨至38万元。

报纸是文化产品，同时又是特殊的商品。对不完全具商品属性的报纸发行价

格和广告价格的调控，是相当困难的，必须要有很高的胆量和艺术。因为，产品和商品的价格或升或降，对经营者都存在着风险。一般来说，降价可以促销，却存在利润率下降、损害自己品牌的风险；提价、尤其是成倍甚至几倍地提价，困难和风险就更大，甚至有可能像超速行驶的汽车那样车毁人亡。但是，如果在报业经营上不积极探索，不敢按照市场的变化规律提价，报社不但不能盈利，而且亏损必定越来越大。缺乏经济实力，采编和印刷设备不能适时进行技术改造，不能留住人才，办好报纸只能是一句空话。"事业单位、企业化管理"的体制改革就会走向失败。

再说在建设深圳特区报业大厦过程中，我们所冒的风险还更大。1993年12月23日，我领着《深圳特区报》的编委和部分员工在深南大道北侧的一片荒山坡挖下第一锹土。新报社建设正式开工了。按规划，我们先建设现代化印刷厂，下一步再建设办公大楼。1994年12月26日，我又领着编委们在爆竹声中，为深圳特区报业大厦奠基。但是，兴高采烈地奠基之后，随之而来的是对一下子要建设这么大、这么高难度（因为要有中国特色、中国风格、中国气魄）的报业大厦的风险的议论。

首先，大家都担心建设资金的问题。据预算，新报社的主体大厦、印务大楼、职工公寓三大建筑和其他配套设施的建设资金约10亿元人民币，5年建设过程报社的盈利能力可能会不断增强，但至少还必须向银行贷款6亿元以上。原来，市委、市政府曾于1993年初做出决定：给深圳特区报社和深圳商报社各划拨3万平方米建设用地，同时由财政各拨款1.5亿元人民币作为建设经费。后来，却由于深圳特区报社已经被划定为独立核算、自负盈亏的事业单位，市政府1995年12月31日办公会议对深圳特区报社新址建设问题重新做出决定：除了土地划拨和原先已经拨款的1300万元土地开发费之外，其余的1.37亿元不再拨给，改成将"报社旧址办公楼留给报社使用"，"报社可利用旧办公楼转租或经营其他项目，发挥经济效益。这样可以补贴报业亏损，也可以向银行抵押借款支持新址建设。"实际上，按当年的市况，整个旧楼房出租的一年租金收入，还抵不了1亿元贷款的银行利息。总之，报社新址建设资金的缺口变得更大了。还有，就是向银行借款也不容易。银行从来是"嫌贫爱富"的。他们见到报社当时的家底还薄弱，加上深圳特区报旧办公楼既没有土地证，更没有房产证，法律上根本不认可抵押贷款的问题。同时，深圳特区报社虽然是实行独立核算、自负盈亏的"企业化管理"，却只有事业单位的登记证明而没有企业的证照。不是企业法人，又没有多少固定资产做抵押，银行怎么敢给你贷款？照此情况，报业大厦建设资金就更成问题。

第二种担心是，深圳的房地产当年正处于低潮。不少人质疑：这时候你盖这么大的大厦，除了自用，卖、租都不合算。就是银行肯贷款，你将来用什么还贷款？弄不好，整个报社就被彻底拖垮了。

第三种担心是别人不大肯说出来，而我心里明白：在大建设的这几年中，如果某种"冬瓜豆腐"原因，或者是工作调动，你不再在报社干"一把手"了，谁来担这个风险？谁能够负这个责任把这么一大摊子的事情收拾下去？

对人们的第一个担心，我只能以实际行动来回答，就是挺直腰杆往前干事业，办好报纸、搞好经营管理，尽快壮大自己实力；同时要弯腰低头求人，感动"上帝"。市工商局终于破例同意给报社进行工商登记并发给工商法人证书。我们又找深圳两家最大的国有企业合作：我们用信誉给他们作担保，又帮助他们通过广告宣传树立企业的良好形象，他们则为我们向银行贷款作担保。这样，工商银行、中国银行、建设银行等终于同意贷款给我们。不过，贷款的额度有限，有时候我还是被追讨建筑工程进度款、建筑材料款的债权人追得"山重水复疑无路"。我们只有一次又一次地向市长和政府的有关部门求助。终于，市计划局在市长的批准下，同意给报社 3000 万元人民币的 3 年期免息贷款。这确是一阵及时雨，帮我们解决了很大的问题。

对人们的第二、三个担心，我会经常不断地在报社内部对大家解释说："这两年房地产市场低迷，找好的施工队伍容易，建筑材料也便宜得多，整个建设成本会大大下降，这才叫抓住机会；请大家放心，我这辈子就在报社干到底了。报业大厦没有竣工，新报社没有建设好，我绝不会离开岗位，也相信不会倒下的。"

中国有句俗语："谋事在人，成事在天。"真要谢天谢地，尽管我们碰到了许多重大困难，总还是一步一步地勇往直前。1996 年 5 月 16 日，深圳特区报社迁到新址办公。旧报社办公楼很快出租，每月有几十万元的租金收入，改变了单靠广告、发行收入的状况。同时，报纸发行、广告收入也不断增长。向银行贷款容易多了。1996 年底，新址 28 层、150 套的职工公寓竣工。我们又贷了一笔款，在南山的龙飞花园、松坪山新村购买了 200 多套的职工微利房。这么一来，不但解决了老职工的住房问题，新调入的职工也很快可以分配到住房。职工的工资、奖金年年有所增加。全报社人心稳定，无论是采编部门、还是经营管理部门的积极性，都越来越高涨。1997 年初统计，上年报纸的广告收入超过 3 亿元人民币。1997 年 6 月 29 日，深圳特区报业大厦竣工。经过申请，政府同意我们把报业大厦中 1/3 出卖、1/3 出租。卖房和租房都进展得比较顺利，投资建设的资金开始大笔回收，向银行还贷。1998 年 12 月 30 日，《深圳特区报》乔迁新居，总部和采编部门、经营管理部门，都从印刷大楼的临时办公室搬进报业大厦的 33~38 楼办公。1999 年 11 月 1 日，经中央批准，深圳特区报业集团正式挂牌。自身的社会效益和经济效益进入了良性互动阶段。

2000 年 3 月 25 日，市委书记张高丽在深圳特区报业集团关于 1999 年工作报告上批示："深圳特区报办得好，为深圳争了光。办得好，主要是班子好，政治上强，这点非常重要。希望再接再厉，争取更大成绩和发展。"

认真和用心

毛主席说："世界上怕就怕认真二字。"这是格言，是真理。一个人对于认准了的事情，就要真的一干到底，死也不回头，才有可能大功告成。从当上《深圳特区报》的社长、总编辑，到出任深圳报业集团党组书记、社长，十几个年头，我可以无愧地说：每一天、每一件事情，我都是认真和努力做好的。我把报社当成自己的家，把如何办好报纸的问题牢牢地装在自己的心里。每天一早，司机都要把刚出版的《深圳特区报》和其他系列报刊放在车上。我上车后就利用路上时间检查报纸的印刷质量。回到办公室，首先是摊开自己的报纸和中央、省的大报，和北京、上海、广州的党报、本市的其他报纸进行比较，吸取别人在新闻编排处理上的优点，查看自己报纸的缺漏。我对上级和读者的批评意见，每天都做笔记。经常同编委们和新闻研究所沟通，交换意见。每周一上午的采编例会（全体编委和各部门负责人参加），我不但亲自主持，并且详细点评，提出一周甚至更长的采编要点、重点。平时，无论是在坐车的路上，或是在饭桌上，什么时候只要听到有新闻价值的信息，即会电话告知编辑部跟踪采访。报业大厦正在施工建设那几年，我每天晚上 9 点多钟到总编室了解要闻版面安排情况之后，总会到大厦建筑工地巡看一番。有人说："老吴把报业大厦当成是自己的儿子。"这一点也不假。深圳特区报业大厦的建设，从构思、设计的每一个环节、每一个特点，我都参与并出主意，作决定；从开工、建设的每一堵墙、每一层楼，我都基本巡看、检查过。我总是要求报社具体负责基建的部门和全体干部，既要降低成本、保持进度，更要廉洁奉公，认真负责，保证建筑质量。

一个人的本事和知识，多数是通过在工作实践中认真学习得到的。我是学工科出身的，虽然长时间在党委宣传部门工作，对新闻工作规律有一定的了解，但对于报纸的版面策划、安排，是生疏的，有的甚至是不懂的。因此，被调到报社工作之后，我给自己定下一个任务：认真学习。向所有的编辑、记者学习，同时

通读人民大学等几家大学新闻院（系）的课本。每天繁忙工作之余，我至少会抽出一个小时读书。到外地出差，我利用坐飞机的几个钟头的时间，往往就能通读一本书。至今还保留这个读书习惯。掌握了新闻学和新闻学史的基本知识，再加上自己亲身的实践经验，我在指挥、策划和组织采编工作过程中，就有了更多的发言权，更大的主动权。农村出身的我，对建设大厦原先更是一窍不通。那就向专家、向建筑工人请教、学习，从书本、照片和世界各种城市建筑物中学习，吸取别人的经验和长处。

"运用之妙，存乎一心。"这是宋朝名将岳飞的一句话。他30岁左右就成为三军统帅，并且打了许多大胜仗，战功卓著。有人却说他没有学好兵法，打仗不按兵法排兵布阵。岳飞就对自己的恩师宗泽说："阵而后战，兵法之常。运用之妙，存乎一心。"意思是，兵书不但要读，而且要用心读进去，用心思考，在实践中必须结合实际灵活运用。办报纸与打仗当然大不一样，但是也有许多相通的道理。做事情认不认真，关键是用不用心。用心，不但要在心里时刻记挂自己的工作责任，专心致志、一心一意，而且要开动脑筋，千方百计、创造性地工作，才能够把事情做得又快又好。中国报纸最多的时候有几千家。采、编、印刷、发行，都是一样的，但是结果、效益却大不相同。其中一个主要原因就是，办报纸的人认真不认真，用心不用心。

责任感、敢闯、用心，互相之间有着密切关系

首先，一个人对自己所要做的事情不但要有兴趣，而且要有高度的责任感，才会刻苦学习自己不懂、不能的知识和本事；才会努力去做其该做的事，坚决不做其不该做的事。

媒体的社会影响力很大，权力很大。但同时，一个丧失责任感的媒体破坏性、危害性也很大。有一种所谓的"新观念"叫"媒体自由"。他们以为自己真的是"无冕之王"，所以不管事实怎么样，我爱怎么曝光就怎么曝光；不管道理如何，我爱怎么说就怎么说。其结果是，社会的公信力越来越差，读者、受众不断收回对他们的辅助和支持力，最后使其连"山寨王""草头王"也当不成。

在中国，任何级别、任何地方的党报，都应该是一张最有责任感的报纸。党报的"一把手"要真正负起责任，就必须从党的事业的大局出发、从国家和民族的利益的大局出发，千方百计地把报纸办到最好，义无反顾地把党报事业做大做强。有此正确远大的目标和理想，才会有不断进取的动力，才有可能刻苦学习，做事认真、处处用心。如果凭借"党报"的位子，坐享国有资产和共产党在国家

征与尘

深圳特区报30年往事记述

执政的资源，却一事当前，先考虑个人的得失、安危，必不可能为党的事业去冒风险、去闯、去探索，而是混日子、得过且过。也就更谈不上在工作过程中"认真"二字。

另一方面，责任感不是挂在口头上，而是要体现在对工作认真、用心，为把正义的事业做得最好而敢冒风险、勇于探索的实际行动上。空有一腔热情，总是把"责任"喊得震天价响，却不动脑筋、不用心去认真做好每一件实际工作，等于不负责任。中国的党报，是社会政治、经济和文化的晴雨表。真正对党的事业负责任，不但要保证党报不出大问题、大差错，而且应该尽心尽力把报纸办到最好。面临重大突发事件时，保持头脑清醒，认真分析，不计较个人或小集体得失，新闻报道尽可能做到恰如其分，使全社会了解事件真相，在消除社会的消极因素的同时，尽可能地调动各种积极因素。党报一定要办到领导满意，老百姓爱看，市场欢迎。诚如是，才能为国家兴旺、民族振兴多作贡献。

（记录整理：耿伟）

那些渐行渐远的往事与岁月

□王荣山（曾任《深圳特区报》总编辑）

从1965年南开大学毕业分配到中宣部工作，到1972年从干校出来分配到新华社，然后又于1986年从新华社调至《深圳特区报》，我这一辈子就一直没离开过新闻宣传这一行。

到深圳的第二年，我担任了《深圳特区报》总编辑，当时报社的办公地点还在深南大道新闻大厦西侧的小楼里。我个人以为，总编辑既是报社员工中的一员，又不是普通的一员，因为总编辑是要在市委的领导下，天天谨慎地把握着报纸的方向，遇有大的事件、大的报道任务，更是如履薄冰。作为党报，宣传党的方针政策，宣传各项成就，是天经地义的；同时它还负有舆论监督的社会责任，这就要求总编辑要有坚定的原则性和高度的灵活性，既要处理好与上级正常适度的友好关系，又要坚定地维护党的原则、群众利益，尤其是在不正之风尚在的情况下，当好总编辑是要有一点报人骨气的。所幸那些年全体编委、报社员工，大家共同努力，尽管经历了不少风雨和重大事件，诸如邓小平南方视察、股票风潮，"六四风波""八五"大爆炸等等，但总体上报纸未出大的纰漏，有的宣传还产生了较大的社会影响。

"六四风波"经历了考验

我在任总编辑所经历的惊心动魄事件当属1989年春夏之交的"六四风波"了。北京学潮运动蔓延到南方，深圳步北京之后尘，受香港之鼓动，自然是相当激烈的。学生从蛇口一路游行到报社，然后在报社门前"誓师"，呼喊"反腐败""要民主"等口号。在这种风波席卷全国，深圳风起云涌的情况下，特区报怎么办？就我个人来讲，主要有"两怕"：一是偶有不慎，和中央不能保持一致，使报社犯政治错误；二是极度浮躁的学生对报道不满意，愤怒之下有可能打砸报社。"两怕"反映在业务上是"两难"。一难是新华社发来大量稿件，有当时国家领导人关于"六四风波"不同的讲话、表态，也有学生的活动动态。对于这些稿件如何处理？向市里有关部门请示，答复是"你们自主办报嘛"。

向《南方日报》求教，他们和我们都为同样的问题所困扰。那时每天晚上，都和《南方日报》《人民日报》通电话，询问、商量哪个做头条，横排还是竖排，几栏几号字。现在说想起这些事，似乎很可笑了。

二难是如何报道深圳学生的活动。那时记者们也心中没谱，我也没谱，不知如何报道才好。于是我把采访记者叫到我办公室开会商量。我们商定了基本思路，即：对学生们的游行、开会作客观报道，但对于过激的政治口号，坚决不报。第二天一看报纸，学生们游行从哪里开始，经过什么路线，到哪里结束，呼喊的"反腐败""要民主"等口号，都有了，就是没有他们呼喊的最敏感、最要害的政治口号。学生们看了报纸也基本满意了，有的质问他们的口号报道不全面，经解释倒也表示理解。

其中，还有一个小插曲，一群学生集中在报社门前开"誓师"大会，大标语挂在报社的大门上。尤鸿飞同志跑来告诉我，有学生烧报纸了。我感到气氛有点紧张了，如何化解？我就请老尤想法把他们的头头请到我办公室来。果然不一会儿来了一位学生代表。我对他说，"几天的报纸你们都看到了，学生们的爱国热情报社是支持的（后来定为反革命事件，在当时我确实这样讲的），而且是做到最大努力了。你有什么意见要求，我们可以给你们反映，但我们这里是党的机关报，是政治上最敏感的地方，你们在这里开会，又挂了大标语……"我的话还没说完，那位代表当即回答，"我把学生带走，标语你们取下来好了"。我一听很高兴，于是又说"不行啊，报社的人去取，让学生们看见了，会发生误会的"。那位代表倒也爽快，"那我们自己取下来吧"。没想到这事就这么给化解了。

"六四风波"之后，特区报对事件报道的处理手法获得了上级的肯定。一位市领导对我开玩笑说，你们的做法可以算是"让步政策"吧。

精心组织对小平南方视察的重大报道

说起特区报"猴年八评"，近几年也有一些年轻的包括部分老同志和我谈起1992年小平南方视察时的往事。我现在手上没有资料，只能按记忆客观地、实事求是地记述这段往事。好在当时人都在，大家一起回忆就能还原这段历史的真貌。

首先，我以为不必把"猴年八评"看作是多么了不起的事。其一，重大意义在于邓小平一系列谈话的精神，具有在关键时期，影响、指导全国的极其重要作用；其二，此事发生在深圳，那是特区的实践和成绩所致。换句话说，其他省市的报纸遇上这样的事情，也会这样做的。当然我们做对了，率先用恰当方式传达了伟人的重要的思想，在全国从中央到地方引起了巨大反响，我们为之高兴是理所当然的。

其次，撰写八评过程是比较简单的，并不复杂。1992年1月19日邓小平来深圳视察，历时五天。副总编辑陈锡添和摄影部主任江式高全程跟随采访。陈锡添同志采访回来，在办公楼过道里见到我，就要汇报采访情况，我请他到我的办公室详细谈，包括小平同志几天中都到了什么地方，进行了什么活动，问了什么，讲了什么，甚至开过什么玩笑，锡添同志都作了详细的记录。我听后感到内容非常丰富、意义非常重要。我问他报道的意见，他说，邓办有规定，文字、图片都不准见报，谁透露一个字，就开除谁的党籍。我记得在我们俩谈话前锡添好似已经准备一个长篇通讯的初稿还是提纲，我说通讯继续写好，先放一下，看机会再发。锡添也说，小平同志的谈话太重要了，不报道，太可惜了。我说不准报道，那就写评论，不讲谁说的，只作为报社的言论，把那些重要思想传达出去，怎么样？他当即表示赞成。我们两个商量完后，我立刻又找了社长区汇文商量，他也表示赞成。当时我和区汇文商定，组建一个评论写作组，脱开报社事务，住到外面去，专心写出一组评论来。

再次，关于评论写作组的扩大。因为我当时认为组织写作班子写评论，这是报社的日常业务，所以事先并没有向任何人请示报告，于是我们直接在迎宾馆开了写作组的成立会，宣布副总编辑王初文同志任组长，钱汉江等六七位同志参加，会上议论了评论的内容，好像当时确定了5个题目。事后几天，区汇文同志告诉我，宣传部长又从其他单位要了几个人参加评论写作组，并且部长要常驻迎宾馆，亲自指挥。一个报社的写作组居然引来部长的亲自指挥，这既出于意料，又使我得以抽出时间多管一些编辑部的事情了。实际上，自此后区汇文和我都去得不多，只是在定稿时，我们才去参加讨论，所以具体的写作过程我就说不详细了。

1992年2月20日至3月6日，《扭住中心不放》《要搞快一点》《要敢闯》《多干实事》《两只手都要硬》《共产党能消灭腐败》《稳定是个大前提》《我们只能走社会主义道路》八篇评论在《深圳特区报》头版连发而出，全国反响强烈。新华社、《人民日报》以及各省市报纸予以转发、转载。

接着，3月12日，《深圳特区报》推出记者江式高同志拍摄的小平视察深圳图片新闻，这一报道再获好评。后来，广东《南方日报》和上海《文汇报》也跟着刊发了小平南方视察的报道，我们感觉是时候了，于是区汇文跑到医院向正在住院的市委副书记厉有为请示获准后，立即把陈锡添撰写的通讯《东方风来满眼春》打出小样，由区汇文同志先看，他每看一页就立即送到我办公室，我看后送总编室编发，于3月26日见报了。

在特区报 30 周年之际，我们回首往事，不由想起当年那些曾与我们一起同风雨、共喜忧的战友、同事们，希望他们康健愉快，乐享晚年。遗憾的是，三任社长张洪斌、罗妙、区汇文同志及其他一些同志已经离我们而去，不能与我一起回忆特区报那初创的岁月了。我和张洪斌同志在新华社时就认识，但没共过事；我进报社一年多，罗妙同志就离休了，相知不深。汇文同志和我合作 7 年，在我心中既是社长，更是兄长。我不愿用政治光环加于他，我对他的评价就两个字——好人，沽名钓誉、弄虚作假的事他一概不会，而他的勤奋、谦和总让我感动。当年他由总编辑改任社长后，依然像总编辑一样天天上夜班、看稿子，有时他审过的稿子还送给我再审，他的为人是人所共知并广受敬仰的。记得在 1989 年春天，全社评职称之后，一位同志对他自己的职称不满意，找到老区办公室大吵大闹，甚至口吐脏话，整个楼层上夜班的同志几乎都听到了他的吵闹声，但唯独听不到社长的言语声，最后这位同志还拿起水杯在地上摔个粉碎，而汇文同志依然是慢声细语跟他解释。

故人已去，今人犹在，假如我们能帮逝者也做一些回忆，那既是对故人很好的缅怀，也是使《深圳特区报》报史更加准确、全面的一桩益事。

（录音整理：刘永新）

冒风险发表《东方风来满眼春》

□陈锡添（曾任《深圳特区报》总编辑，现为《香港商报》副社长、总编辑）

发行量每月一万份地上升

特区报创刊时，可以说什么都缺，但最缺的还是人才。1983 年 12 月 1 日特区报因购置了新的印刷机，由周报改为日报。因为这个改变，特区报面向全国招聘，广揽人才。

我当时是广州外语学院的一名教师，那年 10 月来深圳旅游，听说了特区报招人的消息。二话没说，我自己跑到报社找到了一名副总编毛遂自荐。

很快，还不到 12 月份，特区报的调令就来了，这让我很是感叹特区速度。那个年代单位要调个人，一般的程序是要先发个商调函到原单位，原单位同意后，再发调令过来，特区报前面的程序都没有，直接一个调令就过来了。

特区报在当时是一份新报纸，办报风格等很多方面都跟内地报纸不一样，独具特色。比如当时的特区报是竖排繁体，最初是 4 个版，后来增加到 8 个版、12 个版。

刚进特区报那会儿，自己觉得发稿很容易，几乎写一条发一条。一个重要的原因是人少新闻多。当时特区各方面事业发展很红火，真的是日新月异，电子、房地产等各行各业蓬勃发展，有很多敢为天下先的做法，新闻层出不穷。像当年的拍卖土地使用权、工程招标等新闻，在全国都有很大的影响。

我当年见过湖南一个地级市的领导，他告诉我，自己天天看特区报，说新闻实在太多了，而且如果特区报对深圳率先试验的一些做法报道后，过了几天没什么动静，他们地级市就照办。可见当时特区报的报道对周边城市有着很大的影响，他们通过特区报学习特区的经验、改革开放的经验和先进理念。

可以说，特区报的发展与经济特区的发展是同步的，随着深圳经济蓬勃向上和影响力不断扩大，特区报发行量大增，几乎是一个月一万份地上升。

这样到了上世纪 80 年代末、90 年代初，特区报因发展需要又一次面向全国大规模引进人才。我印象很深，当时进来的人几乎都毕业于全国各大名牌高校，可谓兵强马壮，我认为可以匹敌当时所有的报纸。

特区报也非常重视人才，敢于起用新人。因为人才多，报纸越办越好。当年我是抓采访的副总编，召集大家策划题目时，能够出很多好点子，而且哗啦啦地都落实得很精彩，因为有人才，所以我这个副总编当得得心应手。当时，特区报不仅得到中宣部的表扬，省委宣传部还在报社连续开了两次现场会，介绍《深圳特区报》的办报经验。

我曾经在广东省总编辑研讨会上作过一个发言。我说特区报办报主要从三个方面去考虑：领导满意和群众满意相统一；经济效益和社会效益相统一；人民性和党性相统一。这在当时是有些大胆的，但我还是提了，因为我觉得如果一张报纸不为人民呐喊，不反映民生、民意，这怎么行呢？用党性代替一切我觉得不合适。我的发言得到主持会议的省委宣传部负责人的肯定。

当时，特区报办报还有一大特点，作为一份地方报纸，特区报很注重宣扬中央的声音，一周至少有三到五个头版是中央的消息。有人说特区报把一版卖给了中央。其实当时是考虑到《人民日报》在深圳发行量不大，才一万多份，互联网也没今天这么发达，人们通过特区报就能够知道中央的大事。与此同时，特区报的地方新闻也有不少版面，有几十个版，因为版面多，各种版面分得很细，汽车、娱乐、婚纱、旅游……因为这样，特区报能够做到领导满意与群众满意相统一。

为此，中宣部表扬特区报"有全局，不局限于一个地方，大气"。我记得当时每年都要寄50多份特区报到国务院，国务院办公厅为此还特地写了一封感谢信给报社。主要内容是说，《深圳特区报》送给他们的报纸分送如下：总理李鹏、副总理、秘书长、副秘书长……列了一个长长的名单告诉我们50多份报纸都分送给了谁，最后对《深圳特区报》表示感谢，还勉励我们把特区报办得更好。

就这样，《深圳特区报》成为少数能进入中南海的地方报纸之一。

"猴年八评"和《东方风来满眼春》

《深圳特区报》真正打响知名度是在1992年。

那年1月19日至23日，小平同志南巡到深圳，当时我是深圳唯一的随团记者。上头明确说不用报道，虽然觉得很遗憾，但宣传有纪律，只好等待机会。

3月12日，特区报编发了一个半版的邓小平1月视察深圳的照片，本来我写了500字的图片说明，但稿子送审时被删掉了。

春节前，市领导来报社拜年，要求报社把小平南巡的讲话精神以评论的形式报道出去，报社把这个任务交给了我，很快我就拟定了9篇评论的题目。当时任务很急，春节期间我写了两篇，春节刚过，上班第一天，我拿着两篇评论去给当时的深圳市委宣传部长杨广慧审定。

杨广慧见到我说："老陈，你这两篇文章我先不看，我们研究一下评论怎么生产的问题，如果让你一个人写，是小工业生产；如果我们组织一个写作组，集思广益，发挥大家的智慧，群策群力，是大生产，我们想用大生产的方式来写评论，你觉得怎样？"

听后我如释重负，当场表示赞成。很快写作组成立，成员有5人，当天下午住进了迎宾馆，闭关写作。当时要求原汁原味地把小平南巡讲话的精神通过评论发表出去，一共研究了8篇题目，就这样每人一两篇地分工下去，我写其中的两篇《要敢闯》《要搞快一点》，也就是我春节期间写去送审的两篇。

杨广慧当时对大家说，这次写作是很严格的，我脾气不好，写得不好我要骂人的。他要求大家写完之后要集体讨论，集体讨论前，作者要先讲三条，首先是理论要有深度，你的深度在哪里？二是思想要有新意，你的新意在哪里？三是行文要有文采。作者讲完了三条后还再要将文章读一遍，读完后再集体讨论。

"八评"还有别的要求，杨广慧说，每篇评论1200字左右，必须非常精炼，要原汁原味反映小平谈话的精神，发表速度是每隔两天登报一篇，8篇评论最后都由他亲自把关改定，改定后一个字都不能再动，如果再改，一定要经他批准。杨广慧强调自己是代表市委来组织写作的。每篇评论都是讨论、修改若干遍才见报的。

我从事新闻工作这么多年，也写过不少评论、社论，可以说这次写作是最严格的一次。

虽然"八评"的影响很大，但我还是期待能有机会发表新闻通讯，而且一直在默默准备。我至今还清楚记得，3月22日那天是个星期天，我穿着一双拖鞋到报社翻阅报纸，翻看到当天的《南方日报》时，一篇名为《小平在先科人中间》的消息让我很是震惊，消息是《南方日报》驻深记者沿着小平南巡深圳走过的路线回头再采访写成的。

一看到这篇消息，我震惊了。心想，开绿灯了？南巡的事可以报道了？立即报告区汇文社长，他催我要立刻写作。中午回家后随便吃了几口饭，就进书房提笔开始写稿，因为早已构思好，材料也已烂熟于心，所以写起来非常顺畅，文思泉涌，而且心情非常激动，手写起字来都发颤，完全跟不上我的思路。仅用了两天半的时间，24日下午，11000多字的长篇通讯《东方风来满眼春》全部完稿。当天晚上，稿子拿给社长区汇文审阅，社长作了一些修改。

第二天，25 日上午，我和社长区汇文拿着稿子到宣传部送审，杨广慧当时说："发吧。稿子我就不看了。你们自己把关，但是有一条，不要把邓小平写成神，而要把他写成人。"

没想到送审会这么简单，而且稿子恰好与杨广慧的想法不谋而合。我对邓小平伟大的一面写得很少，邓小平的伟大谁都知道，我更多地是描写小平南巡的细节，表现小平平凡的一面。当然，最多的是报道小平南巡谈话的精神，而且用引号直接引用了小平很多原汁原味的话，这在当时也是够大胆的。

因为通讯 26 日见报，25 日那天晚上我整晚睡不着，有很大的压力，因为见报后的结果怎么样搞不清楚。一方面松了一口气，终于等到机会可以发表了，完成了作为一名记者的职责和市委交给的重任，但同时又很忧虑，很怕稿子中哪里有疏忽和差池，假如有，真的担不起这个责任。个人事情事小，我只是一个副省级城市报纸的副总编，小小的乌纱帽丢了不算什么，但如果影响了小平同志的形象和国家的大事，这个责任就太严重了。

长篇通讯出来后，当天下午，《羊城晚报》全文转载；后来上海《文汇报》《中华工商时报》《光明日报》《北京日报》全文转载。3 月 30 日，新华社向海内外全文播发了这篇文章。接着，中央电视台全文播发，《人民日报》以及全国几乎所有报纸都在头版转载了《东方风来满眼春》。直到这时，悬着的心才完全放下。

文章在当时发表出来是非常冒险的，但却有着非常重大的意义。它进一步推动了改革开放的进程，打碎了束缚人们头脑的桎梏，结束了姓"社"和姓"资"的争论，在全国掀起了改革开放的新高潮。

我觉得这篇文章能够起到如此大的作用，关键有两条：一是小平南巡谈话，很精辟，很正确，针对性、指导性非常强，高瞻远瞩，指明了中国前进的方向，解决了当时阻挠中国进一步改革开放的主要问题；二是作为中国第二代领导核心，小平德高望重，在全国人民心目中的威望非常高。

而且这篇文章能够公开发表，也要归功于当年的深圳市委市政府，如果没有杨广慧部长的一句"发吧"，文章只会永远束之高阁，别看这句话简单，但重若千钧，反映深圳市委市政府敢闯敢试，勇于改革，敢于冒险的精神。

两次突发事件报道的得与失

在特区报这么些年，有两件突发事件的报道让我印象非常深刻，也留下了教训和思考。

一件是 1992 年的"8·10"股灾。当时不仅报社记者在现场采访，我也到现场去看了，乱七八糟的，排队的人一行紧挨着一行，怕别人插队打尖，你抱着我，我抱着你，在那时已没有男女性别的分别，而且人有三急，好多人甚至就地解决。

最糟糕的是时不时来个重新排队，说这一行不算了，重新排队，当时的情况可想而知有多么的混乱。后来政府派人到现场去监察，结果派去的人走后门，很多人排队还没轮到自己，股票抽签表就卖完了，这时群众火了，有人开始捣乱了，发泄不满。

当时特区报的报道比较中性，报道虽然说现场秩序混乱，但既没肯定，也没否定。但后来市领导批字说：售卖股票体现了公平、公正、公开的原则，批完后要求全市发通稿，一定要写到新闻里去。

记者编辑当场就骂起人来了，这批字刚好与事实相反呀。怎么办？上级指示，不登不行，登是违心的，没办法最后还是登出来了。

第二天，一百多个电话打来报社，几乎所有记者编辑的电话都响了，不少人拿起电话就骂：你们是特区报？"特吹报"吧。后来中央也下文说：深圳新闻界对这个事件的报道是"文过饰非"。这个突发事件的报道对于特区报来说，是一个惨痛的教训。

还有一件就是 1993 年发生的深圳清水河"8·5"大爆炸。作为深圳主流媒体的《深圳特区报》将如何报道这次灾难性的事故呢？

按以往的惯例，此类事故一般作低调处理。但几乎出乎所有人意料的是——大爆炸次日，《深圳特区报》用头版、二版整版篇幅刊登"爆炸新闻"，既有现场记者目击的严重灾情，又有领导视察现场、看望伤员以及军民齐心灭火的消息，还配上大幅大幅的照片。既有伤与亡的真实具体数字，又有牺牲的两位局长的简单生平，版面安排得有声有色。

那次真是揪心，弄得不好，三分之一的深圳都会没了。当时，市公安局两名副局长在抢救现场牺牲。但发新闻稿时，市里指示，不登伤亡情况，不登两名副局长牺牲。只登发生爆炸、市里正组织全力灭火。

当晚，报社编委会成员不约而同都集中在总编室研究并指挥报道事宜。一位总编室副主任拿着新闻稿气冲冲地进来说道："这叫什么新闻，通篇报道只字不提伤亡情况，这样发出去不被人骂死才怪。"

大家的认识是一致的，人是新闻的主体，塌个工棚、翻个车都非得交代死人没有、伤了多少，何况这次轰动中外的大爆炸？许多传媒都做报道，而作为当地最主要的媒体的《深圳特区报》能避重就轻不如实报道吗？

大家认为，市里的指示不妥，要向市领导再汇报和与市里有关部门沟通，力争其改变主意。

经过商量，报社要了一部军车，我跟总编辑王荣山同志穿过层层封锁直奔救火现场。

当时常务副市长王众孚正在现场指挥救火，我和总编辑立即向王众孚汇报火灾报道问题。王众孚正火急火燎部署灭火事情，非常紧张，连连说：不要找我不要找我，找主管的领导去……我说找主管领导没有解决问题。

此时，正在现场指挥灭火的省委副书记黄华华过来问怎么回事，我如实汇报："我们是特区报的，市里指示我们报道时不要提伤亡情况，新华社、别的传媒都会报的，特区报不报的话，会被视为深圳封锁新闻。"黄华华立即说："这样吧，你们如实报，据初步统计，到目前为止死5人、伤超过百人，两位副局长死亡也可以报。"

一听到这个，我们心里的石头就都放下了，回报社后不仅新闻稿立即重写，还马上组织记者采写两位牺牲局长的生平，写成两篇人物通讯。

火灾第二天，当时的省委书记谢非从北京赶赴深圳，直奔现场查看灾情。他说，在飞机上就看了《深圳特区报》，已清楚了解火灾情况，《深圳特区报》这次报道真实全面，报道得好。

如果这次我们不争取，那又要被动了，这样，报纸的威信从哪儿来？真实，是新闻的生命。尊重事实，是记者的信条，也是传媒公信力之所在。后来我还专门写了一篇名为《只唯实，不唯上》的文章发表在《新闻爱好者》杂志上。

（文字整理：杨丽萍）

我新闻生涯中的重要时期

——回忆任《深圳特区报》总编辑往事畅谈党报理论创新

□ 黄扬略（深圳特区报业集团社长）

我当深圳报业集团总编辑时，兼着特区报总编辑，时间是从 2002 年到 2004 年底，前后有两年多。现在回想起来，这段时间是我新闻生涯中最重要的一个时期。这之前，我在《深圳商报》当社长，没有做过总编辑，再之前在新华社工作，只有到特区报当老总后，才算是真正办过报了。

这段难忘的岁月，丰富了我的新闻从业经历，进一步形成了我在新闻方面的若干观点和思想，特别是在如何与时俱进办好党报方面，生发了新的认识与思考，进行了一些有意义的探索和实践。这里，要特别感谢丽满、鸿忠、玉浦、王荣等历届市委领导，感谢白天、北方、京生等几任宣传部长对我的指点和支持。感谢特区报的各位同事，对我当年工作的大力支持。两年多的时间不算太长，但我和大伙儿为办好一张报纸而朝夕相处，格外珍贵。

积极地探索　深入地思考

在《深圳特区报》当总编辑，我思考比较多的，是新时期党报的功能定位问题，也力图从实践上对党报的功能定位进行探索、加以拓展。按理说，这个问题大可不必去探索，因为"喉舌论"已写进了新闻教科书，是为大家所接受的说法。但这是否能全面覆盖党报的功能定位？新时期能否对此作更深层次的思考，对党报的政治功能提出更高的要求？如何更好地发挥党报作为主流媒体的阵地作用，更加主动地服务党委政府的中心工作、服务人民大众？在这方面，我们在市委的大力支持下，进行了一系列的摸索实践。

首先，提出了党报角色的"参谋助手论"。

我认为，《深圳特区报》作为市委机关报，应该定位为"党委政府的参谋和助手"。那时，我提出了一个观点，党报是党委政府的一个重要工作部门，既是"参谋部"也是"作战部"。当党委政府想做什么事情、关注什么事情、思考什么大事时，我们报纸就利用新闻资源的优势，收集、整合各方信息，为市委市政府的决策当好"参谋";当党委政府下决心要做什么事,特别是作出事关全局的重大决策时,我们报纸就发挥宣传组织的作用,通过新闻报道及时把党委政府的声音传达到群众中去,为群众所理解和接受,同时帮助推动落实,当好有力助手。而在推动过程中,报纸还发挥触觉灵敏的作用,不断发现热点、难点问题,包括政府推出的举措哪些方面有不足,政策在执行中遇到什么困难、阻力,报纸要及时准确地把这些情况向"司令部"报告,以便党委政府跟进落实、督促检查。这个参谋和助手作用,是不断交替的,通常也是无法分开的。其实质都是服务于党委政府,共同的特点都是将党报视为党委的一个重要机构,充分发挥党报的主观能动性,想党委政府之所想,急党委政府之所急,主动分忧、主动作为,而不是简单被动地满足于做党委政府的"传声筒"。

　　一个典型的例子,就是配合全市查处城中村违建的报道。深圳的城中村违建,是全市违法建筑最为集中密集的地方,是市委市政府清理违建最终要解决的问题,也是城中村改造的重要一环。市委市政府经过深入调研,对城中村违建问题非常关注,准备推动处理这个问题。2004 年 10 月底,市委将召开全会,作出关于城中村改造的决定。我们提前一个月得知信息,就主动跟市里有关方面商量沟通,然后周密策划安排,派出多路记者到城中村蹲点调研。全会召开前 10 天的样子,特区报从一版开始做,从要闻版到深圳新闻版,连续推出大规模的"'城中村'系列报道",深入调查报道城中村违建存在的治安、消防、安全、卫生、乱占土地等方方面面的问题,驳斥城中村存在合法、违建合理的错误认识。同时,在深圳新闻版,则开辟"整治违法建筑,改造'城中村'"专栏,广泛报道各区各街道"城中村"存在的问题,反映城中村居民和各界人士对加快改造"城中村"的呼声与建议。报纸以大量事实说明城中村改造的必要性,为市委市政府的决策提供了充分的依据。这些报道,一方面让老百姓更加清晰地认识到城中村不改造是不行的了,另一方面,为党委政府的重大决策提供了强有力的舆论支持。在强大的舆论支持下,市委市政府一系列清理城中村违建的行动得到了业主和各方支持,最大限度地减少了阻力,保障了行动顺利推进。在党委政府决策推进过程中,我们又对改造中好的典型作正面报道,对贯彻不力的、甚至出问题的继续予以监督。比如,当时一篇报道叫《"一村一策"辟蹊径——罗湖区探索城中村改造亮点扫描》,通过剖析典型说明了城中村改造成功的可行性,就产生了很好的效果。城中村改造这件事能一直得到各级各部门,包括基层部门和老百姓的支持,应该说党报的参谋、助手作用是功不可没的。

　　第二,提出了党报要"做积极的社会新闻"的观点。

有人常对社会新闻和时政新闻在认识上存在误区：一说起政务报道，那肯定是歌功颂德了；一说到社会新闻，都是各种奇闻怪事，更多的是负面报道。我当时在编辑部鲜明地提出，党报既然是党委政府的一个重要工作部门，就要大力倡导做积极的社会新闻。"积极的社会新闻"有两个方面的含义，一方面，要在社会新闻中寻找有积极意义的、符合主流价值观的、宣扬主流文化的新闻，比如说丛飞、郭春园等正面典型的宣传，就起到了弘扬社会正气、宣扬社会核心价值观的作用。另一方面，要在负面新闻的报道中以积极的、正面的的心态去引导舆论，而不是片面地炒作负面新闻，要抱着以人为善、警示他人的心态，解决问题、化解矛盾的目的去做负面新闻。这样做的目的，是要为读者展示一个光明的世界，以健康的格调，引导读者奋发向上，共建和谐社会。这是因为，我们的社会毕竟是以光明为主的，我们要做光明媒体，媒体对负面新闻的报道，也要始终抱有善意，不要把一张报纸办得黑乎乎、冷冰冰、血淋淋的。有些报纸，老是把目光盯住问题的一面，进行幸灾乐祸的报道，就会让人丧失希望，这不符合社会的实际。

当时，我对怎么做"积极的社会新闻"提出了三个原则。一是"负面新闻正面报"，以正面的、积极的、阳光的心态去推动处理问题、解决问题，从而堵塞漏洞，从推动工作改进提高、推进社会和谐进步的角度去报道负面新闻，而不是一味地渲染和暴露社会阴暗面。二是"消极现象个别报"，对社会上的各种消极现象，哪怕是某个地区、某个时段发生比较多的，也不主张集中起来去搞大统计、大综合，因为有些事情若综合起来就不得了了，比如那些牵涉面比较广的行业部门如医院、学校等，你把一个医院多少年内一共死了多少人给综合起来报道了，就没有人敢到医院看病了，或哪个学校几年内体育课摔伤了多少学生，那家长就不会让孩子上体育课了，所以要择其典型进行剖析，不去搞大综合。三是"敏感问题内参报"，对事关敏感部门、敏感政策、敏感话题的，或者事关地区形象、国家大政方针的重大问题，通过内参向领导部门反映。这样的原则得以确立，既为民众反映了民声、民情、民意，又把握住了报道分寸，体现了大局观念，维护了大局，使报纸较好地把握了报道的方向与格调。

第三，提出了把党报集团办成高奏主旋律的"交响乐团"。

为什么在当时提出这样的一个观点，而且还受到广泛的关注？这是因为当时随着文化体制改革的深入，以党报为龙头组建的报业集团不断壮大，而党报集团在兴起、发展过程中，有的地方存在所谓"大报管导向、小报找市场"的说法，结果导致主报使劲地"独奏"主旋律、旗下子报子刊却不时发出各种杂音的不协调现象，结果出现了子报子刊与主流媒体分庭抗礼，小报向大报争夺市场、争夺读者、争夺阵地。我认为，这个问题的核心在于办报思路，在于明确党报集团占领市场与占领阵地的关系。如果出现小报占领了市场而党报损失了阵地的局面，就势必有违我们办报业集团的初衷。

因此，我提出一个观点，报业集团里承担有新闻舆论引导功能的报纸都是党报，都是党的舆论工具，都有责任以正确的舆论导向去占领市场、占领阵地。党报虽然有不同的定位、不同的风格，但它就像交响乐团一样，有钢琴，有大提琴，有笛子，有二胡。党报集团应是主报奏主调，子报子刊奏和声，围绕一个主旋律合奏出丰富多彩乐章的"交响乐团"。当时，我给集团内四个报的定位有这样一个比喻：特区报是钢琴，掌握主调；商报是个大提琴，悠扬而又不失厚重；晚报是二胡，很柔和，有大众色彩的；《晶报》是笛子，清新、活泼、跳跃。有一点是明确的，这四张报纸都是我们党的舆论工具，是一个交响乐团里的不同乐器，只是这些乐器各司其职，要奏出不同的音节、音符、音调，才能形成丰富、浑厚、雄壮的主旋律。

记得有一次，时任深圳市长的李鸿忠同志到报社调研，我把这个"交响乐团论"跟他作了汇报。他也认为，如果一个乐队里，每个音符都一样，那就单调了，应该是音节有长有短、音色有厚有薄、声调有高有低，这样才能够丰富多元、多姿多彩，才能够组成浑厚的旋律。应该说，这个我们做得挺好。《深圳特区报》作为旗舰报纸在高奏主旋律的同时，其他各系列报刊从不同定位出发差异化发展，围绕主旋律奏出和声，共同奏出了气势磅礴的交响乐。

后来，我针对四张不同党报的办报风格，又提出了"四种服装"的比喻：特区报是市委机关报，是穿干部服的，正统、大气、儒雅，是权威的综合性主流大报；而商报是以经济报道为主的大型综合性日报，读者群以中等收入阶层或白领为主，则穿西服；晚报穿休闲服，要服务社会、进入家庭、关注民生；《晶报》是牛仔服，是以都市白领为受众群的都市生活类综合日报。这些报纸的形象各异、个性不同，服务的对象即目标受众也不一样，但本质上都是党报。大家都在党的领导下，从不同的角度、在不同程度上去履行促进社会和谐、推动社会进步的使命。

在此基础上，我还多次强调，党报要妥善处理阵地与市场的关系，认为坚持正确舆论导向和占领市场是统一的，市场和阵地是一个硬币的两面。在市场经济条件下，没有市场，就失去了阵地，要占领阵地，必须占领市场。所以党报集团的根本任务，是通过最大限度地占领市场，从而去最大程度地占领阵地。

第四，坚守主流媒体社会责任，弘扬先进文化，凝聚核心价值观。

记得那个时期，一段时间以来，我国文化界、出版界、娱乐界推出的一些作品，权谋文化盛行，一些影视剧、出版物等有意无意地宣扬那种权力崇拜、等级尊卑、宫廷斗争等不良文化意识，有的甚至成了一些人追看的热播剧。针对这个现象，我们鲜明地提出一个观点：主流媒体应该坚守社会责任，其文化娱乐报道要倡导先进的文化观念，而不能一味地迎合市场口味、迎合少部分读者，只有这样才能更好地凝聚全社会的核心价值观。为此，从2003年6月开始，我们组织著名学者研究分析这个现象，并连续策划推出《历史题材影视剧：令人堪忧的权谋文化观》《历史题材影视剧应树立怎样的文化价值观》等文章，从不同角度对近些年热播的历史题材影视剧中存在着的传播封建权力崇拜观念的现象，以及从中折射、传递的不良文化意识进行了理性反思和批评。长达半年多的讨论中，我们对宫廷斗争、封建权谋文化，不是一般的批判，也不是批斗，更不是谩骂，而是请来全国这方面的知名专家来探讨，在报纸专栏中展开理性思考、建设性批判，从而倡导现代政治文明和公民意识。这在社会上激起了热烈的反响，对弘扬先进文化起了很大的作用。著名剧作家魏明伦、吴启泰等对此给予高度评价，称其对当时国内历史题材影视剧的创作风气起到了"纠偏"作用。中宣部《新闻阅评》还专门发文，对此举给予了充分肯定。后来，我们将持续了几个月时间的专题集纳起来，最终形成了《权谋文化批判》一书。

随后，我们又针对影视文化中实际存在的宣扬血腥、暴力倾向，组织了对暴力文化的批判。后来，我又让《深圳商报》配合，推出了大片主义批判，对影视娱乐界动辄学习西方大片、盲目高投资、宣扬暴力权谋的文化倾向，进行了研讨和反思。这两组"文化批判"出来后，也在国内的文化界、理论界、教育界引起了较为强烈的反响。后来，三大文化批判系列的文章形成了三本书，组成了"当代文化批判"丛书。

当时为什么要想到策划推出这些深度文化批判文章？我认为，"三批判"，体现了我们一以贯之的文化忧思。这是党报作为主流媒体对社会的一种与生俱来的责任。我一直主张，党报应该自觉成为弘扬先进文化、凝聚核心价值观的重要平台。这场由媒体主动发起的对权谋文化、暴力文化和大片主义的深度批判，集中体现了党报的言论旗帜和新闻人的社会担当以及以人为本的文化情怀，表达了主流媒体的主流见解、立场和价值选择。

有益的尝试　难忘的经历

回首当年，在具体的办报方面，我和同事们并肩战斗，作了一些有益的尝试和探索。这是人生中一段难忘的经历。现在想起来，有一些东西在脑海浮现，让人印象深刻。

一是"田各"评论。

党报评论是它的旗帜，但是党报评论仅仅为工作而应景地评论，或者简单地把领导人的会议讲话分成几部分来写，这个呢，作用是有的，但是不大，比较板，不会有什么感染力、亲和力。所以，我当特区报老总的时候，大力推动个性化的评论。为鼓励带动评论员和记者编辑来写，我自己亲自带头写，署的笔名为"田各"，力图以轻松活泼的形式，以朋友间谈家常的口吻，以实在、朴素的文风，对一些重大的问题进行思考和评述。有个性的东西才能够留下深刻的印象。这样的个性化评论，不仅领导接受，群众也很接受。这个个性，是表现形式上的探索和文风的追求，是叙述方式上的易读与亲民，是把深刻的思想寓于轻松的话语之中。最终的目的，还是要把党委政府的意志、决策，更好地为读者所接受，是讲究技巧与艺术的舆论引导。

以往党报评论的一大通病，就是空话套话多，一副教训人的样子，虽然有一定的思想观点，但群众不易接受，甚至反感、抵触。为此，我在自己写的"田各"评论中，总是放下架子，心平气和，不打官腔，说群众想说的话，讲群众能听懂的话，努力形成自己的风格。这些评论，从标题到内容，都进行了一些尝试。比如，非典期间，打的的人少，虽然政府部门出台了补贴政策，但少数出租车毅然不满意，发动集体罢驶。针对这个现象，我写了篇题为《别让人家笑话咱深圳人》的评论，平心静气，不点名，不居高临下，像朋友唠家常，谈时局，解困惑，释大义，把复杂的社会问题做了通俗化的讲解，晓之以理，动之以情，具有较强的说服力和规劝力。据说，当时报纸出来以后，有司机抢着读，认为讲了他们的心里话，看了贴心，也更理解政府了。带头罢驶的出租车司机也看了报纸，表示认可这篇评论，觉得评论没有一味地批评谴责他们，而是站在他们的角度理解他们，同时讲清了司机应承担的社会责任，还有出租车企业的责任、政府主管部门的责任，这样就让人服气。当时的市委书记对这篇评论给予肯定，认为这样的文章，比政府官员去口干舌燥讲要有效。

再比如，那些年有时因房地产开发问题引发了纠纷，一些市民常动不动就扛起大幅标语往市政府大门口一站一坐，损害了深圳和深圳人的形象。有感于此，我紧接着又写了一篇《"闹"不是办法》，强调不要动不动什么事情都去政府门前"闹"，"闹"解决不了问题，而要依法依规，通过各种行政程序，心平气和地说道理，来解决问题，"闹"不是办法。评论发出来之后，大多数人觉得是对的，但也有网友说"不闹也不是办法"。为什么呢？我也不想闹，但不闹没办法，很多都是逼出来的。于是，我针对这种说法，又写了一篇评论，形式上是给市民的一封回信，标题也有点特色、比较长，叫《部门不作为是公仆失职 小我让大我乃主人胸襟》。文中指老百姓有老百姓的责任，政府部门有政府部门的责任，同时对少数政府部门和基层干部不作为、乱作为的现象提出批评，而且呼吁市民要以主人翁的气度来对待"大我"与"小我"的关系。

一段时间以来，"田各"评论成为特区报评论的一个品牌，受到了读者的欢迎和领导的肯定。比如，2003年的一季度末，写了《季末提个醒：一季度干了什么，下季度干些什么》；在防治非典期间，写了《立法以格陋习，如何？》；非典过后，为引导各级各部门和广大干部群众及时投身经济建设，写了《天晴了，咱们赶紧干活去》；针对医生、警察的行业特殊性和工作特点，为赢得社会更大更多的理解，分别写了《什么时候，我们的天使都很可爱》《咱们都换个位子想想，怎样？》《警察也是人》。有专家也认为，这些评论从命意到立言，从标题到内容，都有一些独到之处。应该说，这一两年，特区报在评论的个性化方面也做了不少努力，取得了不小的成效。希望各位同仁今后继续努力，发扬光大。

其次，在重大主题、典型宣传方面的一些努力。

当年，在办报方面还有一条，就是每当国内、省内、市内有重要会议、重大事件的时候，特区报会提前策划准备，主动树起大旗，组织很有威力、很有震撼力的编辑部文章、重要述评文章，以引导整个舆论。这个是搞得不错的，一直得到市委市政府的肯定。比如，2002年11月党的十六大召开，如何报道好十六大精神，推进深圳的建设？我们综合分析了十六大前中央领导的重要讲话及深圳市委的一系列决策，认为深圳面临的关键问题是如何继续走在社会主义现代化建设的前列。经过认真周密的策划与准备，在十六大开幕当日，我们在特区报上发表了长篇述评《居安思危 务实图进——从深圳精神大讨论到走出深圳找差距》，集中报道深圳市委居安思危，不安现状，与时俱进，不辱使命，争当建设中国特色社会主义示范地区所做的努力，表达了深圳人民将在十六大精神的指引下，再创新业绩，更上一层楼的坚强决心。这篇报道与十六大的基调和对特区的要求相吻合，也与市委领导的决心相一致，分寸把握得当，为如何贯彻十六大精神开了一个好头，当时在北京开会的市委主要领导高兴地表扬了《深圳特区报》。再如，我们在2003年元旦次日，鉴于这一年是贯彻落实十六大精神各项部署的开局之年、起步之年，我们策划发表长篇编辑部文章《论寻找差距与振奋精神》，对如何认清发展形势，发挥优势、振奋精神，推动深圳在新的起点上实现新的跨越，也进行了较为系统的评述，对全局工作具有非常强的指导性，受到各方好评。

还有就是重大典型的宣传报道。深入调查研究，从调查的实践中获取理性的认识，再传播给受众，应该说是党报的良好传统。我是新华社记者出身的，一直非常注重典型经验的调查报告。当特区报总编辑的那几年，经常带领记者深入基层调查研究，亲手撰写了不少典型调查报告。比如，《布吉镇发展民营经济调查》，以关外的布吉镇为典型，探索我国民营经济发展的规律，从一个侧面反映我国社会主义市场经济发展的主流与方向，为其他地区如何发展民营经济提供了一些借鉴。深度解读平安保险发展经验的《国际化的民族保险航母》，则通过深入调查与分析，对大型国有控股企业能否引进国际化管理与观念，同时又与民族传统相融合进行了深度剖析。《宝安区实施"园区带动"战略调查》，则从如何发展工作入手为加快深圳经济发展提供了创新思路。《做真正的世界第一》的典型调查，则对传统制造业如何参与全球竞争，主动承接全球产业转移和结构转型提供了有价值的经验。典型的价值在于对大局的意义。这些典型报告无论是选题的确立、还是经验的总结，都是从大局出发，为中心工作服务的。我总是对记者强调，要从大局出发寻找典型，以典型报道服务大局。

第三，着手创建常态化机制，推进报网互动、引导社会热点。

2003～2004年的那段时间，互联网发展势头很猛，国内网民数量急剧增加，网上各种论坛、BBS很火，深圳的社会热点也层出不穷，经常成为网上的火爆话题。但是，如何妥善应对、有效引导，形成互联网舆论的强势，不仅政府没有经验可言，传统媒体也是"生手"。但是，传统媒体特别是作为党报的主流媒体，天生就肩负着引导社会热点的责任和使命。

在当时那种情况下，我反复提出一个观点，就是"报网联动、引导热点"，并在办报实践中大力推动，积极探索，建章立制。这个工作以前没做过，我们在上级部门指导下，摸索着做，很多是开创性的。针对接连的社会热点和多发的重大舆情，"报网联动"怎么做呢？我们的做法是，开始报纸发评论，再拿到网上，供网民热议，形成舆论声势，而网络上搜集的情况，又及时反馈到报纸，在报上通过报道、评论加以引导。这样，就把报和网结合起来了。为什么不叫互动，叫联动呢？互动，是我们的报道发出来后，网民来评论这个问题。联动，就是报纸与网络联手工作，报上的精华在网上出现，网上评论在报上转载。这样，就形成了报网共同推动的合力。后来，根据情况变化，我们又组织精干力量，积极加强互联网舆情的监测和分析研究，及时提出应对举措，包括给政府提供决策建议。当时，我在报业集团牵头成立了专门的舆情研究所，首批组织了15个人的核心网评员队伍，后来慢慢多了，发展到100多人。应该说，这是深圳的第一支网络评论员队伍，在全国也都算早的。这是因为深圳地处特区，热点话题较易形成，同时互联网发展得早，上网的市民多，所以遇见的问题也早。

第四，注重加强策划，重头报道重点推出。

在特区报当老总，我特别注重加强策划，以提高新闻发生的预见性，强调开好每周一的例会。这个例会是报题会，也是订货会。每次周会上，我都会花一些时间，来给大家讲自己对新闻、对办报的理解，包括新华社的一些好做法、好传统，希望能灌输给中层干部，继而在全报社形成好的业务氛围。对各部门的报题，我也会认真评点，在评点中贯彻办报思想、办报理念。

每周订货会上，我会要求各个部门都动起来，要加强策划组织。当时提出，谁的策划，原则上就由谁牵头，各个部门都来给你做配合，认认真真抓实施。每个月，我们要开一次业务讨论会，对好新闻、好策划进行评点，给予奖励。应该说，通过不断的鼓励倡导，这种学习研讨的氛围还是比较热的，大家在讨论的过程中把总编辑的办报理念贯彻出去。一个基本出发点就是，大家要动起来，而不是你老总一个人动。晚上值班时，也会对一些稿件进行评点，这实际上是在引导编辑记者，丰富大家的理念，提高大家的认识，指导日常的新闻实践。特区报这支队伍特别好，特别是基本功扎实，责任心很强，有敬业精神，有把关意识，又团结、听招呼，能打仗。但是呢，长期形成的把关意识、责任意识，又在客观上造成了不敢放开，不怎么活泼。所以，我当了两年多的老总，很注意激发这支队伍的活力，吹起轻松活泼的风，希望在表现形式方面、表述方式方面做一些改革创新。只有这样，才能走得远。

我一直主张，对于那些看准了的重头报道、重要策划，一定要敢于解放思想、突破常规，甚至不惜版面，这样才能取得应有的报道效果，达到策划的目的。有时候，遇到重大策划，经常会在版面安排上打破平时的模式，超常规加以突出处理。我印象比较深的，是深圳草埔多位小孩被拐卖获得解救的报道。这是一起在全国影响很大的案件，也是负面新闻正面报道的典型。2002年以来，一个儿童贩卖团伙在深圳、广州、东莞等地先后拐卖了一大批儿童，案件震惊了深圳，震惊了广东，震惊了全国。在广东省公安厅的统一指挥下，深圳、广州、汕头、揭阳、汕尾五地民警协同作战，终于将该团伙一举击破。2003年9月，特区报记者跟随深圳刑警全程采访，历时40多天，独家披露了被拐儿童获得解救的过程。本来小孩被拐卖是个负面的事情，我们的记者跟公安人员一起去追捕嫌疑犯，救回那些小孩来，这时候大家的心情就很好了。案子破了，政府、老百姓都很开心，怎么做呢？

我当时提出，要把这个新闻做大，所以 11 月 12 日的报纸，从一版开始，一直到六版，全部是小孩被解救的报道。党委政府怎么关心的，公安部门怎么辛苦的，老百姓怎么期盼的，见面以后家长们怎么欢天喜地的，我们做了详细的披露。当时，一版图片的选择是最有典型性的，这是一张记者在罗湖草埔片区拍到的三个小孩子光着屁股冲凉的大幅图片，很好地体现了儿童被解救的欢乐。光屁股小孩的大幅图片，出现在党报的头版，极具震撼效果，起到了意想不到的传播效应。这种敢于突破常规的新闻处理手法，在特区报的办报史上还不多见。

所以，现在回忆起来，我在深圳特区报当老总的两年多时间，凭着责任、凭着热爱，还是全心全意做了一些力所能及的事情的，也为党报发展进行了一些有益的探索。我的很多办报理念，包括那些理论化的思考，不断在实践中得以升华，这也使自己的新闻生涯得到了丰富和充实。这些思想理念与办报实践，是如此的宝贵，这些年我到报业集团社长的位置上，也一直在坚持、延续。衷心感谢这张报纸，感谢各位同事！

（记录整理：叶晓滨）

与《深圳特区报》共成长

□陈君聪（曾任《深圳特区报》总经理，现任深圳广电集团总编辑）

深圳，我国改革开放的一片热土，而《深圳特区报》，则是这片热土上一扇明亮的窗口。

从 1993 年到 2005 年，我在《深圳特区报》、深圳特区报业集团、深圳报业集团工作了 13 年，并一直保持着对传媒理想的执着追求，脚踏实地、不断前行。

从选择"南下"到深圳的那一天开始，我就与这座激情燃烧的城市结下了不解之缘。在《深圳特区报》，我历任编委办主任、编委、副总编辑、总经理、代总编辑等职务，又先后担任了深圳特区报业集团和深圳报业集团的总经理，把一生中非常美好的一段时光献给了这份报纸，亲眼见证她的发展和腾飞。

与《深圳特区报》共成长。那段美好的岁月，那些奋斗的经历，那些干事创业的日日夜夜，至今让我难以忘怀，也让我引以为豪。

南下深圳，怀着传媒理想来到《深圳特区报》

我心中一直有着一个传媒人的梦想。1972 年，高中毕业并应征入伍。新兵集训结束后下连队不久，团部组织了一次不同寻常的特殊考试。在那个下着瓢泼大雨的下午，我的那篇作文让我从新兵中脱颖而出，成为团部宣传报道组成员。从那时起，我就萌发了从事传媒职业的梦想，希望做一名优秀的传媒人。1982 年 1 月，我从厦门大学历史系毕业分配到光明日报社工作，实现了希望从事传媒职业的梦想。

我是 1993 年来到《深圳特区报》的。当时，我已经在北京工作了 12 年，在《光明日报》从普通的编辑、记者做起，一步一个脚印地奋斗，先后任《光明日报》主任编辑、光明日报社办公室副主任、代主任、光明日报出版社副社长等职务。

可是，在《光明日报》的发展前景不错，我为什么要选择南下呢？

1992 年，全国新一轮的改革开放开始了，深圳经济特区的成就特别引人注目，改革浪潮在这里涌动着，"时间就是金钱，效率就是生命""空谈误国，实干兴邦""敢为天下先"等特区观念犹如一股股新鲜空气，沁人心脾，不断激发着人们干事创业的热情与激情，也吸引着许多有理想、有抱负的全国优秀传媒人到深圳，而年轻的《深圳特区报》正是实现这种抱负与理想的一个很好的平台。

1992 年 3 月 26 日，《深圳特区报》发表《东方风来满眼春》一文，一时洛阳纸贵，大家争先传阅热议。当天晚上，报社安排我去首都机场拿这篇文章的印刷纸版。纸版到手，立即开印，第二天一早《东方风来满眼春》见报，《光明日报》成为北京中央级大报最早刊登该文的报纸。正是这篇我读了多遍、亲自去机场接纸版的文章，对我下定决心南下深圳起了至关重要的作用。

东方风来，鹏城春潮涌动。我相信，深圳会是我实现梦想的地方。

经过认真考虑，我决定离开《光明日报》，来到深圳，来到《深圳特区报》，踏上自己的梦想之旅——为特区的事业、特区的媒体发展，尽自己的一份力量，也为实现个人的传媒理想而奋斗。

建章立制，推动报社建立现代企业制度

我是 1993 年 12 月开始担任《深圳特区报》编委办主任的。从此也开始了为深圳特区报社建章立制的工作。而制定的第一个文件就是编委会办公室办事规则，之后，又带领相关工作人员逐步把特区报的一系列规章制度建立起来。

当时，刚刚走过十周年的《深圳特区报》在国内外的影响大增，江泽民、李鹏、杨尚昆等党和国家领导人亲自为《深圳特区报》题词，江泽民同志为《深圳特区报》题词"改革开放的窗口"。如果说《深圳特区报》的前十年是创业起步的话，那么 1992 年小平同志南方谈话以后的《深圳特区报》则进入了快速发展阶段。在这一阶段，《深圳特区报》提出了"立足深圳、关注珠三角、面向全国、走向海外"的发展战略，在广州设立记者站，迅速加强了珠三角地区的采访、发行和广告力量，为深圳地区以外的读者服务，开拓市场；在北京、上海等地设立记者站，加强中央和全国重大新闻的报道，积极进军全国性大报行列；在香港设立记者站，并投资控股香港报纸，积极主动走向海外。此外，《深圳特区报》还开始实行事业单位企业化管理，建设"独立核算、自负盈亏、自我发展、自我约束的现代企业制度"，成为当时全国最早实行企业化管理的党委机关报，大大激活了《深圳特区报》的内部体制机制。

在担任《深圳特区报》编委办主任、编委、副总编辑期间，我亲身参与了《深圳特区报》从深圳走向全国乃至海外的快速发展历程，见证了深圳特区报人以干事创业的极大热情，推动着特区报实现宣传文化领域的"深圳速度"。那几年，特区报在舆论影响力获得极大提升的同时，产业经营也迈上了新台阶，不但保持

发行量持续攀升，广告收入也创历史新高，挤进了中国内地报纸广告收入前七名。

顶住压力自办发行，广告管理系统获得全国科技进步一等奖

在特区报当上编委、副总编辑之后，我就一直参与报纸总值班，其中，让我最难忘的是 1997 年 2 月。

2 月 19 日晚 12 点，新华社发来预告，要求全国各新闻媒体当晚不要关闭电稿接收系统，有重要新闻发布，让各个报纸等待。我当时密切关注香港翡翠电视台的一些报道，估计有大事件发生，赶紧给吴松营社长和陈锡添老总打电话，很快，所有的编委会成员都赶到了报社。后来，得知是小平同志逝世了，大家强忍着悲痛的心情，把对小平同志的感恩和怀念化成工作的动力，迅速调整版面，准备出四个版的号外。第二天早上 8 点，10 万份号外印刷完毕。邓小平逝世号外，不但成为内地有关小平同志逝世的唯一一份号外，而且还是全国最快将小平同志去世消息上街告知读者的平面媒体，也是中国历史上第一张为伟人逝世发行的号外。后来，中宣部对我们果断推出号外和悼念专版给予了充分肯定。那段时间，为保持这个重大专题报道的连续性，我连续值班三个星期，每天工作十几个小时。

特区报自办发行的经历也让人难以忘怀。《深圳特区报》创刊之后的 10 多年，一直委托邮政部门发行，在时效、效益和灵活度上受到很大限制，已经不适应日渐激烈的全国报业竞争形势和深圳市场经济较早发育的营商环境。1997 年，报社经过认真研究，决定自 1998 年起开始自办发行。当时，我们原本还希望和邮局合作，一起组建公司来发行。我们和邮局多次谈这件事，并定下了最后的期限——7 月 15 日必须谈成！记得 15 日当晚，吴松营、陈锡添和我又一起与邮局的负责人商谈，希望他在当晚 12 点前答复我们，但他们依然不能作出答复。既然如此，我们就靠自己！时间紧迫，在短短 5 个月中，要组建队伍，建立发行站，还要负责征订，任务之艰巨可想而知，但大家齐心协力，顶着压力做到了。1997 年 8 月，我们成立了全资的报业发行公司，建立起了 800 多人的发行队伍，并在深圳、广州、东莞、惠州、汕头、珠海、中山等地建立起近 300 个发行站，利用全国各地区自办发行报纸的网点，与 80 多个中心城市的报社签订了合作协议，初步建立起了一个全国性的自办发行网络。自办发行推进得还比较顺利，也带来了明显的效果，1998 年，《深圳特区报》发行量增长达 32.51%，而成本却实现了大幅下降，还解决了相当数量的就业。

特区报的两次搬家也是我负责的。1995 年 5 月，我们从老报社搬到新报社的印刷楼；1998 年 12 月搬到新大楼，大家都非常高兴。新建成的深圳特区报业大

厦高达 262 米，成为了深圳的一个标志性建筑，这座五 A 级的建筑在当时的中国报业中是最先进的，在当时的中国智能化大厦中也是最好的。记得在 2000 年，时任世界最大传媒公司——新闻集团的高级首席副总裁、默多克的儿子詹姆斯·默多克来报社考察是我负责接待的。他对报业大厦充满了惊奇和钦佩，他说，"这是我见过的最具匠心、最壮观的报业大厦。"看到供小憩的空中花园，他又说："这真是编辑、记者这些脑力劳动者休息的好地方。"站在深圳特区报业大厦 38 楼的"新闻眼"里，这位业界同行又语带双关："有了这只独一无二的'新闻眼'，你们一定能干出一番最棒的新闻事业。"临走前，詹姆斯·默多克有点依依不舍，认真地对我说，"祝愿你们的新闻事业兴旺发达，希望我们有机会开展合作。"

那几年，还有一件事挺让人自豪。1999 年，我们建立了一套科学的广告管理系统，被国家新闻出版总署授予科技进步一等奖。那几年，特区报的广告特别吃香，许多企业都争着在特区报登广告，甚至出现了"走后门"的情形。为了让广告的管理更加规范化、制度化、科学化，我们推出了这套系统。系统建成后，全国有不少媒体都过来学习。

探索集团化运营，提炼报业集团"五个最"引发强烈关注

1995 年 9 月起，一直到 1999 年 12 月，我担任深圳特区报社副总编辑、总经理。期间，我们加速推进了《深圳特区报》走向珠三角、走向全国，走向海外的发展步伐，为后来深圳特区报社组建成为深圳特区报业集团奠定了坚实的基础。我们当时的主要做法是通过创办、并购，在国内形成了《深圳特区报》《晶报》《深圳青少年报》《Shenzhen daily》和《深圳周刊》《汽车导报》四报两刊的新闻旗舰；通过市场运作方式建设了现代报业大厦等硬件设施，我们先后兴建了深圳特区报业大厦、宝晖大厦，为外派机构购买了一批有较大升值空间的物业，壮大了报业实力；通过建立、做强与报业相关的企业，特别是成立全资报业发行公司开展自办发行业务，壮大报社的经济规模；同时，我们还积极开展各项经营管理制度改革，加快建立现代企业制度。这些工作使得《深圳特区报》到 1999 年时就已经形成拥有四报两刊，总资产达 20 多亿元，广告营业额稳居全国报业四强，综合经济实力跃居全国前三的实力报社。

从 1999 年 11 月深圳特区报业集团成立，到 2002 年 9 月深圳特区报业集团和深圳商报社强强联合，组建深圳报业集团，一直到我离开深圳报业集团的 2005 年，我除了忙报业集团的日常运作工作外，重点就在探索报业集团化管理与运营模式问题。

我一直认为，集团化是世界报业发展的必然规律和趋势，随着社会主义市场经济的发展，中国报业在上个世纪末与新世纪之交也发展到了集团化发展的阶段。1999年11月，深圳特区报业集团成立。特区报业集团成立之后，我们就提出了建立报业集团运营机制的三个原则：第一，报业集团经营运作机制既要适应以市场为导向的企业运作要求，同时又要满足上级主管机关的行政管理要求。第二，报业集团的经营运作不仅要符合企业化运作规范，而且要顺应集团化、产业化、国际化的发展趋势，要考虑企业的可持续发展问题。第三，建立报业集团经营运作机制，是一个伴随着旧的行政管理机制全面升级换代的系统过程。

在实际操作过程中，我们的做法主要是：首先，将采编业务系统与经营业务运作系统做适度的空间隔离，使以上级主管机关、社委会、编委会、子报子刊编辑部为主线的采编业务运作机制成为与集团经营运作机制的并列系统，与经营机制并行运作。其次，隔离后的集团经营运作机制参照国有企业标准进行构筑，社委会承担集团董事会职能，社长行使董事长职权，是集团的最高领导者，承担集团的法人责任；在集团经营运作层面，设置集团总经理、副总经理，总经理和副总经理组成集团的经营运作班子；而组织机构的第三层面是由集团下属的全资、控股、参股企业构成。第三，按照企业经营管理的基本职能，从纵向上构筑经营运作系统，进而形成集团经营运作机制的系统结构，包括建立战略决策系统、运作指挥系统、企业管理系统、资本运作系统、财务管理系统、人力资源系统、监督考核系统等。最后，就是以目标管理为纽带，将各系统进行有机连接，最终形成集团经营运作机制的系统结构。这种集团化改革的模式，基本上消除了原有松散的各部门、单位的运作弊端，实现了深圳特区报业的资源整合与规模经营，极大提升了经营运作的效率与效益，并且奠定了三年后合并深圳商报社建立深圳报业集团的基本运营模式的基础，基本消除了深圳特区报业集团与深圳商报社合并初期的磨合困难。

2002年9月，深圳特区报业集团和深圳商报社合并成立深圳报业集团，产生了1+1大于2的效应。2003年12月，我参加了在上海举行的"深圳报业集团2004年上海地区广告客户联谊会"。会上，我概括总结提出了深圳报业集团在报业经营领域创造了五个"全国之最"：

一、资产总额方面。深圳报业集团已经成为目前"中国资产总额规模最大的报业集团"；二、自有物业总量方面。深圳报业集团是目前"中国自有物业总量最大的报业集团"；三、广告收入方面。深圳报业集团成为2003年度"中国广告收入最多的报业集团"；四、广告市场占有率方面。深圳报业集团的四份主报，

征与尘

深圳特区报30年往事记述

即《深圳特区报》《深圳商报》《深圳晚报》和《晶报》在深圳平面媒体的广告市场占有率已达到90%以上，是中国一个城市中"广告市场占有率最大的报业集团"；五、拥有广告收入过亿元。深圳报业集团四个主报的年广告收入均在亿元以上，是目前"中国拥有广告收入过亿元报纸最多的报业集团"。

"五个最"一提出，现场掌声雷动，也引起了全国媒体的关注。第二天，不少媒体都突出地报道了这条新闻。回到深圳后，集团的同事们见到我说，你的总结概括很不错啊，很实在。这下，我们报业集团在全国的影响就更大了。

科学制定考核办法，工作效率与收入挂钩

在特区报和特区报业集团担任总经理期间，我一直努力把提升员工的工作积极性，提高工作效率与收入水平挂钩，作为自己的重要责任。当然，摆脱传统经营管理模式，建立以人为本、科学规范的人事管理制度，构筑知识资本管理体系，提高人力资源竞争力，才是我们的最终目的。

具体而言，我们主要开展了三项工作。首先，积极开展人力资源评估，建立起了以工作分析为基础的知识评估分析、规划系统。自2001年3月起，我们对特区报业集团内现有人力资源进行全面清查，对现有工作和人员，主要包括工作规范、任职资格、工作环境、工作强度、执行标准以及人员的能力结构、资历学历、工作绩效等进行逐一盘点。我们一方面在新闻采编、党政经营各部门多次组织座谈会，广泛听取员工在工作考核、机构设置、薪酬制度等方面的意见；另一方面制作了《职位调查表》和《工作日志》下发给深圳特区报业集团内290位党政经营管理人员，大量收集他们在一个月内的真实岗位信息。近一万张的表格，为下一步的人力资源规划奠定了良好的基础。2001年4月，继1999年之后，我们在特区报业集团内进行了重大的人事机构改革：精简机构、重整资源；打破终身制，实行全员聘用合同制；淡化或取消行政级别；建立"公开竞聘、双向选择、优化组合"制度；完善考核激励机制，全面实行末尾淘汰；按照"按劳分配，各尽所能，效率优先，兼顾公平"的原则，改革分配制度，向重要岗位和骨干人才倾斜，内部激励机制全面启动。第二，加大员工培训和人力资源投资力度，实现知识资本的不断储值和增值。第三，开发人力资源，寻找知识资本新的激励工具，包括参与员工职业生涯规划、设计，建立激励性、人性化管理；在聘用、考核、薪酬等管理环节强化激励机制等。

我记得，在这次改革中，近20位同志在中层领导岗位上进行了交流，许多年轻骨干脱颖而出，原有十几个新闻采编部门精简为四大中心，管理机构精简，

管理链条减少，管理效率提高。改革之后，各新闻采编中心的主任由副总编辑分别兼任，中心副主任及下属首席记者、执行主编、主编均公开竞聘上岗，并且提出"业务领导业务强，业务不强就换岗"。由于彻底破除"官"念，强化了岗位意识，员工积极性空前高涨。

当时，我们考核制度小组在小梅沙住一周，拿出了一套新的考核办法，长达11000多字，共有72条，详细清晰，具有很强的操作性。新的考核制度实施之后，更是极大激励了广大员工。当时，特区报的广告收入比较高，我们希望通过制定科学的考核制度和分配制度，让大家共享报社的发展成果，进一步提升工作的积极性。

在新的考核制度实施之后，我们看到了种种可喜的变化——

原来规定每月完成15篇稿件的任务，记者常叫苦连天，埋怨工作量大，改革之后，一个月完成40篇稿件的大有人在；原来部门负责人很少写稿，改革之后，部门负责人和首席记者成为稿件写得最多、质量最好，是活跃在采编第一线最积极的一群人。我们记得，当时一些特别勤奋的记者，每个月的稿费收入可达到2万多，最高的拿到了3万，大大超过了集团的高层。

同时，集团还打破了职称作为待遇的唯一标准，在考核奖金分配上完全按岗位和业绩拉开档次，并从社委会年度经营目标责任奖中抽出60%作为社委奖励基金，专门奖励年度工作出色、成绩突出的员工和部门。随着新的分配制度的推行，全体员工的工作积极性空前高涨、工作效率和工作质量大大提高，当然员工的薪酬也上升了20%，采编部门的上升幅度高达40%，让大家欢欣鼓舞，营造了记者编辑踊跃写稿编版的良好氛围。

值得关注的是，经营管理人员的待遇在1997年与采编人员拉平的基础之上进一步提高。个别经营效益特别好的部门，甚至出现经营管理人员的奖金比采编人员的奖金还要高的局面，大大激活了集团的员工活力，提升了集团的经营管理水平。

现在，报业的不少员工见到我时，还会和我说起2001年特区报业集团大胆改革的事。这次改革，不但激发了整个集团的活力，更大幅提高了全体员工的工作积极性和收入水平。这件事至今仍让大家记忆深刻，对我而言，也是一件让人欣慰的事。

更新观念，推动报纸获得新的发展空间

深圳是全国最早建立起市场经济体制的地方，深圳报业也走在了全国文化体

制改革的前列。早在 1992 年，《深圳特区报》就实行自负盈亏，并且呈现出高速发展的态势。然而，在经历连续高速发展之后，和全国其他城市报业市场一样，深圳报业市场的发展势头也在逐渐减弱，报业经营成本不断升高，报业利润率不断降低。报业要寻找新的发展空间，必须打破传统的经营管理模式，实现观念的更新与转变。

我学的是历史，做的是媒体，如何做好报业的经营管理，需要不停地学习实践，不断地思考提炼。多年来，在《深圳特区报》这个平台上，我和同事们一道不断地提出各种报业经营和管理的理念，多有创新之处，并在实践中取得了丰硕的成果——比如，我们提出了"两个轮子一起转"的观点，认为办报和经营是报业经济不可或缺的两个轮子，办好报纸可以为报业经营的开展创造有利的条件，出色的报业经营将为更好地办报提供物质上的保障，办报与经营，两个"轮子"必须一样大小，才能平稳高效运行；同时，两者相互制约、相互促进、相辅相成。在实践中，则积极提升经营管理人员的工作效率和待遇水平。我提出了"报业经营主体多元化"的观点，我们围绕出版、发行、广告、印刷、信息等经营主体开展了多元化经营，积极在每个经营主体上尽可能培育、成长起众多相对独立、高效的产业实体，使报业经营的范围得到进一步合理的扩充和延伸。我还提出了建立"效益集团"理念，也就是"报业经营要社会效益与经济效益并重"问题。我认为，赚钱是各种商业活动的普遍动机，但赚钱不是报业经营的最终目的，它仅仅是报业实现自我发展与壮大的一种手段，报业的经营管理工作，要在追求经济效益最优化的同时，坚持不懈地追求社会效益的最大化，致力于实现两者之间的有机统一。

在报业期间，我在新闻专业杂志上发表了十多篇论文，有不少都引起了广泛的关注，《深圳特区报》、深圳特区报业集团、深圳报业集团在经营管理方面的探索和做法，为国内不少同类媒体提供了有益的借鉴，每年也有许多同行来到特区报，学习我们的种种创新做法。

在特区报和报业集团的 13 年里，我获得了"全国报业经营管理先进工作者"的荣誉称号，又两次获得"广东省报业经营管理先进工作者"的荣誉称号，还连续 6 年被授予"深圳市社会治安综合治理先进（优秀）安全责任人"。五次获得市委市政府奖励。2005 年享受市政府特殊津贴。2005 年，因为工作关系，我离开报业集团、离开特区报，前往深圳广电集团担任总编辑。当时，《南方都市报》对我有两句话：一句是说，我"在传媒经营中素有良好口碑"；还有一句话说，"在报业集团时已在全国报业中率先建立了一套先进的集团管理模式"。我觉得评价很高，而熟悉我的人都说，这样的评价是比较客观中肯和公正的。

我一直觉得，自己没有任何过人之处。如果说在报业的 13 年里取得了一些成绩的话，首先是和《深圳特区报》的各位领导及同事对我的关心、培养、教育、支持分不开的。其次，也许与我的个人经历和性格有关。部队是个大熔炉，它不仅给我指明了人生的方向，也培育了我的一些比较好的作风与习惯，比如做事讲究严谨细致，能够踏踏实实地干好每一件事情，人也变得坚忍、顽强了许多。我没有什么爱好，不抽烟、不喝酒、不跳舞、不唱歌。除了工作，好像不会别的，正因为如此，我可以把更多的时间和精力放在工作上，放在特区报业采编和经营管理的创新和探索上，也乐见这份报纸在大家的共同努力下不断发展壮大，成为中国报业和新闻界一份值得尊重的报纸，一份拥有良好知名度和美誉度的报纸。

（记录整理：翁惠娟）

1985：党报改革的一次小尝试

□杜吉轩（曾任《深圳特区报》总编辑）

1985 年夏秋之间，时任《深圳特区报》社长的罗妙同志找我到他办公室坐坐。老社长说，听说你对改进报纸很有想法，我想听你说说。我回答："我只是觉得我们特区报有两个比较突出的问题，一是办在特区但没有多少特色，二是官样文章比较多，缺少可读性。具体一点讲，我们的版面由直排繁体字改为横排简化字后，除了一个《世界经济》版面外，版面与部门设置与内地党委机关报完全一样；版面上登的东西内容都重要也都正确，就是可读性不强，不吸引人。"

罗妙同志问："那你有什么改进的设想？"我说："特区是一个新人新事天天涌现、层出不穷的地方，能不能跳出会议和工作角度，发掘有关改革开放的鲜活的人和事，让我们的报道与普通人和实际生活贴近一点，应该成为报纸改革的一个基本思路。这些只是个粗浅的想法，我也没有成熟的意见。" 罗妙同志说，他也意识到报纸的这些问题，也在考虑报纸改革的事。他说："你的思路不错，再找些同事聊聊，好好琢磨琢磨，能不能拿个方案出来。"

当时，我任夜编部副主任，天天下午到晚上都要编报，那时的夜班都上到很晚才能下班，因此罗妙同志与我谈的事我没有特别在意，并未对报纸改革作进一步的思考和探讨。

大约又过了个把月，总编辑区汇文又找到我，他说罗妙同志要他找我聊聊报纸的事。我才知道罗妙同志对这个事很上心，而且他与老区交换过意见。我对老区谈的意见大体有两条：一是改进会议报道，提高质量、增加会议报道的可读性，同时减少一般的工作性报道，压缩报道篇幅；二是设计几个专版，在报纸没有条件扩版的情况下，增加版面含量，提升报纸的可读性。但是当时我并没有向老区提议增加什么专版，因为我以为他也就是随便听听我的海聊而已。

几个星期以后的一天下午，罗妙找我到他办公室，老区也在。他们两位告诉我，编委会商量过了，搞一个"改革开放"版，同时成立一个部门，就叫改革开放部，实行采编合一，专门经营"改革开放"版。由我去牵头主持这个部门和

这个版的工作。但我没有名份，身份还是夜编部副主任，部门既没有编制，也没有单独的办公场所。人员由其他各部门抽调，办公就在夜编部的大办公室辟出一个角落。

这事来得太突然，我一时领会不了他们的意思。搞一个部、一个版，有没有名份和办公室倒不是问题——问题在于，我们整张报纸都应当不遗余力宣传改革开放，另设一个版叫"改革开放"版，这个版装什么东西，怎么经营？我搞不明白了。另外，搞个专版本不用设部门。两位领导说设一个采编合一的部门，明显就是要放一批记者在这个部。而当时特区报从事采访的有政文部、工业部、财贸部，记者是以战线划分采访范围的，新设的改革开放部采什么写什么？

针对我的疑虑，罗妙同志说："搞这么个版就是想试着解决你说的报纸没特色、可读性不强的问题。特区条条战线都搞试验，我们报纸也可以搞搞试验嘛！所以，搞什么？只要不违反原则和纪律，有利于宣传改革开放，你们采写什么、刊登什么都不是问题，只是注意采访和版面不要与其他部门和版面撞车就是了。"老区说："这个版定位是个新问题，版里也可搞一些栏目，增加信息量，也好编排。开始一个星期先出一次，以后逐渐增加，三次、五次以至天天出，就看你们搞得怎么样了。人员先给十几个，最终按需要，增加二三十人也可以。"

领受任务后，两位领导给了我一个月的筹备期。人员都是从各个部门抽调的。大多是熟手，不少人业务能力都很强。有的在原部门因为人际关系处理得不好或者其他原因，由部门负责人向我推荐；也有的是毛遂自荐来的。初期十三四个人，最多时达到二十五六个。办公就在夜编部里辟出一个角。当记者的几个人共有一张台，稿子在家里写，开会才来办公室。

一个月后，第一期"改革开放"版如期与读者见面了。登什么呢？上这个版的稿件，不分领域和战线，只要是有关改革开放的鲜活的人和事，都能占一席之地。就是不登会议新闻、领导活动和工作总结式的经验介绍。体裁是消息为主，通讯、言论等一应俱全。在版面经营方面，我们要求每期要有一个打得响的头条，每个版面至少三张以上照片和两个以上专栏。比如我们当时开辟了一个集纳全国各地改革开放新动向的专栏，信息量很大，报道面很广，读者叫好。此外，标题禁绝超过十二三个字的长题，创造了一种并列三四行，每行四五个字的方块体，既方便阅读，也起到了活跃和美化装饰版面的作用。经营的那些稿件中，也不乏有深度又受读者欢迎的作品。

记得大约在1986年，时任文化部副部长的高占祥来深。他来参加一个活动，但事先告知接待单位，不见市领导，不接受采访。我们派了一个得力记者，当时通过种种关系找到他，并且作了访问。记者当晚成稿，第二天在"改革开放"版头条见报。高占祥谈特区文化建设和国内文化改革的精彩言论，吸引了很多人，引起了不小的反响，内地许多报纸转载了我们这篇报道。

总之，"改革开放"版诞生后，站住了脚。许多读者来信称赞，说他们喜欢看这样的版面。罗妙、区汇文同志也肯定这个版基本达到了预期效果。所以后来每周增至三个版，最多时每周出版五期。十年以后，《深圳特区报》创办"鹏城今版"，其实就是当年"改革开放"版的再生和延续。所谓实验，就是想在传统党报如何贴近生活、贴近读者，在坚持权威性的同时增加可读性方面，做了一点尝试。

回首当年这一段小经历，我不能忘怀罗妙、区汇文两位老领导的风范。切勿认为，新思想新意识年轻人才有，想变革现实，搞新花样，只是年轻人的标志。从我搞"改革开放"版的始末，我才深深意识到，对一张传统党报如何能迎合改革开放的新形势，罗妙、区汇文比我想得多、想得远，而且很着急。搞这么个部，搞这么个版，这都是他们想了很久之后作的决定。在一个当时只有四个版的市委机关报上拿出一块来，叫我领着一帮人搞试验，不是人人都有这个胆识的。愿这些老报人的精神能在《深圳特区报》长远传承！

（记录整理：吴晓燕）

办全国有影响的大报 办全国最好看的党报

□王田良（曾任深圳报业集团总编辑兼《深圳特区报》总编辑）

"这是一个平常的日子，这是我们与您的第 8254 次见面。与以往一样，我们依然在努力为您呈现鲜活的新闻，发布权威的信息，提供细致入微的服务；但与以往不同，我们希望从今天开始，改版之后的《深圳特区报》一步步成为更加成熟、更加丰富、更加时尚、可读性更强、更富感召力的一份党报。"

这是 2006 年 4 月 24 日，《深圳特区报》在头版登出《改版致读者》中的语句。2006 年初，《深圳特区报》围绕"新时期党报如何创新与发展"这样一个重大的课题，曾组织报社上下进行过一次大讨论。报社编委会适时提出：要把《深圳特区报》办成"全国有影响的大报，全国最好看的党报"，并根据中央关于宣传工作要"贴近实际、贴近生活、贴近群众"的要求，结合党委机关报的任务、特性和以往的办报经验进行改版，要求把政务报道进一步做大、做强、做到位；把民生新闻、社会新闻、经济新闻、国际新闻、文体新闻做得更广、更活、更贴近。

"办全国有影响的大报，办全国最好看的党报——这是此次改版的行动纲领，是《深圳特区报》新时期、新阶段的战略目标，也是《深圳特区报》几代报人的追求和梦想。《深圳特区报》从诞生之日起，就和中国的改革开放伟大事业紧紧地联系在一起。一代又一代特区报人薪火相传，为这张报纸的成长和发展，付出了心血和汗水。我作为一个在新闻岗位上奋斗了一辈子的'老运动员'，能接过'接力棒'，在深圳特区报 30 年的发展史上'领跑'一段，感到非常荣幸和自豪。"

彰显"权威性" 增强"悦读性"

党的十六大以来，中央强调要把"科学发展，共建和谐"主题宣传，作为当前和今后一个时期重大的政治任务，作为提升党报舆论引导力的重要课题，作为打造党报品牌的重要资源，作为培养和锻炼新闻采编队伍的有效载体，切实予以贯彻落实。我们梳理了过去多年的实践经验，深刻感到：只有创新宣传手段和传播方式，把"三贴近"真正落到实处，党报才能不断提高新闻报道的针对性与实效性、增强新闻宣传的感染力与吸引力、提高舆论引导的权威性与影响力，从而最广泛、最有效地吸引受众，更好地引导舆论。

在深圳办报，每个时刻都在接受两种甚至多种思想文化的影响辐射，这是深圳区别于内地任何一个城市的地方。世界几十家主要媒体都在香港设有分支机构，加上香港特别行政区的50多家媒体，平均每年申请来深圳采访的记者多达数千人次。深圳在科技、信息等方面也处于前沿位置，现在，深圳互联网站有3万多家，注册网民好几百万，而活跃在深圳互联网上的全球网民多达600万。在这种复杂的舆论生态环境下，作为深圳市委机关报的《深圳特区报》，如果不讲究宣传艺术，不提高舆论引导能力，就无从谈论把自身做大做强，发挥深圳舆论场的旗舰和引领作用。

2006年4月，《深圳特区报》进行了全面改版。在这次改版前，我们经过了一段时间的充分酝酿、激烈讨论和认真的论证。我们认为，《深圳特区报》应该继续坚定地走"办权威的政经大报，做出色的主流新闻"这条道路。在此基础上，制定了《深圳特区报》今后5年的发展愿景和战略目标。对此，深圳市委常委、宣传部长王京生在纪念《深圳特区报》创刊25周年座谈会上代表市委、市政府讲话中曾这样肯定："《深圳特区报》面对激烈的市场竞争，锐意开拓、勇于创新，努力探索市场经济条件下党报改革发展的新路子。适时提出'办全国有影响的大报，办全国最好看的党报，办全国两个效益最好的机关报'的战略目标，关注民生，服务社会，面向基层，贴近生活，努力把党的声音传播到社会每个阶层，城市的每一个角落。可以说，今天的《深圳特区报》已经是一份具有较强综合实力和广泛社会影响的区域性党报，是深圳报业名副其实的龙头和旗舰。"

根据我的理解，办全国有影响的大报，就是要力求把主流新闻、政务报道做强、做大、做到位。所谓强，就是发出的声音更权威；所谓大，就是诠释党和政府的决策指示更充分；所谓到位，就是要让市委、市政府的声音更广泛、更及时地传递给每一位读者。党报的政务报道是独家资源，也是党报的核心竞争力。政务报道做得好，党报就有权威性有优势。办全国最好看的党报，就是要力求让经济、社会、国际、国内、文化、娱乐、体育新闻和各类生活资讯更广、更活、更贴近。更广，就是每天要提供海量信息，一报在手，尽知天下之事；更活，就是要让报纸充满趣味，品位高雅，语言生动鲜活；更贴近，就是要通过内容、形式和手段上的创新，运用引导和服务的艺术，让新闻更加贴近实际、贴近生活、贴近群众。党报好看了，才能走入大众中去，才能成为百姓的贴心朋友，也才能让阅读成为人生快事。

这次改版，我们对版面整体结构重新进行了规划和设置，在突出综合性大报特点的基础上，注重信息的广度和深度，同时又强化了本地新闻分量。我们推出了系列周刊，在原来每周六"今周杂志"的基础上又增设了"博周刊""星周刊""学周刊""钱周刊""美周刊""情周刊"六大周刊，以深度的解释性、调查性新闻为主。这样一周七天，每天都有看点，大大丰富了信息含量，也增加报纸的整体深度、广度和厚度，受到了读者的认可和欢迎。

拓宽大视野　打好"大战役"

围绕"办全国有影响的大报，办全国最好看的党报"，为了让主题宣传更具针对性和实效性，最广泛有效地吸引受众，最强势牢固地占领舆论阵地，我们还进行了一次次成功的实践，推出一组组产生了广泛社会影响的大型战役式报道。如"构建和谐深圳效益深圳系列""建设自主创新型城市系列""发展循环经济系列""创建环保生态城市系列"等等，还推出了《深圳推进循环经济100例》《走马鹏城看和谐》《爱的呼唤》等系列专栏。由《深圳特区报》主办的"最具爱心人物""百名优秀外地来深建设者"和50家"外地来深建设者之家"评选活动，吸引了数十万读者参与，成为深圳关爱行动的重要组成部分。

2007年2月，我们经过精心策划和紧张筹备，并将报道方案报请深圳市委主要领导同志和广东省委宣传部领导批准，启动了《科学发展观在广东》大型采访，先后派出十多名记者，奔赴广东省21个城市，历时3个多月，行程2万余公里，全面宣传和展示了广东各地实践科学发展观的巨大成就和崭新风貌。这样大版面地集中报道全省21个城市落实科学发展观，构建和谐社会新变化、新发展的情况，《深圳特区报》是广东省媒体第一家，报道得到广东省委领导和各市市委书记、市长的高度评价，有十多个市委宣传部和外宣办向报社发来了感谢信。现任广东省副省长、时任湛江市委书记徐少华评价说，《深圳特区报》作为一份市委机关报，也是广东乃至全国有影响的大报，能够走出深圳，把报道的视野投向粤西湛江，聚焦湛江贯彻落实科学发展观的思路、做法，这样的策划很有心，体现了特区人开放的心态。现任广东省人大常委会副主任、时任珠海市委书记邓维龙更称《深圳特区报》的这次大型采访，"对宣传广东落实中央科学发展观的战略决策很有意义。"

"深圳企业闯天下"大型采访报道，在《深圳特区报》历史上，从持续时间、报道规模和社会影响来说，也堪称罕见的大手笔。不仅受到了深圳及全国许多省市领导的高度评价，也赢得了普通读者的充分认可。"深圳企业闯天下"七个字还成为金灿灿的品牌，被写入深圳市政府工作报告。从2006年6月1日至其后的 8 个多月里，记者走遍四川、上海、湖北、湖南等 21 个省市，采访了 96 家闯天下的深圳企业，专访了 12 位内地省市领导，全面展示了深圳企业闯天下的整体风貌。深企闯天下，带去的不仅仅是资本，还有人才、技术、管理和特区热土上培育起来的理念。为了让报道做得精彩、好看、有深度，我们提出要把经济报道"故事化"，使得报道生动可读。在成都、上海、北京等地，采访组有意识地策划了深企座谈会，向全国闯天下的深圳企业发出《倡议书》等活动，使整个报道有起有伏。报道结束时，出版了《深圳企业闯天下》一书，召开了声势浩大、规模空前的首届"深圳企业闯天下"群英会，把采访报道和招商引资活动结合起来，进一步放大了二者的影响和效益。这组大型报道，不仅在深圳产生了巨大反响，在全国也进一步扩大了《深圳特区报》的影响和品牌形象。

为做好迎接党的十七大主题宣传报道，从 2007 年 8 月 15 日开始，我们还启动了《喜迎党的十七大 走马鹏城看变化》大型系列报道。一改传统静态的成就报道模式，以系列社会活动的形式，引入公众参与，突出现场互动，广泛邀请市民代表深入实地，围绕多个主题，选择不同看点，亲身感受改革开放特别是党的十六大以来，深圳在全面落实科学发展观、着力构建和谐社会的发展道路上发生的巨大变化。包括深圳的道路变迁、河流治理及水库建设、国家生态旅游示范区东部华侨城、中心区的建设成就、羊台山郊野公园魅力和华南城"物流王国"等等，市民和各界好评如潮。在中宣部举办的全国省级党报、电台、电视台主要负责同志专题研讨会上，《深圳特区报》"创新，让主题宣传报道成为党报的品牌"的发言受到中宣部领导的充分肯定。

策划大手笔　好戏连台唱

作为深圳市委机关报，在面临重大历史事件纪念时期，更要全面动员、推陈出新，从开年之初就进行详密策划。

2008 年，中国改革开放进入第 30 个年头，深圳特区同时迎来 28 岁生日，做好 30 周年纪念宣传方案成为当年的头等大事。

策划酝酿之初，报社编委会的指导思想就非常明确。我们定下几条原则：不能光走高层路线，只找当年参与决策、筹办特区的领导写回忆录；也不能只走精英路线，只找一些理论学者写大块文章，更不能只是把曾经传颂一时的标志性人物和事件重新翻炒一遍。既要借鉴以往 10 周年、20 周年纪念运用过的一些方法，同时更要有所突破与创新。要着眼于动员和利用全社会各个方面的力量和资源，多侧面、多层次、多品种开展纪念活动。

1992 年 1 月 22 日，邓小平在南方视察时发表了著名的"南方谈话"。途中，他在深圳仙湖植物园亲手栽下了一株高山榕，同时也种下一颗加快改革开放的种子。以此为切入点，我们于 2008 年 1 月 21 日在一版推出"纪念改革开放 30 周年"特别报道《牢记特区使命 继续解放思想 推进改革开放——重温邓小平、江泽民、胡锦涛同志对深圳经济特区的嘱托》，推开了"2008——改革开放纪念年"第一章。以此为开篇，周二推出《岁月留影老照片征集》，周三推出《梦圆深圳——我与改革开放 30 周年征文》，周四推出《续写春天的故事》大型采访，周五推出《收藏品背后的故事》。之后又陆续推出《口述历史》《十大经典案例回放》等策划，形成了一个完整系列。

　　其中，《续写春天的故事》沿着烙下深圳改革开放足迹的"景点"，通过今昔对比，一一回顾当年那些荡气回肠的改革岁月；《口述历史》通过一批曾投身于深圳特区改革实践、对特区发展起过关键作用的老领导讲述所见所闻所为，见证改革的艰辛，挖掘一些不为人知的历史；《深圳改革开放十大经典案例回放》选题精致、主题深刻，在"纪念改革开放 30 周年系列策划"中别具一格；我们与深圳市博物馆共同推出的专题策划《收藏品背后的故事》，邀请市博物馆展柜收藏品的原主人，讲述当年难忘故事，见证改革开放历史；《梦圆深圳——我与改革开放 30 年大型征文》和《岁月留影——纪念改革开放 30 周年老照片征集》活动，请深圳千万个建设者们自己拿起笔，打开珍藏已久的记忆和相册，共同参与纪念盛举。

　　早在 2005 年，为纪念深圳经济特区成立 25 周年，我们曾精心组织、策划、推出一个引起重要影响和广泛好评的重大报道活动——"省部领导访谈"，有几十位省、市委书记和省部级领导接受了本报记者的专题采访。经过报请深圳市委和宣传部批准，我们继续强力打造好这一专栏，约访在深圳发展历程中起过关键作用的省部级领导干部，作为"纪念改革开放 30 周年系列"报道活动的一个拳头产品隆重推出，请他们深情回顾深圳经济特区 28 年来所走过的不平凡道路，表达他们对深圳在未来中国发展中继续发挥作用的殷切期望、良好祝愿和建设性意见。

　　由"纪念改革开放 30 周年"为主线串起的这组系列策划贯穿全年，时间跨度之长、参与人数之多、报道规模之大，在《深圳特区报》办报史上都是少有的。推出半年来，该组系列策划不断滚动亮相，每期少则一个版，多则四五个版，错落有致，高潮迭起，有板有眼，动人心弦，不仅是 2008 年《深圳特区报》宣传报道的亮点，也成为深圳纪念改革开放 30 周年活动的精彩篇章。《新闻战线》

征与尘
深圳特区报 30 年往事记述

为此发文专门作了介绍。

创办"直通车" 打造名专栏

舆论监督是社会的减震器和解压阀，也是推动和促进科学发展、构建和谐社会的一种重要手段。牢牢把握正确的舆论导向，为党和政府坚守好舆论阵地，这是党报的题中应有之义，也是实现大报影响力的前提。《深圳特区报》一直谨守三个原则：一是有为才有位，首先要敢于开展舆论监督；二是要有所为有所不为，要选准监督的问题和目标，从解决问题的建设性的角度入手；三是要敢为还要善为，讲究方法和策略。要将舆论监督的着眼点放在有利于促进各级党委和政府改进工作、推动实际问题的解决、增进社会和谐、维护社会稳定上。

在"办全国有影响的大报，办全国最好看的党报"定位基础上，我们一直在思索，如何进一步开拓创新、形成合力，将舆论监督和党纪监督、政纪监督、群众监督等多种监督形式有机结合，从而提高监督实效。"直通车"栏目就是这一指导思想的产物。

2006年初，深圳市纪委、深圳市监察局、深圳市信访办和《深圳特区报》一同创办了"直通车"专栏，从2006年一月开始，每周一期，至今已出版了数百个专版，受到了中央纪委和省、市委领导的高度肯定和社会各界的广泛赞誉。在中央纪委召开的全国宣传工作会议和国家信访局召开的全国年会上，都肯定了"直通车"发挥的积极作用。省委还要求广东各媒体都要报道《深圳特区报》创办"直通车"的经验和做法。许多专家、学者评价，"直通车"专栏的成功，是党报加强舆论监督、推进民主政治的有益尝试。

深圳市纪委主要领导对"直通车"的创办和运作一直给予坚定的支持。专栏推出之前，四家主办单位领导就一起确定了专栏的组织机构和运作模式，讨论商定了专栏的宗旨目标和特色定位。在专栏酝酿时期，深圳市纪委和监察局联合下发深纪发［2005］39号《关于在深圳特区报开办"直通车"专版的通知》的文件，明确了专栏的领导机构及成员，并把专栏的宗旨目标和特色定位具体化：即倾听民声、了解民意、汇集民智、凝聚民心、实现民愿，促进深圳市政治文明建设。

在报社内，"直通车"专栏成立了由采编骨干组成的工作室，由总编辑亲自指挥。确定主打稿件后，调配全报社的资源和力量通力打造。其运作模式是：每周安排一名市领导或一位有关单位"一把手"，作为接访嘉宾参加"民意直通车"现场接访；每天通过热线电话、电子信箱、短信平台等渠道收集市民反映的问题和意见，编号后通过"网络直通车"转交相关部门办理，办理结果在网上公开；

接访活动以及市民反映的具有代表性的问题和相关办理结果，则在专栏中刊发。

专栏开办之初，时任深圳市委书记李鸿忠先后两次亲自担任"直通车"嘉宾，亲切勉励我们要努力把"直通车"专栏办成既能推动党委政府工作、又为群众喜闻乐见的精品栏目。对于专栏曝光的一些问题与不足，他要求各级部门接受监督，积极加以整改，切实改进工作。开办仅一年多，"直通车"专栏先后请到近百位市、区和市直单位的领导登"车"，收到市民诉求10600余件，有9700多件得到了回复或处理结果。例如，红树林保护区旁边生猪私宰点被端、繁华马路竟成派出所领导停车自留地、沙鱼涌河受污染等等报道，都推动了群众反映强烈问题的治理，让市民群众看到了政府坚决处理群众反映问题的决心和力度。

2007年，《深圳特区报》"直通车"专栏和中央电视台《焦点访谈》一起获得了第十七届中国新闻奖名专栏一等奖。这是业内专家、学者对特区报创新舆论监督报道的肯定，是对我们编辑记者心血结晶的褒奖，也是我市几个主办单位共同倾力策划、大家激情投入和艰苦付出的精彩回报。

（记录整理：冯庆）

特区创报　彪炳史册

——谨以此文纪念《深圳特区报》首任总编辑张洪斌同志

□李伟彦　丘盘连　江式高　张黎明　黎珍宇　口述
□金　涌　采访整理

早在 1979 年底，张洪斌同志就开始了《深圳特区报》的前期筹备、试刊和创刊工作。1982 年 4 月至 1985 年 5 月，他担任《深圳特区报》总编辑并主持工作，近 4 年时间。这一阶段，正是经济特区开创之初最火热，也是最艰困的时期。在市委宣传部的直接领导下，他身先士卒，敢闯敢试，带领一支精悍的办报团队，紧随着特区的脚步披荆斩棘，为报社的早期创立和持续性发展打下了坚实基础，立下了汗马功劳。

张洪斌因病去世已经 9 年了，他和拓荒者们率先书写的中国特区新闻史第一页，已经载入共和国史册。他过人的胆识、充沛的精力和音容笑貌仍留在了我们心中，难以忘怀。

深入特区鼓呼　堪称"有功之臣"

张洪斌出生在安徽宿县一个普通农家，15 岁参加工作，19 岁入党，后保送至安徽大学外文系、中文系，因品学兼优，在校期间边学习边工作，兼任系团总支书记。1964 年毕业分配到新华社，任社办秘书，先后在吴冷西、朱穆之、李普、杜导正等老领导身边工作过，积累了丰富的经验；以后分到国内部内参组，深入一线调查研究，写下了诸如"全国工资改革"等不少关乎国计民生的内参，引起中央领导的重视并作出批示。十一届三中全会召开之后，南方改革开放大潮激荡，他长期蹲在广东，特别是沙头角、蛇口等深圳地区实地调研，为决策层提供"第一手材料"，为解决当时特区所面临的棘手问题起到了"四两拨千斤"的作用，受到地方干部群众欢迎。深圳市老领导梁湘曾颇为深情地夸他是"有功之臣"。

1980 年 8 月 26 日，深圳经济特区正式成立，全国关注，举世瞩目。但对于为什么要建立经济特区，党中央、国务院对于特区的方针政策是什么，特区将建成什么样子，等等，海内外都不了解。甚至，当时身处特区的一些

领导干部的思想也并不十分明确。而在全市，除了一个陈旧的有线广播站，再没有任何传媒工具，实际上就是"特区的牌子，小镇的底子"。时任深圳市委书记兼市长的吴南生敏锐地意识到，"办特区必须舆论先行"，为此倡议创办一张特区的报纸。同年11月15日，市委常委会作出由宣传部负责筹办报纸的决定，要求尽快拿出可行性方案，先办试刊，委托香港《文汇报》印刷，所需费用由市财政解决。

一个刚刚成立的特区要办报，困难重重，谈何容易！当时，既没有钱，也缺乏办报人才，且不少人对特区还持有怀疑态度。身为新华社记者的张洪斌，在向中央反映实情争取支持的同时，为特区办报推波助澜。因为熟悉和了解情况，在筹划办报的最初阶段，有关领导经常听取他的意见和建议。在市委宣传部制定方案后，也就是《深圳特区报》准备试刊的关键时刻，他自告奋勇，向市委请缨前来办报，受到了市领导的欢迎和诚邀。于是，在组织关系尚未调入深圳期间，张洪斌就便牵头投入报纸的筹备工作，实际上负起了"老总"职责。

张洪斌看上去温文儒雅，不显山露水，实际满怀激情，性格坚韧，大家都很信任他，尊重他，亲近他，把他当作"老大哥"。有新华社能上能下的工作经历，他很能把握政策法规，深知突破点于何处，宽容度在哪里，哪些"雷区"可以踏，什么"底线"不能碰，可谓得心应手，游刃有余。他认为，不论采取哪一种方案办报，办报的宗旨是明确的，那就是：以宣传深圳特区为贯彻执行中央关于改革开放政策所取得的成就、经验为主旋律，辅以其他群众所喜闻乐见的新闻；报纸应立足深圳，面向全国，兼顾港澳及海外；报纸版面安排既区别于内地报纸，又不同于港澳报刊；但可以借鉴港澳及海外报刊那种生动活泼的版面安排经验。

市委决定办报，是一个振奋人心的动员令。为了协调好市属各部门的关系，让全社会都来关心和支持办报，由市委宣传部牵头成立一个领导小组，张洪斌具体负责执行，下设试刊采编组，人员由宣传部科室骨干及新闻科人员为主力，加上慕名前来者，很快拉起一个临时办报班子，有诗为证："十二儒生壮志行，同舟共济竭真诚。"紧接着，在部领导带领下，一行前往《南方日报》《广州日报》登门取经，返回后紧锣密鼓，进入试刊操作阶段。

"儒生"锦囊迭出　"木屋"好戏连台

张洪斌有个习惯，深圳的夏季漫长，蚊子特别多，连电扇都稀缺，他常会窝在蚊帐里写东西，内参稿、调查报告、报社的运作方案等，好多是在其间完成的。昏暗灯光下，一行行书写，一字字斟酌，常常是满身大汗，实在不行就钻出来透口气，打盆水洗洗脸。

创报最初没地方，筹备组就在部长家里办公，后来搬到早期深圳市委，即原宝安县委的一栋木板房，四壁很高，有点像乡下的谷仓。摆上几张旧办公桌椅，还有条木匠丢弃的长凳，便成了张洪斌的总指挥部。这里，曾有多少讨论形成共识，多少方案付诸实现！如最初提到报纸的名称，筛选出 3 个供市委选择："深圳报""深圳商报"和"深圳特区报"。究竟哪一个最合适？起初，有人对"深圳商报"比较有兴趣，但张洪斌考虑到作为党报又不太合适，于是在上报方案中明确提出了"倾向"：这就是《深圳特区报》！

到省里办理报刊登记，刻不容缓！报社地址、电话号码、社长、总编辑，等等，让赶往广州填表的女同志有点迷糊：来不及名正言顺的《深圳特区报》，究竟是"先有鸡还是先有蛋"？谁也说不清啦。办报就是办报，办起来再说！于是，电话请示之后，社址填"深南大道 1 号"；电话号码套用宣传部的"2188"，社长填时任宣传部长"李伟彦"，总编辑则填"张洪斌"。可知道，社长并没有任命，而张洪斌的关系还未从北京调来，如此严肃的人事，现在想来实在玄乎，可当时就这么干的。但不管怎么说，《深圳特区报》总算入了户头。

接下来，根据吴南生的意见，派人再赴广州，邀请著名书法家秦咢生题写报头。接着，张洪斌前往香港《文汇报》社，洽谈印报具体事宜，一件件抓落实。关于报头有个小插曲，秦咢生写了魏碑体和行楷体两种字体，一式两份。对比选择后，《深圳特区报》试刊第一期采用魏碑体，觉得这种遒劲有力的字体更能体现当时创业的那种坚韧不拔的精神。但有不少读者反映看不习惯，张洪斌听取各方意见后，从试刊第二期开始便改为行楷体，一直沿用至今。

省委宣传部 1981 年 4 月发出通知，要求《南方日报》《羊城晚报》《广州日报》社抽调少量的办报领导和业务骨干，支援深圳办报。这样，省里陆续有新闻干部调入深圳，从而大大充实了特区办报的力量。这一期间，时任市委书记兼市长梁湘发话了：1982 年上半年，特区报的创刊号一定要拿出来！

十月怀胎，一朝分娩。究竟要办成一张怎样的报纸，实现怎样的价值？是以传统模式办报，稳中再求发展，还是大胆创新，充分体现特区的风格？面对期待与质疑，在认真吸取上下各方的意见后，《深圳特区报》作了一个明确定位，这就是——

是党的报纸，但不要"党八股"；既区别内地报纸，又不同于港澳报纸；既继承中国新闻事业的传统，又有分析地吸取境外报纸有益的经验；版面安排要求比内地报纸轻松活泼，从内容到形式都要体现特区的特点。

并特别强调，作为市委市政府的喉舌，要传递中央、国务院关于办特区的政策，要有改革开放的声音，要立足深圳，发行全国，兼顾海外，为特区建设充当重要的舆论工具。

为保证出报顺利，也是从稿源的实际出发，市委宣传部在小礼堂召开了全市通讯员会议，动员广大基层干部积极投稿，为办好特区报出谋献策。由此，涌现了一大批热心作者，提出了许多切实可行的好建议。譬如，学习老大哥报纸办好副刊，强调地方特色，通过专栏形式开展批评和自我批评，激浊扬清，匡正驱邪，弘扬正气等。

信心满满，不负重托，张洪斌率一众人马，全面提速进入试刊倒计时。

"壮士"勇于踏雷 《试刊》旗开得胜

1981 年 6 月初，《深圳特区报》试刊第一期的大样贴在了办公室墙上，广泛征求意见。梁湘、方苞、黄施明等市领导特地前来，提出了很多好建议。梁湘说："想不到你们在这么短的时间就拿出一期报纸来，很不错！"看到办报条件很差，他当即批了 5000 元，作为购买自行车的采访之用。

6 月 5 日凌晨，这一期试刊版样送到香港《文汇报》社先印刷了 50 份。紧接着，由张洪斌坐飞机送往北京，给正在参加中央特区工作会议的谷牧、任仲夷、吴南生等领导审阅。而在机器旁等候的同事们，则心情非常紧张，有点像孕妇进了产房，亲人们在门外焦急地等待一个新生命的降临。当晚 8 点，张洪斌急电传来喜讯："北京领导同志看了第一张报纸，一致认可，同意印行！"这消息第一时间传给分管宣传的深圳市领导，再转给香港《文汇报》社。此时已是深夜，一直守候在印刷机旁的同志们激动万分，欢呼雀跃，当即开机印刷 8 万份，迅速打包上车，运往深圳。

报纸对开四版，考虑到对香港、澳门的影响，采用竖排，繁体字，套红，彩印。既有国内、国际新闻，也有地方新闻；既有世界经济、香港经济、房地产专版，也有筛选过的外报资料、信息；既有法制、民声、文化，还有专论等等，且第一版上就有商业广告。海外媒体称之"壮士之举"，可见其胆识与魄力。新成立的特区一下子就有了自己的报纸，人们感到新鲜、好奇，争着先睹为快，拿到新华书店和街上派发的报纸很快就被抢光了。

与此同时，在深圳地区引起强烈的反响，也给南来北往的建设者以极大鼓舞，也波及到了内地乃至海外地区，许多读者纷纷来信、来电，向特区报社表示祝贺。

"《深圳特区报》的诞生，是中央改革开放政策的产品。"好评如潮声中，张洪斌也听到了社会上一些不同的声音，譬如，特区报和香港报纸没有多大区别，难道深圳真的要复辟资本主义吗？还有的说商业味太浓，个性十足，花里胡哨……

张洪斌到北京汇报或办事，总有好心人劝他："现在特区办不办都难说，你还办什么报纸啊！"

但各种议论和劝说，丝毫没有动摇他创办《深圳特区报》的信心和决心。

就在试刊首期之后，6月20日、8月8日、9月8日、12月24日，《深圳特区报》又陆续试了四期，前后共试刊五期。其中，第五期还出了8个版。

"在总结中思考，在改进中提升，目标不变，始终如一。"面对不同的声音，张洪斌保持了一个党报总编辑清醒的头脑，体现了政治家办报的高素质。这些舆论属意料中之事，因为每一新事物的诞生和出现，并非是一帆风顺的。如同一只帆船在茫茫大海里航行，它要冲破许多狂风巨浪，绕过无数暗礁险滩才能到达光明的彼岸。

"坚持新事新办，特事特办，打破常规办报。"他认为，报纸从一开始就要考虑到对外宣传的需要，从内容到形式，必须给人耳目一新的感觉。否则的话，经济特区与内地省市有何不同？中央办特区的宗旨又怎样来体现？！

正如此，《深圳特区报》从试刊首期开始，就牢牢把握住了大方向，那就是宣传党中央的改革开放政策坚定不移；宣传深圳特区的建设成就、新人新事自始至终。在这个前提下，融进了自己的地方特色。

"这不正是凭着一股子敢于尝试'吃螃蟹'的开拓思路，才有了几乎与特区同步的《深圳特区报》。否则，它的历史就要改写了！"多少年后追溯往事，张洪斌仍情难遮掩。"

善于倾听民意　报道思路开阔

1982年5月24日，《深圳特区报》在试刊的基础上正式创刊。那一天，大家的心情不知有多高兴，一个个捧着报纸，如同抱着自己刚刚呱呱坠地的婴儿，左看右看，评头品足，喜不自胜。报纸送到市委各部门，一个办公室一个办公室地送，请大家提意见。与此同时，还多路到街头、车站等公共场所派报。哇咦，《深圳特区报》！人们感到新鲜、好奇，争着先睹为快，往往一大捆报纸，几分钟就给抢光了。

报社所在的通心岭第11幢宿舍楼里一片欢腾，喜气洋洋。辛勤的付出，终于迎来了丰收的喜悦。手捧散发着油墨香的报纸，员工们品读着创刊号上的社论"别开生面的有益尝试"，心情久久难以平静。

"这样一个经济特区，前景是光明的，是大有作为的，更是值得支持的。在前进的途程上，我们已经，而且还将不断遇到新的情况，新的问题。这更需要探索的勇气，敢于登攀的精神。327.5平方公里的经济特区，将以965万平方公里、幅员辽阔的祖国为后盾，依靠党的坚强领导，在社会主义国家政权管理下，以稳健的步履，迅速地发展起来，为祖国四化建设，作出应有的贡献。"

这一天头版下端，1/4版的面积画着友谊大厦、怡景花园等4家楼盘手绘的几何式图案，还有一行醒目红字："祝贺深圳特区报创刊志庆！"时过境迁，很难用现代传媒标准来评价这个广告的水准，可它却是特区第一个房地产广告。

《深圳特区报》创刊30周年之际，翻出尘封多年的老报纸，重温这篇"代创刊号"，我们仍能感受激情燃烧的岁月里，搏动在张洪斌胸中那颗心，多么鲜红，多么炙热，多么有力！

摒弃论资排辈的做法，张洪斌在担任总编辑期间，大胆任用一批年轻干部，保持采编队伍的激情与活力。对于一些"敏感"的题材，他往往见解独到，很有前瞻性，体现出过人胆识。如"物业""卖楼花"等提法，在我国报史上闻所未闻，从《深圳特区报》第一次出现后，内地好多家报纸跟着采用，渐渐司空见惯，成为行业专有词汇。还有，原村民过境耕作，将港人丢弃的电视、沙发、轮胎等废旧利用，靠此方式"发家致富"，算不算"社会主义拾资本主义的破烂"，该报不该报？报，张洪斌一锤定音。

再譬如，一些外商独资和合资企业成立了党组织，有的利用上班时间开展活动，引起外商的不满。此类稿件如何处理，张洪斌态度明确：改革开放伊始，大部分外商对我们办特区还不太了解，有的仍持观望甚至怀疑态度，这种情况下，若过多类似的报道显然不合时宜，会引起外商的恐惧，误以为我们在派干部去监督他的企业，这对吸引外资是很不利的。在创刊初期，张洪斌对这一类的报道是非常慎重的，严格地把握尺度。这期间，胡耀邦视察深圳时指示"特区要特事特办，新事新办。"可见，张洪斌对独资和合资企业党组织的宣传报道思路是符合中央精神的，观念新，敢于冲破传统观念的羁绊。再后来，随着改革开放路线日益深入人心，企业党组织已为外商广泛接受，引进外资迅猛发展。如今，对外资和合资企业的党建工作公开报道，已不会产生负面影响了，亦是完全必要和正确的。

心血挥洒热土　一生无怨无悔

在总编辑任上，张洪斌是个典型"工作狂"。他全身心投入办报。白天开会下基层，参加各类公务活动，晚上回到报社碰头，传达完精神就看稿子。那时，报社人员比较少，经常有机会就改革开放的形势、特区的政策以及某些敏感问题，与张洪斌直接进行探讨。每一次找到他，他总是先静静地听，不轻易打断对方的话，听完才慢慢地讲述他自己的看法，谈出报道的重点，如何挖掘和提炼。在那"钢丝上跳华尔兹"的紧张岁月里，他以身示范，以笔名的形式，撰写了不少社论、评论、消息和通讯，今天读来仍不失启迪。

一次，张洪斌率队采访时任港督麦里浩，发现有个记者穿双凉鞋，袜子还破了个洞，露出脚趾头，有失检点。回报社后，他善意地提醒这个记者应尊重采访对象，处处维护特区报的形象，为此还立了自律的规矩。不久，他亲自出面，请来上海的时装师，给每个人量体裁衣做套西装，报人面貌一新。内地几家省报参观特区报后，回去也跟着效仿，风行了好一阵子。

张洪斌主政时期，报社条件还相当差，他常骑一辆单车上下班，下夜班临时住处的新园宾馆大门早关了，没法只有爬铁栅栏进去。五旬的人了，不容易呀！那年，他赴京招聘干部，零下十几度严寒里缩脖子跺脚，数顾"胡同"寻对象，亲自面试，为一张报纸的明天操碎了心。有个小年轻病了，他让食堂熬了粥亲自端过去，又交待人看护，有事直接找他。在老员工的印象中，张总长得又高又帅，西装革履，谈吐文雅，也很平易近人，学者风度十足。他很睿智，古今中外，旁征博引，见解独到而精辟，大有"与君一席谈，胜读十年书"之感。

1983年，市里想尽办法挤出1400多万元，在深南中路为特区报社兴建了9层办公大楼和2幢宿舍楼，并进口了当时最先进的印报机。同年12月1日，《深圳特区报》由周报正式改为日报，对开四版，并由报社新建的印厂印刷，结束了在香港印报的历史。1984年的春天，期待中的报社新楼终于落成。

风雨过后，彩虹亮丽。这期间，市委正式任命了中层以上的干部，从北京、广州等地招来一批大中专毕业生，加上部队复退转业、应聘而来的各路人马，乔迁之喜的锣鼓鞭炮声中，《深圳特区报》翻开了新的一页。

1985年5月，张洪斌调任深圳市委宣传部副部长，后任海天出版社筹备组负责人、社长；再往后，委以重任赴境外工作，直至退休。2003年4月9日，张洪斌因长期劳累患肝病医治无效在深圳去世，终年69岁。

今天，当我们回首过往，历史地辩证地看待张洪斌，他在伴随深圳经济特区建立成长的过程中，无疑也存在一些瑕疵和不足。但是，不应离开当时的历史条件来过分地苛求于他，他在工作中坚决地贯彻了上级的决策，在各种条件都极其困难的情况下，成功地创办全国首份特区报，率先书写了特区新闻史上的第一页。他身上那种特区建设者忘我为公、敢闯敢干的"拓荒牛"精神，是令人难忘的，理应成为激励后人创新奋进的一笔精神财富。

有许兆焕词为证：最喜边城开放早，叱笔投身报纸佬。血溅藻，肥劲草，有谁识得报春鸟。

老骥伏枥 风范长存

——谨以此文纪念《深圳特区报》老社长罗妙同志

□杜吉轩 王初文 许兆焕 谢蔚君 口述
□金 涌 采访整理

上世纪 40 年代初,罗妙同志就投身于党的新闻事业。在漫长的岁月里,从白区到解放区,从农村到城市,从机关报、农民报、城市报到特区报;从抗战时期的少年先锋团团长,到解放战争、社会主义革命和建设年代以及改革开放初期的报社编辑、总编辑、社长,无论在哪个岗位,罗妙总是服从党的需要,从不讨价还价,勇挑重担,艰苦开拓,胸怀全局,知人善任,勤勤恳恳,任劳任怨。用他的话说,"党指向哪里,我就干到哪里,就在哪里开花结果。"

拂去战火硝烟,迎来东方红日,一生孺子牛,尽在耕耘间。在《深圳特区报》迎来创刊 30 年的日子里,我们特别怀念这位集光荣革命传统和时代先锋精神于一身的老社长、老报人、老黄牛。罗妙报业生涯中所积累的精神财富和他高尚的人格,激励着我们与时俱进,再续新篇。

少时投身革命 一生建树良多

1924 年 4 月 8 日,罗妙出生在粤东兴宁河郑乡的竹园下村,15 岁就参加抗日救亡组织,担任少年先锋团团长;17 岁加入中国共产党,后担任兴宁一中党支部书记。他为粤东地区进步报刊撰写文章,以犀利的笔锋针砭时弊,直接参加了地下党报的编辑、出版和发行工作。为配合解放大军南下,他奔走于闽粤赣边区,冒着枪林弹雨印报发报,在黎明前的黑暗中传递党的声音。

1947 年 5 月至 1949 年 7 月,罗妙先后担任汕头《光明日报》、梅县县委机关《曙光报》、游击区《梅州人民报》编辑,《闽粤赣边区大众报》党支部书记等职,为人民解放事业建立了功勋。新中国成立后,他曾任《兴梅日报》和《兴梅农民报》总编辑、《南方日报》编委常委、《广州日报》总编辑、中共广州市委委员。1984 年 1 月至 1988 年 5 月,任《深圳特区报》社社长;在深期间,兼任中华全国新闻工作者协会理事、广东省新闻工作者协会副主席、深圳市记协主席等职;1994 年 3 月正式离休。

史海钩沉，尤值一提 1958 年，在烈火中为抢救国家和人民生命财产光荣牺牲的广州青年女工向秀丽，其英雄事迹就是他亲自策划组织报道，并影响遍及全国的。上世纪 60 年代初期，他担任《南方日报》农民版主编时上下奔波，全力以赴，把该版办成了广大农民兄弟最喜爱的报纸，最高发行量逾 40 万份。

行近六秩之年，罗妙响应党的召唤，再度走上"新闻前线"，主政深圳特区报社，迅速担当起由周报改为日报的重任。他满怀激情，发扬"孺子牛"的精神，带领编委成员制订符合经济特区实际的办报方针，克服人员不足、设备简陋、没有纸库等重重困难，在逐步完善报纸出版发行秩序的同时，建立起一支政治素质高、业务能力强、人才结构搭配合理的采编人员队伍。他坚持"排污不排外"，发挥报社同仁的创新精神，进行全方位谋划，积极探索适应市场经济条件下的办报机制，使成长中的《深圳特区报》办出了特色，在全国独树一帜，进一步扩大了海内外影响。

半个世纪以来，罗妙以新闻事业为终身的职业，既是指挥员，又是战斗员，亲力亲为，笔耕不辍，写下了大量消息、通讯、评论、杂谈、回忆录和诗词作品，享誉岭南大地。他曾赴京参加会议，亲聆毛泽东主席的教导；在深圳渔民村，和前来视察的小平同志亲切握手。他被列为中国新闻界的名人纳入《中国新闻年鉴》，早在上世纪 90 年代，中华全国新闻工作者协会就向他颁发了"从事新闻工作 50 年"荣誉证书和纪念章。

罗妙常饱蘸浓墨，以诗明志。清正廉明，荡气回肠，文如其人，力透纸背。此处，不妨沧海拾贝，小撷浪花，以飨读者。

《忠魂祭》——凛然正气对顽敌，血染宁江醒万民。

《深圳好》——红荔笑迎骚客至，豪情命笔绘今朝。

《倡直言》——不为面从敢持理，光明磊落忧天下。

《寄友人》——岁寒更思共被寝，对床夜雨挽月留。

1999 年 9 月 30 日，为中国革命和党的新闻事业贡献了毕生精力的罗妙，在同病魔搏斗中与世长辞，享年 75 岁。但他老骥伏枥，志在千里，生命不息，奋斗不止的共产党人风范，铭刻在了共和国的丰碑上。

六旬披挂上阵　人是决定因素

1983 年底，年仅六旬的罗妙从《广州日报》总编辑位上退下，正准备回家颐养天年时，突然接到了主政《深圳特区报》的重任。此时，特区报正面临由周报过渡到日报的重大挑战，任务十分艰巨，省市领导对此寄予厚望。既有传统办报经验，又不乏时代激情的罗妙，别无选择，再披战袍，战士再出征，风雨新闻路。

初来乍到，罗妙就发现，这个顺应改革开放大潮而生的报社团队，锐意进取，充满活力，极富开拓创新精神。创刊仅一年多时间，报纸的质量、发行量、广告量"三大指标"攀升，赢得了广大的读者，引起海内外媒体关注。这些，都为"周报改日报"坚实了基础，"拓荒牛"功不可没。但同时也发现，队伍建设刻不容缓，虽然采编人员增加了，可是真正懂办报的不多，文化干部、地县新闻干事占了较大比例，一定程度影响了报社的发展。他在充分调研后得出结论：报纸走向正规，实行管理规范化，人才是第一因素！

很快，罗妙提出的队伍建设方案落到实处。在省委宣传部的号召下，《南方日报》《羊城晚报》《广州日报》等媒体热烈响应，给予大力支持，一批勇于二次创业的新闻干部义无反顾，放弃稳定的工作生活条件，加盟《深圳特区报》从头开始。与此同时，特区报"英雄不问出处"，面向全社会公开招聘人才，在北京等地设点吸引精英良将，条件可谓苛刻：大学毕业，中青年，超过50岁免谈。一时间，如过江之鲫，报社门庭若市，应聘者斩钉截铁：没有住房，不调户口，我们也要来！

罗妙尊重知识，尊重人才，用人很有经验，其中有一条"就地取材"。以他多年办报的经验，办一张天天要出的日报，没有通讯员队伍可不行！于是，通过办班培训，以老带新，边学边干，干中选拔，将一个个通讯员培养成"编外记者"；完善评报制度，由编委带头，每日必评，对事不对人，提升报纸品质。此外，在印刷、发行、后勤服务部门，则实行严格的责任制：报社不养闲人，你可以不来上班，但绝不容忍"磨洋工"！

让罗妙颇为纠结的是，来特区报后才看到，初创阶段因为经费紧张，当时竟没有建立自己的纸库。周报要改日报，用纸率陡增多少倍呀！为此，他一次次领着人，找领导及有关部门争取经费，终于在八卦岭看中一处房产，由报社买下作了临时纸库。当时，《深圳特区报》的纸张未列入国家计划，用纸只能靠进口，为这事他不停地上北京，跑部门，促使指标迎刃而解。还有"稿荒"问题，日报用稿量相当之大，编辑普遍反映"供不应求"。罗妙推出举措，实行"奖勤罚懒"，政策向地方新闻倾斜，大大调动记者的写稿积极性，将采编矛盾化于无形。

罗妙常说，"只要是为了工作，合情合理的要求，为报社员工办实事谋福利，我都会带头去做，全力支持。"

记得深圳最早发行股票时，人们对证券是什么东西，对经济有什么意义，没有任何的概念，市委市政府大力鼓动，媒体强劲造势，但宣传再多也极少人购买。

一天，发展行办公室的孙主任挎包里塞满股票，上编辑部来推销，结果应者寥寥。罗妙找来记者介绍，一边聆听一边琢磨，觉得《深圳特区报》和股票都是改革开放的产物，我们应该用实际行动来支持。于是，回家和老伴一商量，拿出多年的积蓄，一口气买了两万元。在他带动下，众人拾柴火焰高，员工量力而行，孙主任满载而归。

罗妙关注社会现象，离休后的他常走街串巷，以文会友，参与讨论，或针砭时弊，提出高见。譬如，"深圳缘何叫鹏城"，绝大多数市民并不了解，也没有一个权威部门作过正式命名，找不出法定性依据来。为此，他曾走访多位"老宝安"，也证明历史上没有说法，因而认为真正给深圳冠上"鹏城"的别名，是在建特区以后的事。于是，他在《说"鹏城"》中写道，"中央决定深圳办特区，第一次提出不给钱，只给政策，要开拓者杀出一条血路来，这是前无古人的事，也是一项艰巨伟大的事业。且深圳有个大鹏湾，以大鹏为象征，表示深圳这个边陲小镇展翅腾飞，搏击风云，勇往直前，前程无量，早就获得了人们的共识和接受。"

拂去岁月尘封，翻阅老报，旧文重读，罗妙孜孜不倦的探究精神和严谨风格，仍鲜活如初，睿智不减。

在《深圳特区报》正式出日报后，为加强评论宣传，根据他的要求，在第一版设置了评论专栏，取名为"鹏城杂谈"，不遗余力宣传"大鹏精神"，这也是在传媒上首先经常使用"鹏城"一词。后来，又开设了"鹏城快讯"，每天同读者见面，"鹏城"口口相传，越叫越响。

在罗妙离开为之壮心不已的社长岗位时，《深圳特区报》社已经拥有一支素质较高的新闻队伍，采编人员平均年龄 37 岁，74% 以上是大专文化。而报纸，则发行到了 29 个省市自治区，以及海外 13 个国家和地区。

把握正确导向　党报开放搞活

作为一份党报，又是市委机关报，如何做好党的喉舌，又办出自己的特色？罗妙有句名言："报纸应该办活，但不能出格。这个格就是不能离开党的领导，这个活就是读者喜闻乐见。"而这个信念，直到生命最后的时刻，他也没有动摇过。

办报是件苦差事，有人曾作过形象比喻，谓之办报人难逃"两院"：一是要办好报纸，非得费尽心血不可，结果是住进医院；二是报纸一旦出了"娄子"，那就会被告上法院，依纪律查处。在社会平稳发展的时期，办报人的日子会好过些，但遇上大风大浪，报纸作为社会最敏感的领域，形形色色的社会思潮就会冒了出来。在关键时刻，报纸如何择善如流，激浊扬清？罗妙的可敬之处，就是

在纷纭复杂的思潮面前能够明辨是非,坚持办报的党性原则,尤其在我国改革开放的前沿地区,坚持报纸的正确舆论导向。他经常强调,特区报姓"党",党性原则任何时候都不能丢,文章、新闻登与不登,登多登少,都要从全局考虑,从党性的立场来考虑。在他主政期间,任凭各种风浪,特区报一直站得稳,把得正!

"党报坚持党性,没错,但也不能死水一团,应该想办法让它活起来。"罗妙一直在寻思,如何既把握正确的导向,又遵循新闻基本规律,让广大读者爱看这张报纸?为此想了不少办法。譬如,规定头条稿不超过千字,强调独家、新意、鲜活、贴近民生。再譬如,在版面上创造一种"标题方块体",即并列三四行、每行四五个字的方块体,让报纸有"透气孔",看上去清新舒朗。最重要的是内容,有没有信息量,能否吸引读者,让人耳目一新?!

一天,罗妙请夜编部一位副主任到他办公室,开门见山,谈到了两个突出问题:一是报纸办在特区,但没有多少特色;二是官样文章比较多。副主任具体分析说,由直排繁体字改为横排简化字后,除了一个"世界经济"版外,包括版面、部门设置,与内地党委机关报没有二样;版面上登的东西都很重要,也完全正确,就是可读性不强,不吸引人。罗妙听得很仔细,问有何改进的设想?副主任就建议,"特区是一个新人天天涌现、新事层出不穷的地方,能不能跳出会议和工作角度,发掘有关改革开放的鲜活的人和事,让报道与普通人的生活更贴近一点?"

罗妙陷入沉思,他意识到了报纸的问题所在,"症结"何处,也在考虑报纸改革的事,便答道:"你的思路不错,再找些同事聊聊,琢磨琢磨,能不能拿个方案出来。"

这之后,罗妙让总编辑区汇文找到这个副主任,转达他的意见,希望针对性地拿出方案,尽快研究实施。一星期后,罗妙、区汇文和副主任再碰头,很快编委会作出决定:设置"改革开放"版,同时成立"改革开放部",实行采编合一;由副主任牵头主持,从全报社抽调高手,办公就设在夜编部一个角落。罗妙强调,搞这个版,就是要攻坚克难,解决报纸没特色、可读性不强的问题。眼下,特区条条战线都在搞试验,我们报纸不能原地踏步,只要不违反原则和纪律,有利于宣传改革开放,你们采写什么、刊登什么,都不是问题!

罗妙给了一个月的筹备期,期间亲自指挥督促,给予全方位支持,很快人员到位,个个信心满满。就这样,首期"改革开放"版如期与读者见面了,不分领域和战线,只要是鲜活的新闻,有关改革开放的人和事,都能占一席之地。除会议新闻、领导活动不登,什么都可以登;以消息为主,通讯、言论、图片一应俱全。曾记得,时任文化部副部长的高占祥来深,记者想方设法约到他,做了独家专访，当晚成稿，头条发排。翌日，高占祥高谈特区文化建设及改革的精彩言论，在社会上激起热烈反响，海内外媒体纷纷转载，由此引发一场大讨论。

由此，"改革开放"版风生水起，受到众多读者追捧。罗妙在认真小结后决定，每周增至3个版，最多时周出版5期。十年以后，《深圳特区报》续写新篇，创办了"鹏城今版"。实际上，它就是当年"改革开放"版的再生和延续。

回顾这段经历，让更多的员工看到了老社长开放的视野和改革风范，从而对特区报的未来更加充满信心。

保持优良传统　本色始终如一

凡是与罗妙共事过、接触过的同志，无论上级还是下级，同行还是朋友，都对他赞誉有加。他与人交谈、讨论问题，从不简单武断，以势压人；对待同志，总是平等相待，不摆资格，不摆架子。人们称他"社长""同志"，也叫他"老罗""妙哥"，这些出自大家内心的称谓，正是对他为人的最好评价！

他办事干脆有魄力，经他批办的事不过夜，尤其对班子成员要求高，强调既要分工明确，各司其责，又要相互支持，和谐共荣，风正气顺好扬帆。举例而言，有限的车辆优先用在采访上，编委以上干部带头搭公交、骑单车，步行上下班。员工看在眼里，心悦诚服，拍手叫好。

在编辑业务上，他从来不做"甩手掌柜"，而是事必躬亲，常常亲自执笔做计划、写评论，重要言论他总是亲自把关审定，不假手于人。他处事果断，高效运作，送他审阅的稿件基本天天清，从不拖拉积压。在经营管理上，他坚持勤俭办报的方针，尽量为国家节约资金，把钱用在扩大生产能力、更新设备和改善员工的工作条件上去。

1987年间，市委部署在党员领导干部中检查"六不"，即不准超标准使用豪华小轿车、不准超面积占用住房、住房不得超标准搞豪华装修……结果表明，特区报社编委成员，没有一个违规的。无疑，这与罗妙以身作则分不开。在位4年有余，报社没买过小车，仅有一辆香港《文汇报》赠送的1.60旧丰田。一次，他去接待外宾闹出了笑话，堂堂特区报社长的车，竟被交警当作非公务车让靠边站了。作为深圳市一个正局级单位，克勤克俭到这种程度，实属罕见，连当时的市主要领导闻之也不禁动容。

身为老干部、老社长，离休后的罗妙常挤巴士，自掏腰包坐的士，只有去医院才通过办公室向车队预约用车。一些亲朋或老同事来深圳时，总会到报社来探访他，他热情相待，留吃留住都在家里搞掂，从不给报社添麻烦。他常教育家里人，绝不能容忍浪费粮食，平时节约用水用电，下班前要检查有无"长明灯"。他把洗衣机的第二、三遍水，用塑料桶、盆盛着，用来浇花、冲厕所、刷地板之用。

1988年深圳实行房改，可以购买福利房了，然而筹措这笔购房款，也让罗妙一家伤透脑筋。妻子建议向报社暂借一部分，再分期偿还，罗妙却断然否定，说："我不能带坏这个头，现在银行有低息购房贷款，这是解决问题的好办法。"接下来，自己一手操办，前往广州和5个儿女商借，再向银行贷一点，终于解决了问题。一年多后，待清还所有贷款时，罗妙才轻松、诙谐道："本人现在是既不欠内债，也不负外债的'自由人'了。"

老乡亲、老战友的家属，见他位高权重，想走后门为儿女在报社安排个工作。见到罗妙时，见他跑上跑下忙个不停，看上去像个老工人，纷纷缩回去了。后来，听到罗妙动情地说，"特区不搞论资排辈，不讲关系背景，有真本事能吃苦，你就能站稳脚跟，干出事业，用不着走后门，跟人低声下气。"再后来，大家听了老大哥的，教育孩子们在深圳自立自强，不少人干出了成绩，取得了成功。

罗妙被确诊为晚期胃癌后，积极配合医生的治疗，与病魔展开殊死斗争。他不顾年老体弱，坚持打吊针，做化疗，永不言弃。化疗后，他身体日渐虚弱，常因为疼痛汗如雨下，但他咬紧牙关从不吭一声，还反过来安慰家人、同事和友人。在重症监护室，只要缓过劲来，他都会欠起头，向看望他的报社领导询问发展情况，细到版面的变化、发行的数量和广告效益。他往往越谈越兴奋，像战士回到了前线，冲锋陷阵，令人更生敬意。

在庄严肃穆的追悼会上，罗妙同志的遗体上覆盖着鲜红的中国共产党党旗，人们纷纷前来吊唁，表达哀思。缅怀老社长的为人、为事和为业，报人们形象地把他誉之为"报坛苍松"。这棵苍松，在黑暗和光明交替的腥风血雨中播生，在几经垦殖翻新的新闻园地里扎根成长，终于枝繁叶茂果坚，傲然挺立于岭南大地，辉映于祖国山岳大川。

罗妙，一棵永不枯萎、永不败落的苍松，亦是我们仰慕、前行的坐标！

有许兆焕诗为证：舍命笔耕路，办报老行尊；六秩尚能饭，再做特区人。

斯人已逝 音容犹在

——谨以此文纪念《深圳特区报》老社长区汇文同志

□王初文 傅汉南 邓荣祥 何木云 口述
□金 涌 采访整理

区汇文同志离开我们已经8年了，但他的音容笑貌留在了我们的记忆里。

从1986年1月到1993年8月，区汇文先后担任《深圳特区报》总编辑、社长。我们很难忘记，在1989年春夏之交那场"风波"中，他坚持党报正确的舆论导向，处变不惊；小平视察南方发表重要谈话，他敢于担当，力推本报记者撰写的长篇通讯《东方风来满眼春》，由此引发新一轮改革开放浪潮；纸媒出版革命，他锐意进取，推动报社率先在全国采用汉字激光照排系统，告别"铅与火"的印刷历史。

在《深圳特区报》创刊30周年之际，我们曾经在老区领导下工作过的同志，十分怀念这位在新闻战线上奋斗了一生的好领导、好同事。抚今追昔，看到他为之奋斗的事业，正在新的时代发扬光大，倍感欣慰。我们相信，老社长若有知，一定含笑九泉。

深入基层掌握一手材料

区汇文祖籍广东高明，生于1935年3月，1954年参加工作，1958年加入中国共产党。他曾当过造船工人、党委宣传干事；《广州日报》编辑、记者；《南方日报》记者、编委、副总编辑。1986年1月调任《深圳特区报》总编辑，1988年5月任社长；1993年任深圳市记协主席。2001年9月退休；2004年5月，因病去世，享年69岁。

上世纪50年代末，老区就投身党的新闻事业，在长期实践中积累了丰富的办报经验。特区报创刊十周年时，他曾接受《中国记者》杂志采访，当问起在经济特区如何办报，老区这样回答："我们这张报纸刚满十岁，还在上小学呀。作为市委机关报，要当好党和人民的喉舌，办成一张立足深圳、面向全国、沟通海外、开放型多功能的综合性报纸，并不容易。如果有什么体会的话，那就是在宣传报道中引导舆论，为特区经济建设服务不转向，严格把关，贯彻党的基本路线不走调。"既然是特区，报纸就应该在"特"字上下足功夫。为此，他多次在编委会上强调，一方面要自我鼓励，解放思想，大胆改革；另一方面，也要通过各种形式的报道，向海内外宣传深圳改革开放的决心与成就。作为党报工作者，除了扎实的业务基本功，更要有对党报事业高度的政治热情，主动为市委市政府把好关。

1987年发生的"6·20"外逃事件，影响恶劣，波及海内外。当时谣传："英国女王诞辰，香港边境将大开放三天""只要在那几天到达香港，就能够成为合法居民"云云。一时间，不明真相的人从各地涌至深圳、东莞、惠阳，来势汹汹。这事情该不该见报？又如何见报？老区清醒地认为，始作俑者即港英当局，其目的就是污损中国的形象，唯恐天下不乱。对此，深圳市高度重视，时任深圳市委书记兼市长李灏亲临管理线，指示边防、宣传等部门一方面疏导堵截，一方面公开辟谣，劝说受骗群众返回原籍。为掌握第一手材料，当好决策部门的"参谋"，老区亲自出马，带着记者深入路卡、插花地、自然村进行调查，听取当地干部群众的意见，并在现场向省公安厅负责人求证事实真相。采访回来已经很晚，老区顾不上吃饭，马上召集编委开会，传达市领导精神，赶写消息和言论。第二天，《深圳特区报》对事件的来龙去脉作了准确、及时报道，以正视听。接下来，有关部门迅速跟进，采取多项措施遏止了这股"外逃风"，正常的生产生活秩序得以恢复。

试想当时，如果没有老区亲自带队，深入一线调查研究，发挥党报权威的舆论引导作用，这个事情的解决就不会那么顺利。

顶住风浪坚持正确导向

区汇文当社长不久，发生了那场"政治风波"。由于众所周知的原因，报社也一度面临严峻的考验，给采编人员造成很大的冲击。

在那段日子里，他每天晚上都坚持值夜班，并作了严格规定："一切听中央的，听市委的，特区报只采用新华社稿件。"当有同志发牢骚，表达不同看法，甚至过激言词，他也绝不扣帽子，打棍子，而是从大局出发，既严肃指出，又善意提醒。对此，编委会作出了一条规定，"特区报是市委机关报，必须坚定不移地和党中央保持一致，任何情况下不得把个人情绪反映到报纸上来，这是一条政治纪律。"同时，报社加强内部管理，实行严格的责任制。

《深圳特区报》编委会，在老区的带领下，坚持原则，坚守阵地，大是大非不糊涂，大风大浪不迷航，报社这只新闻大船，一直沿着正确的航程前进。

老区对党怀有深厚的感情，对党的事业信念坚定，从一个普通工人，一个业余通讯员，一个编采人员，一步步成为一家全国有影响的党报带头人，他没有辜负党的重托，没有辜负广大读者的希望。如一位老同志回忆时谈到："他在最重要的时刻，在最重要的方向上，发挥了最重要的作用。仅凭此一着，予以怎样的肯定，都不为过分。"

敢于担当　推出惊世之作

然而，最让特区报人引为自豪的是：我们率先报道了小平同志视察南方的重要谈话精神。

1992年1月，小平同志视察深圳等南方地区，并发表重要谈话。参与这次采访的《深圳特区报》副总编辑陈锡添，及时向编委会作了详细传达，令全体员工深受鼓舞。大家认为，小平同志在关键时刻说了这么多重要的话，关系到改革开放大业和国家的前途命运，一定要下功夫宣传好，贯彻好，落实好。虽然上面有要求，不能发消息，但老区和编委会成员一致认为可以写评论，并将这个意见反映了上去。市委对此不但完全支持，而且指出这是一项大工程，由时任市委宣传部长杨广慧从有关部门物色写手，同报社一起组成精干写作班子，全力实施。写作组同志不负重托，关起门来日夜苦战，历时23天，终以"猴年新春八评"告成。连续刊出期间，海内外媒体纷纷来电索要稿件，短短几日，转载特区报评论的超过了20家。这期间，老区虽不是写作组成员，但他参与出主意，提意见，每天往来于报社与写作组驻地，用他的话说，"我的任务就是做好服务"。

小平同志视察深圳时提出"三不"要求，即不题词，不接见，不报道。上面也通知了特区报社，没有报道任务。但是，老区有政治敏感，一直鼓励陈锡添做好录音和整理，强调"不管将来是否发表，作为一名记者首先要记录下来"。老区主动值夜班，让陈锡添不受干扰，关在家里静心写稿。待初稿出来，中央下发了二号文件，也就是"小平谈话纪要"，老区又和陈锡添逐字逐句地核对和完善，使稿件质量提高一大步。在此之前，已经有境内外媒体抢先对小平南方视察活动作了一些报道。老区和陈锡添有点着急了，赶紧将稿子送时任深圳市委常委、宣传部长杨广慧审阅。杨部长说：发吧，稿件你们自己处理就可以了。对老区来说，这既是一种信任，体现了市委的开放态度，但同时重担也落在了自己肩上。报社来处理，如何处理？必须要有敢于承担责任乃至风险的勇气！审稿、发排、签字、见报……最终，老区带领的编委会，凝聚特区报人的智慧和力量，迈出了具有历史意义的关键一步。

1992年3月26日，《深圳特区报》发表陈锡添采写的长篇通讯《东方风来满眼春》，在国内乃至海外引起强烈反响。由此，催生了中国新一轮改革开放热潮，亦成为 1992 年度"中国新闻界十件大事之一"。

率先全国告别"铅与火"时代

《深圳特区报》率先全面采用汉字激光照排系统，正式告别铅与火、进入光与电的时代。至此，报纸出版效率空前提高，对内地及港澳台地区起了示范推广作用。当时，这在全国纸媒界是一件具有里程碑意义的大事。

1987 年，特区报社为了适应版面即将扩大的需要，又讲究报纸的时效，决定"向科技要生产力"，采取电脑照排。《深圳特区报》采用北大激光照排系统，当年在长江以南各报社中来说还是首次，不仅报社上上下下很重视，王选本人也格外关注，前后来了报社几次，帮助适应新的系统。老区生前曾回忆，"好些事情现在看来轻而易举，而在创业时期，则相当艰难。"增版不增人，走技术进步之路。报社的目标很明确，通过采用激光照排新技术，确保从 1988 年度起报纸增张扩版，即由对开 4 版增至 8 版，这在当时是一件大事。为此，市委常委会还专题开会研究，指示特区报加快技术革新，但"绝不能影响出报"。当时，国内还没有先进的电脑设备，报社经济并不富裕，老区带人上下奔走，向市政府申请专门拨给一笔外汇，并通过香港一家进出口公司采购了一批美国产的电脑，有几十台之多。如此大手笔的投资，在全国地方报纸中也首屈一指。

问题是，当时全国只有一两家报社采用电脑激光照排技术，而特区报的现状是，连懂电脑操作的人都没有，怎么办？是知难而退，还是激流勇进……活字印刷排版，是我们老祖宗的发明，多少年来出报都是铅字印刷，从铸字、拣字、排版、制版、浇版，全部手工操作，工序十分庞杂。编辑将记者的稿子编好后送到印刷厂，再由工人逐行逐段排字和组版，其间别说换稿子，单是删减字句都相当麻烦，制版过程费时费力，稍有不慎，全盘推倒重来。印刷术发展到现代有了电脑，可是汉字的电脑化滞后。直到北京大学的王选教授牵头做出一套汉字激光照排系统，其技术"瓶颈"才得以突破。可是，由哪一家报社打头阵，吃"螃蟹"？这一重任，落在了深圳经济特区的党报肩上。为了适应报纸版面扩大需要，又提升出报的时效，报社从社会上招聘了一批汉字输录员，尝试电脑排版，激光照排，清一色的 PS 版。

随着问题不断出现，报社从北京请来了王选，以及潍坊的电脑生产工程师现场指导。与此同时，一边招聘和培训电脑操作员，一边采购和安装硬件设备，以适应新的照排系统。老区虽不懂电脑，但对新事物从不排斥，他日夜没事就跑车

间，亲力亲为，不懂就问，发现问题及时解决，应了他"领导就是服务"的口头禅。就这样，华光集团的硬件，加上北大方正的软件，两者"强强联合"，报社激光照排系统顺利试运行。事实上，兴奋之余，老区也紧张过，因为电脑录字组版快是快多了，可是有风险，搞不好系统出岔，譬如停电、按错键盘，好不容易做好的版面一下子没了，前功尽弃事小，影响出报才是大事。电脑化照排系统大大解放了生产力，但对报社来说，既是创新，更是挑战。于是，再次从北大请来技术员，从打字到排版进行封闭式培训，工人们基本掌握了操作技能，边干边学，很快适应了新技术。3个月之后，电脑激光照排车间启动，运用激光照排技术组版出报，极大缩短了流程，降低了成本，减少了人员，提高了效率。在短短时间里，特区报从4版扩大为8版，到1992年又扩大到12版，实现了飞跃性发展，为下一步采编人员"无纸化"打下基础。

1988年元旦，《深圳特区报》由4个版正式扩为8版，成为全国6家日出8版的大报之一，且前4版采用电脑照排。同年4月1日，8个版全采用这项新技术，由此成为全国第一家全部采用电脑激光照排新技术的日报；5月24日，报社对外正式宣布：该整套系统通过国家验收，沿袭多年的"铅与火"时代结束了。消息传开，全国不少报社来到《深圳特区报》，了解激光照排的先进经验。海外不少报纸，也慕名前来考察学习电脑照排的经验。

不久，报社又启动"电脑替代纸笔"计划，请来汉字输入专家，对报社编采人员分期分批培训，包括中老年记者，一个不能少。对着五笔字型表，老记们一笔一画、一指一键，从摸索开始，逐步加快，很快终结"纸笔"，文稿一律采用电脑输入，实现了编采"无纸化"。此后，北大以特区报为"试验地"，不断改进软硬件，使这项技术日趋完善。几年后，电脑照排这一推动纸媒印刷革命的创举，才逐渐在全国报刊推开了。每每谈及往事，王选总是深情地说："推广电脑照排技术，特区报功不可没。"

廉洁奉公甘于艰苦清贫

1992年，深圳特区报社全年广告收入已跻身全国前列，具有了雄厚的经济实力。在这个基础上，为顺应现代传媒业大发展，开始筹建特区报业大厦。

老区造船工人出身，当过基层干部，吃苦耐劳和群众打成一片的传统作风，在他身上得到充分体现。他喜欢和编采人员聊天，与工人一起蹲在车间拣字、组版，说"过去习惯了，不摸摸手痒得难受"；他爱听电工、司机、话务员诉说家长里短，说"有感情，通脾气，什么话都可以说"；他是个"体育迷"，没事爱往体育部跑，特别喜欢足球、乒乓球、中国象棋，说"上不了运动场，动动脑筋总可以吧"。版上登载的象棋残局，他会随手剪下来，拿回家里琢磨，待有了解法便与人分享。

老区"人好""和善""没架子""不沽名钓誉"，报社有口皆碑。家乡送来好茶好烟，见人有份，不分彼此；自己过生日，把小青工请到家里做客，看不出一点老总样子。刚来报社时，他骑一辆单车下基层，风雨无阻；老报社和市委大院紧邻，他跑来跑去，亲自送件审稿；看到兄弟单位的班车上下班接送员工，而报社节俭不能享受，老区过意不去也自责，但转头又安慰年轻人："过去咱没有，还不一样过来了，特区报的明天会更美好。"这就是老区的性格。我们都知道，伴随特区的高速发展，报社经济很不错了，可是编辑部条件依然很差，譬如老总的办公室，也就一把吊扇呼呼转。有钱，也有名目发奖金，但他都"抠"着不让动，可以拿出来奖励好新闻，就是"不能流进个人腰包"。为这些，确实有同志不理解，有意见，背后闲话也不少。尽管如此，老区艰苦朴素，廉洁奉公的品质，仍然得到了员工们一直肯定。

1993 年 8 月，老区转任深圳市记协主席。从报社领导岗位上退下来后，他一如既往，任劳任怨，认真做好分内工作，包括评选好新闻，维护记者权益，组织跨地区大型采访活动等等。记得那年，深圳新闻采风团在新疆，一早从天山出发往克拉玛依，结果司机迷了路，到傍晚还没抵达目的地。团中年龄最长的他，一路说笑不断，将仅有的馍馍让给年轻人，还说自己"扛饿"，新词由此而生。老区的孩子说，"老爸穿着一直很土，直到要会见外宾，才做了一套西服，还是亲戚帮忙做的，一穿多少年。"有机会出访，老区非常节省，有人说他"保守"，他笑曰"保守也有保守的好处"。在办报上，老区却很开放，思进取，一再强调"特区报要办出特色，版面不要死板"。一次评选好新闻，他看到一篇通讯，反映科技园的大学生为投身创业把头剃光，以示从"头"开始，觉得很有新闻价值。面对不同的看法，他据理力争，最终说服了评委。

报社发展盛期，大量需要调干部，按照有关规定，老区和老总们也有一个"君子协定"：凡直系亲属不得调入报社。老区以身作则，女儿直到他离任后，才以工人身份调入。在家庭当中，老区是孝子，是慈父，是好丈夫。老母亲 90 多岁腿脚不便，老报社院子里，总见着老区搀扶着母亲晒太阳，凑近耳边说事情；夫人患老年痴呆症，他忙完工作回到家里，多少年如一日悉心照顾；家中有个女儿自小一级残疾，做父亲的从不嫌弃，呵护有加，如今 50 岁都过了。他去世后的住房里，是过时的装修，简陋的家具，成捆的剪报，多少年舍不得更换和扔掉。

尤其一摞摞蝇头小楷的日记本，足有几十公斤重，记录着一个老新闻工作者的步步足印。

老区患间质性肺炎很久了，寻医问药过程中，了解到一位老同事和自己的病症相似，就亲自为他奔走，介绍医生。电工冯忠两口子食物中毒，被送进了红会医院，他闻讯马上赶去，联系熟悉的医生安排治疗。一位员工腿风湿多年屡治无效，他请来名医郭春园为他祛除病痛。老区去世前一段日子，跟母亲同住一个病房，母子相依为命，虽然不停地咳嗽、急喘非常痛苦，但他始终态度乐观，一直安慰着母亲，这情景令医生护士也倍感唏嘘。直到2004年5月的一天，从四川寻医回来的他，突然病情加重，呼吸困难，送进急救室后再没有出来，永远停止了呼吸。

今天，经过几代特区报人的艰辛创业，栉风沐雨，坚韧不拔，无私奉献，在一张白纸上书写出规模快速扩张、事业蓬勃发展、效益大幅攀升、影响日趋深远的现代报业新传奇。在这日子里，我们特别怀念为《深圳特区报》的建设和发展作出巨大贡献，现已离开了我们的开拓者、老报人。后人也应该永远记住他们，感激他们！

有许兆焕诗为证：磊落胸怀，敢做临渊主。平生尽职留功过，报史凭由论是非。

一次影响深远的考核分配制度改革

□丘盘连（曾任《深圳特区报》副总编辑）

"哗，这个月的奖金这么高，我拿到了 2645.10 元，参加工作以来，从湖南到深圳，我第一次一个月拿这么多的钱！""那你就要加倍努力，多写好稿。"

这是 1993 年 6 月初，实行新的分配制度第一个月后，当时的记者部主任欧阳佳兴冲冲地跑到我的办公室，与我的一次对话。该月奖金发放后，全社员工尤其是采编人员收入普遍大幅度提高。

《深圳特区报》分配制度改革前，奖金很少，上世纪 80 年代末每月 30 元，后来增加至 60 元，从社长到清洁工都一样。1992 年提高到 150 元。

说起发奖金，还有一段故事哟，这与时任总编辑王荣山在一次小型中层干部会上发"脾气"有关。

总编"生气" 奖金"有戏"

1993 年 1 月底，临近春节，王荣山正主持会议，"王总，把财务处送的这两个月的奖金报告批了吧。"时任财务科长的张行坤以恳求的口吻请示。"社长在家时你们不送他批准，社长刚刚离开深圳赴京，就来找我，我分工是管理编务的，奖金这类事情我怎么好表态？"王总面带愠色。张行坤一再解释说，奖金报告已经送达社长处好一段时间了，他们也催促过多次。

听张行坤这一解释，我倒挺同情他的，便斗胆说："不就发放点奖金吗？有啥难表态！"

"一个月发多少？"王总反问道。

"你要是授权，我就敢表这个态。"

"那好，我现在就授权给你。"

"发 300 元。"

"就按照老丘说的发吧！"王总转怒为喜说。

紧接着，与会者七嘴八舌说开了："现在是一流记者炒股票，二流记者跑商道，三流记者在办报。"

"怎么会这样呢？"王总问。

"报社收入少能不影响大家的工作积极性吗？""王总，报社现在钱这么多，该多发点奖金了（注1）。"

"怎么发呢？"荣山总编非常诚恳且详细地征询大家的意见，看得出来他是想在这方面有所动作。

"制定一个奖金发放条例，通过编委会讨论决定，公开发放，如果上级查问（注2），我们也有理有据。"我看准时机冒了一炮。

"那你牵头搞一个条例出来，"王总不等我回答又紧接着说，"就这么定，由丘盘连负责组织一个精干的班子，到内地一些有影响的报社考察，回来后尽快写出文件交编委会讨论。"会议便转题为研究奖金事项。散会后又把我叫到他办公室，商定考察名单和路线图，由我带一个组赴华东华南，人员有辜晓进、张行坤，赴东北的有钱汉江、胡向东、何木云、丘伟亮。王荣山办事风格是雷厉风行的，报社许多员工都领教过，这一次我是实实在在感受到。

当时，区汇文社长正在北京看望重病中的文艺部编辑叶剑眉（革命先烈叶挺将军的女儿）。王荣山当即去电联系上区社长，对叶剑眉表示慰问，并详细汇报了会议的情况。"这个问题你们研究得很好，也是我早就想解决的。"社长完全同意并叮嘱要尽快出发。

1993年春节后第一周，正好我轮值夜班。夜班一完，我们一行即飞赴上海。从2月17日起，先后考察了《解放日报》《文汇报》《南京日报》以及《广州日报》，东北组也同期考察了《沈阳日报》等多家主流媒体。2月25日返回深圳，旋即向编委会作了汇报并上交了书面考察报告。

编委会极为重视，责成我们尽快拿出《深圳特区报分配制度改革方案》（以下简称《方案》）。为此，还专门成立了起草小组，由我牵头，成员有辜晓进、钱汉江、胡向东、贺海亭。为了摆脱日常事务的干扰，要我们住进上海宾馆，精心起草《方案》。

创新思路　引入竞争

根据考察，华东华南东北一些主要报社在分配上大多都还是吃"大锅饭"，没有现成方案可以照搬。"怎么办？""大胆干，特区报就要特别敢于走新路。"社长区汇文和总编辑王荣山一再给我们撑腰打气，这使小组成员在思想上没有羁绊，可以在创新的天空展翅高翔。

报社的分配制度改革，是一个复杂的系统工程。我们把它分解为两大部分，首先是采编部门（称为B系列），这是龙头，只要这部分改革成功，整个报社就会活起来；其次是党政工团和广告发行以及印务等部门（称为A系列）。我们确定首先突破采编部门的分配制度改革。

指导原则是：引进竞争机制，鼓励多写稿写好稿，编好每一个版，出好每一天的报纸，奖金不封顶，记者编辑的奖金可以高于社长、总编辑。

"说到底，就是让大家多拿一点钱。平常说让大家热爱《深圳特区报》，热爱特区报什么？要把它变成看得见、摸得着的东西。建一流的报社，办一流的报纸，做一流的工作，出一流的人才，获一流的收入，把报社的社会效益和经济效益，与每个员工的收入挂钩。"翻开1993年的笔记本，这是我当时跟起草小组说的一段话，现在来看这些观点不见得完全正确和科学，但确是我当时主管分配制度改革的指导思想的真实记录。

为了制定好这个方案，在上海宾馆我们争分夺秒工作，工作氛围非常好。有时争论得很激烈，有一次我还和钱汉江（时任经济部主任）拍了桌子。

在充分讨论的基础上，我们先着手起草"深圳特区报关于内部管理和内部稿费评定的暂行规定"这一主要文件。

正是由于大家齐心协力，一个星期左右就拿出初稿供讨论。并多次召开中层干部会议听取意见。可谓几上几下。翻查我的笔记本，仅3月31日上午的一次座谈会，大家就提出了三十多条修改建议。根据大家提到的问题起草小组又对文件进行修改，不断补充和完善。文件共有十七章六十七条。其要点有：

一、引进竞争机制，奖勤罚懒。

二、对采编人员的工作数量和质量都有明晰的考核标准。如记者、主任记者、高级记者每月自写稿件8篇或者8000字，星稿则不同，分别为2篇3篇4篇，对摄影记者也有类似的规定；专版编辑每人每月编4个版面，星稿2篇而主任编辑高级编辑分别为3篇和4篇。

三、建立每日评星稿制，对星稿的标准、评定的程序、评定的机构都作了明确的规定。

四、把部门主任的报酬和工作好坏挂钩，即部门星稿越多，主任报酬越高。各部领导按本部月平均稿酬1.4倍发给，报社领导按部主任月平均稿酬的1.5倍发放。

五、每月奖金总量与当月报社纯利润挂钩，根据利润的升降而上下浮动，没有利润则不发奖金。

六、各项管理进一步规范，如对特约报道有奖征文和内外稿酬标准等都有明确的管理规定，有效堵塞了各种漏洞。

七、是奖罚分明。对新闻失实和差错以及出早报等都有处罚和奖励的明文规定。

编委会对这一工作极为重视，除了编委成员分头到各部门听取意见外，编委会还多次开会研究。根据我当时的记录，编委会最后一次讨论是1993年4月16日下午，现把主要领导的发言摘录如下：

区汇文：这个文件现在看来是很不错的，鼓励大家多写稿写好稿，编好版出好报，最大特点是打破平均主义，把竞争机制引入采编部门。另外，记者一定要有"内参任务"。文件先试行，发现问题后再调整。负责统计的编务科要尽快到位。负责考核的新闻研究所要马上成立起来；行政后勤等管理部门也要参照这个文件制定一个A系列考核办法同时实行。

王荣山：文件还要体现对编辑工作的重视，使他们感到有奔头。总编室、时事、体育、理论、社会服务几个部门的一些特殊问题可以作个案处理；其他问题根据大家提的建议进行修改。总之，一定要把文件修改好。

这是一项开创性工作，是为报社今后的大发展所作的一项基础工程。对采编人员的考核到岗到人，由过去重数量转到重质量，给每个级别的采编人员都规定了星稿任务，这是硬指标。星稿由部门申报，另由专职部门评定，交给编务科执罚，"三权"分开，有点意思。

其他编委也都提出了很多很好的意见和建议。

为了配合这一主要文件的实施，编委会还责成我们同时起草了《深圳特区报编辑费发放暂行规定》和分别适用于本报工作人员以及适用于通讯员以及社会撰稿人的《稿酬标准》《深圳特区报防止新闻失实和差错的奖罚暂行条例》《深圳特区报有关特约报道、有奖知识测验、有奖征文的若干规定》等六个配套文件，并于1993年4月23日以编委会名义颁布实行。

记者收入　全国冒尖

近日，偶然翻阅《深圳特区报大事记》看到：5月1日本报开始试行新的考核奖励制度，并首次采用评"星"稿办法来调动编辑记者编好稿、写好稿的积极性。

5～7三个月是新的考核方案试行的三个月，也是我经受考验和颇为"纠结"的三个月。

"老总，我们部可是专司宣传马列主义的，把我们的奖金搞得这么低，你对马列主义的态度恐怕要端正端正。"一个部的主要负责人来到我的办公室，半是玩笑半是责怪地说。"这个月就这样吧，因为你们版面少，工作量上不去，奖金自然就低，下个月再想办法给你们调整调整。"我耐心给他解释。他刚一走，一个美术编辑又气呼呼进来责问："我的奖金为何这么低？"……

当然，如本文开篇提到的，像欧阳佳那样为腰包开始鼓起来而由衷高兴的仍是绝大多数。根据我当时笔记本的记录：5月份B系列共有151人参加考核，人均945.08元，比原来设计的人均400元高出一倍多。其中记者部人均1545.15元，主任欧阳佳2645.10元；摄影部人均1562.50元，主任江式高2187.50元，这两个部是最高的。而比较低的有理论、世界经济、港澳台三个部，人均800元左右。而经济部记者刘澍泉奖金达2897元，是当月记者最高的。6～7两个月又相继作了微调，三个人均低的部门都上去了，整个B系列奖金人均达到1800元左右。

这么高的收入令全国新闻同行羡慕不已。接下来发生的一件事更加令他们震撼——

1993年6月，首届东亚运动会在上海举行，本报派出体育记者陈强去采访，近半个月时间，他每天一个人写两个版的稿件，且几乎天天有星稿，有时还不止一篇。因为精彩的赛事报道，本报一时"洛阳纸贵"。陈强当月应得奖金6000多元。这个数额在当时还是一个"天文数字，"而且比部门主任高，比社长都高。发还是不发？一时间在全报社议论四起。

当时，深圳的兄弟报社派出两名记者前往报道，旅差费比我们高出一倍，但稿件质量却不如我们；更为重要的是《方案》明确写着奖金"上不封顶"，白纸黑字，墨迹未干。如果不兑现，将会造成什么后果？员工还会相信编委会吗？"6000元奖金应当照发。"我把自己的倾向性意见向社长、总编说了，得到他们的坚决支持。

奖金发放和考核方案的实行，使报社气象为之一新。采编部门尤为明显，过去一些人上班时间炒股票搞"第二职业"的行为颇有市场，而现在多写稿写好稿，你追我赶也收入不菲。

根据《深圳特区报》1993年7月份工资（实际是6月的奖金）表显示，全社"工资"总额达441276.91元，比5月份翻了一番。可见员工收入增长之快。每天早上9点左右，阅报栏前就人头涌涌，争看自己是否"上星"，敬业爱岗风气大大提升。

对考核方案最欢迎的，要数年轻的采编人员，只要努力工作就能"名利双收"，报社给他们提供了施展才华的"用武之地"。当然新的考核办法并非对所有人都是福音，曾经有四位借聘来并具有高级职称的采编人员，按文件规定每月要有四篇星稿任务，因为压力太大，自动辞职返回原单位。

经过5～7三个月试运行，发现问题及时修改和调整，绝大多数员工都已逐步适应并比较满意，整个报社的分配大踏步迈上正轨，为报社下一步的大发展打下了良好基础。

《深圳特区报》分配制度的改革，在全国同行中颇受瞩目，引来大批取经者。

1993年8月，吴松营同志调入报社任社长兼任总编辑，他对这套分配制度改革方案评价说：你们这个方案的知识产权起码值20万元以上。同时他对分配制度的进一步改革和完善也极为重视。

为了适应报业发展的需要，《深圳特区报》分配制度改革方案之后又多次进行修改，因此，又有了不同年代的版本。

"重要的是坚冰已经打破，航道已经开通。"用一位伟人的这句名言来形容《深圳特区报》首次分配制度改革的意义，我看是再恰当不过了。

注释：（1）《深圳特区报》1993年利润达9507.5万元，税金3022.4万元（免征）利税合计12529.9万元

（2）《深圳特区报》1991年实现利润1509.3万元，市财政补贴120万元；1992年实现利润3431万元，市财政停止补贴，当时市政府对于事业单位发放奖金监管特别严格。

（录音整理：匡天放）

征与尘

深圳特区报30年往事记述

在艰难中起步 在挑战中发展

□王初文（曾任《深圳特区报》副总编辑）

1984 年，对于我来说，是人生中的一个有纪念意义的年份。这年春天，时任《南方日报》科技部主任的我，正在中央党校学习。这时，广州发来的一纸紧急调令，改变了我一生的轨迹——经广东省委宣传部决定，调我至刚成立不久的《深圳特区报》任副总编辑。3 月，党校学习课程还没有结束，我便匆匆踏上了归程。提上简单的公文包，几乎没有带什么行李，我只身来到了当时正处于火红创业期的深圳特区，由此，开始了我与《深圳特区报》二十多年的相濡以沫。

"一穷二白"的草创期

今天的《深圳特区报》以良好的经济效益和社会效益在业界颇具声望，而在二十多年前草创之时，那真可以用一穷二白来形容。

首先是物质上的匮乏，从办公地点到设备，各种硬件无一不缺。1982 年，报社开始成立时，曾在当时通新岭市委机关宿舍区里搭了个铁皮房，几十号人办公、住宿都在这里，夏天奇热，冬天奇冷，就在这样艰苦的环境下，大家热火朝天地干了两年，让这份报纸从无到有，让正处于剧烈变化和发展中的深圳特区有了自己的"发声筒"。

办报的人都知道，在中国，报社都要有自己的印刷厂，才能不受制于人，方便随时出刊。然而，在一开始，由于硬件无法配套到位，特区报连这一点也无法保证，所有报纸的印刷只能寄身于香港《文汇报》的印刷厂，这种情况在其他省市党报发展史上是极其少见的，直到 1984 年，报纸首次扩版后情况才有了改变。

1983 年 12 月 1 日，特区报迎来了首次扩版，由之前的周报改为日报。此时，最初的艰难已有所改观，在市委大院旁新盖的报社大楼已经投入使用，记者编辑们终于有了个像样的办公室，印刷厂、纸库也都陆续办了起来。

眼看着硬件一步步"硬"起来了，然而"软件"依然比较"软"的状况，却不是一时半会儿能够改变。专业人才资源的不足，成为当时这份报纸发展的最大掣肘。虽然，当时报社聚集了很多来自五湖四海的人才，但说到真正在此前做过

新闻工作、具备新闻专业素养的人却还不多，不少人都处于能写稿但不会写新闻稿、或者是会写稿却不会跑新闻的状况。

于是，稿荒常常出现，一度成为夜班最为头痛之事。外面，经济特区建设日新月异，处处都是新闻，处处都是宝藏。但到了记者笔下，变得乏善可陈，很多时候，到了交稿之时，满世界都找不到稿子。有些编辑也缺乏发现的眼睛，对于很多好的新的题材，缺乏敏感，视而不见。当时，有个有趣的现象，在编辑的抽屉里，常常会压着一些没被重视的好稿子好题材，于是很多夜班领导在缺稿之时，便会去翻编辑的"箱底"，常常会有意外收获。

采编队伍素质的提高不是一朝一夕，需要一个过程。经过后来四到五年的发展，不断吸纳新的人才，报社内部进行各种业务培训，特区报的采编水平逐步稳定了下来，开始在市场上站住脚，在社会上有了一定的影响力。

新春"八评"的出炉

著名的猴年新春"八评"，是深圳特区报留给当代中国报业的一笔宝贵财富。然而，它的出炉却有着一段不平凡的经历。

1992年春节，小平同志到南方视察，在深圳就改革开放的一系列重要问题发表重要讲话，为当时中国的进一步发展指明了方向。此时，一个艰难的选择摆在了《深圳特区报》人的面前。一方面，凭新闻敏感我们判断出，小平谈话的内容极其重要，应该及时地报道给全国人民；另一方面，中央对于谈话内容的保密禁令又很严，不让报社透露半点消息。怎么办？是无所作为？还是主动突破？在这个问题上，报社与市委的意见不谋而合，选择后一种，并决定采用评论的形式，将小平精神迅速传播出去。

春节过后，五人组成的写作班子正式组建，随后，写作组集体住进了迎宾馆，苦读精神，奋笔疾书，"闭门造车"。作为写作组的组长，现在回想起来，我也常常感叹，那是一个何其艰苦而又难忘的写作过程。每一个选题的讨论，除了写作者，都有市委领导、报社领导共同参与，集体定题；每一个稿子，都精心打磨，要求写得又短又精，篇篇都改了不下五次。

连续奋战23个昼夜之后，1992年2月20日，"八评"终于打响。评论以"本报编辑部"的名义刊发，相当于社论规格，旗帜鲜明地代表《深圳特区报》的立场。在第一篇评论《扭住中心不放》见报的当天，我们别出心裁地将其后《要搞快一点》《要敢闯》《多干实事》《两只手都要硬》《共产党能消灭腐败》《稳定是个大前提》《我们只能走社会主义道路》另外七篇的标题也同时刊登。此后，每隔一天刊发一篇，一方面保持连续宣传的力度，另一方面也让读者有一定的间隔时间去学习和理解小平谈话的精神。

新春"八评"一石惊起千层浪，在海内外引起巨大震动。香港《文汇报》迅速以头版头条位置发表了前两篇评论的全文，香港《大公报》也以重要位置发表了前四篇评论的详细内容。随后，《人民日报》《南方日报》《羊城晚报》等报刊对"八评"进行转载，英国BBC广播公司、日本共同社、新加坡《联合早报》等也纷纷对"八评"进行了报道。一组地方报纸的评论在海内外新闻界受到如此广泛的关注，这在中国当代新闻史上是非常少见的。

"八评"这第一张牌打了出去，取得了始料不及的反响。紧接着，我们又打出来第二张牌——用《摄影》专版形式，刊登小平访深照片。3月12日，我们甚至用头版整个上半版，刊登了小平的巨幅照片，这在本报历史上还属首创，达到了很好的宣传效果。过了两周，随着"禁令"的进一步放开，我们打出第三张牌，即发表长篇通讯《东方风来满眼春——邓小平同志在深圳纪实》，把有关小平南方视察的宣传推上了高潮。

"今日广东"首开海外之"窗"

"今日广东"创办是《深圳特区报》在业界的一项开先河之举，此举率先在国外华文报纸中，为中国开辟了一种新形式的宣传窗口，并引发了随后内地报纸在海外开"窗"的一股潮流。

1994年，《深圳特区报》访问团去美国访问交流，在纽约，受到了当地著名华文报纸《侨报》的热情接待，《侨报》的主办者向特区报提出了共享国内新闻资源，合作出报的意愿。这一合作意向受到了广东省委宣传部的重视和支持。

1995年7月1日，《深圳特区报》与美国《侨报》合作的全新版面"今日广东"正式创刊。该版面由广东省外宣办主办，《深圳特区报》承办，"今日广东"从此成为特区报每天的固定版，版面也同日在《侨报》上刊登。该版主要刊发来自广东全省各地，尤其是侨乡的各类新闻，宣传国内的变化，让海外华人了解来自家乡的新闻和信息。

从此，深圳、纽约一线牵，《深圳特区报》与《侨报》天天电子传版不止，北美华人每天一大早就能看得到"今日广东"刊登的家乡信息，一时之间，在华人社区传为佳话。

继北美以后，省外宣办又把《深圳特区报》的"今日广东"扩大传版到法国巴黎《欧洲时报》《巴西侨报》等，其覆盖面和影响力进一步扩大到了欧洲和南美。

（录音整理：戴晓蓉）

从实现激光照排到筹建一流的报业大厦

□姜开明（曾任《深圳特区报》副总编辑兼总经理）

采用电脑激光照排　结束铅字印刷的历史

我是 1985 年从新华社广东分社调入深圳特区报社工作的，正式退休是在 1996 年。我服务报社的 11 年中，主要分管经营管理方面的工作。这 11 年，可以说是《深圳特区报》发展中一段重要的时间，变化很大。具体包括我们的报纸开始采用激光照排系统，报社经济扭亏为盈，筹建深圳特区报业大厦等几个方面。

活字印刷、排版，是我们老祖宗的发明。到了现代有了电脑，可是汉字的电脑化很长时间以来都没有很好地解决。直到北京大学的王选教授牵头做了一套激光照排系统，技术的瓶颈才得到突破。大约是 1987 年，《深圳特区报》为了适应版面即将扩大的需要，又讲究报纸的时效，决定采取电脑照排。

《深圳特区报》采用北大激光照排系统，当时在长江以南各报社中还是首次。不仅报社上上下下很重视，王选本人也格外关注，前后来了报社几次，帮助我们适应新的系统。以前我们印刷厂采用的都是铅字印刷。记者、编辑写好、编好稿子送到印刷厂，由工人排字、组版——不要说换稿子，删减字句都相当麻烦，制版过程费时费力。

计算机化的照排系统大大解放了生产力，但对我们来说既是创新也是挑战。由于当时我们印刷厂的工人文化水平不高，北大来了很多技术人员对他们进行培训，从打字到排版，手把手地教授。经过 3 个多月，我们的员工基本掌握了这些技能，并且在日后干边学，很好地应用了新技术。

硬件也是难题。当时国内没有先进的电脑设备，上世纪 80 年代末我们的经济还不富裕，我们请市政府专门拨给一笔外汇，通过香港一家进出口公司采购了一批美国产的电脑，有几十台之多。这么大手笔的投资当时在全国地方报纸中首屈一指。

1988 年元旦，《深圳特区报》由 4 个版扩为 8 版，成为全国 6 家日出 8 版的大报之一，并且前 4 版都采用电脑照排。当年 4 月 1 日，我们 8 个版都采用了这

项新技术，成为全国第一家全部都采用电脑激光照排新技术的日报。5月24日，我们终于对外宣布：整套系统通过国家验收，沿袭多年的铅字组版时代在《深圳特区报》彻底结束了！

后来，北大的王选还特别组织了全国不少报社老总，来到《深圳特区报》了解激光照排的先进经验。海内外不少报纸，包括香港《文汇报》《大公报》、澳门的《澳门日报》、马来西亚的《光华日报》等等，也来到《深圳特区报》考察学习电脑照排的经验和心得。

头版刊登广告　开创报业新局面

《深圳特区报》从创办之后不久，就经过了新闻出版总署批准，开始在头版刊登广告，这在全国也是属于比较"大胆"的。通过不断开拓市场，我们的广告收入逐年增加。

记得早年间我们分管广告的副总经理和广告业务人员经常到北京、上海一带争取广告。为什么要去外地呢？这是因为外地的广告占据我们当时广告总量的很大比例。那时的深圳还处在改革开放初期，本地的经济企业还不发达，要养活我们这么大的报社，就得走出去。另一方面，我们的报纸也刚刚创办，影响力也不那么大，因此也需要主动走出去。

经过我们多年的努力以及深圳经济特区的发展，我们的广告营业额稳步攀升，经营利润逐年提高，在全国同类报纸中名列前茅。1990年开始，报社实现了扭亏为盈。到了1995年底我退休的前一年，我们的年利润已经达到了1亿元，这在全国报纸中都是不多见的。

报纸广告版面的增加，不仅是因为我们自身的影响在扩大，而且也是深圳经济发展的写照。因为只有本地的经济搞活了，才可能有企业做广告。事实上，深圳的经济发展很快，到了上世纪90年代，客户纷纷上门登广告。有时我们的广告版面安排不了，客户要早登还要收加急费。有时有人找到我这里来，要我开个"后门"，让他们的广告提前登出来。

刊登广告这些现在看起来很平常的经济现象，在当时来看还有些争议。大概是上世纪80年代末，有一次我们在头版登了一个较大的商业广告。当天，新华社有一篇较长的重要稿件播发。可是我们的报纸还是在头版登了广告，新华社的稿件做成了头版转文。

报纸印出去后，就有人说："《深圳特区报》是'要钱不要党'。"当时的社长区汇文同志和我都不同意这一看法。我们在头版登了广告，但是重要消息也登了出来,绝对不是不登、少登。而且我们早就已经跟客户签订了头版刊登的合同,既然是市场经济就一定要遵守合同。况且,报社刊登广告促进经济发展,也符合党的改革开放政策。这些行为会让客户和读者对报纸更加认同,党的声音也就能够通过我们更好地传播。事实证明,我们当时的做法是对的。

筹建一流报业大厦

现在《深圳特区报》所在的这座深圳特区报业大厦,我也参加了筹建工作。兴建报业大厦,市委市政府十分重视。当时分管报社的市委副书记厉有为同志几次指示我们,要把深圳特区报业大厦建设成一座一流的现代化大楼。

盖大楼首先遇到的问题就是选址,真是费了很多周折,上上下下跑了两三年。开始,市国土规划部门拟在上梅林划一块地给我们建印刷厂。但是,当时编辑系统和经营管理部门都在同心路的老报社,两地相隔太远,来往不方便。后来,在皇岗口岸附近安排了一块空地,可是按规划,要在附近建设一座立交桥,这样我们的建设用地就小了。最后,在分管国土规划的副市长帮助下,我们选到了现在的深南大道路旁、五洲宾馆对面的位置。在这里,先建印刷楼,再建新的报业大厦。当时市民中心、福田CBD都还没有规划,那附近很荒凉,我们只是考虑到邻近深南大道交通比较方便,现在来看还是很有前瞻性的。

选好了地,建设资金也是难题。首先国土部门要求我们缴交这块地的地价。我们是一家事业单位,以前还要靠政府补贴,这几年才依靠广告收入扭亏为盈,哪里有这么多的资金买地呢?经过多方面努力,当时的市长郑良玉同意给我们免去地价。

地有了,设计方案也研究了很久。大楼的设计是通过招标获得的,最后选择了深圳大学建筑设计研究院的方案,建一座高标准的现代化智能大厦,智能化达到甲级标准,全面实现楼宇自动化、通讯自动化、办公自动化、保安自动化及消防自动化。大楼好似一艘扬帆远航的巨大帆船,楼高50层,塔尖高262米,建成后将成为福田区第一高楼。

当时也有同志提出来:要不要建这么高的大楼?这么多建设费用报社显然是没有的。特别是建这座大楼之前,我们靠前几年积累的资金,建了新印刷楼和一栋高层宿舍楼,又进口了两台快速印报机,还准备在宝安兴建另外一座大厦,剩下的钱不多。我开始也有些犹豫,因为我快退休了,不想给报社以后的发展留下太多债务。

当时的社长吴松营很有远见,态度十分坚决:"盖大楼是为了报社将来的发展需要，就是贷款也要把楼建起来。"经过讨论，其他报社领导成员也同意了他的意见：盖楼要有一点前瞻性。后来，经过多方筹措资金，特区报业大厦顺利建成了。

《深圳特区报》是一家立足特区、宣传深圳的大报。我在特区报工作期间，印象最深的是 1992 年报社成立 10 周年时，许多国家领导人发来贺电。特别是，江泽民同志亲笔为深圳特区报题词："改革开放的窗口"。这既是对我们过去十年的充分肯定，也为《深圳特区报》未来的发展指明了方向。

（录音整理：方胜）

文艺副刊：推动特区文化发展的一片热土

□许兆焕（曾任《深圳特区报》副总编辑）

深圳特区兴办之初，我在北京《光明日报》工作。作为粤籍报人，当组织上征求我的意见，是否愿意支援创办《深圳特区报》时，我没有犹豫：一来，对于家乡故土的眷恋，让我十分渴望在阔别20多年后，再次踏上这片土地；二来，深圳作为经济特区，到底是怎么个"特"法，与内地有什么不同，对此，我充满了好奇，也想亲自来看看。

深港两地办报

1982年5月19日，我终于抵达深圳。此时的特区报，已经从试刊时借用的原宝安县委平房搬到了通新岭市委宿舍楼第11栋。虽然条件艰苦，但大家对工作充满了激情。抵达后第5天即5月24日，《深圳特区报》正式出版，一周一期，四个版。此时，报社有一个三人临时领导小组，总编辑张洪斌是市委正式任命的。我被指定和李丹共同负责副刊部。

那时候，由于厂房和机器设备都还没有，报纸是在香港《文汇报》代排代印的。周一到周三，总编室将各部送来的稿子编好，周四，张洪斌带着固定二四个人将编好的稿件带到香港《文汇报》付排，改小样，审大样，签字，付印，星期天再把印好的报纸带回来。看着一张张带着油墨清香的报纸，大伙心里都很高兴。

《海石花》：深圳第一份杂志

到香港办报，客观上起到学习他们的办报理念和经营思路、探索特区办报新路子的作用。不少港报周末都有随报附送刊物的做法，目的是吸引读者，扩大影响，是港报激烈竞争的一种表现。过港办报的同志拿回一本《文汇报》随报附送的《百花》叫我们研究，我们觉得做起来不算太难。于是，报社决定我们也创办这样一份杂志，将来周末随报附送。这事自然就落实到副刊部头上。

这份杂志取什么名字，才能既有"文艺范儿"，又能体现深圳特色？领导要求"软一点儿""多一点情趣，少一点说教"。经过讨论，最后决定采用《海石花》作为杂志名称。海石花，散发着浓郁的南海风情，十分契合深圳这座海滨城市的特点。名字取好后，我请《光明日报》的老同事黎丁帮忙联系赵朴初，请他为杂志题写刊名。事情很快就有了着落。我们派人赴京组稿，顺便把题字取回。我们挑选了一架漂亮的珊瑚（即海石花）送给赵老，赵老非常高兴。古人常以珊瑚之文采取义。杜甫就有"飘飘青琐郎，文采珊瑚钩。"赵老的"海石花"三个字，着实有珊瑚般"明润"的文采。

一无所有，一天里编出一份杂志

本以为到正式出版还有一段时间，可以从容准备，谁知过港司机带话回来，要《海石花》元旦即与读者见面。已经是 1982 年底，离 1983 年元旦没有几天了。事情来得急，我们不敢怠慢，便从副刊现有稿子中，按办刊宗旨选取合适的稿件来进行编辑加工。都没有办过杂志，我们采取笨办法，即拿《文汇报》随报附送的《百花》当模子，照猫画虎。没有版样纸，便将报纸的版样纸裁成杂志大小模样，像设计副刊版面那样设计《海石花》版面。那是一个星期天，副刊部几个人，从早上一直干到晚上，终于按要求完成，大家既疲惫又激动。铅字时代，在几乎一无所有的情况下，几个人，一天工夫，编出一本杂志，我们也感到惊奇。

1983 年元旦，《海石花》创刊号面市了，封面上是竖排的海石花三个大字，广东著名画家林墉所作的国画《鸽戏枝头》托底。内文和当时特区报一样，繁体字，直排，且因为是香港《文汇报》制作，纸张和印刷比当时内地普及型刊物精美。这样的《海石花》，正迎合了开放初期人们想从深圳看一看外面世界的心理，自然受到读者的欢迎。1983 年出了四期（当年 12 月 1 日改出日报之前，报纸一周才出一期），1984 年按月出版，1985 年 1 月起交邮局单独发行。一些名家如冯英子、蒋星煜、峻骧等在《海石花》上开过专栏，秦牧、黄秋耘、黄苗子、黄宗英、王乐天、袁鹰、陈国凯、叶永烈等等为它写过文章，夏衍、杨沫、邓朴方、梁湘等知名人士接受过该刊记者的访问。尤其值得《海石花》人骄傲和自豪的是，它第一个报道了为特区建设献身的英雄利汉清的感人事迹。全国许多报纸转载，深圳市委作出向利汉清学习的决定。

随报附送杂志，没有盈亏的经济压力，没有办好办坏的思想压力，副刊部的编辑们心情舒畅，干劲十足，从最初用报纸版样纸画版，到熟练地操作杂志版样，不断推陈出新，《海石花》很快打出名声。"玉立亭亭人未识，出水争看海石花。"总编辑张洪斌这两句诗（《海石花》第 4 期封三），倒真说出了当时人们对《海石花》

从不认识到欢迎的景况。

令人意想不到的是，明明标着"随报附送"，报上也登了广告，为什么很多订户收不到杂志，不断向报社投诉呢？原来，此前派送报纸，没有这样"加塞"派送杂志的，这无形中增加了邮递员的工作量，下边有意见。而且，由于杂志办得不错，读者喜欢，邮递员和报亭纷纷私自截留，单独标价出售。看来，随报附送这种做法，当时在内地的确超前。其次，特区报从1983年12月1日起改为日报出版，成本加重。转眼到了1984年，随着特区声誉鹊起，特区报发行量迅速增加，这时再来办"随报附送"的免费杂志，便感到力不从心，难以负荷了。于是，《深圳特区报》编委会决定，从1985年元旦开始，《海石花》交邮局单独发行。

这年10月，《海石花》从副刊部分离出来，单独组建编辑部，由叶挺将军的女儿叶剑眉任主编。杂志社作为报社一个部门，扩充人员，完善机制，加大篇幅，充实内容。在刊物林立、市场激烈竞争中，《海石花》始终坚持自己的品位，既是名家和读者切磋交流的园地，也是展现改革开放思潮的阵地。随着深圳建设事业的发展，特区享誉海内外，"深圳"两字越来越吃香。而《海石花》由于显示不出地方色彩，难以引起人们的关注，于是决定将杂志改名为《深圳风采》。

文艺副刊为特区文化发展效力

英美报界流行着这样一句话，"新闻招客，副刊留客"。好的副刊能引起读者长久的阅读兴趣，密切报纸与读者的关系，与其他版面形成互补。《深圳特区报》自创办起，就十分重视文艺副刊的内容。在报纸仅有四个版的时候，就有一个版是文艺副刊。

《深圳特区报》副刊部成立时，编辑不少是从北京等地"借"来的好手，他们手里都有一批作者名单，其中不乏名人名家，特区报副刊没少发这些人的作品。开始，副刊取名《大鹏》，主要发表杂文、散文、随笔、诗歌，文学性较强。接着又开办《文锦》，刊登民情风俗、地方掌故一类东西。最具特色的是开辟《港台及海外华文文学》作品专版，集中发表一些具有海外新的视角和新的色彩的华人文学作品，为内地读者开拓新的眼界，颇受好评。副刊还为深圳本土的文学青年提供发表作品的机会，一批乡土作家正是从这里亮相并逐渐崭露头角，有的最后走上了专业创作的道路。

1986年5月，副刊部将《大鹏》《文锦》和专门发表美术作品的《画苑》三者合一，成为新的综合性副刊《罗湖桥》。集中，是为了显示力量，给读者留下更深的印象。

就想办一份周刊

1990 年，香港《紫荆》杂志请求内地支援办刊，我又一次被"借调"。

头一次"借调"，是 1982 年来深圳，说是"先借两年，不行，再回去"。我来了，总觉得终究还要回京，因为家在那里。1983 年 8 月，报社正式组建领导班子，我任副总编辑。年底，为加强报社的领导力量，市委从广州调罗妙同志任特区报社社长。春节时，妻子带着孩子来深圳探亲，罗妙和张一村同志亲自登门，做我妻子的工作，其热诚和恳切令我们感动。我留下来了，1984 年底，妻子带着孩子举家落户深圳。

第二次"借调"到香港《紫荆》杂志一干就是 4 年。直到 1994 年底离港返深。回到报社，我接手负责《深圳风采》的事务。我是有强烈的企图心的，希望能将它改办成一份有影响力的周刊。在香港时，我细心观察各种杂志的发行情况，思考杂志的发展趋势。我发现月刊逐渐式微，周刊日益风行。这是因为社会发展到今天，生活节奏加快，要求信息传播也要加快。以前月刊可以适应人们的生活节拍，满足读者的要求，现在却感到它慢了，赶不上趟了；而周刊能够顺应社会变化迅速、生活频率加快的要求。此时，《深圳风采》因为经营问题遭到中央电视台的曝光，陷入低潮，但我没有胆怯。接过手，首先组织人打翻身仗。一篇《黄贝岭二奶村真相》的大型报道，把某些香港记者为"搏出位"而对深圳黄贝岭造谣污蔑，进行了揭露和批驳，震动了深港两地新闻界。《深圳风采》重新回到读者的视线中来。

1996 年国庆日，《深圳风采》改名《深圳风采周刊》，走出了办周刊的第一步。1999 年 7 月，再次更名为《深圳周刊》，正式按照周刊的规律运作。不过，这时我已退休，只是"名誉主编"。周刊一路走来，磕磕绊绊，并不顺当。但不管怎么说，总算是实现了我的愿望吧。我始终认为，深圳应该有一份周刊。

（录音整理：王莉英）

那一份激情弥足珍贵

□薛以凤（曾任《深圳特区报》副总编辑）

深圳经济特区成立后，创办市委机关报，急需一批新闻骨干。广东省有关部门推荐了我和夫人张德纯。1982年5月，我们正式接到深圳市委组织部的调令，即办理手续，赶赴正在试刊的《深圳特区报》报到。放下行李的第二天，就上班了。

创业——"这出报跟打仗攻山头，没什么两样"

当时，奉调而来的采编干部，主要两部分组成，一部分来自广州、惠阳地区，一部分来自京津沪地区。

我上班后的第一项工作，是负责读者来信，打好通联基础。后来，特区报班子组成，我担任党组成员、编委，兼总编室主任，主要筹备自己出报事宜。报纸初期为周报，每期4版，逢周一出版，竖排繁体字胶印。因为自己没有印刷厂，没有排字设备，所以在深圳完成采编后，专车送香港《文汇报》组版、印刷。那时候到香港，比去广州便利多了——因为交通不便，从深圳到广州，道路坎坎坷坷，一趟得七八个小时。

在香港《文汇报》的支持、帮助下，《深圳特区报》得以顺利出版，印好后运回深圳，再邮寄给北京、广州和深圳有关单位。

办报伊始，碰到的第一个困难：竖排。我从1963年大学毕业后，曾在《南方日报》《新华日报》工作过，无论是在学校，还是在工作单位，学的做的都是横排，从未接触过竖排。同事们也是这样，过去从来没做过，解放后的报纸都是横排，怎么办？总编室"三个臭皮匠，顶个诸葛亮"，边学边改，自己摸索竖排的方法，整天在版样纸上画竖版，功夫不负有心人，大家很快过关。实践体会到，办好一份报纸，不是新事物，却是新考验；只要大家坚定目标，敢闯敢试，善学肯钻，就没有过不去的坎。

1982年9月，在深南路的印刷厂，《深圳特区报》经过试、创刊之后，正式出报了。记得那天，报社编辑部非常热闹，市有关领导都登门来祝贺。自此，深圳经济特区有了自采、自编、自印的第一份党报。不过还是周报，序幕才刚刚拉起，奋斗未有穷期。当时，出报时间很长，往往从下午三四时开始编辑工作，到第二天早上10时才出报，好在是出周报。为了尽快出日报，我们加强各部门的磨合，加强协调采、编、印各环节，从老总、编委、部主任、编辑记者到车间工人，大家集思广益，献计献策，边试边干。不到三个月，即当年的12月1日，《深圳特区报》就开始出日报了，整四个竖排套红版。一经面世，就受到市领导肯定和读者的青睐。

初创年代，热情高涨，人心齐，泰山移。报社总经理王玉明，原是惠阳地区机关干部，每晚都盯在排字印刷车间。当总编室的稿子一到，他那大嗓门叫一声："稿子来了！"如战斗号令，排字工人们马上忙碌开来，一个个铅字落盘，精准不误，有条不紊。但偶也有失，记得一次，铅字盘排好了，要移到小车上推过去最后压版。许是紧张的原因，工人不小心将铅字撒满一地，眼看时间到了，急得眼泪都下来了。怎么办？我们没有任何抱怨，而是迅速组织力量补救，七八个工人一起动手，重新检字拼版。一个版9000字呀，要一个字一个字重新捡起来啊，在大家的努力下，终于重新拼好版，正常出报。老王激动地说："这出报跟打仗攻山头，没什么两样！"那时候的手工铅字排版的艰难，难以想象。看看现在使用电脑激光照排，效率之高，也难以想象。

采编人员来自四面八方，有报社的，有通讯社的，有党委报道组的，还有出版社的，大家有缘相聚，有一个磨合过程。每个人的工作方法不一样，每个单位的工作风格也不一样，但是，大家发挥所长，相互取长补短，就一定能够磨合得很好。为了出好报纸，不争个人之长短，真是一个和谐的大家庭，心情非常舒畅。

随着科学技术的进步，从1988年起，报社开始使用电脑，首先关键一条：学打字。当时，各种字码还不成熟，报社专门请来老师，从社长总编辑到编辑记者，人人都要参加培训。为此，报社提出奖励办法，譬如，记者用电脑写稿，每篇奖十块钱。只奖不罚，直到全体记者都用电脑写稿才取消奖励。这一年，特区报攻坚克难，在北大方正公司的支持、配合下，一举突破了电脑组版，成为长江以南首家采用电脑照排的日报，引起全国媒体关注。

随着报纸影响的增大，报社的广告也多起来了。广告和新闻报道有时会因版位的安排产生冲突。于是有人担心：一版广告多了，各级领导活动的报道怎么处理？报社认为，特区就要敢于创新，不创新哪来进步？坚持照登不误。结果，市里并没说什么。我体会很深，上级批准特区报登广告，若放弃这个权利，裹脚不前，岂不自毁前程？关键是处理好、平衡好两者之间的关系。后来，我们还在一版登过一次全版广告，记得当天中央有条新闻，必须在显位。我们集思广益，最后决定在广告上部空白处,挖一小块,做成新闻标题导读,将新闻全文登在二版。由此,成为党报头版刊登全版广告第一家。内地报纸也有效仿。这就是特区报人,拿出了吃螃蟹的勇气。此事在现在看来,真有些"洒洒碎"——不要说在头版登整幅广告,甚至可以有多个报头。现在办报的同志,比那时的我们聪明得多,进取精神更强,创新意识更浓,点子更多。

艰苦——二十多个记者踩着自行车,下雨就扛在肩上,成为特区报的"特别风景"

我们一家四口刚来报社,就租住在科技馆招待所,吃饭靠报社饭堂。从报社到上步路,是一条烂泥路,碰到下雨,一只脚踩下去,另一只脚就提不上来。况且,左右手还拎着饭和菜,那情景叫人终生难忘啊!后来,我们挤住在通新岭周转房内客厅,一套房住两户人,中间用布帘子隔开,两家人用。每早五点多起床烧煤炉子,隔不久跑趟笋岗车站煤厂,用板车拉回蜂窝煤,烧水做饭。那时没几个饭馆,报社搭个草棚做饭堂,记者采访回来,保证24小时有饭吃。

创业伊始,采访条件,非常艰苦。大街上没公汽,报社也就一辆车,二十多个记者踩"大桥",即南京生产的"大桥牌"自行车,下雨就扛肩上,成为特区报的"特别风景"。报社的一辆小轿车,连仪表都不全,稍加改装。尽管如此,记者热情相当高,没人叫声苦和累,走哪儿都能见到我们记者的身影。

1983年,我随深圳市人事局的招聘团,前往京津沪招聘。在北京,住在劳动人事部的招待所。带队的市委组织部长欧阳杏和人事局长陈本,也跟我们一样在劳动人事部食堂啃馒头,咽咸菜,津津有味。北京同行说,"深圳人的艰苦创业精神,在你们身上得以体现。"招聘之日,前来面试的人山人海,把招待所院子都挤爆了。我代表报社现场考核,回答应聘者的各种问题,细到租房、煤气、夫妻分居、收入多少等等。从清早忙到深夜,水都顾不上喝,喉咙也哑了,话说不出来。最终,筛选出二十来个,人事局很支持,现场办公,当场拍板:提供深圳最优惠的条件。包括解决夫妻两地分居,并安排住房。这一批,北京户籍的多,年轻有为,后来都成为报社中业务骨干。至于他们的家属,一般都有接受单位;农村户口的则安排在报社后勤部门,解了后顾之忧。而从大学分配来的年轻人,敬业爱岗,充满活力。记得东北搞边贸大集,特别邀请《深圳特区报》记者前往。小崔刚刚到报社,听说后马上请缨,行李扔在仓库,借了件军大衣就飞过去了。可知道,这边热得穿短袖,那头却是零下几十度的严寒!采访满载而归,我们为他接风,他说特区报记者很"牛",走哪儿都开"绿灯",非常受欢迎。

后来总编室改为夜编部，我接着组建沿海新闻部，负责沿海十几个城市的改革开放报道。后来，又改为时事部；再后来，扩大为国内部、国际部。每一次组建，都要面临人员挑选和培养，同事们不讲价钱，服从分配，任劳任怨，至今让我感动。有个大学生分到广州记者站，交通联络不便，又没有特殊待遇，一干就是三年，没提过任何要求。

友谊——只要进了特区报大门，就是一个战壕的同志，不分彼此

加入特区报的队伍时，我刚满四十岁，人生不惑，年富力强。这里干事创业的环境好，氛围好，成员来自五湖四海，就像一个和谐大家庭，有难大家帮。一个业务骨干，因为家属学历不够，不能调入深圳。当时的社长区汇文，亲自跑组织部，详细说明情况，组织部终"网开一面"，作为特殊情况调入。

那年代，内地同志调进报社，行李家具火车托运，得几天后才运到深圳。我记得，往往卡车一进院子，王玉明总经理一声大喊："新同志行李到了！"一下子，各间房里涌出来很多人，男女老少都有，一起动手帮助卸货，让新同志心里热乎乎的。当时，还没有搬家公司，这样的活很多，从内地调来的同志，什么东西都舍不得扔掉。特别北方来的，啥冬衣棉被锅盆碗盏，一古脑全拉来深圳，落地才知道没用，三个月后差不多扔了。同志之间关系密切，邻里互帮互助。那时理发店少，有同志就自备一套工具，义务为同事理发，坚持了好些年。

春节期间，留守报社的员工，聚集在院子里搞活动，欢迎家属参与。唱京剧，扭秧歌，说快板，玩魔术，你方唱罢我登场，各自家乡特色的节目，博得一片掌声欢笑声。至于单身汉们，报社有传统，由社领导请吃年饭，席间你敬我回，畅所欲言。还有小孩读书问题，全市仅两所中学，学位很难解决，家长很忧心。报社反映上去，市领导林江同志亲自协调，解决小孩读书问题。报社员工生病，除了报社工会，同事们都会自发去探望慰问，表达一份心意。有个大学生新分来不久，诊断患严重肌肉萎缩症，卧床不起。社领导、编委、部主任和采编人员，大家轮流照料，直到他去世。并不因为谁新来的，就对谁疏远慢怠；只要进了特区报大门，就是一个战壕的同志，不分彼此。

就这样，特区报从创刊、试刊到出周报、日报，从4个版到8个、12个、16个、20个版，不断扩版壮大。报纸就像自己的孩子，点点滴滴，倍加呵护。我曾负责通联工作，为培养通讯员队伍，深入基层，发掘苗子，精心培养。那时电话很少，通联主要靠搭车、骑车和走路，有时候为了一篇稿，往往花上大半天时间。罗湖有个通讯员，是个老人家，写稿积极性很高，我们就重点关注，使之成为"铁

杆"。像现在在机关的吴立民、企业的韦建诚，不仅抽空写稿，很早就开始报料，不分白天黑夜，乐此不疲。下夜班了，夜班的同志一起吃夜宵，放松心情，无话不说。即使遇到矛盾，小有摩擦，也一定是连夜沟通，就地解决，愉快回家。

如今，多少年前的往事，点点滴滴，一一回忆起来，感慨万千。离开报社岗位十年了，我仍住在老报社大院，这里的一草一木，是那样熟悉，那样亲切。想起一起工作的同志，当初的中青年，已是白发老者，有的已经作古。但是创业初期的缘分、经历和故事，如同昨天才发生一样，那不可磨灭的记忆，永远留在了我的心里。

（录音整理：金涌）

激情燃烧的岁月

□钱汉江（曾任《深圳特区报》副总编辑）

义无反顾选择了深圳

1982 年 10 月，我毕业于中国人民大学新闻系研究班，师从张隆栋教授，获硕士学位。在上世纪 80 年代，我算是"稀缺人才"，中央机关和各新闻单位都抢着要。就是在今天，对于大学毕业生来说，能够留在北京的一家很体面的中央新闻单位，变成北京人，也是心往神驰，更别说是在 30 多年前。

有时候面临的选择太多，要下一决断也不是一件轻松的事，而我就做出了一个令班上同学与老师都感意外的决定——放弃北京而去深圳。

其实在我的内心早就展开了另外一种冲突——中国的计划经济之路快要走到尽头了。1982 年的中国，物资匮乏，在这一年的春节，北京市政府要给每户居民发一张平价带鱼票，一张只能买一斤，不得不以取消一座立交桥的建设为代价，也就是将建立交桥的经费用于对带鱼的补贴。这件事引起北京市政府高层的激烈争论。建立交桥是重大市政建设项目，是惠民工程，而让北京市民在春节吃到一斤平价带鱼，欢欢喜喜过个年，也是一项惠民工程。"立交桥派"指责"带鱼派"是"不顾大局"，是"小恩小惠"，是"妇人式的仁政"，是"只顾生活不顾建设"；而"带鱼派"认为"市民过年无小事"，"一斤带鱼就是一份人心"。最终是"带鱼派"压倒了"立交桥派"。这事在北京引起了广泛的社会关注，也给我的内心带来极大的触动：中国如果不走改革之路，"带鱼"与"立交桥"之争年年都会发生。

就在北京为带鱼与立交桥争论不休之际，深圳经济特区已经进入了第三年，率先取消了绝大部分票证，农副产品定价自由，流通自由，物资如同从地下冒出来似的，在一项政策的感召下，突然间变得琳琅满目，极为丰富，与北京形成了强烈的反差。深圳成为全国观察世界的窗口，从这个窗口望出去，第一眼看到的是香港。这时的香港是"亚洲四小龙"之一，香港人的平均月工资达到了 1500元港币，而中国大陆只有人民币 50 元左右。深圳与香港只是一河之隔，两地形

成了强烈的反差，还引发了深圳人一波接一波的逃港潮。从香港又看到了世界，外部世界果然很精彩。深圳像是一间尘封多年的老宅子，一旦窗帘拉开，突然间变得一片明亮，窗外的新鲜空气涌了进来，与沉积多年的陈腐之气发生了激烈的碰撞。

我意识到，深圳是改革开放的试验田，是破天荒的探索，是打破僵化机制的开路先锋，试验田一定会变成覆盖全国之大田。深圳之风一定会吹遍全国，深圳之路就是全国之路，中国再也没有比这更有效的发展振兴之路了。于是，我决定放弃到《经济日报》工作的机会，选择了《深圳特区报》。我到深圳报到时，放弃了金贵的北京户口，把户口也一并迁到了深圳，这无疑是把自己的后路给堵死了，再也回不了北京了，在皇城根下当个小民的机会没有了，生生死死与深圳联在一起了。

到了《深圳特区报》报到后不久，正赶上《深圳特区报》在北京、上海与广州建立记者站，我被任命为上海记者站筹备组的负责人。我带着报社的一张介绍信，前往上海市委宣传部接洽筹备工作，结果遭到冷遇。对方说了一通理由，大意是说："你这个人好不懂规矩？上海的级别你知道，你应该带一张广东省委宣传部的介绍信，才是门当户对，外地小报在上海建记者站还没有先例。"当时的深圳在上海人心中还真是一个边境小镇，《深圳特区报》在上海还没有资格建记者站，只有中央一级的新闻单位才有资格。

记者站建不起来，这并不影响我在上海的工作，只要有两条腿、一张嘴与一支笔，照样可以在上海采写新闻。我在上海没有房，就租用了《解放日报》招待所的一张床铺，地点在上海汉口路的278号，每天是1.2元，三餐饭都在《解放日报》的食堂。1983年的上海还没有对外开放，到了晚七点，有"中国第一商业街"之称的南京路是冷冷清清，行人稀少，我只得到《解放日报》总编室串门，了解一点新闻线索，其间结识了总编辑王维。他是一位新四军的办报人，每晚看完大样后，有一个多小时的空隙，我就与他聊中国的开放，从上海聊到香港，从香港聊到深圳，得益良多。

王维认为，上海是1841年中英条约中被迫向英国开放的城市，开放大门是帝国主义用坚船利炮轰开的，如果没有开放，上海只是一座用城墙包围起来的县城，不可能成为亚洲第一大城市。这是谁也想不到的结果。深圳是主动对外开放，若干年后，也能成为与上海并驾齐驱的大城市。想不到，他的预言30年后大都变成现实。

"报社基本法"的诞生

到 1992 年，经过 10 年的发展，《深圳特区报》成为全国宣传改革开放的一面旗帜，在全国有很大的影响力，但是报社内部的改革并没有展开，沿用的是传统党报的管理模式，活力严重不足。不论是记者，还是编辑，人人都吃"大锅饭"，干多干少一个样，干好干坏一个样，基本工资跟行政级别走，奖金每人每月 150 元，没有什么差别。在这一年，邓小平第二次视察深圳，全国再次掀起开放改革浪潮，势如排山倒海，不可阻挡，报社编委会决定举起改革的大旗，在内部实施一套奖勤罚懒、提高效率的激励机制，把制定奖惩方案的任务交给我们团队。

我是记者出身，对记者编辑的实情较为了解。记者、编辑的情况千差万别，最大的差别是素质的差别，而且这种差别有着天壤之别。有的记者很勤奋，捕捉新闻与表述新闻的能力很强，两眼望去，处处都是新闻，与人闲聊、甚至逛街也能发现新闻，参加一次会议，能发现一大堆新闻，新闻线索是取之不尽，用之不竭。有的记者就是不会发现新闻，天天缠着部主任要新闻，一周就是写不出几则像样的报道。有的编辑能力很强，能轻轻松松地将半成品整成成品，有的编辑就是不行，不会组稿，半个月编一块专版还叫苦连天。记者、编辑的强弱之比相差十几倍，但其收入基本上是一样的。这种不公平的分配制度挫伤了工作积极性，也养起了一批懒人。然而，人的天性是好逸恶劳的，这就需要建立起一种奖勤罚懒的制度，使勤快者更加勤快，让偷懒者也变成勤快者，让社会主义"各尽所能、按劳分配"的原则能得到体现。这是一项颇为艰巨的任务。

1992 年，《新闻战线》发表了《沈阳日报》总编辑傅贵余的一篇文章，谈到了《沈阳日报》内部分配制度的改革，其中的要点是对记者编辑实行工作考核，按质量与数量领取奖金。我看后大受启发，于是，就带着 100 多个问题前往沈阳，傅贵余看后说："你们整得比我们还要细，这 100 多个问题有些我们还没有考虑过。"他将报社的部门负责人全部叫来，说《沈阳日报》对我全部开绿灯，有什么情况就说什么情况，没有半点保留。我在沈阳前后呆了整整 8 天，与近 20 人谈话取经，直到形成了完整的腹稿才离开。

我回到深圳后和报社成立的起草小组就起草了《深圳特区报工作考核与奖金分配方案》。考核方案将工作质量放在第一位，就是记者按职称每月必须采写一定数量的好稿，好稿以"星稿"为标志。"星稿"由研究所每日评定，值班总编批准，每日公布，记录在案，作为评奖的依据。任务是初级记者每月一篇，中级两篇，副高级每月三篇，正高级每月四篇。编辑也以"星稿"为考核标志，也与职称挂钩。第二项标准是考核稿件和版面的数量，记者采写稿件有基本要求，编辑也有基本要求。对于当月完不成质和量的记者和编辑，停发奖金，但到年底如平均每月完成了任务，仍可补发奖金。

编委会经过反复讨论，批准并实施《工作考核与奖金分配方案》。方案出台后，得到记者、编辑的积极响应，调动了积极性，工作效率明显提高，大家抢着做版、发稿，能力强、勤奋的记者、编辑一个月下来，最高的奖金有一万多元。这一方案对后进人员形成了压力，压力开始变成动力，报社呈现出了新的面貌与新的格局。

《深圳特区报》的考核机制，在全国新闻界曾引起较大反响，很多同行纷纷前来取经，并很快得到了推广与普及。这一考核方案被称为是"《深圳特区报》的基本法"，其基本条款沿用了许多年。已故社长区汇文在一次会议上曾谈到，新加坡的《海峡时报》请美国人搞过一个内部考核规定，花了30万美元，而我们也搞了这个考核方案，质量与效果是不错的，这也说明中国人是有能力的，能将自己的事办好。

自己的产品自己卖

对于报社来说，发行是很重要的环节。在1997年之前，《深圳特区报》的发行一直是由邮局承担的，称之为"邮发"。随着《深圳特区报》的快速成长与不断扩版，导致邮局的工作量和成本快速上升。当时，全国的党报大多日出版12版，而《深圳特区报》突破了12版，经常扩至24至32版。一个邮递员每天投递12版报纸可达800多份，而投32版的报纸，一天不足100份。深圳邮电局提出要增加发行费率，条件是以12个版为基准点，发行费率为35%，超过部分，每增加4个版，增加7.96分的费用。按此计算，《深圳特区报》出32版，发行费高达0.75元，订报款全部给了邮局。《深圳特区报》无法承受如此深重的负担。

《深圳特区报》是一张以深圳为中心的城市报纸，有条件脱离"邮发"，实行自办发行，也就是自己的产品自己卖，其好处是可以专职将《深圳特区报》发行量搞上去，如同开设单一产品的专卖点。其弱点是《深圳特区报》不可能建立起像邮局那样的遍布全国的发行网络，不可能将触角伸入边远地区与穷乡僻壤。然而更大的弱点是，《深圳特区报》没有将发行放到应有的地位，在极大多数人的心目中，当记者与编辑是光荣而崇高的，而发行只是一个从属的角色，比小商小贩强一点。《深圳特区报》编委会经过反复的权衡利弊，认为必须将发行抓在自己的手中，抓发行就是抓市场占有率，抓发行就是抓社会影响力与主导权。

1997年，已经担任副总编的我第一次出国访问，出访国是韩国。到了韩国，我才发现韩国的报纸都是自己发行，韩国有邮电局，但只投递信函，不投递报纸，如果报纸通过邮局投递，费用相当高昂。我拿出一份从韩国邮递来的报纸给记者看，上面的邮资算下来，差不多是两美元，如果报纸要支付这样的投递费用，那就亏到底了。在韩国的《文化日报》，发行者的地位相当高，与总编辑平起平坐。这家报社的最高负责人是社长，下设编辑局与贩卖局等部门。编辑局局长相当于《深圳特区报》的总编辑，贩卖局局长与编辑局局长同级。而在《深圳特区报》，发行处处长只是总编辑领导下的一个中层干部。在日本的报纸，情况大体相同，编辑局与贩卖局同一级别，贩卖局的意见可以左右编辑方针。

在市委的支持下，《深圳特区报》开始自办发行，编委会决定委派我负责展开这项工作。这是一项很烦杂的工作。在我和同事们的努力下，在全市建立了50多个发行站点，解决了深圳市内的发行问题。对于外埠的发行，在北京、上海、广州、武汉、西安、沈阳、成都、昆明等地作为分印点，采取卫星同步传版，然后在当地印刷，并委托当地报社投递。到1998年，《深圳特区报》终于实现了把报纸真正作为自己的产品进行销售和经营的目标，并成立了在编委会领导下的"深圳特区报发行公司"，不再受制于人，发行量有较大幅度的上升。报纸发行费率有所降低，即便在日出报100多个版的情况下，发行费率都控制在50%以内。

其后，在市委的支持下，《深圳特区报》又在全市范围内设立了400多个售报亭，基本覆盖了深圳各主要街道和社区，成为《深圳特区报》强有力的零售阵地。发行公司还利用现有网络，开展了分类广告的上门服务，既方便了市民，同时又扩大了广告营收，使得报社当时的分类广告提升了一大步，由原来的一年几百万元跃升至最高时的4000多万元。

报纸发行始终是一项很重要、很头痛、很烦人的工作，愿意献身于发行事业的有识之士不多，整个世界上至今似也没有什么根本性的突破——100年前是什么样子，现在依然是什么样子，只是用汽车代替了两脚与自行车。

（录音整理：迟宇红）

《深圳特区报》诞生记

□曾锦棠（《深圳特区报》创刊者之一）

一报震南天，
旗帜鲜鲜。
但凭特事写新篇。
曾几何时成局面，
阔视山川。

试刊记当年，
三两狂编。
孤灯斗室不曾眠。
闻道而今安广厦，
意慰情牵。

上面所录这首《浪淘沙》，为广东著名诗人、原深圳市委副书记黄施民于1983年为庆祝《深圳特区报》创刊一周年、深南中路报社大楼落成有感而作，其时他已离任调回广州。并在这一词后作一小注：特区报1981年试刊时只有编辑记者三五人，备极艰苦。而今终成局面，倍多感慨。这首词真实地记录了当年创办《深圳特区报》的情景，热情讴歌了深圳人敢闯的特区精神。当年，我曾亲自参与《深圳特区报》创办工作，直至1982年12月底正式出周报后，组织上把我调去负责组建市委对台办的工作时离开，在《深圳特区报》工作了近两年时间，今天重温这首词，真是百感交集，万绪纷来，不由得又使我记起了当年前创办《深圳特区报》的苦与乐。

筹划

1979年，深圳改为市建制后，全市40万人民在党的十一届三中全会的春风沐浴下，心花怒放。他们解放思想，大胆探索经济改革开放的路子。当年全市就引进了二十多个来料加工项目，成为举国瞩目的新鲜事物。

那时，我担任市委新闻秘书，兼任《羊城晚报》、中国《市场报》的特约记者，算是深圳市首任"新闻官"吧！我的本职工作，虽然在《人民日报》《南方日报》《羊城晚报》《中国新闻》等报刊发表了有关深圳的许多新闻作品，但仅仅靠这种形式的宣传是远远不够的，是完全不能适应形势要求的。于是，我便想到了深圳市十分需要办一张有自己特色的报纸的问题，并将这个设想告诉了当时的市委宣传部长陈江同志。他听了我的建议，回答说："这个设想很好，只是市政府拿不出钱办报啊！"

听了这话，我的心一沉。然而，办报的问题始终萦绕在我的脑海里。1980年初夏，市委宣传部设立新闻科，共有五人，我是该科的负责人，其余四人是刘学强、黎珍宇、丘盘连、刘叶城。我把办报的想法告诉了他们，大家听了，个个拍手叫好，亦立即围绕办报问题叽叽喳喳地议论开了，似乎就要办报了。

是年初秋，李伟彦同志调任市委宣传部长，市委书记是吴南生同志，我给他们的见面礼，就是反映我们要办报的建议，希望得到他们的支持。李伟彦同志笑了笑，不久就把办报的问题正式列入宣传部的工作议事日程，并叫我给市委写了办报的建议报告。在1980年11月15日的市委常委会议上，作出了办深圳报的决定。

11月18日宣传部副部长张坚同志告诉我："市委指示宣传部做出办报方案送市委审定，部里决定把这个任务交给你，由你起草办报方案。"李伟彦同志还对我说："你可根据目前市财政困难的情况，多搞几个办报方案，供市委选择。"

一个刚成立的经济特区，要办成一张报纸，确实困难重重。当时，我们既没钱，也没有办报人才。在新闻科里，只有我和丘盘连算得上科班出身，但我们也只有采编经验，缺乏办报知识。为此，我做办报方案时，立足于能够解决办报人才和报纸的印刷问题。在那段日子里，我先后和内地及香港的多家新闻出版单位联系，与他们洽谈合作办深圳报的问题。其中谈得比较成熟的有中国科普出版社和香港中外发展出版社，亦草拟了合作协议书。之后，我们呈送市委审批的方案只有两个，一个和中国科普出版社合作，对方负责印刷设备和办报初期从北京选派25名采编、管理人员；我方负责提供建报社的地皮和部分开办费。这样，我们需要负担的资金50多万元。另一方案是自己办报，按发行10万至15万份报纸预算，约需投资400多万元。我们考虑到市财政困难，便在方案报告中提出采取两条腿走路的方针，边筹建报社边试刊出报。在试刊期间，可由其他印刷厂承担印报任务。

不论采取哪一种方案办报，但办报的宗旨是一致的。那就是以宣传深圳特区为贯彻执行中央关于改革开放政策所取得的成就、经验为主旋律，辅以其他群众所喜闻乐见的新闻；报纸应立足深圳，面向全国，兼顾港澳及海外；报纸版面安排既区别于内地报纸，又不同于港澳报刊；但可以借鉴港澳及海外报刊那种生动活泼的版面安排经验。

在这个办报方案中，我们还提到报纸的名称。经新闻科多次讨论，大家提出了三个报名供市委选择。一是《深圳特区报》，二是《深圳商报》，三是《深圳报》。起初，我们对《深圳商报》比较有兴趣，后来考虑到，如果作为市委党报，用《深圳商报》又不合适。于是我们在方案报告中明确提出，对于报名，我们倾向将它定为《深圳特区报》。

办报方案呈递市委一个月左右，宣传部便接到市委的口头批复，同意自己办报的方案，并指示我们，要因陋就简，大胆尝试，迅速出报。当时，既没有下发"红头文件"，也没有批给我们多少钱多少人。深圳特区兴办伊始，我们很理解市委市政府当时面临的困难，也更加明确我们肩负的重任。怎么办？那就是大家同心协力，艰苦奋斗，解放思想，勇闯新路。

试刊

市委决定自己办报是一个振奋人心的动员令。为了做好市属各部门的协调工作，让大家都来关心和支持办报，当时就由宣传部牵头组成一个筹办《深圳特区报》领导小组。领导小组组长由市委副书记黄施民兼任，副组长是李伟彦和市委组织部长欧阳杏，领导成员是市计委主任江兆新，市财政局长蔡自强，市委宣传部副部长张坚及宣传部新闻科、宣传科负责人曾锦棠、黎颖。领导小组下设《深圳特区报》试刊采编组，由我担任采编组长。这件事是由宣传部部务会议讨论定下来的，并已抄报市委及市委组织部备案。

采编组在试刊前期的人员组成，除了新闻科五人加宣传科的彭茂光外，还从内地调进及从本市各单位抽调了一些人参加，他们是江式高、林雨纯、吴木胜、张黎明共十人。第一期试刊成功后，又陆续调进了戴木胜、莫漠、陈建新、胡向东等人。

那时，报社急需一批采编人员，人事制度没有像今天那么严格。只要有人介绍，或"毛遂自荐"，我签字报李伟彦同志同意后即可送交组织部审批调入。后来，宣传部将人事权下放给报社，指定由我、张洪斌和江式高三人共同审查研究决定便可调进报社人员。

征与尘

深圳特区报 30 年往事记述

李伟彦同志还叫我专门给省委宣传部写报告，向《南方日报》《羊城晚报》《广州日报》等要了一批骨干，支持我们办报，如区汇文、王初文、张一村等人就是在特区报创刊前后陆续调入的。

张洪斌同志当时是新华社内参线记者，较长时间住在深圳进行采写工作，对深圳特区建设情况较熟悉和了解，又有采编经验。在我做方案筹划办报期间，就曾经多次请求他协助我们办报。他不负众望，在我们即将试刊的关键时刻，他自告奋勇，向市委主动请缨前来办报。我们都很尊重他，把他看成是报社的顶梁柱。每期报纸的主要稿件选编和版面安排都是由张洪斌同志负责的。

报社的基本队伍组织起来后，接着就解决办公地方的问题。地处蔡屋围侧的原宝安县委所在地，就是那时的深圳市委大院。在靠近市委宣传部旁边有一幢旧平房。这里靠中一间约 12 平方米的房子就是《深圳特区报》最初的办公地址。我们在这间房摆了三张旧办公台、椅子，要是多几个人进来，连坐的凳子都没有。

一天傍晚，我和江式高在大院内散步，偶尔发现大院围墙下，有一张木匠用来刨木的长凳被丢弃在那里。我俩喜出望外，如获至宝，一齐把它抬进了报社办公室，大大方便了来人。

试刊期间，我和张洪斌、江式高就在这个办公室编稿、整理资料，李伟彦同志也经常进来询问工作。这里，既是报社的总编室，又是当时特区报社的指挥部。除了这间办公室外，还有一间鲜为人知的社外总编室。那就是坐落在深圳河畔的桂木园五十四号我的住宅。李伟彦同志是我的邻居，我的住宅自然成了我和张洪斌经常研究报社工作和编稿的地方。如第二期试刊的稿件就是我和张洪斌在我家里通宵达旦编改出来的。第二天早上，我带着编好的稿件和画好的版样到香港付印。

我和张洪斌同志还就《深圳特区报》的报头请谁书写的问题，商量过几次。起初，我们曾考虑请德高望重的叶剑英元帅书写，后来又觉得以此事惊动中央和国家领导人不妥。最后决定请广东的著名书法家秦咢生先生书写。他写了爨宝子体及行书这两种字体，每种字体都各书写了两份，《深圳特区报》试刊第一期是采用秦老的爨宝子体，但有一部分读者反映，这种字体有许多人看不习惯。于是，我们从《深圳特区报》试刊第二期开始报头便改为秦老书写的行书，一直沿用至今。

试刊前期工作准备得八八九九了，只有报纸的印刷问题尚未解决。我们曾经考虑让深圳一家印刷厂承担特区报的印刷，但经预算，认为委托本市印刷厂印刷成本费较高，遂即放弃了这个计划。正当我们为难之时，香港《文汇报》的总编金尧如来了深圳。李伟彦同志立即去找他寻求解决特区报的印刷问题。双方一谈即洽，《文汇报》表示大力支持，答应印刷费以成本价计算，等特区报有了收入时再一起付款。

这真是"雪中送炭"啊！于是，我们马上组织稿件，准备出报。首先，我在市委小礼堂主持召开了全市通讯员会议。这次会议主要是动员通讯员积极为特区报投稿，号召大家共同为办好特区报出谋献策。当时涌现了不少热心于特区报的通讯员，如曾锦初、廖虹雷、严亚美、郑家光、黄国光等人，他们不仅积极投稿，还为办好特区报提出许多有益的建议。如特区报要办成像《羊城晚报》那样，为群众喜闻乐见，受读者欢迎，提议一定要办好副刊，要有地方特色，并建议报上要善于开展批评和自我批评，激浊扬清，匡正驱邪，弘扬正气等。

前几年，报上刊登了《鹏城缘起何处？》的文章，谁也说不清楚。其实，那时特区报设立"大鹏"副刊这一刊名，就是采纳了通讯员曾锦初的意见。就这样，特区报始终坚持群众办报的路线。在特区报正式创刊前，即1982年4月12日，我又一次主持召开了全市通讯员会议，为特区报的正式创刊打下了牢固的群众基础。

此外，我在采编组里也是集思广益。先要求大家提供新闻线索，然后归类排队，把有用的新闻线索挑出来，按采编人员分配采写任务，平均每人要完成稿件三至五篇。以后每期试刊都采取了这种办法。

我们考虑到深圳毗邻港澳，为了照顾到港澳读者，扩大对外影响，因此试刊报纸采用竖排繁体字，而且第一版就有四通栏的广告。特区报试刊第一期的稿件，在1981年5月30日前就全部编好，组织上委派我与刘叶城前往香港《文汇报》负责特区报试刊的印报工作。我于5月30日下午带着稿件和画好的版样到了香港。当天晚上，我们就拜访了《文汇报》社的领导，第二天由《文汇报》副总编辑张云枫协助我修改了一些稿件标题，便打出小样交给我校对。6月1日印出大样，立即送回深圳交市委领导审定。原计划第一期试刊是在6月6日星期六出报，可是，当大样送回深圳时，市委书记吴南生已赶赴北京参加特区工作会议了。于是，报社决定先印五十份报纸由张洪斌送往北京，呈送谷牧、任仲夷、吴南生等领导审阅后，才能正式出报。

那时《文汇报》印刷厂有两台印报的轮转机，他们只用一台机，另一台机专门供给我们印报。第一期试刊已制版上机。万一6月6日不能按时出报，只要市委没有提出修改意见，就不拆版，日期也不作更改，反正是六六大顺，好兆头。

这几天我一直坐在《文汇报》社不敢轻易走动，以便随时接听张洪斌从北京打来的电话。晚上，我们就住在《文汇报》大楼内的招待所，白天吃饭是在《文汇报》社的员工饭堂。那时我们在境外工作，市政府没有给我们"特殊"待遇，特区报社更是一穷二白，没有给我们分文的补贴，最优惠的待遇就是市财政局一次性给我们补助了80元人民币做了一套普通西装，那算是最应时的装束了。然而，我们从来没有计较生活待遇，身在"花花世界"，却一心扑在工作上。

6月10日晚上9点50分，我守候着的电话机终于响了。我急忙拿起话筒，原来是深圳市委办公厅罗秘书打来的电话。他向我转达了黄施民同志的意见，他说，市委领导对试刊第一期特区报从内容到版面安排都很满意，没有其他意见，同意付印。听完这个电话，我即拨通了李伟彦住所的电话，这时他和黎颖已来到香港。我把市委的电话通知内容告诉了他。他嘱咐我要把好出报前的最后一关。这天晚上，我再次审慎认真地审阅了试刊清样，翻来覆去睡不着，自己日夜盼望的特区报就要诞生了，怎能不激动呢！到了凌晨3点，我和刘叶城到了《文汇报》楼下的印刷厂。此时，《文汇报》印刷厂的陈厂长已经等候在那里，他一见我就问："是不是可以印了？"我回答说："可以开机了！"接着，就听见"轰隆"一声，印刷机转动了，一张张崭新的首期试刊特区报随着传送带运到了我的面前。天刚蒙蒙亮，8万份特区报就这样印出来了。

当这些报纸从香港运到文锦渡深圳口岸时，报社留家的七八个人早就等候在那里，他们充当了临时搬运工人。除了大部分报纸交由市邮电部门发行外，报社每个人都提着一捆报纸上街卖报。深圳市民看见这些"报童"都十分好奇，当他们发现是《深圳特区报》时，便蜂拥而至，抢着购买特区报，争着先睹为快。兼为发行员的报社工作人员，看见新出版的试刊特区报受到那么多人欢迎，每个人的心头都是乐滋滋的。

风波

《深圳特区报》的诞生，在边陲小镇引起了广泛和深刻的反响。本市和境内外许多读者纷纷来信、来电，向特区报社表示祝贺。他们赞扬说，《深圳特区报》的诞生是中央改革开放政策的产品，给人耳目一新的感觉。但也引起社会上一些不同的舆论，有的说"《深圳特区报》和香港报纸没有多大区别，难道深圳真的要复辟资本主义吗？"还有的说"《深圳特区报》的商业味太浓"……

面对社会上这些舆论，我们的头脑还是比较清醒的，这些舆论也是意料中之事。因为每一新事物的诞生和出现，并非是一帆风顺的。如同一只帆船在茫茫大海里航行，它要冲破许多狂风巨浪，绕过无数暗礁险滩才能到达光明的彼岸。我

们自信，《深圳特区报》从试刊首期开始，就把握住了大方向，那就是宣传党中央的改革开放政策坚定不移；宣传深圳特区的建设成就、新人新事自始至终。在这个大方向的前提下，融进了自己的地方特色。

社会上的舆论也引起了中央宣传部的重视。我们出了两期试刊以后，中央宣传部委派新闻局长王揖前来《深圳特区报》了解情况。王揖来深圳后，由我负责向他介绍特区报情况及陪同参观。经过几天的参观、听取汇报，王揖对特区报也有了较清晰的理解。他说，看了两期特区报试刊，觉得很活泼，有新的突破。有人反映《深圳特区报》没有突出政治，什么叫政治？政治亦不是干巴巴的，报纸不能照念一本经。深圳报纸试刊第一期不是开辟了一个"新风尚"专栏吗！这个专栏里刊登了深圳一个基层党支部书记廉洁奉公的事迹就很有教育意义呢。又比如试刊第二期发了一个"三热爱"专栏，这个专栏可以搞大一些。并指示说，特区有它的特殊性，既要满足全市人民的需要，又要满足全国人民的需要，还要满足外商投资者的需要，这三者要很好地结合起来。总之，报纸一定要办活，可以多试几期，然后正式出版。

是的，《深圳特区报》从试刊第一期开始就办活了，这是由于我们敢于打破常规，大胆创新的硕果。《深圳特区报》的开拓者和深圳特区的开荒牛一样，经历了多少风风雨雨，克服了多少艰难险阻，终于闯出了一条光明大道。《深圳特区报》的社址，由原来连路名门牌都没有的深南中路一号的旧平房，经过四易社址，最后迁至今香蜜湖畔巍峨的报业大厦。看着深圳特区报社今天的辉煌成就，怎不令人心潮起伏！

（原载 1999 年 9 月 25 日《深圳特区报》，收入本书时作了修改。）

1981："改革开放第一报"试刊

□江式高（曾任《深圳特区报》摄影部主任）

我谈的是31年前的事儿，不知算不算跑题？

为什么要回顾《深圳特区报》试刊呢？因为：

第一，它把本报的历史跨度向前推进了一年。大家都知道，深圳特区报是1982年5月24日创刊的，但实际上，在这一年前的1981年6月6日，就已经试刊了。这意味着，1980年8月，深圳特区成立后八个月，特区的报纸就躁动，诞生了！虽为"试刊"，也是证照齐全的注册报纸，是合法的新闻出版物，同样永久载入新闻史档案了。

第二，《深圳特区报》的办报思想、办报方针、办报风格也是从试刊开始形成的。有些是有文字可循的，有些则是潜移默化地继承和发展下来的。

第三，"一报震南天，旗帜鲜鲜"，《深圳特区报》以独特面貌异军突起，它的"第一冲击波"，也是从试刊开始的。据我个人编写的《深圳特区报》试刊的情况反映（之四）》显示，试刊两期（两个月）通过各种渠道，已有三大直辖市和18个省区的读者来信来电看到了我们的报纸，称赞我们的报纸。那时我们的试刊报纸还呈送中央领导和中央、省市领导机关，可以说《深圳特区报》在"十月怀胎"之时就已被人们所瞩目了。所以，试刊是创刊的前奏或序曲。

《深圳特区报》应是"改革开放第一报"

深圳是改革开放第一个经济特区，《深圳特区报》是一张"深圳制造"的、有别于传统机关报的、使人耳目一新的报纸，也应是"改革开放第一报"。因为她确有不同凡响的若干报纸改革的创举，是同期内地报纸无法比拟的。即使，不称"第一报"，也应是"第一试"，这该是无可争议的吧？

提到《深圳特区报》创办的历史，我想第一不能忘了当时全国从上至下思想解放的大环境——大环境是什么呢？就是十一届三中全会后新闻界的拨乱反正，大家对"四人帮"时期新闻工作的假大空，深恶痛绝。这是新闻界的思想主流。但内地报纸囿于历史环境，很多传统框框一时打不破，这方面的尝试突破自然落

到了深圳特区。

二是不能忘了那些领导潮流，走在时代前列的先行者、带头人。只有上头的政策，没有那些带头人，是不可能有深圳特区的，也不可能有新事新办。

回顾这段历史，可以说，如果没有这些人，没有胡耀邦、谷牧，没有王揖，没有任仲夷、吴南生，没有梁湘以及具体执行的文化人黄施民，这张报纸出不来呀！

这些领导同志，过去在旧的政治体制、经济体制下压抑了几十年，改革开放后，他们成了冲破旧体制的先锋。这些人承担了非常大的政治风险。

他们完全是从深圳的实际情况出发，不顾个人的风险。要像现在有些当官的那样，前怕狼，后怕虎，就什么也干不成了。

王揖说：《深圳特区报》绝不要和全国一样。越不一样越好。

你问特区报创办有没有什么预案？我没看到有什么很具体的预案，那时，完全是摸着石头过河。

1981年7月15日，中宣部新闻局局长王揖来深圳，和我们正在出试刊的报社全体人员，共12人一起开了一个座谈会。王揖早在延安时期，就参与了《新中华报》（后改为《解放日报》）的创办，是中共新闻界的"祖师爷"了。对于王揖的到来，大家都诚惶诚恐——中宣部就是"阎王殿"（毛泽东语）哪，那就是一锤定音的。没想到王揖在会上的发言十分坦率，思想十分解放！

你看，这不就是我整理的《深圳特区报》试刊的情况反映（之五）——中宣部新闻局局长王揖同志在七月十五日召开的特区报全体同志座谈会上的讲话》的原稿吗？

王揖在会上透露，对于《深圳特区报》的办报方针，广东省、深圳市的意见和中宣部的意见最初并不一致。王揖说，中宣部新闻局和对外宣传局两个局曾在一起开会，研究了广东送来的特区办报纸的报告。中宣部最初的意见认为，外资来了，资本主义思想也来了。思想阵地要加强。深圳面临港澳，是桥头堡，你们这张报纸的任务就是要巩固社会主义阵地。你们在最前沿，面对港澳方面的渗透，你们就得干这个。

后来王揖在广州见到吴南生、梁湘同志。吴、梁说：深圳是经济特区，要跟资本家打交道。你板起脸孔，像内地的报纸那样，人家害怕，没法来了。要招商引资，就会很困难。

王揖说："他们说的也对，必须根据实际情况办，我们的意见是在北京想当然提的，那个不作数。你们要听省委的，听市委的，按他们的指示去办。"

非常开明哪！"必须根据实际情况办"，"我们的意见是在北京想当然提的，那个不作数"。你看多厉害呀，这个新闻局长真是思想解放！

王揖在这次讲话中，还对特区报的办报方针提出一些希望和设想——

"现在从中央到地方报，一般办得满意的不多。比较呆。一个省报满足于稳而不活，不追求活。为什么不活！并非政治多了，而是谈得不好，干巴巴的，不能引人入胜。今年3月到6月，胡耀邦同志接连有八九个批示，谈报纸的基本思想。农村大局已定，应多反映城市，工交、商业、财贸等方面新问题。经济特区更是如此，担子更重。要反映办特区的办法，介绍出去，各地都很有兴趣。"

这个会李伟彦（时任市委宣传部长）也参加了。王揖讲到这里时，李伟彦插话说：我们很胆怯。

王揖鼓励说："没关系，错了可以改。毛选改了多少次？百科全书出了多少版？报纸更应放开些，报纸如果不能说错话，那肯定是办不好的。"

王揖还说："我们并不提倡全国一个样子，一定要有本地特点。《深圳特区报》也是如此，绝不要和全国一样。越不一样越好。"

任仲夷问："你是特区报的？你们最近又有什么新事新办呀？"

1983～1984年，时任广东省委第一书记的任仲夷同志连续两年到报社考察时，我也在场。

任仲夷同志在谈到《深圳特区报》办报方针时说：《南方日报》是政治报。特区报也是政治报，但又是特区报。我们这里是经济特区，报纸要有区别。经济特区绝不能搬过去，也不能搬内地。在立场不变的前提下，特事特办。我们报纸上用的语汇，也可能与《南方日报》《人民日报》有所不同，方法全新嘛。当然，不能违反四项基本原则。在特字里头抓出一些共性的规律来。报纸办得人家喜爱看，为群众喜闻乐见，使读者拿起报纸爱不释手。这样，发行量就一定会扩大。

当时，官方三令五申，禁止居民装鱼骨天线，老百姓对此很不满。在谈到这个问题时，任仲夷说：我看拆鱼骨天线不是好办法，香港电视我调来看了，一天24小时的节目，我都看了。没有什么反动的东西，没有黄色的东西，就是有一些小市民低级趣味。我们要办好自己的电视吸引观众。让老百姓的鱼骨天线不向外伸，而是向内伸。

有一次，一个留德博士在深圳开了一个牙科诊所，任仲夷同志来深圳时去那里做治疗。我知道后去了，仲夷同志一听我是特区报的记者，非常热情，马上问："你是特区报的？你们最近又有什么新事新办呀？"

仲夷同志还到过我们摄影部，和我聊了好一会儿关于新闻摄影的话题。仲夷同志在新闻改革方面有许多自己的新想法。他对新闻摄影的论述也很有见地。

总编辑列席常委会，梁湘从来不对报社的事指手划脚

按照市委的指示，张洪斌总编辑那时可以列席市委常委会，那不得了啊，是很高的规格！（当时只有三个人能列席常委会，还有另外两人，一个是公安局长闻贵清，南下干部；一个是特区发展公司总经理孙凯风，新四军的老同志。）

梁湘对报纸只抓大政方针，从来不对报社发什么具体工作的指示，从来不对报纸指手划脚。该登什么，不该登什么，由报社自己定。他尊重分管的领导，报社工作一般都由他们具体去管。我给他拍了那么多照片，他从来不说哪幅好，哪幅差，也从来没有找我要过照片。

那时的报社也从来没有整天不断的来自部门的电话干预。

有一次，特区报因校对的失误，把一位广东省的领导、梁湘的老同事原先担任过的一个职务："粤东特委书记"错弄成了"粤东特务书记"。梁湘同志见到张洪斌，指着报纸批评了一句："你看看，你看看，你们怎么搞的？"张洪斌十分紧张，不停地做检讨。梁湘同志只是笑了笑，这事就这样过去了。一个对媒体十分宽厚的老领导！这样的错误可大可小，要是换个人，说不定就把报社骂个狗血淋头了！

回顾这个历史片断，一个是要看全国思想解放的大背景。一个是有这么一帮人，胡耀邦、谷牧、王揖、任仲夷、吴南生、梁湘……

谷牧的思想很解放，在小范围什么都讲，有时让我们听了都吃惊。他指着我说，你给我照那么多照片干啥？又说，你们都不准做记录，运动一来都拿出来了！说完，他笑了。

吴南生对办经济特区是充满闯劲的。他就说过：办特区，要砍头就砍我的头。他如同谷牧的影子，每次谷牧来深，他必陪同。所以，和张洪斌经常有机会交谈。也专程到深圳特区报社来看过。

早在1981年8月，国务院领导人就看了我们试刊的报纸。谷牧、任仲夷更是特区报热心的读者。没有他们的关怀支持，我们这些不谙世事的"狂编"们，吃了豹子胆也不敢干哪！

还有，当时很多新闻界官员、报界的老报人，如曾涛、莫艾、林里、杜导正、丁希凌，他们到深圳来，绝大多数都是给我们打气的。当然，也有人好心提醒：也要小心，不要犯错误！但那不是主流，绝大多数人是来支持我们，给我们打气的！给我们极大鼓舞，极大信心！

征与尘

深圳特区报 30 年往事记述

张洪斌说：这张报纸"不以党委机关报面目出现"。

张洪斌不止一次亲口对我说过，"我们这张报纸是市委领导的，但不以党委机关报面目出现。"我认为，由于我们所处的地域，由于我们特区承担的任务，由于报纸对象不同，这种策略性的变通，正是实事求是精神的可贵之处。

我想，这绝不是张洪斌个人的意见，肯定与高层沟通过，有共识，有默契。当然，这句话也从来没有见诸文字。谁敢那样写呀！那个意思，就是只做不说吧。尽量减少传统机关报的一些东西可能对报纸的束缚，最大限度还原其新闻纸的功能。

当时试刊的骨干，对共产党办报的方针原则，对毛主席办报的指示是了解和熟悉的，是有信心的，最花力气、费脑筋的还是追求在新形势下，怎样使报纸更好地为宣传改革开放政策，为特区建设服务，怎样办好办活，使深圳读者、海外读者和内地读者都比较满意。

——《深圳特区报》从试刊第一天起，就旗帜鲜明、大张旗鼓宣传改革开放政策和招商引资政策，刊登特区各项法规及法规解释。

——进行特区经济改革理论的探讨，批驳"经济特区是租界"的错误认识，探讨特区保税区、二线管理、特区货币等敏感问题。

——报道特区各项建设成果，特别是基础建设进展，投资环境的改善，引进外资进展。

——报道"三资"企业的发展、成绩和经验，介绍"第一个吃螃蟹"、尝到甜头的外商。报道内联企业的发展和经验。

——报道特区人事、劳动用工和企业管理的新突破、新经验。

——报道特区人民意气风发的政治热情和"两个文明"建设成果，深圳与内地及香港的文化交流，打击经济领域犯罪等等。

特区报的试刊，极大地推动了深圳各项工作，成为市委和政府的喉舌和有力助手，得到市领导的肯定，也为广大市民所欢迎，为全国读者所接受。

尝试与探索

与此同时，试刊五期，我们还有这样一些尝试与探索。

——突出地方特色，不刊载与深圳无关的全国新闻；不转载新华社电稿。像经济特区会议这样的重要新闻，则由本报特派记者采访，或编发新华社电稿。此外，由于有对外宣传的任务，我们还较多地编发了中国新闻社的电稿。而在当时，内地报纸是限制使用中新社电稿的。

——弱化政务新闻，严控会议和领导人检查工作的报道。试刊五期报纸，半年时间，只报道过一次党员干部学习六中全会精神的消息。没有发过一条市委的会议消息，工作会议消息就更不用提了。（当然，试刊时往往一两个月才出一期报纸，与时效也有关系。）没有发过任何市领导检查工作的消息，市委书记梁湘没有在报上发表讲话，也没有上过照片。唯一一次提到梁湘，是国务院领导来深圳视察的消息，里边带了一句，"陪同的还有市委书记、市长梁湘"。

——开辟世界经济和港澳市场专版，这是当时全国党报没有的，是本报首创。内地广大读者关注我们的报纸，就是想看世界经济、香港市场方面的信息。（后来还作过经济信息有偿服务，效果也还好）

——破格大篇幅刊登广告，探索报纸企业化管理和市场化的经验。按照当时的规定，党报的头版不能登广告，且广告不得超过版面的八分之一。但《深圳特区报》试刊第一期的头版就发了四分之一版的彩色广告，这一期的广告总量超过一个版。试刊第二期四个版，广告占近二分之一，第五期还发了整版的广告。建国以来，党委机关报都是吃皇粮的，早在上世纪80年代初期，特区报就敢想敢做，萌发了要将党报推向市场的宏图大计，并已付诸实践。这是一个极富前瞻性的改革举措。

——彩色胶印，是全国第一家地方报纸。同时使用繁体字，竖排。因为要给海外读者看，同时是在香港印刷，也只能采用这样过渡的办法。也为各方面所理解、所接受。

——大力改进文风。一是以短消息为主，新闻稿基本没有超过千字以上的文章。这样的版面容纳信息量很大。我统计了一下，头版在有广告的情况下，平均有十多条稿。二是重事实，用事实来说话，告诉人们发生了什么事，很少加议论。根本没有"工作通讯"一类的长篇大论。不信你去找，几乎连一句大话、空话、套话都找不到。

——刊载境外作者关于经济理论和管理方面的专访和文章。（按当时的规定，是不准刊登境外作者的文章的）

——人事制度和工作效率：

一是打破论资排辈的旧传统，破格大胆使用人才。担任总编辑的张洪斌很有才干，也有丰富的政治经验。他当时只是新华社的一位普通记者，只有行政19级（相当于一个股级干部），深圳便委以重任。（其新任职相当于副厅级）

原有的人事管理格局中，干部与工人是分别由人事局和劳动局管理，彼此楚河汉界，区别极为严格，不能任意互入。然而，新生的特区报很快就对这一格局进行了突破：一位以工代干的文学青年，来了没多久，就担任部门负责人，后来定编为正处级。另一个原是工人，后来直接提为副处级的部门领导。

二是一人身兼多职。如我一个人身兼"总编室、行政办、人事处"负责人三个角色。试刊采编人员只有 12 人，创刊（周报）时也才 30 人。

难怪全国都瞩目特区报，全国都在看特区报。以上这些在拨乱反正初期，全国报纸也是少见的。当时，在那种情况下，虽然有些"另类"，也就被认可了，接受了，反对的并不多。

经过将近一年的试刊后，1982 年 5 月，特区报就正式创刊了。

1983 年 2 月 8 日胡耀邦来深圳，曾说：我这次来深圳，看到两个东西很有新意。一个是我住的房子（里边较现代化，外边是中式园林），还有一个是你们的《深圳特区报》。有点新事新办的味道。

胡耀邦讲话时，我就在场。他在讲话结束时概括了他对深圳总的指导思想，就是："新事新办，特事特办，方法全新，立场不变。"后来正式发表时，把第三、第四句对调了一下。

耀邦同志的讲话也是对特区报创办以来的办报思想的一个肯定。

"你们的条件不错，水平不低，拿出来真像一张报纸。"

传统上办报，都是由一家老报社派生出来一个新报纸。我们这个报纸不是这种办法创办的。没有母鸡带，就是弄一堆鸡蛋在烘箱里孵出了小鸡。这也是不可思议的！这些人虽然以往是学新闻的，做过新闻工作，但并没有一个人办过报纸。

特区报第一批的采编骨干大多数是各市（县）委办公室的新闻干事（秘书），还有就是几位文学青年。

那时，深圳刚在草创阶段，条件较艰苦，愿意来深圳的人很少。记得我调来深圳，到市委宣传部报到时，是刘学强（新闻科干部）接待我的，刘学强冲着我说的第一句话便是："欢迎自投罗网！"这句话我至今记忆犹新。

那时的《深圳特区报》要风得风，要雨得雨，没头条了，就去找任仲夷，任老就很高兴地发表讲话。副刊部缺文章了，省文联主席陈残云亲自写文章。没有广告就去找特区发展公司总经理孙凯风。各级机关、新闻单位，甚至边检、海关，听说特区要办报，都给予大力支持与关照。

正是这样得天独厚的条件，试刊搞得风风火火。我们最不放心的还是这张报纸：拿不拿得出手？站不站得住脚？

中宣部新闻局局长王揖来报社开座谈会时，对此赞扬说："你们的条件不错，水平不低，拿出来真像一张报纸。"

王揖的肯定，使我们十分宽慰。记得大伙在当时深圳最好的酒楼——铁皮房的友谊餐厅撮了一顿。

我眷恋试刊时极富"乌托邦"色彩的办报经历

有句话说："不在天长地久，只在曾经拥有"。我至今十分眷恋试刊时那样思想解放，那样激情燃烧的岁月。我眼看八十岁了，那也是我从事新闻工作 60 多年来一段最难以磨灭的记忆。

说深圳的经验，深圳的精神，是敢闯，敢创，特区报的创刊不也是这样的吗？

我也不说过去的都对。但那一段创业的历史恐怕是前无古人的。以前没有这样的激情和经历，以后也不容易再有了。

我觉得最能反映我的心情的是曾经直接领导过特区报的市委书记、著名诗人黄施民的一首诗词《浪淘沙》：

一报震南天，旗帜鲜鲜，但凭特事写新篇。曾几何时成局面，阔视山川。

试刊记当年，三两狂编。孤灯斗室不曾眠。闻道而今安广厦，意慰情牵。

当时真正编稿子的，每一篇都过手过目的，只有张洪斌、曾锦棠和我三个人。"三两狂编"说得就是这段历史。

讲到试刊，我总有一种和蛇口人一样的欣慰和苦涩。在纪念《深圳特区报》创刊 25 周年时，我讲过：这张报纸不能说"今不如昔"，也不能说"昔不如今"。各有各的情况。今天回顾历史，并不评价是非，那时的作法有些可能是对的，有些可能不一定对；有些可能是对的，但并不一定行得通，实践了一段，又退回来了。历史上、社会生活中，这样的怪圈太多了。无论如何，是一次有益的尝试，可贵的探索。这样的新闻改革实践只能发生在上世纪 80 年代初的深圳，在建国以来还是首次，值得研究新闻史的人去研究，是应该载入新闻史的！

当然，试刊也并不是完美无缺，由于准备仓促，由于思想、组织、业务建设上的准备不足，后来也暴露出不少薄弱环节，这也是毋庸讳言的。

（录音整理：张晋）

创刊初期，香港《文汇报》"老大哥"扶了我们一把

□陶　牧（曾任《深圳特区报》总编室负责人）

陶牧先生是《深圳特区报》1982年创刊初期的总编室负责人。笔者在报业集团驻广州办事处姜滨等人的陪同下来到陶牧家中时，陶老正在摆弄挺时尚的ipad，查阅资料。白胡子白头发，瘦削的脸上，双眼炯炯有神，86岁的老人了，却看不到多少老年人常有的暮气。墙上挂着陶老和一个孩童的合影。我们问："那是您孙子吗？"陶老笑了："那是我重孙。"——呵，陶老都是太爷爷，四代同堂了！

陶老一旁的书柜上，陈列着一些当下新潮、流行的书籍——《南渡北归》《大国医改》等。陶老的书是他用ipad从当当网购买的。陶老说，他每个月买书都要好几百元。在当当网购书，要便宜一些。

广州办事处的同仁介绍，他们春节上门给陶老拜年，恰遇陶老正从书店回来，手上拿着几本新书。陶老说，他最近在思考：有着穆斯林背景的国家，为什么总是战火连绵？他对这个问题有兴趣，正准备研究一下。

这样一个爱读书、爱思考的老人，他心底总有燃烧的热火。

问及30年前《深圳特区报》创刊时的情况，陶老有些动情，话匣子滔滔不绝地打开——

《深圳特区报》是1981年6月试刊的，整个深圳正四面八方要人，但很难，许多人都不愿去。1957年我被打成右派，那时刚刚恢复工作上班，在《广州日报》文教副刊部当主任。我当时57岁了，心想换个地方也好，就报名去深圳了。

梁湘让张洪斌组阁，搭建《深圳特区报》的班子。新进来的人，没有几个是办过报的。但都有一腔创业的激情！

创刊初期，香港《文汇报》对我们的支持很大很大

你问香港《文汇报》对我们创刊都有哪些支持？这个问题，你们不提，我今天也打算要讲，一定要讲。你们一定要特别写上这一笔。当时这个支持是很大很大的。

《深圳特区报》创办时，一穷二白，深圳特区过去连个小报也没有。白手起家。创刊决定先出周报，靠什么人来办？那时连小的印刷厂也没有。李子诵（注：时为香港《文汇报》社长）、金尧如（注：时为香港《文汇报》总编辑）听说深圳要办报，马上表示全力支持。金尧如是个很活跃的人，他经常到深圳来，和张洪斌他们很谈得来，关于《深圳特区报》办报方针、办报风格等，他出了许多主意。

那时定下来先出周报。一版：要闻；二版：本地新闻；三版：香港新闻、经济新闻；四版：副刊。这个框架，全是金尧如帮着出谋划策，设计的。

特区报第一批的创业者，绝大多数过去都没有办过报，很多是县委宣传部的新闻秘书转过来的，没有直接编过报纸。就那些字体，什么大号字，什么新五号，老五号，没有人知道。几个人拼拼凑凑，搞了一整天，也搞不出一个版。

李子诵、金尧如指定香港《文汇报》副总编辑游灼林帮特区报编稿，定标题。稿子不够，赶紧去补。还指定香港《文汇报》一个经济部的主任每期给特区报供一篇稿。

副刊版和二版可以提前在深圳编。一版要等最后的新闻，就要到香港去编。

特区报白手起家，没有印刷厂；香港《文汇报》就让他们的印刷厂给我们印报。

到了香港，没有办公室，李子诵就把他办公室旁边一间约20平米的房间给了我们做临时的办公室兼宿舍。

三张铁床加一张折叠床，因为房间太小，折叠床白天要放在门背后，晚上也只能架在门后，还得留一个门缝，以便给起夜上厕所的人留个过道。

两张简易的办公台也是防火板折叠的，这种办公桌，你现在到一些地方，还能看到一些打工仔在用。

四张床，两张台，就成了特区报试刊的前沿阵地。去香港，住在那里，上班也在那里。吃饭就在香港《文汇报》的饭堂。

我们到了《文汇报》，就像到了家里。《文汇报》办公室主任刘伟昌热情地照顾我们生活方面的一切。印刷厂的员工也对我们好得不得了，收工后，常请我们饮茶。后来，我们几个也会请他们饮茶。

新华社的电讯稿，都是《文汇报》的资料室帮我们查，想要什么，就帮我们查什么。

香港《文汇报》对《深圳特区报》创刊时的支持是深圳市委要求的，还是他们自愿的？那当然是他们自愿的，他们并没有这个任务，完全是友情支援。当然，他们可能会向有关方面汇报这个事。

从香港回来，又累又渴，找不到水，就把止咳药水用来止渴了

你们问当时有什么印象比较深刻的事？那当然有。出洋相的事很多。我们当时进了香港就是土包子进城。那时的香港人很牛，看到我们这几个深圳过去的样子"老土"，常常爱理不理的样子。

那次，江式高看见街上有卖草莓的。包装的很漂亮，草莓也很新鲜。在内地没见过。就问：多少钱一盒？那卖草莓的不屑一顾的样子："告诉你，你也买不起！"

我解放前在上海复旦大学搞地下党工作时，曾去过香港，香港那时土得不得了，最高楼只有四层，根本没法跟上海比。可是几十年过后再去，一看，哇！那个变化，想象不到啊！好成那个样！

创刊第一期，要去香港印。我因没有办好过关的手续，没能去。创刊第二期，我的过关证件办好了，就到了香港。那时每一次去上四个人，三个编辑加上一个司机。邢平安、卢绍武、以后加上邱盘连、胡向东。

特区报那时分成五个组运作：工业、商业（财经）、政文、副刊以及读者来信组，有总编室吗？有的，总编室就是我们那几个人。

我们一般是星期六下午过香港，晚上开始编稿，星期天再干一天，晚上就开印了，星期一就将报纸运回深圳。

深圳当时经常停水停电，有一次，我们回来的很晚，我很渴，宿舍的水龙头却没水，到饭堂去。那时，一个饭堂只有一两把风扇。天气十分闷热，厨房却也没水。找了半天只找到一瓶止咳药水。我实在渴，也顾不了那么多了，抓起止咳药水，就一仰头灌进肚里去了。第二天，这事就传遍报社，成了大伙茶余饭后谈论的一个趣闻。

郭兰英的演唱会考验了深圳一把，也成就了我们的一篇佳作

创刊时有哪些稿件影响较大？有啊，那一回，著名歌唱家郭兰英和王玉珍（电影《洪湖赤卫队》的女主角）来深圳慰问演出。市里就在深圳戏院举办了一场演唱会，这是当时比较轰动的一件事。副刊部约人写了稿。到了香港，第二天报纸要付印了，我一看稿，觉得不理想，没写出味道。邢平安说：要不，你来写吧，编辑的事，我们来包了。眼看就是吃晚饭的时分了。我说：那我试试看，你们先去吃，再给我带个面包回来就行了。我把稿件弄出来再吃。

郭兰英、王玉珍来深圳举办专场演唱会，是当时轰动深圳的一件事。如何写？我没有直接去写对她们演出的评价，而是换一个角度从观众反映的角度去写。

我按我当时的观感重新写了一遍。

深圳是改革开放的窗口，深圳人见多识广，什么歌曲没听过？当时的深圳，港台歌曲很流行。梅艳芳、罗文都是红极一时的歌星。那么，深圳人能否听懂郭兰英？会不会欣赏郭兰英？这完全是一个考验，不是对郭兰英的考验，不是对王玉珍的考验，也不是对中国音乐学院民族乐团其他演出者的考验，而是对深圳的一次考验。它考验着，在深圳这个文化艺术的"国际市场"上，中国民乐能赢得听众吗？而深圳人，这些"见多识广"的深圳人，他们在这个改革开放的窗口，经常可以通过各种渠道欣赏海外最流行的节目。他们愿意花钱买票、花几十分钟乃至个把小时，去走那尚未修好的坑坑洼洼的夜路，来欣赏这些未免有点"土"气的艺术吗？

然而，当乐团满载着深圳人民的盛情归去，而深圳人民尚在为中国民乐的芳香所陶醉的时候，我们可以不庸置疑地说：中国民乐在深圳胜利了！

深圳人的艺术鉴赏能力是无需怀疑的了。这一点，其实在十天前就已有预兆——当报纸传出乐团前来的消息的时候，热心的观众就纷纷打听、订票，正式售票那天，不到两个小时，五场入场票就全部售光。而演出场外，每晚都还有大批热心的听众在等待退票。好在深圳的剧场还不十分正规，每场都临时增加了好多座位；即使如此，还满足不了要求。有人说，再增加五场也满足不了要求，这大概不是过分的。

从那天晚上的情况来看，反响很热烈，掌声喝采声响彻剧场。两位歌手一再加唱才满足观众的要求——只要你拿出好的东西，好的艺术，深圳人是会欣赏的。场内气氛，令人十分感动了。王玉珍在演唱《盼天下劳苦大众都解放》时，台上台下，感情交融；唱到最后，王玉珍热泪盈眶，退到后台，此时台下掌声雷动，王玉珍经久才出来谢幕，此时她已几乎不能自制了。郭兰英唱《我的祖国》时，也激起广大听众的共鸣，

更难得的是，郭兰英唱那纯然是陕北风味的民歌时，唱腔并非华丽，唱词深圳人也难懂，听众却听得屏息凝神，发出会心的微笑。到末了，竟连鼓掌也忘了，停顿了一会儿，才猛然爆发出炸雷般的掌声。

思路有了，很快就写了出来，题目就叫《深圳的再发现》。

第二天，我们回到深圳的宿舍，刚放下行李，电话铃就响了，电话那头，李伟彦大着嗓门问："那篇文章是谁写的？"我愣了一下，难道出了什么问题？我说："是我们几个人搞的。"李伟彦又说："市委常委刚才看了报纸，个个都说好！以后，要多写这样的文章！"

（录音整理：张晋 吴勇加）

忆《深圳特区报》创办初期的
农村和农业报道

□陈桂雄（曾任《深圳特区报》政文部主任）

　　《深圳特区报》在出周报期间，有一个临时组建的部门——农村组，戴木胜同志任组长，我是由通联组抽调进来的。记得当时还有陈建新、傅清焕，后来又增加了潘白杨、黎保强。1983 年 12 月 1 日改出日报后，到次年撤消农村组，成立农村部，木胜同志调任总编室负责人，我主持农村部的工作。这期间，农村部先后增加了谢君文、刘富华、马文娟（任部门编辑）。潘白杨同志则调到别的部门去了。

　　在《深圳特区报》工作的 12 年间，给我留下深刻印象的，还是报纸改出日报前后的那最艰苦的两年时间里，那些对农村和农业的报道经历。

　　经过 30 多年的改革开放，深圳农村已基本实现城市化。回顾《深圳特区报》创办初期对农村及农业的相关报道，可以让我们从另一侧面重温这个波澜壮阔的转变历程，见证改革开放在中国发展进程中的历史性作用。

艰苦的采访

　　当时深圳经济特区内的罗湖、上步（后改称福田）、沙头角、盐田、南头（后改称南山）等公社，大部分还是农村，菜田阡陌相连，鱼塘星罗棋布，果园郁郁葱葱，特区农村还有边境小额贸易、过境耕作、流动渔民等涉外的经济活动。

　　特区外的宝安县更是地广人稀，有 18 个公社，一个华侨农场。关内关外，两头奔波，只有三四名记者，十分辛苦。

　　农村组时期，木胜同志带领大家从东到西走遍了全县每个公社。那时没有公务车，我们有时让要前往采访的公社派车来接，有时坐公共汽车，特区内或二线边沿的公社就骑自行车。记得有一次我骑车带谢君文去渔农村采访，他坐在我的车尾架上，从岗厦到渔农村，沿路都是鱼塘，天又下着毛毛细雨，道路颠簸，自行车摇摇晃晃的，连摔了几跤，浑身泥水，十分狼狈，到达渔农村党支部书记郭

得胜家门口时，他连叹几声，差点认不出我们来了。

点面结合报道农村商品经济大繁荣

改革开放前的宝安县，农民年年"逃港"。改革开放以后这种现象绝迹了，这是怎么改变的呢？我们用报道证明，借改革开放发展农村商品经济是关键。

改革开放后，深圳农村积极引进外资、先进的技术设备和优良品种，大力发展种植业、畜牧业、水产养殖业和来料加工业，并加强与内地农业高等院校、科研部门和生产部门的联系，建立农、林、牧、副、渔科研生产基地，放宽政策，加大对农民的资金、技术等多方面的支持。通过这一系列措施，促进深圳农业从自给半自给的自然经济向大规模商品经济的转化。据统计，到1984年，深圳农村的工农业总产值5年间增长了397%。

这期间，我们重点报道了反映深圳农村商品经济发展水平的各类种养专业户。1983年1月17日，特区报头版头条刊发了我采写的《深圳农村涌现两千'万元户'》的消息。同日二版，配发了我和同事们联合采写的"万元户"专版，报道了十个各类典型，其中有党支书、生产队长、残疾人，老"三靠户"；有搞种养的，有搞工副业的，他们的特点是"勤劳致富，共同致富"。在长期贫困，每个劳动日工分在1元以下，年平均人收入不到300元的宝安农村，"万元户"成了榜样，起到了很大的激励作用。

后来，我又把笔触伸向边境农村，采访了和香港新界打鼓岭隔山相望的罗芳村种菜致富的消息。不久后，时任副总理的薄一波同志还专程访问了罗芳村。

农村部还报道了渔民村、渔农村、罗芳村成为"万元户村"的消息，从边境农村这个侧面，反映改革开放繁荣稳定特区农村的巨大载力，从中也可以看到，当时邓小平等提出创办经济特区的政策是正确的，也回答了当时社会上对办特区的责难之声。

深圳经济特区农村和农业的变化在海内外反响巨大。国庆35周年期间，时任《人民日报》社副总编辑翟向东同志来深圳组织专稿，专门向我约稿。我为此采写的述评《深圳农业的步伐》，被刊登在1984年4月4日的《人民日报》上。

突出报道深圳农业的窗口作用和特色

到1984年，深圳农业已经形成了一些技术先进，产品竞争力强的生产项目，逐渐成为吸收海内外先进农业技术的"窗口"，成为向内地推广先进农业技术、传递农业科技信息的桥梁。当时在深圳兴办农、林、牧、渔业的有美、日、泰、菲等国家及香港地区的客商，还有来自中央和各省农业科研、生产部门以及农业高等院校。

在一些生产领域，当时就形成了某些知识密集、技术密集型的项目。例如香港中国资源有限公司在深圳开办的高密度养虾场，其采用了国外先进技术，每英亩造产沙虾 20 吨（年收三造），当时达世界先进水平。从美、日等国引进的无土栽培技术、吊养蚝、网箱养鱼技术，当时在国内都处于领先地位。又如沙头角虾苗场在工厂化设施中培养的新对虾、中国对虾、墨吉对虾、斑节对虾，个体粗壮肥大，成活率高，运输方便，价格便宜。在深圳投资兴办虾业的美、日、港商，过去是从台湾等地进口虾苗，1983 年起已全部改从沙头角虾苗场进苗。对以上的事件，我们均率先作了报道。

在这一阶段，我重点抓了光明华侨畜牧场的典型报道。作为我国在畜牧业方面率先对外开放的典型，光明场最先引进了全球顶尖的丹麦良种奶牛、比利时的斯格瘦肉型种猪、澳大利亚的"狄高"旱鸭、美国的落地王鸽，以及瑞典的鱼骨式挤奶设备，美国全套的工厂化养猪设备等。到 1984 年，该场的鲜奶产量已占香港市场销量的七成，大宝鸽场的乳鸽产量跃居亚洲首位，仅次于美国加州和新泽西州鸽场。当时，读者都十分关注光明华侨畜牧场的动向，为此，我先后五次住进了光明场，前后采写了《为了斯格猪的繁衍》《鸽城记趣》等多篇通讯，发在《深圳特区报》头版等重要版面，还编发了《狄高旱鸭落户辽宁，二两半重鸭苗两个月长至 7 斤》等消息，通过典型的事例，生动的细节，有说服力的数字，报道了光明华侨畜牧场的科技人员和外商通力合作，对引进的先进技术和设备、良种进行消化、吸收、改进创新、向外辐射的事迹。1984 年 4 月，我又在《人民日报》发表了述评《光明的事业，光明的道路》，将光明华侨畜牧场的事迹和经验向全国作了综合性报道。多年以后我到香港工作，出差甘肃时还碰到一位同行向我提起当年这篇报道给他留下很深印象，并记得了我的名字。

报道改革开放促进特区农村两个文明建设

办特区会不会引导深圳的农民"一切向钱看"？创办初期的《深圳特区报》用农村两个文明建设的成就解答了人们的疑虑。

在报道农村涌现数以千计"万元户"的同时，在市委宣传部的指导下，我们着力报道了农村两个文明建设的典型。犹记得当时市委宣传部的吴松营、段亚兵同志，给我们送来了一份白泥坑建设文明村的调查报告。我们请了摄影部主任江式高同志一起到平湖采访，于 1983 年 12 月 10 日，我们四人联名在特区报二版全版图文并茂地刊发了《实行开放政策，建设两个文明——白泥坑文明村剪影》

的报道。记得时任《羊城晚报》社长许实在《深圳特区报》创刊周年纪念时曾提到"特区报的优势之一是照片清晰、抢眼"。这正是我们当时酝酿采访发稿时要图文并茂、全版报道的缘故。

在每年举办的农村通讯员会议上，我们都按照市委宣传部和报社领导的要求，部署落实抓农村两个文明建设的报道。这里特别值得一提的是张伟基和南岭村这个先进典型的发掘和跟踪报道。记得 1983 年的农村报道会议结束后，宝安县的通讯员池雄标就向编辑部汇报了这个典型，1983 年 10 月 31 日，池雄标采写的通讯《新风阵阵扑面来》就见报了，到 1984 年全县创建五好家庭时，张伟基又带了头，池雄标跟着发了通讯《家和万事兴——记南岭村长张伟基一家》。随着南岭村和张伟基这个典型的成长，特区报当时和后来从事农村报道的记者就不断地进行跟踪采访，使之成为特区农村两个文明建设的一面旗帜。

（录音整理：洪英亮）

征与尘

深圳特区报 30 年往事记述

很有特色的"世界经济"

□贺海亭（曾任《深圳特区报》国际新闻部主任）

《中国新闻年鉴》发函要求我们总结经验

《深圳特区报》自 1982 年创刊时起就开辟了一个"世界经济"版，而且每期都见报，即使在每期报纸只有一大张四个版时也保有一个整版。这在当时全国从中央到省市党报中是独一无二的，只是后来珠海创办《珠海特区报》也仿效深圳开辟一个"世界经济"版。到 1987 年海南升级建省，成为全国最大的经济特区，它创办的《海南特区报》也辟了一个"世界经济"版。但是《深圳特区报》上的"世界经济"由于首开先河，又占有毗邻香港（它既是一个自由港，又是一个世界性信息中心）的优势，报道更贴近读者需求，所以名声更大一些。《深圳特区报》初创时是周报，出了几期之后，市委在一次工作会议上讨论了特区报工作，报社时任总编辑张洪斌出席了会议。他回到报社传达市委意见时说：市委认为，"世界经济"版办得很有特色，比预想的要好。

1985 年左右，中国社会科学院新闻研究所主办的《中国新闻年鉴》曾连续两次发函深圳特区报社，要求报社总结世界经济报道经验并为他们提供稿件。但是，当时报社领导忙得无暇顾及这类小事，仅仅让编委办公室转给世界经济部处理。作为世界经济部主任，我无法推辞，只好硬着头皮写了千把字交差。后来《中国新闻年鉴》寄来样书，我们的稿件登在 1985 年版的《新闻改革典型经验》栏目内。大约在上个世纪 80 年代末或 90 年代初，部里同事告诉我说，中央电视台《经济半小时》栏目多次引用本报"世界经济"版消息，后来我在一天中午看电视时确实发现《经济半小时》引用我报的消息，不过引用得非常简洁，在"据《深圳特区报》报道"后只了了数语，至于他们到底引用了多少条，我们没有调查。

1992 年邓小平南方谈话之后，改革开放再次扬帆，开放迅速扩大，改革进一步深入，特区和新开放地区人民兴奋不已。但是，作为"世界经济"版编辑，我们却产生了危机感。当时，我们预感到，随着开放的扩大和改革的深入，国内的读者了解外部世界的新情况、新知识、新变化、新经验和新观念的渠道将日

益增多，特别是上世纪90年代后期互联网开通并发展起来以后，《深圳特区报》先行先试也不再独享，毗邻香港这个区位的优势已在逐步消失，不可能再依靠老方法从香港、台湾和新加坡等地的中文报刊上获取材料改编成"世界经济"版报道，因为国内读者对这类旧闻不会再感兴趣了，所以"世界经济"版必须改革创新，另辟蹊径，不然无法再像以前那样吸引读者关注，有可能失去存在的价值。随后《深圳特区报》版面不断增加，每日高达几十版。但是，到上世纪90年末，"世界经济"版却消失了。我后来听老同事说，世界经济部已合并到国际新闻部了。

"世界经济"版受读者欢迎的原因

"世界经济"版头十年的报道为什么如此受读者欢迎？我想其原因概括起来有如下四个方面：

首先，"世界经济"版当初所确定的为改革开放服务的报道方针适应了时代需要，也适应了特区建设需要和广大读者需要。党的十一届三中全会彻底地否定了"文革"和以阶级斗争为纲的路线，确立了以经济建设为中心，并实行改革开放政策。所谓"改革"，就是要改变高度集中的计划经济体制，采用市场经济有益的方法；所谓"开放"，不仅是要引进外资和扩大出口，更重要的是要学习国外一切有用的东西。《深圳特区报》创刊时正逢长期关闭的国门徐徐打开的时侯，当时的国人刚刚吸入一点儿新鲜空气，初赏到外部世界的精彩，特别欣赏我们的近邻亚洲四小龙，觉得他们比我们先进，值得我们学习，所以我们的读者就像得了饥渴症一样，急切地要了解外部世界的新事物、新知识、新思想、新经验和新理论，以弥补自己信仰迷失。在这种强烈的需求下，我们虽然从香港这个世界信息中心获得的是旧闻，改编后登在"世界经济"版上，读者仍感到新鲜有味，钟爱有加。

经济特区是中国改革开放的窗口和试验田，所以"世界经济"版从创刊起就紧密配合特区建设。实际上，中国经济特区类似外国出口加工区，为了便于我们的特区借鉴外国经验，从特区报创刊第一期起，"世界经济"版就开辟"世界出口加工区"专栏，连续报道世界各个国家和地区的出口加工区和免税区建设及运作经验。发展加工出口业就必须有外贸航运业相配合。

此前我国只在社会主义阵营搞易货贸易，而且全由国家垄断经营，改革开放发展起来后，一般民营企业和乡镇企业多不懂外贸航运知识，甚至连"离岸价""到岸价""信用证"和"水渍险"这类外贸术语都不大熟悉，所以我们也开辟讲座式专栏介绍外贸航运知识。

征与尘

深圳特区报30年往事记述

上世纪 80 年代中后期，当本报财经记者报道深圳银行多过米店的消息时，我们就意识到，深圳下一步需要发展资本市场，因此我们赶紧约请华东师大金融系老师和研究生为我们读者介绍股票市场、外汇市场以及期货市场方面的基础知识，以专栏形式发表。

到 1990 年，深圳不仅发行了股票，而且有了二级市场交易。根据香港资本市场发展的规律，下一步投资基金将会登场，于是我们就在深圳各大银行寻找懂行的人，结果只有中国银行深圳分行有一位研究人员懂得投资基金。他答应为我们供稿，但他仅仅写了 6 篇就停了。于是我只好同黄启明亲赴香港，请香港单位信托投资公会和怡富基金公司帮忙。他们热情接待我们，并提供很多有用的资料，但是部里每位编辑任务都满满的，我只好自己编写，每天一篇。当该专栏发到十多篇的时候，济南北洋咨询有限公司突然打来长途电话，建议我尽快把这个专栏扩编成书，由他们负责出版发行。等到这个专栏发到四十几篇并扩编成书，再加上他们出版流程，《基金与投资》一书到 1993 年才面世。大约在 1991 年左右，深圳刚成立的蓝天投资基金公司把我当成投资基金专家，约请我为他们讲课。其实，我所知道的都发表在专栏里了，他们问得更细时，我就无法解答，比如开放基金如何每日记价报价等。

当中央提出"与国际接轨"的口号时，我们便赶紧组织国际法讲座，侧重介绍各方面国际惯例；当特区提出引进新技术时，我们就开辟"新产品"和"新技术"专栏；当了解到我们新起的企业家想学习境外企业先进的经营管理经验时，我们就开辟"企业经营术"和"世界企业家"专栏。这些报道很受读者欢迎。随后，这几个专栏合编成《国际市场考察》一书出版。总之，我们当时一直紧跟国家改革开放的步伐，密切关注特区建设新需求和广大读者新兴趣。当我国市场经济迅速发展之际，社会上越来越多的人接受了一个新观念，叫做"顾客是上帝"，它指的是生产企业和服务业必须依靠顾客才能生存和发展，而我们新闻报刊必须视读者为上帝，失去了读者，我们就失去了生存基础。

其次，我们占有毗邻香港的优势。香港是一个世界性信息中心，它汇集了世界各种市场信息和左中右各种观点，任由我们根据自己的需要挑选。由于毗邻，香港当天的消息，"世界经济"版第二天就见报。香港又是个自由港，货物、资金和人员可以自由进出，香港政府又实行不干预政策，所以可以说，香港是一个世界市场橱窗，也是一个标准型的市场经济体，所以吃透香港，就基本上了解了市场经济，这有利于我们报道市场经济，这对当时的我们那代人很重要，因为我们那代人以前只学过前苏联的政治经济学，从来不懂得西方现代微观经济学、宏观经济学和市场学之类的知识。为了帮助读者了解香港，我们约请中山大学香港问题专家郑德良撰写《当代香港》，连续发表了近百期；另外还辟有《港澳市场》，基本每天见报，主要报道香港市场动态消息。当时，香港被称为"东方明珠"，又是亚洲四小龙之一，所以当时的读者对香港尤感兴趣。

第三，"世界经济"版基本不用新华社通稿。虽然采用这类稿件既保险又省事，也不付稿费，但是没有任何特色，因为全国各级报纸都可以用。上世纪80年代中后期，该社通知，他们也提供收费专稿。但是，我们随后发现，这种专稿并不专，因为一稿可以多卖。我本人就是来自新华社，为了利用那里的人才，我通过私人关系约请该社驻外记者为"世界经济"版撰写专稿，例如他们驻东京记者张可喜、驻西德记者刘洪潮等，都向我们提供过可读性很强的特稿。

第四，宽松的环境鼓励我们的积极性。在市委给予"世界经济"版"办得很有特色，比预料的要好"的评价后，两届编委对世界经济部非常放手，从不指示我们应该干什么和不应该干什么。上级对我们放心放手，左邻右舍对我们友善，在这种和谐的人文环境中工作，自然既舒畅又有劲头，当然也容易出成果。

但是"六四"政治风波发生以后，北京刮起了一股"姓资姓社"的左风，而且越刮越猛，力图阻止并否定改革开放。据说中央党校当时风头最盛，而当时的深圳市委负责人正在那里学习。有一天"世界经济"版上报道了一条阿尔巴尼亚实行经济改革的消息，他在党校看到后，当晚就从北京打电话给报社总编王荣山，责问报社为什么没分清是社会主义还是资本主义的经济改革。王总编当时把我叫到他的办公室告诉我此事，并嘱咐我暂时不要报道这类消息。为了避免再出现问题，有一段时间，编委决定"世界经济"版上评论性稿件由主管编委把关。

有一次，我写了一篇述评文章，报道亚洲各国竞相采取措施，改善投资环境，力图吸引更多的外商投资。我当时拟的标题是《资本由臭变香》，自觉简洁醒目又很有针对性，但是主管编委审稿时担心标题太刺眼，改为《亚洲各国竞相改善投资环境》。

躲在蚊帐里为特区报烹制"招牌菜"

□彭茂光（曾任《深圳特区报》理论部主任）

一、特区报创业的艰辛

1981 年 5 月，《深圳特区报》准备试版，一个月后正式推出，如同襁褓中的婴儿，呱呱落地，初试啼声。弹指间，《深圳特区报》已步入而立之年，俨然是血气方刚的青年，成为饮誉国内外的大型综合性日报，实在是可喜可贺。

在欣喜之余，可曾有人想到，这张报纸早年是以深圳市委宣传部新闻科为主，由十几个没有办报经验的年轻人，本着经济特区"新事新办，特事特办，立场不变，方法全新"的精神，在蔡屋围原宝安县委车库上盖一间十几平方的木头房子里办起来的？如今这十几名拓荒者，用深圳人的话说，叫做"开荒牛"，有的已经作古，有的成了耄耋老人，其余的也已年近古稀。确实是岁月不饶人！想到这里，不免令人平添几分感叹。

说到《深圳特区报》创业的艰辛，大大超出了常人想象的范围。说到底，是缺人、缺设备、缺钱。从办报人员来看，当初除了张洪斌是新华社记者外，找不出第二个是办过报纸的"老记""老编"，连宣传部的司机算在一起，"总共只有十几个人，七八条枪"。从办报的硬件设施来看，不但没有印刷厂，没有办公楼，甚至没有一张像样的办公桌。把蔡屋围老宝安县委一间十多平米的库房腾出来，摆上几张旧方桌，几条长板凳，也分不清谁是记者，谁是编辑，谁是社长总编，十来个人挤在一起写稿改稿。这就是特区报社。经费不足，据说总共只有 3000 元开办费，记者写稿没有稿酬，也没有夜班费，每逢出报加班，工作到深夜，派宣传部的司机到老街买些面包回来，每人吃两个面包当夜餐。报纸印好后，从香港运回深圳，大家主动帮助卸车搬运，然后按单位份数分发停当，分头寄送。我们从未听说过国内哪一家党委机关报是这样办起来的。我们的办报条件虽然很差，工作比较辛苦，但大家都没有怨言，因为这是特区的事业，我们是特区的"开荒牛"，心里反而是美滋滋的。这也算是"特事特办""新事新办"吧！

二、躲在蚊帐里为特区报烹制"招牌菜"

"世界经济"版与《深圳特区报》同年同月同日生，是本报两大特色之一，被誉为《深圳特区报》的"招牌菜"。它起初由我一人单独主编。

我于1981年4月从北京新华社调到深圳市委宣传部，分工负责港澳台新马及国内报刊资料（包括新华社参编部出版的《参考资料》和《兄弟党和兄弟国家报刊资料》）的收发、整理和保存。每天骑自行车到口岸办、新华书店、新园招待所等地收取报刊，分发给部长及各科室的同志阅读，同时将有参考价值的文章资料挑选出来，推荐给领导参考。

当年5月，《深圳特区报》准备试刊，张总（张洪斌）交给我一项任务，要我充分利用宣传部订阅的境外报刊资料，给每一期特区报编发一个"世界经济"版。1982年5月，《深圳特区报》正式创刊，改出周报。宣传部新闻科的几个同志（曾锦棠、丘盘连、黎珍宇、刘叶城）正式调到报社，专职办报，而我则仍然留在宣传部，白天在宣传部上班，是宣传部的干事，晚上钻进蚊帐里，在床上摆上一张小炕桌写稿改稿，又成为特区报"世界经济"版的编辑。

为什么要躲在蚊帐里写稿？因为深圳市有"南头苍蝇深圳蚊"之说。南头盛产鱼虾，故苍蝇多，而深圳过去到处是稻田、菜地和鱼塘，所以蚊子特别厉害，晚上不挂蚊帐根本睡不了觉。

由于工作需要，张洪斌征得主管部门和市委有关领导同意，聘请我为《深圳特区报》"客座编辑"。我当"客座编辑"的时间，从1982年5月起，至1983年10月贺海亭出任世界经济部主任为止。在出周报的将近一年半时间里，报社陆续调进了黄瑞云、罗月娟、何薇薇、冯毅四个姑娘，她们就在我的办公室（宣传部资料室）上班，收集境外报刊资料，我出一些题目，让他们编写消息和专稿。出周报期间，我为"世界经济"版撰写的专稿、特稿、述评和经济小品共27篇。

"招牌菜"本是商家为了招徕顾客而精心炮制的"一招鲜"美食，它以"人无我有、人有我优"而见长，以独特的风味吸引顾客慕名前来光顾。"世界经济"版被誉为特区报的"招牌菜"，是因为当时在全国所有报纸当中，没有这样的专版，以"人无我有"而抢占了先机。而后，随着改革开放的深入发展，我国又开放了十四个沿海城市，内地一些兄弟报纸陆续开辟"世界经济"专版。这时，本报又推出"编译""特译"和"外商征购商品"专栏，继续以"人无我有，人有我优"而占上风。

本报"世界经济"版与内地和境外报刊的区别在于，内地报纸的"世界经济"

征与尘

深圳特区报30年往事记述

版主要采用新华社通稿，境外报纸主要采用西方四大通讯社的经济新闻，而本报世界经济报道，则是对各方面的消息来源加以精选精编，动态新闻以"世经简讯"的方式发表，而对各行各业的情况，以及世界经济的某些热点问题，如国际游资的流向、高新技术的转让等，则加料炒作，写成综述、专稿、述评、经济小品，例如《病急乱投医——从大减息看美国经济》《港元升值的前因后果》《香港电子业外喜内忧》《新加坡经济衰退析因由》，以及反映美国"百事可乐"与"可口可乐"为争夺市场而互相攻讦的小品《可乐？可乐！》等。其中，《港元升值的前因后果》受到香港《文汇报》领导和同行的好评；《新加坡经济衰退析因由》被市委办公厅加了按语，印发给全市各级干部阅读。

我 1964 年毕业于广州中山大学外语系，并被分配到北京新华社参编部当了 17 年新闻翻译，自认为对世界经济与国际关系问题有一定了解，很希望能重返新闻战线，搞回老本行。我多次要求调到特区报工作。也许是"好事多磨"，也许是我主编的"世界经济"版受到读者的欢迎，1984 年 11 月我终于得偿所愿，调到世界经济部当编辑。

三、理论研讨会名家荟萃

1986 年 4 月，深圳特区报社成立理论组，我从世界经济部调到理论组任负责人。理论组起初有编辑 4 人：我、李干明、丁立连、黄丽君，负责编辑"理论探讨""特区论坛"。后来增加张宝兴、黄冬云两位同志，增设了"青年之友"专版。1986 年 10 月成立理论部，我和李干明任理论部负责人。这是我在特区报社任职的第二个部门。理论部成立后，又陆续调进几个高学历的研究生：邓自强、卢林、刘爱莲、刘琦玮、潘峰，以及黄小榕、李一峰、欧阳佳、吕延涛、李威尧、刘勇。又新开辟"经营之道""党建""读书""法规与专文"等专版。

理论宣传涉及的问题很敏感，政治性、政策性很强。我们在审改理论版稿件时，严格把住政治关，拒绝发表多篇鼓吹"全盘西化""三权分立""多党制""淡化党的领导"等谬论的文章。在"六四风波"期间，由理论部编发的专版，坚持了正确的舆论导向，在政治上与党中央保持一致。

与此同时，我们满腔热情地宣传改革开放和特区建设成就。频频以座谈会、研讨会、对话、笔谈、征文等多种形式，就改革开放实践中提出的新的理论问题，以及读者关心的热点、难点、疑点问题，组织了一系列的专题讨论。例如，从土地管理体制改革、劳动工资制度改革、住房体制改革、外贸体制改革、金融体制改革、企业股份制改革、公务员制度改革，到按国际惯例办事讨论、关于沿海地区经济发展战略讨论、关于在内地造香港的讨论，以及深圳如何发展第三产业的讨论、关于增创特区新优势的讨论、关于发展社会主义市场经济的讨论、关于把深圳建设成为国际性城市的讨论，等等。一句话，凡是深圳市政府出台的重大改革措施，都在北京、广州、深圳、香港举行过专题研讨会，或约请专家学者在理论版撰文讨论。

深圳市市长郑良玉，副市长李传芳、张鸿义、李广镇，市委副书记李德成等，曾参加理论部举办的某些专题研讨会并带头发言。

应邀参加理论部举办的各种类型研讨会，或为本报各理论专版撰写文章的北京及省港部分专家、教授、研究员有：厉以宁、于光远、马洪、刘国光、季崇威、吴敬琏、周叔莲、高尚全、唐宗焜、张卓元、方生、王贵秀、胡平、魏杰、罗肇鸿、吴振坤、龚育之、贾春峰、刘云山、郑必坚、孙尚清、萧灼基、吴家骏、杨启先、林子力、曾牧野、周维平、王琢、高伟梧、陈铁、许隆、雷强、李江帆、何佳声、封小云、郑天祥、石祖培、方宁生、梁振英、简福饴、陈可焜，以及深圳大学、市委党校、体改办、政研室和科技界、金融界、企业界、法律界、文艺界、教育界的专家教授、理论与实际工作者。

大批专家学者为特区的改革和发展献计献策，为市领导提供了重要的决策参考，为全国的改革开放拓宽了思路。《深圳特区报》的理论宣传在全国的影响不断扩大，"理论探讨"等专版受到专家学者们的厚爱。每当本报组织专题讨论，只要理论部向北京大学、中国人民大学、中央党校、中国社科院等单位的有关专家、教授、研究员发出组稿信，哪怕只是打个电话定向约稿，专家学者们对我们总是有求必应，拨冗赐稿。理论版发表的许多理论文章，被收进了中国人民大学出版的《全国报刊资料影印本》。

1988 年 12 月，原财农部主任韩松和胡志民调到理论部，至 1993 年韩松任理论部主任，我为副主任。期间影响较大、持续时间较长的研讨会，是 1991 年 12 月 31 日至 1992 年 5 月 26 日，本报与深圳市计划局、深圳发展银行联合举办的"深圳如何发展第三产业"的讨论。这次大讨论，按专题先后在深圳、广州、香港举行了 5 次研讨会。深圳市市长郑良玉、副市长张鸿义分别参加在深圳举行的 3 次研讨会并带头发言，副市长李广镇提供了书面发言。这次讨论共收到论文 300 余篇，见报 105 篇，由本报理论部汇编成书《深圳发展第三产业探索》。

1993 年至 1995 年 7 月我任理论部主任。理论部比较重视加强宣传报道的计划性，对各专版提出选题和报道重点，制定具体的报道计划，报编委会批准执行。如"理论探讨"与市委政研室联合举办建立现代企业制度征文；"特区论坛"与社科中心联合开展关于深港衔接的讨论，并到香港邀请有关专家学者座谈；"党建"与市纪委联合组织关于加强党风和廉政建设笔谈；"企业文化"与市企业工委联合举办企业文化征文。这些专题报道，有力地配合了深圳市当时的中心工作，取得了良好的宣传效果。

1994年5月3日，中宣部新闻局阅评员李梦莲在《新闻舆论动向》第116期写道：4月25日《深圳特区报》第10版的"企业文化专版"，内容丰富，形式活泼。其中有"文化争鸣""企业文化论坛"和"合理化建议"等小专栏，还有国外怎样办企业情况介绍的文章等。这个专版是《深圳特区报》的"名牌"产品。据了解，在全国许多报纸上发表有关企业文化的文章不少，但是开设专版的，则此一家。

在同年6月15~21日，江泽民总书记视察广东并发表重要讲话。理论部闻风而动，立即组织关于"增创特区新优势"的讨论。我一方面布置在家的编辑约请深圳和广东的专家学者撰写文章，另一方面，我奉编委之命，带领一名编辑赶赴北京，登门拜访有关专家学者，克服重重困难，用了不到十天时间，就成功地举办了有马洪、龚育之、苏双碧、季崇威等同志参加的高层次的专家学者研讨会，特区报社社长吴松营参加了研讨会并宣读论文；接着又在广州举办了广东省著名专家学者研讨会，就深圳还有没有优势，应当增创哪些新优势，如何增创新优势等问题，进行了认真研讨，在读者中产生了强烈反响，受到市领导的好评。

1995年是世界反法西斯战争和中国抗日战争胜利50周年。从1994年底开始，我和理论部的同志一起策划这一重要纪念活动的宣传报道，亲自与深圳市东纵联谊会的领导和老战士座谈研究，决定开展"沿着东纵脚印"采访活动，请东纵老战士当向导，到东纵当年战斗过的地方现场采访，走到哪里写到哪里，以忆当年、看今天的方式，揭露日军的侵华罪行，宣传东纵的丰功伟绩，讴歌改革开放和特区建设成就，对全市人民特别是青少年和干部进行革命传统教育，弘扬爱国主义精神。我们把这一计划向编委会报告后，受到领导重视，决定以理论部、政文部为主，成立"沿着东纵脚印"采访队，我任队长，接受市委常委林祖基、邵汉青授旗。这次采访活动持续时间长，足迹遍及粤赣湘边数十个县，行程6000多公里，搞得轰轰烈烈。一版每天发消息，理论部的"党建"版刊发东纵老战士的回忆录（根据采访录音整理），产生了很好的宣传效果，受到读者的欢迎，引起省市领导的重视，省市及中央一些新闻单位对这次采访活动也作了报道。

《深圳特区报》理论版，包括"理论探讨""特区论坛""经营之道""党建"等内容，为改革开放大喊大叫，为特区建设鸣锣开道。在被人戏称为"文化沙漠"的深圳特区这块"试验田"里，以《深圳特区报》理论版为园地，经过全

国知名专家学者的辛勤培育和浇灌，在不太长的时间里，长出了特区理论的新苗，涌现出一支勇于探索、开拓创新的理论队伍。

当年积极为本报理论版撰写文章的作者，许多人已成为深圳市党政部门和企事业单位的骨干，并多数担任处以上的领导职务。本报理论部编辑欧阳佳、李威尧、胡志民、黄小榕、卢林、潘峰、丁立连、李一峰等，在报社一些业务部门担任领导职务，邓自强、张宝兴、吕延涛、刘琦玮进入了报社编委会。1989 年 4 月，本报理论部被深圳市人民政府授予"立功创先先进集体"称号；理论部党支部被本报评为先进党支部；1991 年 1 月 15 日，我被授予"全国优秀新闻工作者"称号。

（录音整理：邓辉林）

三十载激扬文字不了情

□卢绍武（曾任《深圳特区报》文艺部主任）

　　我加入深圳特区报时 38 岁，是北京第一批选调到深圳的 108 位知识分子之一。记得 1982 年 3 月 20 日刚到特区报报到，放下行李就扎进初创阶段特区报的铁皮房子里了。

　　我毕业于暨南大学新闻专业，来特区报之前曾在《西安晚报》工作了 7 年，在西安市委工作了 10 年，之后又进入中纪委工作。来到特区报之后，我不仅成为特区报初创阶段编印人员之一，最早杂文的撰写人之一，还成为深圳文化艺术事业的推动者之一。30 多年的新闻生涯里，我亲眼见证了特区报初创时期的激情。

参与初创阶段报纸编印

　　1982 年来到深圳，四处黄尘滚滚，一片荒草，一地泥泞。当时特区报尚在筹备，采编人员只有 20 多人，在园岭几套简陋的房子里办公，而行政人员则在外面搭建的铁皮房里办公，条件十分艰苦，但大家都激情十足。

　　5 月 24 日《深圳特区报》就正式出版了，一周一期，4 个版。稿件大家精心准备好了，但由于没有印刷的机器，最初的报纸是在香港《文汇报》印刷的。我当时在总编室，每周我们花 3 天的时间把稿件编好，剩下 4 天的时间就到香港印报，再把印好的报纸运回来。时任总编辑张洪斌带领陶牧、我和邢平安一共 4 人到香港排字、校对和印刷，我来回跑了香港一个多月，后来丘盘连加入进来，我便撤出"香港小组"，回到总编室。直到一年多以后特区报有了自己的印刷机，才结束了这样两地跑的日子。

　　遗憾的是，5 月 24 日第一期报纸印刷时我因有事回西安，没有参与。从 5 月 31 日第二期报纸的编辑印刷开始我全程参与，记得第二期报纸的头版头条还是我执笔撰写的。当时在香港印刷时，香港《文汇报》总编辑曾敏之非常关心与支持我们，包括我们到香港的吃住都给予很好的安排。那时还是用铅字排版，由于我们对文字要求严格，连标点符号都仔细校对修改，所以经常被印刷厂的师傅催。

当一张张"完美"的报纸印出来后，我们都非常兴奋。当时特区报是繁体字、竖版印刷，在全国众多简体字、横版印刷的报纸当中显得很特别，很有吸引力。

记得那时办报的条件真是艰苦，出门一趟，回来都成了"泥腿子"；晚上坐在灯下看版，头顶蚊子"嗡嗡"直响，两个巴掌往头顶一拍，掌心内便有几只甚至十几只蚊子。但是市政府对我们这些从北京招来的干部很是照顾，刚开始一人给一个单间作宿舍，煤气供应都比普通住户便宜一些，一年后就分了两室一厅，住在市委后面，香港的朋友们过来看到都羡慕不已。特区报的领导也十分关怀我们，免除了生活方面的后顾之忧，我便全心投入工作。随着特区报各项工作走上正轨，我又历经政文部、财贸部、文艺部等部门，我在文艺部呆得最长，一直到退休，历任编辑、副主任、主任。

出版深圳第一部评论杂文集

在深圳，看着原来的荒草破房转眼间变成巍峨矗立的大厦，看着改革开放中涌现出的许多新事物、新经验、新思想，我开始想用手中的笔赞扬它们、评论它们、感发它们，以此寄托对深圳特区改革开放事业由衷的感情。于是，我从1983年开始进行评论和杂文创作。

当时特区报还很少评论文章，我的评论多占据了第4版的头条位置，后来又开设了"海边细语"专栏，每出一篇文章都会收到很好的反响。

有感于深圳这样一个新兴的现代化城市的城市管理问题，我撰写了《新城与陋习》《斑马线上的忧虑》《寄语飞车兄弟》《"垃圾炸弹"两面观》《公厕问题》《注意"蛇仔"的活动》《莫谓善小而不为》等评论，这组文章受到了国务院特区办领导同志的赞扬。

有感于改革开放中某一个角度的新观念、新思路，我撰写了《揄扬开拓精神》《贵在"点睛"》《善分析、大有益》《尊重脑力劳动》《特区不会屈才》《日本游客为何道歉》《新年开笔》等评论；有感于商品经济发展过程中出现的种种腐败现象，我撰写了《立身须重廉操》《慎勿为财累身》《"贪"吃太阳种种》《使警钟长鸣的有力举措》《"击鼓升堂"与"裙带关系"》等评论。我觉得，当年这些评论，在今天看来，依然有一定的参考价值。

我可以算得上是深圳特区杂文创作最早的作家之一。1990年我出版了深圳特区第一部评论杂文集《特区的心鼓》，收录了在特区报上发表的一系列评论杂文，赢得了许多读者。正如深圳的评论家杨宏海所说："像这样综合性地审视和探讨特区社会变革而形成的评论杂文集，在深圳特区当属第一部。其本身的价值更不容小视。"

我当时写了 200 多篇评论与杂文，它们大部分发表在特区报，还有一些发表在《人民日报》《广州日报》《深圳晚报》等报纸，我的评论与杂文还入选了《中国新文艺大系·杂文卷》《岭南杂文选》（第一、二卷），《当代南粤记者》《广东省作家协会五十年·杂文卷》当中。

宣传推动深圳文化建设

我 1983 年到特区报文艺部，足足呆了 20 年，一直参与主持特区报文艺版的编辑工作。在一片荒原上开拓特区文艺，我与同事们二十年如一日，终于办出了特区报文艺副刊的特色，越办越好。

特区报最早是一期 4 个版，文艺版就占其中之一，到后来增加到一期 8 个版、16 个版甚至更多版面后，文艺版也越来越多。除了采访文艺新闻，编辑书法、诗词、小说、散文等，我们还主编美术、饮食、家居、娱乐等版块，可以说吹、拉、弹、唱、跳全在一起。

报纸编辑的日日夜夜，全是为他人作嫁衣裳的工作。"为人辛苦为人忙，稍有筹迟老编当"，个中滋味，唯有从事此业者自己知道。我一直认为，报纸编辑就应该有这样的牺牲精神，我和同事们也一直是这样践行的。此外，我们每年都组织好几次诗歌、散文的征文比赛，举办文学研讨会等，多年来，我们培养出来许许多多的特区文艺新秀，在深圳文化建设方面起到了宣传者、推动者的作用。

工作之余，我喜爱诗词与书法。以前在西安工作时，我就醉心于碑林书法的古朴厚重。来深圳后，我更加追求笔墨传神的艺术境界。每当我全身心地投入艺术创作之中时，胸中不自禁地激情如潮涌，笔下波涛起伏，有一种摧枯拉朽、雷霆万钧的气势。《羊城晚报》1994 年 8 月 21 日刊登的刘佑局撰写的《松风浩荡、气吞五岳——卢绍武书法析》中写道：卢绍武的艺术世界恰如浩荡的大海，翻滚的云空。

我的书法作品多次参加国内包括台、港、澳地区以及美国、日本、韩国等国际各种展览，武汉黄鹤楼、河北、四川、河南、广东等地都有我书法的碑刻。我曾两度荣获深圳文艺最高奖"大鹏奖"。北京人民大会堂收藏了我的八尺整张书法精作。我曾任深圳书法家协会主席、广东省书法家协会副主席。目前是深圳书法家协会名誉主席，广东省书法家协会顾问。

可以说，我平生有三大爱好，其一是写，其二是写，其三还是写。第一个指的是我的专业，作记者编辑；第二个是我爱好写作评论、杂文；第三个是我的书

法艺术。记得以前还出现过这样有趣的情况：我的书法展览在深圳博物馆展出，下午开幕，我上午还去为别人的展览采访发消息。

我觉得，是年轻动感的特区，给了我澎湃的工作与创作激情，为我插上了腾飞的翅膀，正如我在《与诸文友登梧桐山顶遥望深圳璀璨夜景即席》一诗中所写的："雾散梧桐抉海云，天风地籁两难分。华灯渐次开千簇，正似凤凰展羽文。"

（记录整理：马璇）

采访第一届特区理论研讨会

□韩　松（曾任《深圳特区报》理论部主任）

　　我在《深圳特区报》社工作近 20 年，印象比较深的是采访第一届特区理论研讨会。

　　那是特区报初创时期，我到职仅一月。总编张洪斌布置我采访特区理论研讨会。要求开幕前将稿件写出并送审结束，交赴港人员在香港《文汇报》发排付印。

　　我深知此行责任重大，因为这是在中国召开的第一次特区理论研讨会，容不得半点闪失。而且，会议联系的部门及人员众多，需要取得第一手材料，方可做到脱稿后情况不变。

　　因为我是从《南方日报》理论部调来的，过去曾采访过类似会议，因而被认为是执行这个任务的合适人选。但我亦知道，会议开幕前，就提前发表会议召开的情况，不符合我学过的新闻理论，因为"新闻是最近发生的事实的报道"，在事实发生前我却事前报道了——不过，试办特区是件新鲜事，我就带着试着看的心情投入了采访。

　　特区理论研讨会计划在 1982 年 6 月 7 日开幕。那时，《深圳特区报》是周刊，委托香港文汇报印刷，6 月 7 日，属第 3 期，需要 6 月 2 日提前定稿。因此，5 月下旬我即往广州采访。

　　幸好，广东省社科联的朋友很支持，提供有关资料，让我掌握到比较全面的情况。知道研讨会属"学术"性质，由省社会科学院，省哲学社会科学联合会和深圳市经济学会联合主办，主要探讨我国试办经济特区的一些理论和实际问题。

　　会议较为低调，可是关注的人却不少。北京、上海、四川、福建等地许多人深入调查研究，从不同角度探索经济特区建设问题。会前已收到论文和调查报告 73 篇。参加会议代表 120 多人。论文的内容，涉及创办经济特区的意义、性质、体制结构、立法司法和精神文明等方面。

　　我将稿件写好后送审。时任广东省委副秘书长张汉青同志阅后，让我转交深圳市委书记梁湘同志审定，梁湘看后同意，总编立即派人赴香港发排。

6月7日开会那天上午8时半，代表们入席时即看到当天从香港运回的报纸，读到报载研讨会当天开幕消息和有关论文的内容，甚为欣喜。我看见报道稿与当天发生的事实没有出入，也放下多时的担心。但是在会上见不到其他记者前来，心中十分诧异。为什么这样重要的研讨会只有我一人参加？京沪港澳记者没来？甚至连《南方日报》驻深圳的记者也未到？凭着一些老关系，我向省委宣传部主持会务的老黎打听。他说这些事你不要管了，往后会明白的。

后来，我听说北京有的报纸提出"租界问题"，有人攻击"办经济特区是复辟资本主义"，竟说深圳除了有红旗，别的已经跟香港差不多！为了避嫌，所以有关领导部门不通知传媒参加研讨会，会后也不报道。当时市经济学会敢于顶风召开研讨会，《深圳特区报》敢于及时报道，是有改革创新的勇气的。

第一届特区理论研讨会开了8天。14日闭幕报道时才公开说，这个研讨会7日前在深圳市政府礼堂开幕，广东省副省长、深圳市委书记梁湘讲了话。国务院国务委员、对外贸易部部长陈慕华和省委书记、省特区管委会主任吴南生曾到会和代表共同研讨特区建设问题。

6月21日，即特区报第5期，特区报再次在一版头条刊登理论研讨会消息。原因是闭幕前一天，广东省委第一书记任仲夷看望代表并和代表谈心，任仲夷说，"我国试办经济特区是一件全新的事情，在实践中提出了许多新的问题，需要从理论上加以研究，阐明，指导实际工作。希望大家从理论和实践的结合上认真加以探讨，在理论上搞清楚了，方向搞得更明确了，特区建设就可以势如破竹了。"他勉励大家"要有信心，希望大家为办好特区作出宝贵贡献"。

听过任仲夷同志这番话，大家办特区的信心和勇气更足了。当天，《深圳特区报》用一版的大字标题显示，"认真总结经验探明理论 特区建设将要势如破竹"。

此前，代表们论文对深圳经济特区何时成立，有多种说法，吴南生和大家研究后在会上宣布，"试办经济特区的日期，应从1980年8月26日算起，因为那天中华人民共和国第五届全国人民代表大会常务委员会正式决定批准《广东省经济特区条例》"。

其后，经济特区理论研讨会还开过3次，第二次于1985年12月在珠海召开，第三次于1988年5月在汕头召开。第四次于1990年11月8日在深圳举行。不过，第四次研讨会跟以往不同，它由省政府特区办、省委宣传部等单位召开，带官方色彩。议题已经不是要不要办经济特区，而是如何总结实践经验，探讨"下一个十年特区发展路向，努力使特区建设跃上新的台阶"。与会者一致认为，特区的实践推动了特区理论发展，特区理论的发展也为特区进一步实践提供了理论依据。

特区建设已经取得举世瞩目的成就，有力地推动了我国改革开放的历史进程。

上述 4 次特区理论研讨会，特别是第一次特区理论研讨会，影响颇为深远。1992 年邓小平发表南方讲话，给力特区，从此特区在国内外的影响更大。我想，深圳经济特区的辉煌成就，也与《深圳特区报》等传媒的宣传鼓动是分不开的，正是由于上下同心，理论结合实际，深圳经济特区之树才能长青。

创刊号追忆

□邢平安（曾任《深圳特区报》总编室副主任）

1982 年早春二月，南粤已然姹紫嫣红。我自京城南下，27 日抵达深圳时，《深圳特区报》前期筹办的同仁们已经完成了 5 期试刊，作好了创刊的准备工作。期待和激情，充溢着通心岭 11 栋那异常简陋的编辑部。

5 月 20 日上午，我和总编辑张洪斌跨过罗湖桥，登上了开往香港的火车——创刊之旅从此拉开了序幕。

"创刊"何以要"旅"？《深圳特区报》草创之初，没有印刷厂，是由香港《文汇报》为我们排版印刷，并为我们安排办公室以及笔墨纸张。香港《文汇报》11 楼的那间办公室，就成了我们在香港的《深圳特区报》编辑部。每周三，我们手提稿箱赶往香港，在那里完成最后的审稿、划版、校对、看大样等出报程序。周六，我们返回深圳。周日，散发着油墨淡香的报纸，就从香港运回深圳。这一独具特色的"创刊之旅"大约持续了一年半，赴港人员也随后增多。

我们到香港的当天，香港《文汇报》为我们安排了欢迎晚宴。《文汇报》的两位老总和几位香港工商界老总一齐为我们接风。席间，香港朋友们热情洋溢地议论《深圳特区报》创刊的意义，同时也为我们出谋献策，真诚地希望《深圳特区报》横空出世不负众望。

当晚，香港《文汇报》的副总编辑曾敏之先生引领我们参观了他们的编辑部和印刷厂，并与《文汇报》专门协助我们出报的编辑人员和组版师傅见面。

午夜时分，亲自动笔挥就当日头版社评的金尧如社长，在他的办公室会见了我们。他说："全力支持《深圳特区报》的创刊，是我们香港《文汇报》义不容辞的责任。你们有什么困难尽管开口，我们家大业大，有责任也有能力帮助你们。"

金尧如社长的话，令我们深受感动。戴着深度近视眼镜的金尧如社长，每天晚上亲自动笔写社评，一手拿着洋酒杯，一手拿着笔，气度淡定潇洒，一派报界大侠风范。

5 月 20 日午夜，我们怀着异乎寻常的热情开始了创刊号的编辑工作。我们发稿被安排在午夜 1 时，之前是香港《文汇报》几十个版的编辑排版时段。《深圳特区报》创刊初期是周报，对开四个版。一、二版是要闻版，在香港划版。三版是世界经济版，四版是文艺副刊，这两个版在深圳划好版带过来。而这四个版的纸稿全要在这里发排。最费心的就是一、二版的新闻稿。为了保持时效，很多稿件都是在我们周三临出发前匆匆忙忙赶写出来的，我们带到香港后再仔细编稿。

原先在深圳编好的许多稿件，在香港重新过目准备发排时，总编辑张洪斌仍然要对一些重要新闻稿进行修改，直到满意为止。已经排好的稿件小样，我们也会常常再改，新闻稿和稿件小样被我们改得很花，以至于排字师傅很难辨认。

为了方便排字，我把那些改得很花的新闻稿和又改过的稿件小样拿到排字车间，交给排字师傅，我在旁边等，随时准备帮助师傅辨认。那时还是铅印时代，稿件是一个一个铅字从字架上拣下来，然后再拼成一篇稿。排字工人改稿件小样时，又要把错字拣出来，再到字架上拣字，这一道程序既耗费时间又耗费精力。

等到报纸大样出来，几乎又要重复这个过程——我们在校对大样时，又必然对不尽如人意的文字和标题再修改，大样又成了大花脸。排字师傅再次回到字架前，又要忙碌好一阵子。我们和排字组版师傅一起，每天晚上磨完小样磨大样，像磨砺一件玉器，爱之心切，磨之愈深，一直磨到凌晨四五点钟。

这类事，就是我们的午夜故事。从周三到周六，夜夜如此。基本上是每晚磨出一个版，四天磨出四个版。

5 月 23 日凌晨五时，创刊号四个版全部编辑完成交付印刷。这四个夜晚，我感觉度过了一段激情万丈而又漫长的时光。

这里特别要说的是，我由衷地敬佩香港《文汇报》排字组版师傅的敬业精神，他们的那种不辞辛苦、不厌其烦的工作态度，是我们《深圳特区报》能够顺利创刊的根本保证。近 30 年来，每当回顾这段历史，我都会在心里向他们默默致敬！

（录音整理：郭秦川）

穿越 30 年的采访手记

□黎珍宇（《深圳特区报》创办者之一）

欣闻特区报约写创刊历史见闻，于是翻箱倒柜，从记忆的沟壑中把青春岁月倒腾出来，如同云层深处的一线日光，穿越 30 年，流泻在斑白的鬓角，闪烁着一片斑斓。

好多同事因为稿子上不了试刊号的头版而遗憾，到今天我才明白这遗憾的道理

1980 年秋天，国务院正式批准成立深圳经济特区，作为喉舌部门的深圳市委宣传部的原班人马兴奋莫名，群情激昂。由李伟彦部长牵头、当时的新闻科长曾锦棠具体就办报意向策划，原新闻科的五位同志日夜兼程地到上级新闻单位取经、议论、酝酿、等待。深圳市委常委会在 11 月 15 日作出了创办特区第一份报纸的决定。11 月 18 日，市委宣传部正式布置筹办特区第一份报纸的任务，要求新闻科迅速提出办报的具体方案。

方案重点考虑的是资金、人员和印刷三大问题，当时除了有几个新闻科人员和新华社记者站的张洪斌同志有意向加盟办报之外，其他条件是一无所有。我们在原"633"电台（李部长的临时住地）加班开会讨论最多的就是人才问题，上哪里找有经验的办报人？当时特区建设八字还没一撇，艰苦的工作环境、并不明朗乐观的未来，喜欢往"高处"走的人没几个愿意来做开荒牛，所以当时用人主要是"就地取材"，市属单位中谁是"笔杆子"，我们这些筹办人员都可以提议推荐。

首批特区报试刊采编组的人员，主要是来自本地和惠阳地区一些单位的文人。筹备工作就靠十来号人开展起来——有人去跑省里批文要期刊号，有人去找名家写报头，我受命送试刊第一期的"社论"给市委常委林江同志审稿。当时，林江同志的家在广州，还没搬来深圳。我到广州后，为了给报社省点钱，就挤在我姨婆在省委宿舍附近的家住了一晚。第二天等林江同志改稿签字后，就往深圳赶。

《深圳特区报》于 1981 年 6 月 6 日试刊成功。

1981 年 6 月 6 日版的试刊号，繁体字竖排彩色印刷，头版头条新闻是任仲夷的专访。然后就是引进外资、大型建设项目动工、投资环境、城市绿化、市民认购国库券等消息。可以说试刊的头版，准确地向大众传递了中央和省委、市委关于办经济特区的指导思想和态度，也展示了办报人的新闻理想。我采写的关于深圳特区引进外资较去年同期增长 55.4% 的新闻稿上了这历史性的头版——

这篇新闻稿很短。记得我们的张洪斌总编很重视头版，选稿的时候近乎苛刻，好多同事因为稿子上不了试刊号的头版而遗憾，到今天我才明白这遗憾的道理。据说这试刊号已经被有关部门好好地收藏起来了，我私人保留着一份，多年来多次搬迁，都没有遗弃它，更没有遗忘过。

《深圳特区报》试刊在香港文汇报社印刷，首印 8 万份。犹如一阵清新的海风，迅速吹遍了海内海外。各种各样的议论接踵而来……

中央宣传部派当时的新闻局长王揖来深圳了解情况。总编张洪斌要我在工作汇报会上发言，解释特区报当时以繁体字竖排问世的根由。我介绍了深圳与香港在人文交流方面的特殊性、原来宝安县人口、特别是华侨、港澳同胞的分布情况，用繁体字竖排版本有利于向海外宣传特区、吸引爱国爱家乡的第一批外资。王揖局长听了汇报后，连连点头。随后在发言中肯定了我们的办报方向和成绩。

报社动工兴建了，门牌号码是什么？李部长说："叫深南路 1 号吧！" 那一瞬间，我体会到"历史是人创造的"这话的含义

首战顺利的鼓舞，使我们军心大振。接下来要正式办报的工作也就紧锣密鼓地展开。

要地，定点，建社址大楼，打各种各样的大小报告……当时市国土局有两块地可以兴建报社，一是蔡屋围旁的小山坡（市委东侧），二是市委西侧的平地（现上步路《南方日报》记者站附近）。曾锦棠征求大家意见，我是申请用地报告的执笔人，心直口快地坚持要蔡屋围旁的山头，并开玩笑说肯定那是一块风水宝地。报社同仁也都一致主张要蔡屋围旁的那块地。经张洪斌积极争取，梁湘同志亲自拍板，这块原先留给规划局的地就给了《深圳特区报》。

有了地，大楼就动工兴建了，门牌号码是什么？李部长说："就按照办理注册登记时上报的社址，叫深南路 1 号吧！"大家都乐了，那一瞬间，我体会到"历史是人创造的"这话的深刻含义。

要正式出报就意味着要有社会和经济双重的效益。当时张洪斌总编和有关领导同志的指导思想是很清晰、很前卫的。他们认为要创办一个脱离计划经济旧模

式的新报社，要争取经济上的自负盈亏，减轻政府的投入负担，这是改革的目标之一。所以报社在正式发行前，讨论出版方针时就统一了思想：成立广告部，将来逐步达到以广告来养活报纸的目的。

为此，《深圳特区报》一试刊就率先在全国报界大胆地开辟出广告版面，从头版到副刊，都为广告开了通栏。

1982年5月24日，《深圳特区报》正式创刊了。临时办公地点设在市委新落成的通新岭宿舍11栋。楼房不够用，就在11栋旁边搭建了铁皮房用作后勤仓库和办公。

那时总编治社很严，晚上安排值班，女同志也不例外。我在晚上摸黑骑车经过荒凉的山地，去社里值班时心里直发怵。有一天晚上大风大雨，我从桂木园的家到通新岭去值班，在今天来说那点距离不值一提，但那时全是小路山道，路灯都没一盏。我在半路上从车子上摔下山沟，一身的泥水。到了报社，刚从普宁县委办公室调来的黄年同志幽默地对我说："你打道回府吧，值班室我住了。"满身泥水使我十分狼狈，也顾不得说一句谢谢了，胆战心惊地再上风雨路回家。

那次，香港总督麦理浩爵士首次访深，张总带我去进行全程采访。录音带录了一大盘，但我翻译不出来！提议拿到旅行社的朋友处去翻译，张总摇摇头……我看到总编无奈的、恨铁不成钢的表情，深深地内疚了。从此后，刻苦学英语、进修……

直到1983年，报社深南路新楼落成。从北京、广州等地招来的、大学、中专分配来的、部队复退转业来的各路人马也汇集得七七八八了。报社的领导层正式组阁、任命中层以上干部的工作也告一段落。当时没有"论资排辈"的陋习，能者上，有功者上。和我们同事的许多人都任命了新职务。

我决定正式从市委宣传部调入特区报，辞去了"政文部副主任"临时职务，到采访第一线去当财经记者，锻炼自己。

到了北京，找到国务院特区办，我说要见谷牧总理，接待我的老同志乐了

1981年的五一劳动节期间，我因私事去北京，当时特区报还在筹备阶段，张洪斌总编批准我请假时说：你顺便去国务院特区办访问谷牧副总理吧。关于特区的政策，最好得到具体的最新的消息。我很兴奋地答应了，没有来得及做记者证，开了介绍信就北上了，领导还说："经费没有，路费自己出。"

到了北京，住在张总在新华社宿舍的家里，张总的太太和读高中的女儿张雷

热情接待了我。第二天由张雷带路，去白塔寺附近的原国家经贸委大楼。

一路上我们看到了许多衣衫褴褛的"上访人员"，他们为了"文革"浩劫的遗留问题而北上首都，在当时成为北京街头的一大景观！"别让人家以为咱俩也是上访的呢！"张雷幽默地说。

找到了国务院特区办，我亮出介绍信说要见谷牧副总理，接待我的老同志乐了，打量了我一眼，微笑着进里间办公室去了。一会儿，另一个中年男同志出来了，他就是当时在谷副总理身边工作的何春霖同志，他和蔼地微笑着请我们坐下，说："首长很忙，采访什么问题，请问我吧。"我打开笔记本就一五一十地问了起来……此行虽然没有采访到谷牧副总理，但国务院特区办的有关工作人员，给我留下了深刻的好印象。

东湖宾馆向香港新华社告了我一状

1982年6月7日《深圳特区报》版上，发表了我采写的通讯：《发生在东湖宾馆的故事》，其中提到了中港合作经营双方的磨合过程，赞扬该企业的文明新风……稿子发表后，当时东湖宾馆的港方管理人员对稿子的一些提法有意见，约见我。我到了宾馆，他又不见我，使我第一次因为采访而坐冷板凳。这名港方人员后来把意见写到了香港新华社，新华社又转到了《深圳特区报》。

张洪斌和负责发稿的陶牧让我看了那份火药味浓浓的"投诉"，对我说："我们没有错。香港的管理模式有先进的一面，而我们的艰苦奋斗、精神文明的优良传统也要坚持！坚持你的信念，保持你的勇气！"我深受鼓励的同时，也学会了更全面地观察和反映问题了。

香蜜湖度假村的香港工人闹罢工，我积极介入调解，工地又开工了

香蜜湖度假村最初是由一冯姓港商为主的香港某公司与深圳特区发展公司合作开发的。大部分资金是中方在中国银行的担保贷款；港方为总经理，负责具体的施工。1982年7月我到达工地采访时，原来热气腾腾的工地停工了，冯先生满头大汗一筹莫展。连连说："香港工人闹罢工，你说怎么办？我该怎么办？"

经过详细了解，原来是开挖泥机的香港技术工人不满意长期加班加点地开荒工作，用香港的《劳工法》来要求港方给假期。鉴于工期紧的理由，冯先生不同意。劳资双方于是闹僵了。

我当时就给冯先生提议道："能否以增加加班工资为和解条件，使工程继续进行？"冯先生 "啊"了一声说："谢谢黎记者的提醒，我怎么没有想到用这个办法呢？"他请我一起去和那些工人谈，其实工人提出的要求也是合理的，他

们在深圳工作，劳动强度大，收入并不比香港高，由于特区建设初期，物价较贵，他们挣的工钱花了一半在伙食上，所以不服。加薪和提高加班费，他们欢迎，更主要的是他们要求合理的休息时间，加班以自愿为主。

经过初步调停，劳资恢复了友好对话，我又找了特区发展公司当时派驻香蜜湖的刘姓负责人，反映了工地上港商的困境，他积极地介入了调停的工作……最后资方与工人重签了合同，工地又热腾起来。

冯先生因此而记住了我，后来我们自发组织的深圳青年文学社到香蜜湖活动时，他还宴请了我领去的三十多位"未来的文学精英"。

百事可乐美国技术总监的夫人临别感动得流泪："我喜欢这儿，喜欢这里的人们！我永远怀念你们！"

1982 年 7 月 4 日，美国人和深圳人合作的百事可乐厂投产。百事可乐在深圳日产瓶装 5000 箱、罐装 6500 箱。83 个工人，5 个管理人员，其中只有一个美国的技术总监威尔逊。威尔逊先生是个快 60 岁的人了，但工作起来像条牛。他体格健壮、不太爱说话，说起话来，一句是一句，沉着稳健。这种性格并不妨碍他传授知识、技术给深圳的工人和与当地朋友的友谊交往，他鼓励夫人爱莲免费教东湖宾馆的服务员学英语，节假日他们双双走进深圳朋友的家庭，拜访做客。我们一起吃中式的家常便饭，然后去西式的晚会跳舞唱歌。

威尔逊是在深圳的百事厂干到退休年龄的，他告诉我说："中国朋友对我这么好，我为了报答他们，把自己积累了二十年的专业知识和技术无保留地传授给他们了，为他们办了五期技术讲座，使他们的日产量从 3000 箱提高到 8000 箱，这是美国百事厂的熟练技工才能做到的指标！"

大约是在 1984 年底或 1985 年初，他和爱莲离开深圳那天，我们一群朋友去欢送他们。他们住了很久的东湖宾馆，为他们挂上了一路的彩旗。爱莲感动得流下了热泪，不住地说："我喜欢这儿，喜欢这里的人们！我永远怀念你们！"她在我们每一个人的笔记本上留下了他们在美国佛罗里达州的地址和电话，让我们和他们保持联系。

如今我的笔记本上依然保留着爱莲苍劲有力的笔迹……后来听说他们夫妇资助了一个在百事厂工作过的年轻人到美国留学。

第一个投资深圳的港商刘天就，数年后破产，依然要在香港的大排档"宴请"我

刘天就是第一个进入深圳特区投资的港商。我在采访深圳第一个深港合资企

业竹园宾馆和第一批儿童福利热心捐赠人时,两次见到了刘先生。此后,他就成了我的一个长期观察和采访的对象。对这个自称为"第一个吃螃蟹"的港商的命运的兴趣,大大地超过了我对他成功挖掘特区第一桶金的关注。

做鞋起家的香港妙丽集团,在 20 世纪 70 年代曾是香港有名的商业大户。年营业额从 4000 万元飙升至 4 亿多,10 年间增长 10 倍。刘天就——就是"妙丽神话"的设计者、操作者。

刘天就说,他生产的皮鞋打入了欧洲市场,赚了钱就在香港开百货公司连锁店,然后回深圳投资宾馆和房地产"翠竹苑"。竹园宾馆的第一个劳动工资改革方案——"基本工资 + 浮动工资",是他提议的,竹园宾馆进行的服务理念改革也是以他提出的"微笑运动"而拉开序幕的。

我在 1983 年 6 月 6 日的特区报首先报道了竹园宾馆的工资改革成果,又在 1984 年 7 月 10 日的特区报头版头条报道"竹园宾馆合作管理"的成功经验。1984 年 7 月 12 至 14 日的特区报上又发表了我和我们特区报世界经济部的同志合作、分别采写的关于"妙丽集团经营之道"的系列文章,在特区商界引起了关注。

刘先生当时踌躇满志,将投资"布吉工业村"巨大的广告牌树立在广深铁路沿线上……他捐赠给深圳儿童福利会的物资也从"鞋"提升到"小汽车"。然而,就在几年后,上世纪 80 年代末,刘天就先生投资链条断裂破产了,"妙丽集团"耸立在香港尖东弥敦道上巨大的孔雀开屏式的霓虹灯招牌,随同公司名号作价3000 万拍卖给了别的商家。

大起大落,而且消失得干净利落——刘天就的命运,使我震惊! 1990 年我重访香港时,专门去看望了刘天就夫妇。他们当时搬出了原来住的豪宅,租了一间三室两厅的港区旧公寓,没有了劳斯莱斯私家车,不能上高档的饭店吃饭,这些都是香港《破产法》的有关限定。但是,刘先生依然要在大排档粉面店"宴请"我,他的太太也坚持要买一件毛衣送给我。

我感动的是:一个人在这样的命运落差面前,居然能够泰山崩而不变色! 这是什么样的心理素质啊?!

刘先生落魄的样子很可怜,他用沉重的语气说:"黎记者,希望你以后写出我的自传来!我为什么会因为在大陆投资而拖累了妙丽集团,失败的教训要总结啊!"我说:"刘先生,你走得太急、太快,战线铺得太长了吧!"他点头称是……

若干年后,在加拿大,我弟弟见过他,说他和刘太太在租住的房间里过着普通人的生活,心情愉快。作为首个来深圳投资的"第一个吃螃蟹"的人,不管他今后的命运如何，深圳改革开放的史册上已经记载了这一章，深圳人民也不会忘记这个老朋友。

......

合上当年的采访手记，燃情岁月的点滴已是永恒的瞬间。虽然岁月无痕，但昔日墨香犹在。为特区新闻事业默默奉献的战友音容，霞飞霓彩，久久映照我心，此文记之，为追忆与祝福！特区报三十而立，今非昔比，但那一点创新精神，那一片拼搏底气，应长存吧。

办报是一种难以言说的诱惑

□张黎明（《深圳特区报》创办者之一）

这是深圳特区创办以来的第一份报纸，它记录了深圳的三十年……

宣传部长的家成了我们的第一个办公室

1981 年，它还在孕育的时候，我和我的同事们大都很年轻，有的当过记者，有的发表过一些文章，但几乎没有一个创办过报纸，可我们接到的任务恰恰是创办深圳第一份报纸。此时连最起码的办公室都没有，办报只是一种构想，一种大胆意向，这对于我来说很新奇，干从来没有干过的事情，实在是一种难于说明白的诱惑，我被诱惑过去了。从最初的"十二儒生"，至后来的"十八棵青松"，应该都是这样被一种无形的力量诱惑过来的。

初始，我们在市委宣传部长李伟彦的家里（当时的 633 电台）办公，后来有了办公室，那是一栋在当时市委大院（现深南路的公安局）里的平房，长方形的大房子没有间隔，四面的墙壁很高，现在想起来，很像乡村里的大谷仓，这简陋的房子说是借来的。我们在这里开过无数次的会议，会议内容已没有丝毫的印象，我本来爱写日记，却没有留下多少，我原谅了自己，很累，没有时间，很忙。在忙什么？筹办报纸的工作千头万绪，除了写文章跑新闻，还得跑纸张跑印刷跑刊号。剩下的一点点时间就是渴望躺下睡一觉，美美的睡，许多时候来不及做一个梦，一个通知，你就得马不停蹄了。

在开往广州的货车上，我睡了 1981 年最美的一觉

那天，李部长突然让我到省里办理特区报的报刊登记，十万火急，必须在最短的时间内办好，明天行吗？不行！马上出发！没什么可说的，说走就走，最后一班车已经开出，没有客车，那货车也有吧？我上上下下满火车站找人，终于坐上开往广州的一列空车，真的，空空荡荡只有我一个，正好睡一觉，那是我 1981 年最美的一觉。赶到广州也不敢歇脚，怕误了时间，当晚找省里领导，第二天上出版部门办理具体手续。

说起来真是天方夜谭，面对登记表我傻眼了，报社地址、电话号码、社长、总编等等，这些可以说没有也可以说有。那时候谁也没来得及去名正言顺，先有鸡还是先有蛋，谁也说不清，管它先鸡还是先蛋，办报就是办报，办起来再说。不过事到如今就得填上这些栏目，我赶紧给李伟彦打电话，我们就在电话里把所有的填空敲定了——社址把那栋临时的小平房算上：深南大道1号。电话号码套用宣传部的：2188。总编辑：张洪斌，那时候他的关系还没从北京调来呢！社长填谁？啊？谁？真的没有谁！

我说，李部长，你负责，当然就填你！

李伟彦负责就填李伟彦，社长也这样定了。

不久，审批也下来了，《深圳特区报》在册在案了。

现在严格算起来，实在有点玄乎，不管怎么说，《深圳特区报》就这样入了"户口"。

最早的档案记录没有你？那年月比档案先到的人多呢！

那时候好像没留下完整的记录，我依旧记得为了如何办报的问题，我们在李伟彦的家里争得面红耳赤；记得试刊前夕，通宵达旦之后我们仍然睁着布满血丝的眼睛不肯离去，心里头敲着小鼓，等待京城送审的结果；记得我们抱着一叠叠竖排彩印对开四版的试刊第一期四处派发，人们的踊跃令我们站都站不稳。

我还记住了张洪斌笑眯眯说我那篇税收的稿件可上头版，他不知道那是我第一篇受表扬的稿件；还有他劝我不要穿牛仔裤，他语气温和得不大像批评，也许他没预料到很"普罗"的牛仔裤在深圳满街走的这一天。我有些懊悔，当年怎么没有和同甘共苦的同事们留下一点什么，哪怕是一张合影！没有，真的没有，不光是我，事实上谁都忙得没有想到这一点，我们想到了纪录深圳的一切，却没有想到纪录我们自己。

特区报的老友很多，有一天聚会，关飞指着我说，特区报最早的档案纪录找不到你。呵呵！奇怪？不奇怪！找到才怪！我们比档案先到，且那年月比档案先到的人多呢！没有纪录就没有纪录，即使连一个"、"号也没有，它也会按照自己的规律留下痕迹，就像现在，特区报的"1981"刻在我的心里……

事实上，我和一批年轻人事实上是《深圳特区报》的第一代记者。

为了记录深圳历史，摄制组住到了我家

记得我在报社时，曾经被李伟彦（当时主管报社的宣传部长）"点"到《今日深圳》摄制组，他说这个任务很艰巨，要把深圳的历史记录下来，从现在开始，

一点一滴都拍下来，这工作原来宣传部负责，宣传部抽不出人，只好把我"点"去了。那时候深圳没有任何拍摄单位、我们从珠江电影制片厂请来了摄像师和导演，我就负责具体的采访和拍摄计划、和他们的交接联系，还得解决他们的衣食住行问题。真难啊！我成了并非名义上的"负责"人，大事小事都找我。一会说中央领导来了，一会说深港澳组织文化艺术界的联谊活动，一会说罗湖桥头要补几个镜头。摄制组一来，还得联系吃的住的，有一回新园招待所没有住的地方，整个摄制组五六人，顺理成章全部住在我家里。那时候就没有叫过一声难，没有想过不能解决的困难，也没有伸手要点儿什么，我领他们全深圳地跑，总而言之把所有的都记录下来。

我是报社的人，还是摄制组的人？李伟彦说，没有拍摄任务，你就回报社，一有拍摄任务就带摄制组跑。

我那时候也没有提出异议，事实上，我们所有的人几乎都这样身兼数职。

特区报的档案，有这样的记录吗？没有！

没有记录的事情多着呢！我全记在心里——

蛇口是我们拍得最多的地方，摄像李相斌、蒋凯虹去的时间最长，我和摄制组在那里一住就是十天八天，除了拍摄就是在屋子里看电视，实在很闷。蛇口就那点点地方，也没有任何娱乐的场所，我们最好的娱乐和休息就是漫步蛇口唯一的小石头路。李相斌是个开朗的人，他常常和我们走石头路，他很爽朗可一句英文也不懂，半路上遇到一些同样散步的洋人，洋人笑嘻嘻地"hello"，他傻眼了，急中生智，就学洋腔调那样拖长了还高八度地用中文大声说"你——好！"别说，洋人还听明白了。我们都笑得喘不过气来，笑过之后都很佩服他的勇气。

他还有满肚子的笑话，不过那些笑话不像现在的饭局"荤"话，一点性意识也没有，倒是一肚子心酸，这些"穷"笑话很能体现那时候的生活现状。李相斌说自己的妻子在农村，辛辛苦苦，日夜操劳。他总觉得自己对不起妻子，要给妻子买点什么礼物，可自己的工资就那么几十元。有天他看到有卖"朱义盛"的，挺便宜的金链，看上去和真的一样，他一乐就买了送给妻子，还说是真的，多少多少钱。妻子可高兴了，立即把金链挂在脖子上，那模样一定像把丈夫挂在脖子上一样，自豪和心满意足：看我的男人对我多好。后来怎么样了？李相斌大嘴一咧，嘿嘿地笑，没有几天，金链黑了……

我们在小石头路上哈哈大笑，一天的劳累也平衡掉了。

这就是我们艰苦岁月的自我娱乐。真的很奇怪，我们那时候好像没有什么人说苦、说累的，一点点乐也记得清清楚楚，记到现在。

我们正在饭桌上打闹，谷牧突然站在我的身边，举杯敬酒

当年深圳的媒体，除了那个小小的有线广播站之外，就是特区报了。不过也奇怪，一有大新闻，闻风而来的老记起码也有一两桌。香港《文汇报》的小蒋，《大公报》的黄浦，还有无线台丽的台的，几乎所有知道消息的媒体都会赶过罗湖桥。让人难忘的数小蒋，几乎有深圳大新闻就有他，"小蒋来了"那就是说有什么人物到了。

有回谷牧来深圳，消息很封闭，香港媒体就他一个好像从地里突然冒出来一样，眼睛红红的，好像一个晚上没有睡。这小蒋除了消息灵通外还全副武装，照相机、录音机这类东西很先进，我们常常找他"补料"。这天吃饭的时候，我们正好坐了一桌，深圳的有黄新华、何煌友，别看他们采访的时候一脸严肃，饭桌上大家都把一本正经丢开了。那何煌友正操了一口客家普通话"演讲"什么，嘻嘻哈哈让我们笑得喷饭。这时候，谷牧突然站在我的身边，举杯敬我们的酒，敬罢酒还说只有你一个女同志。

他"你好"，我也"你好"。

我"你好"罢了才四下里看看，真的只有自己一个女的。嘿！这么跑跑颠颠从来没有想过性别，没有想过男人能干，自己不能干。

记得工人文化宫旁边的蛇口招商局联络处那一个老记的"窝"吗？一排房间有一半是他们的，新华社的、《南方日报》的，我还清楚记得他们其中的名字，何云华、李通波和游雁凌，那时候，他们常驻深圳，是他们最早把深圳改革开放的消息发到全国的，深圳不应该忘了他们。

为了留下麦理浩访深的历史镜头，我在风雨中扑向火车站

说起采访，我记住了1981年12月30日香港总督麦理浩第一次访问深圳。不是因为他是麦理浩，只是在我所有采访中，这一次最险。12月29号那天上午我刚从广州珠影回来，下午2时向李伟彦汇报，3时半回报社，4时突然接到李伟彦的电话：麦理浩30号早来深圳访问，第一站蛇口，第二站……要拍摄下来。哎！早知道半天就好了，今天下午就能把摄制组带过来了。放下李伟彦的电话我就拨114接广州51700，那时候的电话还没有直拨，全都通过114，114告诉我广州5字头的线路全坏了！

我愣了半分钟，立即接火车站，火车站说最后一班往广州的火车4点30分，我回头问身边的人"几点"。"4点20分！"

征与尘

深圳特区报30年往事记述

就这时候，香港《华侨商报》的记者从门外探进一个脑袋。连他们都来了，都知道风声了！我急了，我相信还有别的货车上广州，这样的车对于我很熟识。又一个电话打到火车站，这回说是特区报的，有急事上广州。

"最早的，五点半有一班！快来！"

报社的自行车全出动了，我只有"咯噔咯噔"两条腿出了门，深圳屈指可数的那几部巴士和的士没有影。我一溜小跑，从报社（蔡屋围）回到家（东门中）。上午从广州带回来的包还原封不动呢，我胡乱往里塞了件寒衣，照相机，采访本，证明（准备明天直接上蛇口），最后又抓了三个橙子（准备我的晚饭）。

赶往火车站的途中，我脑子没有停止转，我去了广州，这里怎么办？要拟采访拍摄的具体计划，要准备车辆住宿等等，这些不准备好，明天也是一个零，如果我是两个人就好了！最好的办法就是电话通知，珠影的电话不通，还有别的电话，或者让可靠的人通知珠影，对！一到火车站请他们帮我挂铁路的电话专线上广州，他们的专线或许会通。

这时候有什么东西打落我的脸上，下雨了！别说毛毛雨，下狗屎都挡不了我。

到了铁路局，天昏暗暗暗的，我的风雨衣也湿透了，我不知道自己湿透了；只是楼梯口有一面大镜子，我路过的时候看到有个落汤鸡一样的人，连头发都湿透了；再看清楚，没有别人，原来是我自己。

铁路局专线也不通，铁路局的人说还是赶去广州吧，最后的车7点半开出。

我给部长打电话，告诉他我7点半之前打不通电话就去广州，明天8时派车在火车站接我和摄制组。部长看我太疲倦，他说确实不行就只有放弃了。

我倒是一股劲头上来了，怎么能放弃？所有的香港媒体都留下纪录，我们怎么能空白？

我出了车站，一直走，两条腿累啊，走到罗湖指挥部，又是114，广州加急，我报了三个号码，任何一个号码都行，只要有百分之一的可能都要努力。

我坐下了，守着电话机。加了件寒衣，剥了个橙子。电话迟迟没有来，我又拨，这时候知道什么叫心急如焚。

终于，电话铃声响了，而且是第一个电话，珠影的，我的高兴无法形容。不过立即又凉了，珠影的说摄影师不在，边防证也过期了。我在这头说，来，一定要想办法，尽量得想办法！我握电话筒反反复复的说，建国以来的第一次，不能不拍……他也要请示，说晚上9点半答复。

打完这个电话，我的腿都抬不起来了，抬不起来也要走。

我直接赶到新园4栋——哇！满屋子的老记，新华社、《羊城晚报》《南方日报》、香港《文汇报》《大公报》的老脸孔都在，我来得正是时候。每逢有重大新闻，老记们都会在这里聚会，等候消息。

也许是那个酸不溜秋的橙子作怪，胃痛了，我知道不是什么大问题，吃东西就好了。

"各位有吃的吗？"我很不客气地问。

嘿！桌面上有两块不知道放了多久的维他面包，也许是他们吃剩的，我顾不上斯文了，塞进嘴里一阵咀嚼，治好了胃痛。

9点半准时通话，明天摄制组到，我悬着的心才落了地。

麦理浩访问深圳的历史镜头就这么留下了，1982年的日记本，第一页就是它……

今天，三十年过去了，留下了什么？与深圳人天天见面的这份报纸已经成为深圳的一部分。

《深圳特区报》报头题书来历

□李　丹（曾任《深圳特区报》副刊部副主任）

创刊之初从省里各大报找援军

　　大约是 1980 年下半年，我任职韶关文化局副局长。一天，《南方日报》编委、人事处长吕来光同志到韶关找我，说深圳特区要办一份报纸，要求省里的几家大报社下指标调人去支援，派去的处级干部要求 40 岁左右作为骨干使用。他还说，《南方日报》《羊城晚报》的许多骨干编辑记者都已步入中老年了，很多都不愿意调去前景尚不明朗的特区。吕来光征求我的意见，问我是否愿意调往深圳。1962 年《韶关日报》停办后，曾在《南方日报》工作过一年。《南方日报》的有关领导推荐了我。这可能是吕来光找到我的原因。

　　我本身酷爱文艺文学，办报刊也是我的喜好，在韶关坐机关我不习惯，也看不惯。但是去那里拓荒我有一个顾虑：如果特区办不下去，留在那个荒芜的小镇上不就很遗憾吗？1958 年韶关大办钢铁工业城市的过程我还记忆犹新，从北京、上海、武汉等大城市调来的许多干部和工人，下马后都留在了这穷山沟里，后悔莫及啊！

　　吕处长马上安慰我不要有顾虑，省委已经初步决定，凡是调去那里的干部户口还可以保留在原地。并向我表示：万一特区报办不下去你愿意来《南方日报》，我们会接纳您。立马我便和吕处长开玩笑说：那我们勾手指吧！

　　据我后来的了解，上世纪 80 年代初从省里几家大报愿意调来特区报的寥寥无几，《羊城晚报》一个都不见来，从《南方日报》《广州日报》调来特区报的，也只有五六个人。《广州日报》来的那几个人，都是当年错划"右派"，刚刚摘了"帽子"重新上班。

　　可能是因为从本省调干部遇到一些麻烦，深圳后来便公开向全国各地招聘各种人才。《深圳特区报》也不例外地进行了这方面的改革。

《深圳特区报》报头题书的来历

　　1981 年 6 月的一天，我从广州带了两封介绍信坐了几个小时的火车来到了深圳，在侨社那里租了一辆出租的单车（当时深圳还没有公交车），坐在单车后架位子上，由车夫把我送到了老街现在的迎宾馆处（当时称县招待所）一间平房里。

进门刚好碰到了来参与特区报试刊工作的张洪斌同志，老张热情地接待了我，还说你来得正巧，晚点来他就要出门赶去编第二期试刊。我一听说特区报试刊第二期啦，顿时心情激动，要求跟张洪斌同志一并去看看。

从招待所往西走经过戏院跨过铁路栅栏，再往西走 20 来米就到了老市委大院（现在公安局旁边的成人教育学院内），首先看见的是一座祠堂改建的礼堂，然后就走进一幢旧平房，在 10 来平方米的房子里，见到了两位高个儿的汉子，张洪斌马上向我介绍说："这位是曾锦棠同志，那位是江式高同志。"

我们寒暄了一会儿他们就忙着编报了。常言道：万事开头难。他们在做的正是为即将开印的报纸上的"深圳特区报"报头五个大字做"编辑"工作——

展现在我们眼前的是两幅同样大小的"深圳特区报"的行楷书法字，这五个挺拔洒脱的报头题字，是德高望重的广东省书法家协会主席、诗人秦咢生题书的。《深圳特区报》的报头题字，起初曾考虑德高望重的叶剑英元帅书写，后来又觉得以此事惊动中央和国家领导人不妥。最后决定请秦咢生先生书写，他写了爨宝子体及行楷两种字体，每种字体都各书写了两份。《深圳特区报》试刊第一期是采用秦老的爨宝子体，但有一部分读者反映，这种字体有许多人看不惯。于是，试刊第二期便想将报头改为秦老书写的行楷体。

当时我亲眼目睹的场景，正是特区报的几个开创者在做"深圳特区报"报头的最后"编辑"工作——大家左瞧右看地欣赏比较之后，认为把两张条幅最好的字拼凑起来，显得这五个字更完美好看。

于是，他们把其中一张竖条幅行楷体"深圳特"三个字剪下来，再拼接到另一张"区报"两个行楷体字条幅上。这一编排受到社会各界的认可，便一直沿用至今。

曾锦棠后来向我谈过请秦咢生题书报头的经过——当时是派林雨纯和张黎明两位同志到广州请秦老写的，也发了稿酬。曾锦棠还告诉我，试刊第一期用的是秦老的"爨宝子"字体，大家对这个爨字不认得更不知叫什么字体，于是便请刚抽调来的曾锦初同志去查资料请教专家，然后，我们才懂得这种字体来源于晋朝安帝元兴四年（公元 405 年），为当时著名的振威将军建宁太守爨府而立的"爨宝子"碑文，其书法特点是界于楷隶两字体熔为一炉的新字体。

至于《深圳特区报》的报名，据我所知，原拟"深圳商报""深圳特区报"和"深圳报"三个报名中取一个。有许多人主张叫"深圳商报"。《深圳特区报》

试刊一年的时候，曾锦棠去省里组稿，请原任中共深圳市委书记处书记的黄施民同志为本报题辞时，黄施民曾谈到当时市委领导同志讨论特区报的报名的决策经过：有人发言认为香港有《香港商报》，如果深圳也叫"商报"有混同之嫌，那还不如叫"深圳特区经济报"，大家反复议论之后，最后确定还是叫"深圳特区报"为好！

曾锦棠的回忆应是较为靠谱的——按老报人江式高的说法，《深圳特区报》发端于深圳市委第二任书记、文人吴南生，而完成于第三任书记梁湘。其间3份向省、市委建议创办《深圳特区报》的书面报告，都是曾锦棠执笔起草的。

《海石花》的刊名由赵朴初题写

特区报副刊部当时还创办了一份名为《海石花》的随报附送的月刊。

《海石花》的创刊，当时由我们五个人为主来操作，即我和许兆焕、叶秀峰、刘景华、卢焕锦。我和许兆焕负责稿件审编，还有副刊的稿件编排。刘景华是北京借调来的，去北京天津或上海组稿以他为主，卢焕锦是广州人，广东省内以他为主去组稿采访，叶秀峰大姐则协助他俩工作。

记得《海石花》这个刊名的题书，就是威望极高的全国佛教协会会长、海内外著名诗人书法家赵朴初先生题写的。当时是许兆焕同志给赵老写了一封拜请他为本刊题书的信（老许曾在《光明日报》编副刊时，编发过赵老的诗词，彼此有交情），交由叶秀峰大姐去北京，几经周折好不容易才找到赵老题书。

我参与了《海石花》创刊号和第二期的编稿之后，于1983年3月间转调去《特区文学》了。在我的印象中，《海石花》只办了四五期便改名《深圳风采》了。

（记录整理：韩文嘉）

梦想做个"名记者"

□黄　年（曾任《深圳特区报》今日广东部副主任）

　　1982 年 5 月特区报试刊期间，我前来报到。此后，我在《深圳特区报》整整工作了 20 年。20 载春秋里，我努力奋斗、呕心沥血，梦想做个"名记者"。当年驾着摩托车，顶烈日，冒风雨，一身汗水一身泥的艰辛场景，又一幕幕地浮现在眼前，清晰得恍如昨日，当记者的酸甜苦辣，真令人回味无穷。

风口浪尖上辨是非

　　我是 1982 年 5 月 8 日到《深圳特区报》报到的。当时报社只有 20 多人，正在试刊筹办。24 日正式创刊后，我被派往广州创办记者站，1983 年秋调回报社政文部负责市委市政府政务新闻的采访工作。那时候，深圳经济特区的改革开放政策正在紧锣密鼓地实施，各项基本建设也红红火火地全面展开。可就在这时候，在计划经济桎梏下的人们依然被一些思想禁锢，开始怀疑特区的性质，把引进外资、引进先进技术说成是引进了资本主义，甚至把经济特区说成是资本主义的滋生地。究竟特区是姓"社"还是姓"资"？特区还要不要办？这是当时深圳经济特区面临的严峻问题。

　　在这大是大非面前，党报记者必须保持十分清醒的头脑，用更高的战略眼光去观察分析问题，明辨是非。我除了大张旗鼓地宣传市委市政府排除干扰和阻力，坚持改革开放，积极引进外资，推进各项事业发展的成就外，还深入特区农村调查研究，与基层干部群众一起，畅谈深圳创办经济特区给当地农民带来的实惠，用活生生的事实证明党中央创办经济特区的政策是正确的，证明深圳坚持的是具有中国特色的社会主义道路。

　　罗芳村利用特区对外开放的政策优势，把几百亩地全部承包给村民种菜，运往香港销售。一年下来，每户人家都有十几万到几十万元的收入，家家户户住上"小洋楼"，用上高档家用电器，生活水准比一般香港市民还要高。罗芳村的变化，充分显示了中国社会主义新农村的优越性。1985 年 8 月 5 日，我用人物专访的方式，把该村党支部书记陈天乐的原话"我们干的是社会主义"作为标题，发表在《深圳特区报》一版头条的显著位置上。文章发表后引起强烈反响，很多读者纷纷打来电话，说这篇报道写得好，说出了特区干部群众的心声。

紧接着，我又在短短时间内，采写了《燕子知春归》《边境线上的明珠》《风景这边独好》等系列报道，用铁的事实回答这样的一个问题：深圳经济特区姓"社"不姓"资"，走的是一条具有中国特色的社会主义道路。

上世纪90年代初，社会上有些人把党内的腐败现象归咎于改革开放，把改革开放带来的经济富裕与党内的腐败现象画等号。"富变腐吗？"我带着这个问题，做了大量的调查研究工作，首先在罗湖发起"富变腐吗？"的大讨论，与罗湖区委宣传部一起组织采写了《枯树著华举世芳》《一花引来百花香》《涌动的绿洲》《凝聚力从何而来？》《让青年都成为历史的强者》等深度系列报道，从各个侧面反映社会主义精神文明建设在整个特区建设事业中所起的地位和作用，从而加深了对邓小平关于"两手抓""两手都要硬"方针的理解。这一讨论引发了全国性新闻界关于"富了以后怎么办"的讨论。原深圳市委常委、宣传部长杨广慧同志评价说："黄年为新闻界做了件好事。"

做"试验田"的耕耘者

深圳是改革开放的"窗口""试验田"。作为新闻记者，必须深入其中，做"试验田"里的耕耘者。那段时间，我参与了深圳市的行政体制、经济体制、人事劳动制度改革的全过程。由于这些改革领先于全国，我的多篇新闻作品也因此在全国、全省好新闻评选中获奖。

从1984年初开始，深圳率先在全国实行经济体制改革，全面推行经理（厂长）负责制。但在这种新体制下，如何发挥职工的主人翁精神，加强对经理（厂长）的监督？市里通过试点摸索经验，在全市58家企业，对151名正副经理进行民主测评，结果有5人不合格被免职。我抓住这一新闻，写了一篇仅370多字的短消息，发表于1985年9月15日《深圳特区报》一版，立即引起全国新闻媒体的关注，被评为该年度广东省好新闻二等奖、全国好新闻三等奖。此外，还有《我市首次公开招聘局级干部揭晓》《合同制女工打赢了官司》《8名局级领导干部被免职降职》等，都分别被评为广东省好新闻二、三等奖。

1992年，是深圳经济特区发展史上的关键年。这一年，深圳市委、市政府为了进一步理顺特区管理体制，实施特区农村城市化的发展战略，解决历史上遗留的、即街道辖下依然有农村的问题。这是一项政策性强、涉及面广、情况复杂、难度大的工作。市里对这次重大改革十分重视，专门成立了由市委主要领导任组长的领导小组，抽调力量到福田区上步村搞试点，摸索经验，面上推广。各区也由区委书记亲自挂帅出征，组织工作班子，制订特区农村城市化的实施方案。此项工作整整花了一年时间，特区原68个行政村全部实现了"农村向城市，农民向居民"的转变。从此，深圳特区的历史翻开了新的一页。

当年，本人自始至终参加了这场改革的实践。系统采写了《历史前进的轨迹》《新股东的喜悦》《走出村门第一步》《构筑未来中心区》等深层次的报道，从不同侧面，充分反映这场改革给特区各项事业带来的变化、取得的成功经验，以及各级干部、广大群众所抱的心态，为这场改革鸣锣开道。

恪守记者职业道德

我是个有46年党龄的老党员。由于受党的长期的培养教育，使我明白了做人做事的道理。我给自己定下一条规矩：堂堂正正做人，明明白白做事，不以稿谋私，做个让群众信得过的记者。

我在罗湖区记者站的时间长达16年之久。时间长了有好的一面和不好的一面，好的是情况熟，容易获得新闻信息；不好的是遭人妒忌。有的人见我在罗湖的时间长了，就以为我在罗湖捞到不少好处。后来这话传到时任罗湖区委办公室副主任杨当正耳里。他说了一句公道话："黄年在罗湖什么也没捞，连一箱汽水都没喝到。"

坚持实事求是，不弄虚作假，不说过头话，不看领导眼色写"官样文章"，是记者恪守职业道德的一个重要方面，但要真真正正做到，着实不容易。在上世纪90年代中期，当时罗湖区委一位领导要求我写三篇报道，我按照新闻原则，认为不应该报道或者暂缓报道。

我把三篇不该发或缓发的稿件全过程向吴松营社长作了详细汇报，并再三申明不发稿的理由。我说："作为一个记者，应坚持实事求是的原则，不该报的东西就是打死我也不会报。"

1998年2月21日，我调回《深圳特区报》今日广东编辑部，罗湖区委宣传部为我举行欢送会。时任罗湖区委书记的李意珍、副书记刘学强、宣传部长彭桂华以及宣传部的同志悉数参加，区委宣传部还专门做了一块牌匾相赠，牌匾这样写着："赠《深圳特区报》黄年同志：罗湖为家十六载，妙笔生辉著华章。"会议结束时，时任区委书记的李意珍对陈锡添总编辑说："请向报社编委会转达罗湖区委的意见，我们对黄年同志在罗湖区的工作是很满意的。"陈锡添也颇有感触地说："报社调动驻区记者是习以为常的事，但从未见过像罗湖区委这样郑重

征与尘

深圳特区报30年往事记述

其事。这说明我们的记者没有给特区报丢脸。"

我在《深圳特区报》工作的 20 年里，虽然没有惊世之作，但也因发稿之多而立过功，与发稿量最多的三名记者被读者、同仁誉为特区报"四大名记"。1993 年，本人把调入《深圳特区报》后采写的部分重点稿件，分改革篇、文明篇、党建篇、芳草篇、鞭策篇五个部分，计 24 万多字，汇集成册，取名《明思录》，借此表明自己对新闻事业执着追求的心迹。时任全国记协副主席、广东省记协主席张琮在序言中评价说："这本集子是实践党的新闻工作优良传统的产物。"退休后，又采写《潮人在深圳》一书，把潮汕人那种吃大苦耐大劳以及爱国爱乡的精神奉献给世人。

做个"名记者"是每个新闻工作者的梦想，但"名记者"的标准没有统一的尺度。我想只要通过自己的不断努力追求，就可以梦想成真，就能得到读者的认可。在特区报的 20 年里，我总希冀能够成为读者心目中的"名记者"。

（记录整理：吴晓燕）

与春晚基本绝缘的"夜班大臣"

□黄孝鹊（曾任《深圳特区报》国内新闻部主任）

1982 年刚进《深圳特区报》时，领导就给我们每位记者发了一个采访袋、一辆自行车和一套记者工作服，这些东西我一直保存了好多年。作为《深圳特区报》创刊时第一批采编人员，虽时光荏苒，转眼 30 载，但当年的经历依旧历历在目。

最近，我和老同事、老朋友在谈及个人经历时，常常说起"30"这个数字。1999 年初，中国新闻协会给我发了一份荣誉证书，表彰我从事新闻工作 30 年；到 2012 年 5 月，《深圳特区报》创刊就 30 年了，也是我和《深圳特区报》结缘 30 年了。

回顾在深圳走过的路子，有好多事情难忘而有兴味！

采访袋·自行车·记者服：深圳推普往事

1982 年 5 月，《深圳特区报》正式创刊。当时我从《汕头日报》来到报社，一开始作为一线记者担负教育线的采写工作（一年多后兼卫生线）。由于处于改革初期，《深圳特区报》以经济报道为主，教育线可谓是个"冷门"，加之当时深圳教育相对落后，教育类稿件较难在报上占个位置。不过我没有退缩，而是奋发信心，做到脑勤、脚勤、手勤，几乎天天骑着单车外出采访。据统计，1984~1985 年两年里我一共写稿件 347 篇（其中见报 325 篇），在 1985 年是报社里完成任务较好的 10 位记者之一。

改革初期，在深圳特区这样一个新闻舞台上，你的节目精不精彩要看自己的努力。当时报社为我们的采访工作尽量提供有利条件，那时候，每位记者发了一个采访袋、一辆自行车和一套记者工作服，这"三件套"我用了很多年，也保存了很多年。

有报社领导的支持和重视，我暗下决心，要把特区教育的新人新事及时报道出来，报道好。1983 年，也就是我到深圳的第二年，深圳大学成立。作为深圳特区建立后办的首所大学，深大采取了很多改革措施，力求办得有特色、有生气。于是我就紧紧抓住"改革"两字，先后写了 6 篇反映该校改革的消息和通讯，其中 1985 年 1 月系列报道改革纪实之：《打破旧的教育体制，实行多层次办学》《打破陈年旧规，教师实行聘任制》《改变学年制，实行学分制》，在当时全国的教育战线都有一定的影响。有内地读者来信，称深大教改经验值得借鉴。

我在采访中注意寻求新的报道线索。1984 年 8 月的一天，我走访深圳市文教办公室时得知：市政府决定在深圳大力推广普通话，并提出"用普通话统一深圳的语言"的号召。在知道这个消息之后，我开始连续采写有关推普的稿件，开始是单篇刊出，随后是多篇稿件一起见报，组成"用普通话统一深圳语言"的专栏。

推普工作的开展有着一定的时代背景，深圳特区建立之前，深圳居民用语主要是粤方言和客家方言；建立特区后，语言更复杂了，深圳一时可以说是全国各种方言汇集之地。外商来投资做生意，除了需要带普通话翻译外，有的还要带方言翻译，很不方便。当时深圳市委、市政府深感到要对外开放，引进外资，需要有良好的环境，其中包括需要一个好的语言环境。

《深圳特区报》的"推普"专栏，不仅在深圳引起较大影响，还受到了任仲夷同志的充分肯定。1985 年 5 月 15 日，时任广东省委第一书记任仲夷给《深圳特区报》写信，表扬特区报开设"推普"专栏，认为"你们做了一件很有意义的事"。一位省委书记对一家地方报纸写表扬信也是少见的。我作为推普专栏的供稿者，当时在一年多的时间里提供稿件 40 多篇，并被评为深圳市推广普通话积极分子；国家语委和广东省推普办公室也在不同会议上表扬特区报。

鞭炮声·办公桌·新闻稿：那段"夜班大臣"的记忆

我担任记者直到 1986 年 5 月，之后调往夜编部、时事部等部门负责编辑工作，也因此与"夜班"交上了朋友。多年以后，每当除夕之夜听见放鞭炮的声音，总会想起在《深圳特区报》值夜班的情景，有时我会情不自禁地对家人说：在时事部工作那会儿，这时我还坐在办公桌前看稿呢！

那时每逢除夕夜，深圳广大市民都在高高兴兴地观看春节晚会、放鞭炮。然而，《深圳特区报》的夜班编辑仍有不少人坐在办公桌前，聚精会神地看新闻稿件、审阅版面。我在深圳特区报的工作生涯，至少有 10 个除夕之夜都在办公室工作，与春节晚会基本绝缘。1992 年我担任时事部副主任后，上夜班就更多了，通常都在深夜两点半以后才下班，所以也常在别人面前开玩笑，说自己是个"夜班大臣"。

时事部建于 1992 年底，为原来《深圳特区报》"沿海新闻部"职能和业务之扩延，主要负责国内新闻、国际新闻、五彩神州、国际副刊 4 个版面。时事部的工作责任重，新华社每晚发稿通常在 200 篇以上，我们挑选稿件时怕漏发重要稿，

此外，时间也非常紧迫，通常要在四五个小时内完成编辑任务，稍不小心就容易出错。

记得当时有一位编辑在组版时，把两张照片的说明位置搞错了，审版时编辑和值班主任都没看出来。当报纸在印刷车间印了8000多份后，印刷厂的一位人员发现了，立即与编辑联系，才改正过来。这一下不仅延缓了出报时间，还浪费了8000多份报纸，此事受到了报社领导的批评。虽然我当天不值班，但我是主持工作的部门领导，也有责任。

过后我认真总结经验教训，采取了两条措施：一是观看电台播出的节目，记录当天重要新闻，通常是6点至7点看香港两个电视台新闻节目，7时看中央电视台新闻节目，7时半看深圳电视台节目，掌握当天国内外重要新闻，为选择新华社稿件做到心中有数，避免漏发重要稿件；二是选稿、定稿、定版面、定照片、审版、做文章标题……样样都亲自把关。

夜班编辑工作过程中，我一般从晚上8点进入办公室，就一直不停歇地干到深夜，一般要凌晨两点半以后才能下班回家。有时睡下去，脑子里仍想着版面的标题和重要内容，如果觉得有不放心之处，立即起床回办公室审查，确保不出差错。

时至今日，那时的工作状态依旧难忘，很紧张，也很充实。

一个人·几个人·一群人："杂部"的大天地

退休以后，我与昔日时事部的同事常有聚会，基本每年都有三四次，聚会时一起聊天都会不约而同地谈到往日团结协作、互相激励的战斗情景。

时事部融国内国际港澳台时事于一炉，是个"杂部"——报道范围广、稿件来源四面八方。从版面设计来说，既有新闻版也有专版；从出报运作来说，既有记者外出采访，又要调度记者站的记者组稿，更要经常与新华社等外地新闻部门联系，争取他们多供稿；从出版时间来说，除少数人白天工作外，多数人长期夜班作业。为了完成任务，需要全部工作人员拧成一股绳，有艰苦奋斗、团结协作的精神。

时事部开始只有10多个人，多数是年轻的编辑、记者，当时部门的几位负责人都能注意身先士卒，调动每个人的积极性。

我印象最深刻的是一位年轻编辑，他原是技术人员，由于与编辑记者同室工作，对新闻工作产生浓厚兴趣，我支持他落力学习新闻业务，开始学习划版，逐渐学写报道，学编辑稿件。1994年时事部增加"文摘"专版时，他就主动写出编辑方针和实施办法，并最终成了"文摘"版的编辑，从此"转行"成为编辑。他勤奋好学，业务能力不断提高，现在已成为报社的业务骨干了。

除了发挥本部门人员的作用以外，当时的时事部，以及后来分部门以后的国内新闻部，充分依靠外部力量，在全国经济特区、沿海开放城市和重要大城市，都聘有特约记者、特约通讯员为我们供稿，不断增进特区对外双向交流，裨助广大读者迅速获取更权威、更丰富和更有价值的新闻、政策、舆论和知识等方面信息，开阔视野，了解全国各地和外部世界的趋势。这一支外部力量，为《深圳特区报》的外地报道工作，付出了辛勤的劳动，作出了重要的贡献。

（录音整理：林捷兴）

亲历《深圳特区报》广告创业

□刘叶城（曾任《深圳特区报》广告部主任）

总编辑骑自行车上班 仅有的一台车给广告部跑业务

自 1981 年至 1993 年，历经 12 年，我在《深圳特区报》都是做报纸广告。

在海南师专毕业后，我被分到博罗县的广东省国营杨村柑橘场当新闻报道员。1980 年 8 月调到深圳市委宣传部新闻科，其时《广东经济特区管理条例》刚颁布，深圳连一份报纸都没有，部里正拟向省里打报告，筹办一张报纸。我也参与了起草这份报告。

1981 年初，我与曾锦棠到香港，请香港《文汇报》帮我们出试刊。当时，我们都没办过报纸，带去的稿件也不太规范。《文汇报》的同仁不辞劳苦，每天在半夜忙完自己的编务后还帮我们整理稿件和编版、付印，《文汇报》的广告部还帮我们组织了不少广告。对于《文汇报》同仁在我报草创期间给予的热情支持，我至今仍深怀感激之情。6 月 6 日，《深圳特区报》出了第一张样报，送京审阅获准出报后，我们又相继出了两期试刊，深圳特区报算是迈出了走向社会的第一步。

《深圳特区报》的领导从筹办报社时就非常重视广告业务，强调报道与经营要两手抓，张洪斌一开始就有以广告养报纸的思路。我去香港，主要任务就是学做报纸广告。香港的广告业十分发达，香港《文汇报》每天都出几十个版，其中广告占了一半以上，见此我实在羡慕不已。憧憬着我们的报纸广告将来也能达到这个水平。

"文革"十年，广告被当作资本主义的东西禁绝了。改革开放后，广告业开始复苏，但基础薄弱；社会上对商品宣传的认识不一致；报界对广告经营的看法也是千差万别。有的认为党报是党的宣传工具，经费由上面负责，报社不应该搞广告之类的经营捞外快；有的把广告部门当收容所，把文化低、水平差的编余人员都塞给广告部门。对广告收入也缺乏监管，广告费随意开销，有的报社广告人员甚至拉到广告后就大吃一顿，剩下的广告费才上交。而特区报则不同，广告部一成立，就把刚从部队分配来的宣传骨干叶勇彪、卓福田，画家黄三才和从广州美院附中毕业的莫漠充实进来，当时报社仅有的一辆面包车也配给广告部去拉广告，而总编辑张洪斌却骑自行车上班。张洪斌还督促广告部尽快建立相应的管理制度。广告部的工作从一开始就在报社领导的密切关注和大力支持下进行。这也增强了我们做好广告工作的信心。

办报初期，拉广告很艰难

1981年，报纸共试刊了三期，这三期多是香港《文汇报》广告部替我们拉来的，1982年5月24日《深圳特区报》正式创刊，一切都得靠自己了，困难顿时增大，实在感到难以应付。按报社的规划，每期广告应不少于报纸总版面的四分之一。创刊之初是每周出一期，报纸四个版，以现在看每期广告只需一个版，似乎不多。但在当时，却是一个难以完成的任务。那时深圳特区建设刚起步，企业少，且多数是技术、原材料和产品销售两头都在境外的所谓"三来一补"企业，没有在深圳做广告的需要。记得有一次我把去香港送版样（当时报纸还在香港《文汇报》社印刷）的同志送到罗湖口岸出境，手头连一条下期要刊发的广告都没有，真是急得走投无路。为了解决广告稿源，我和部里的同志到处奔忙，想方设法拉广告，我母亲去世时我也只请了一天假，又去跑业务了。

当时，有一个在西乡的西林实业公司招商，我得知后连跑了三次，才终于谈成了两期各三分之一版的广告。报社其他部门的同志也利用工作之便，帮我们找客户，为我们传信息。《南方日报》《羊城晚报》《广州日报》和广东省广告公司的同行们对我们这家刚面世的小兄弟也伸出了援助之手，帮助我们闯过难关。经过本报同仁和社会各方面的共同努力，我们总算与一些广告经营单位和企业建立了业务关系，闯开了自办广告的路子。

办报初期，市里和报社领导就强调我们是特区的报纸，一定要办出特色。根据这一指导思想，我也考虑怎样把特区报的广告也办出特色来。在报纸的形式上，我们是有些特色的，如内地报纸大多是铅印横排版，黑白或套红；我们是胶印，由于有在香港代印的条件，我们的报纸却是彩色竖排版（后来转到深圳印刷也改为横版了），印刷质量远高于铅印的报纸。但我们觉得还不够，还应该把特色办得更突出一些，当时内地报纸头版一般都不安排广告，而我们坚持每期报纸的头版都安排四分之一版至半版广告。1985年3月20日更刊出了头版整版广告，成为我国内地最早在头版刊登整版广告的报纸。

1987年之后，客户为尽早刊出广告，排队请我们吃饭。

广告业务的激增，给广告部的工作带来了很大的压力，广告部最多时也只有18个人，大家的积极性都很高，加班加点成了家常便饭。广告营业额也经常是逐日攀升。可是当时由于管理不够健全，广告来稿登记制度和财务结算办法不够完善，广告漏登、错登和结算不及时现象时有发生，报社个别人甚至趁机钻空子在广告版面里私自插登广告。印刷厂有个工人就因利用工作之便插登了一条遗失启事受到重罚。针对这些情况，我们立即采取措施，由广告部财务麻建安每天都将当日刊出的广告收款单据和认刊合同逐条对照检查，并与报社计财处核实账款，对未到账的广告费及时追缴，从而摸索出了一套比较可行的管理办法，堵住了漏洞。有一段时间，报界曾一度流行以报纸广告与企业换产品的做法，有些广告客户也曾向我们提出过。我们考虑到这样做必将造成双方都不上账，财务难以监督，便都婉言谢绝了。那些年里，我们在广告经营上没走大的弯路，坏账也较少，如1985年广告营业额近500万，坏账约20万，其中有不少是企业倒闭，广告收不上来所造成的。

广告经营的局面是初步打开了，但仍经常面临缺稿的困境，随着周刊改日报的日子临近，这个问题益显突出。为了弥补本地客源的不足，我曾经派人到湖南、广西，我也到中山拉广告。后来想到经济发达的上海、江浙等地应该有发掘广告的潜力，就把主要力量投放到那里，派去上海的是谢鸿。1983年，他联系了上海广告装潢公司，该公司的领导为此还专门开会研究如何打开深圳市场的问题。我去那里的时候他们已联系了20多家企业。在上海的文化广场召开的现场会上，我介绍了深圳市场的情况，当场就签了几万元的订单。同时我们还在上海聘请了三个广告员，都是办事干练的老手，他们做广告的方式体现了上海人讲实际、讲信用的特点，也给了我们不少有益的启示，使我们在经营的道路上，一开始就转入了正轨，刚开始那年，七成的业务都是上海和江浙地区。

1987年后，随着深圳经济蓬勃发展，本地广告量也迅速上来了，较大宗的是电子行业广告，如收录机、显像管、家电等广告大行其道，上世纪80年代末达到了顶峰。后来，房地产、银行、金融业广告也上来了，像台湾花园登的都是整版的广告，一登就是好几期。紧接着服务业、宾馆、酒店、卡拉ＯＫ歌舞厅又掀起一波争登广告的浪潮，特区报的广告业呈现出一片兴旺发达的景象。为了能尽早地刊出广告，不少客户使尽手段和我们拉关系、套近乎，曾有快下班的时候，八辆客户的车子排队要请我们吃饭。当时我们的态度是：搞市场经济，必要的应酬可以参加，但按顺序刊登的底线不能动。后来，经报社领导与省新闻管理局疏通，争取到了先加张再报批备案，总算是解决了广告排期过长的难题。

严格管理广告业务

上世纪 80 年代未，分类广告在报业兴起，到我们报社广告部约登分类广告的人也与日俱增。美国有个广告学家曾说过：别看分类广告小，那可是满屋黄金。分类广告虽然占版面不大，但都是现金交易，不存在烂账问题，其效益是显而易见的。为此，我们参照《广州日报》和香港报刊的做法，结合深圳的实际，及时开辟了分类广告专栏。分类广告种类繁多，涉及面广，有不少涉及到法律、单位和人际关系，处理不好容易引起纠纷。为此，我和副经理叶志达商定了刊登各种分类广告所必需具备的证明手续，这些手续有的比国家工商行政管理局颁布的《广告管理条例实施细则》的规定还要严格和具体。而且规定对所需手续必须严格把关，绝不放宽。并分工叶志达负责这项业务。由于措施得当，很少引起外间投诉。

我们不仅对客户的直接来稿严格把关，兄弟报社转来的广告我们也要求证明手续齐全，绝不因关系密切而放松审核。有一次，与我关系很好的外地一家城市报社的副总经理写信要求我帮助刊登一个药品广告，因没有药厂所在地省药监局的批文，我们就没有刊出。对广告稿件的内容我们也要求像新闻稿件一样严格把关，因为这不仅关系到客户和读者的利益，还关系到党报的信誉。

1986 年某期，我报刊出了温州永嘉县三期 8×8.5cm 的超声电子驱鼠器广告。后来蛇口的一位读者找到我们，反映这个所谓的超声电子驱鼠器其实就是个小收音机，完全起不到驱鼠的功效。我专程到温州了解情况，发现当地的工商管理非常混乱：申办营业执照无需任何资质，有钱就行了。县工商局一个礼拜就能批出两千个营业执照。因监管失控，致使空壳企业，非法经营泛滥，伪劣假货充斥市场，我向国家工商局反映了这些情况，引起他们的重视。据说后来国家工商局派人作了调查，制止了这一乱象。

由于在控制把关方面较严，报纸刊登后产生的商业和政治等方面的疵漏和投诉较少，国家广告司司长曾就此表扬《深圳特区报》的管理做得好。

从摸着石头过河到轻车熟路，《深圳特区报》迎来了广告事业的大发展，取得了不俗的经济效益。就广告额来说，下面这组数字也许能说明它所走过的历程：报纸创刊的 1982 年就上了 40 万，1983 年 136 万，1984 年 300 多万，1985 年 400 多万，1987 年 500 多万，1988 年 1000 万，至 1993 上半年我离开广告部时已达 4000 万。

广告为谁牟利，是个严肃的问题

在大好形势面前，我们还始终记着为读者服务，为读者着想这一条。有一年

春节，一位读者订了金海马家俬城的餐桌，运到时桌子腿断了一只，读者打电话反映问题，他们不予理睬，不得已向我们投诉。我们向卖方了解情况，金海马方面却说买家自己弄断的，还撒谎说没有接到这方面投诉。针对金海马不讲诚信，不负责任的态度，我们断然决定将其已认刊的余下两期广告压下不发，后来他们只好跟人家赔礼道歉，予以退换，那位读者还专门跑来向我们道谢。

从经济角度来说，广告是一项牟利业务；为谁牟利，可是一个严肃的原则问题。我认为广告版面是报社的，不是我自己的，无论是在什么情况下都不能拿原则作交易。上世纪80年代末，卡拉OK盛行，相应的广告激增，但广告排期又很长，我们和客户都很无奈。一天，来了个自称是一家卡拉OK歌舞厅艺术指导的人，拿了份聘书，要请我当他们的艺术顾问，月薪5000元。这在当时相当于我近半年的工资，条件是每天在报纸头版刊登一条8×8.5cm广告，还说广告费照付，安排这么小的广告，按说也并非什么困难，但在广告版面异常紧张、排期好几十天的当时，给他们破了按约登顺序刊出广告的惯例，就是对其他广告客户的不公平，何况这钱来得不明不白，于是我说我不懂歌舞艺术，当不了艺术顾问，你们还是按顺序约登吧。

不论是广告部内部，或是领导找来的关系，都得按相关规定办。有一次，罗妙（前社长）来找我为一关系户说情登免费广告，我说我们排期很紧张，付费广告尚登不完，何况免费广告，而且在我手里还没开过工商广告免费刊登的先例。后来罗社长也认可我的做法，坚守工作上的原则和底线。在我就任期间从没有签过免费广告，不搞个人特殊化。

（记录整理：黄昌海）

回忆报社初创的艰苦岁月

□叶勇彪（曾任《深圳特区报》总编辑助理）

我一来报社就赶上试刊第 5 期的报纸派送，三五人一组到街头派报纸，同时也收集各方面对报纸的反映，经历了《深圳特区报》开门办报的第一个阶段。当时我们这一小队是到火车站等地，没有什么交通工具，全凭几条腿跨过到处泥泞的建设工地和铁路线。当时的特区报人除了总编辑是新华社记者出身之外，其他人几乎清一色是市县新闻宣传干事，或像我一样从部队新闻宣传战线转业的干部，没有一个科班出身。这批最初的报人几乎都是既当记者也当编辑，一边实践一边摸索。回忆起当年的创业岁月，感触最深的莫过于当时条件的艰苦，以及在艰苦创业中一开始就确立的抓发行抓广告走市场化办报路子的战略决策。

第一个办公点：站着开会

最初的办公地点是在宝安县委旧址的五六间小平房，每个房间只有 10 多平方米。房间里除了有几张旧的办公桌以外什么都没有，财务和会计有固定桌椅外，其他人的座位都不固定，谁先从外面回来谁先坐，经常出现前面来的人给后来者让座的情况。而开会的时候一间房挤不下，不少人要站在门外的走廊里听。那时大家热情很高，没有人讲条件。

第一次搬家，竹棚饭堂兼会堂

1982 年春节后，报社搬到通心岭市委刚完工的宿舍楼，自来水还没有完全接通，大家要从旁边的建筑工地提水来用。6 层的小宿舍楼每层 3 户，4 楼以下住人上面办公。因为地方不够用就在旁边搭了 3 间铁皮房，分别用作食堂的灶房、司机住和一间小卖部。

报社员工吃饭的食堂，则是一间 100 多平方米的竹棚。竹棚同时也是会议室，那时的开会学习活动很多，竹棚的使用率还挺高。不过，竹棚到底是临时性建筑，夏天风吹着虽然比较凉爽，但是遇到暴雨时就难免漏水，东补西补，来不及的时候就用桶接着。冬天，竹棚就不那么保暖了，与露天差不多，北风吹着透心凉。

值班室是间用油布搭成的小房子，全报社唯一一部手摇电话就在那里，对外联络全靠它。这部电话也是附近片区唯一一部。有一次，旁边小区里有一人家厨房发生火灾，有人跑到报社值班室打报警电话，叫来了消防车。

第二次搬家，大楼还留了个大洞

第二次搬家是在 1983 年五一期间，盖了深南大道旧址 8 层大楼。彼时办公楼一边进行后期装修一边已经投入使用。通常是大楼的装修是从上往下，特区报的那幢则是先装修好了下面的 6 层，房间里油漆的味道还没有完全散去，特区报人就急着搬进去办公了。因为事业发展得非常快，很快开始筹备办日报，人员和设备都在增加。

最有意思的是，这幢未完工的大楼还留着一个大缺口，以方便还没有进行完的后期施工。一边是工人在这里进出运送材料忙施工，一边是报社员工写稿编辑忙出报，两头不误。大缺口方便了施工，但是一到刮风下雨得用一块大油布遮起来，以防办公时飘进了雨水。

内地新闻代表团来报社参观，看到一边在办公一边在施工的大楼，看到有个大洞的办公楼"奇观"，都感叹不已。

我那时 30 刚出头，拉着半车的行李来报社，报到安排好后，随迁的岳母和妻子孩子就又回了原籍惠阳。我则只能住在一个堆满印刷材料和废铜烂铁的大仓库。

仓库也是培训特区报第一代自有印刷工人的场所，晚上蚊子乱飞老鼠乱窜。我当时也在心里犯嘀咕，但是条件差是一个普遍情况。有同事租住在农民房，交通不便只有靠骑自行车上班，有的要走 10 多里地。报社是在艰苦环境中开拓发展起来的，员工一直保持较高的敬业精神和饱满的工作热情。

创刊之初就抓发行和广告

1982 年《深圳特区报》创刊三期之后，报社就派人到内地经济发达地区开拓发行和广告工作。我和另一位同事被抽调到广告科，带上前三期 300 份报纸前往华东两省一市。

一个多月时间非常艰苦，之前并没有什么联络，没有一个熟人，所去的单位全凭一张报纸一张嘴加上两条腿。我们专门带了深圳市委的批准办报的文件复印本，单位介绍信等，每到一个地方都出示给人看，以获取信任。

每到一个城市，先是买一张地图，熟悉自己住的地方，了解公交线路。经费有限，出租车是很少搭的，经常要走路去一些单位，同事的一双凉鞋鞋跟都跑断了。

跑长三角的目的很明确，就是希望在这些思想开放、外贸经济发达的地区突破发行和广告。我们每到一地先是找当地的邮局，介绍情况得先从深圳说起。我们专门带了广东地图，指给别人看深圳在哪儿，多数人根本不知道深圳在哪儿。我们就给人家说靠近香港的地理优势等等。然后是介绍《深圳特区报》的情况，说服对方在一些报刊亭张贴样报，让内地读者了解刚创办的《深圳特区报》，请他们适当时候介入发行。我们还联系当地的报社同行，也联系了一些大的企业，分管外贸的轻工局等政府部门。

《新民晚报》的一位总经理帮我们联系上海的邮局和《文汇报》等单位，之后，上海的征订工作最先打开局面。1983 年，全国 180 多个县以上的城市建立了发行渠道，邮局可以代订《深圳特区报》，"改革开放的窗口"这个牌子在华东沿海等经济活跃地区逐渐叫响。

退休工人自荐广告员

上海的发行走上正轨，特区报彩色印刷、竖排、刊载广告的崭新形象吸引了读者，也引起一位老退休工人的注意。这位叫李清衷的近 70 岁的退休工人，主动写来一封信联系，乐意为特区报做广告工作。他解放前在《文汇报》做过相关工作，"文革"中受过冲击。对《深圳特区报》为改革开放鼓与呼的市场化办报思路非常认同，希望参与进来。

经请示领导后，我给这位老退休工人回了一信，肯定了他的想法，就一些条件、职责、权利等提出来报社的想法。双方一拍即合，这位在上海轻工系统有人脉关系的老广告员，出一定费用，由他承包每周固定的通栏广告 3.2×18cm 的通栏广告。当年他就拉来二三十万元广告。老退休工人年轻时有过在制版车间工作的经验，他为客户排好版面，精细美观，很受欢迎。他的儿子也参与拉广告工作，次年由他代理的广告已经突破百万元大关，报社出费用邀请他一家来深圳。效益优先、机制灵活的广告经营在上海打开一个缺口，上海的广告渐渐多起来。

一个下午同时接待三批访客，《人民日报》记者亲眼目睹

在周刊改日报前的一段时间，是报社最忙碌的日子。人员增加，自己的印刷厂筹建，印刷工人的培训和大楼的基建一样紧锣密鼓地进行，千头万绪百业待兴一片红火景象。领导带头加班加点，通宵工作是常有的事情，休息日已经没有了，一层层的学习会也特别多。我清晰地记得，那段时间经常开会到下半夜，开完后一班人又到印刷车间看油墨调配等一应事务。有位老总一天一夜带的两包烟都抽

完了，顾不上去买。

彼时深圳提出的"时间就是金钱，效率就是生命"的新观念在全国叫响，特区报人也在用自己的方式实践着这个口号。报社提倡满负荷工作，一个人干两个人的活，但是大家的自觉性都很高。

我清楚地记得，有一天下午3点多，整个编辑部就剩下我一个人。正在接待一个华东地区来的新闻代表团，向他们介绍特区和报社的情况，《人民日报》两位记者没有打招呼就直接闯到报社采访。我只好委婉中断华东新闻代表团的介绍，先接待《人民日报》的记者。才过没多久，西北地区一个代表团又来了。短短一两个钟头，一个人接待三批访客。

《人民日报》记者亲眼目睹了这些过程，在其后报道深圳的长篇通讯中还举到了这个例子，反映深圳各行各业如火如荼的发展势头。那时谁都是这样干的，一个人干两人的活是常有的事，没有闲人，也听不到抱怨，大家一个劲头往前奔。

（录音整理：张默）

我与特区报：几件难忘的旧事

□陈建新（曾任《深圳特区报》广告部副主任）

到《深圳特区报》重操旧业去！

我原来在广东《肇庆报》工作。后来，《肇庆报》停刊，我又被分配到肇庆地委办公室。1981年七八月份，我收到了几期《深圳特区报》试刊。那是我大学同窗好友曾锦棠寄来的，他当时正在参与创办《深圳特区报》，任采编组长。我读完试刊之后很高兴，然后脑子里不停地闪现一个念头，"重操旧业，到深圳特区办报去"。于是我毛遂自荐，在1981年11月就正式调入《深圳特区报》。

当时办报的条件十分艰苦。我们那时是在原宝安县委的一排平房里面办报，大概4到5间平房吧，就那么10来个人。当时采访条件极差，多是骑自行车采访。上世纪80年代初期，深圳除老街原有的几条水泥道路外，周边到处"开天辟地"，路难行。晴天还好，一下雨，那个自行车轮胎全被黄泥巴胶住，推都推不动，最后只好扛着自行车去采访。吃饭也没有食堂，我们当时就到处搭食，呵呵，刚开始到邻近的原市公安局食堂搭食，后来报社搬到市委后面的宿舍里办公，又到市委的食堂搭食。现在回头想想，我们那个时候条件是很艰苦的。

报社广告收入过亿了！

《深圳特区报》创刊当年广告收入40万元，以后一年一个新台阶，到1993年首次突破亿元大关，达1.6亿多元，比1992年增长1.57倍，成为当年中国8家收入超过亿元的报纸之一，位列全国报纸第五位。且以此为转折点，以后广告经营连年有较大幅度递增。至2000年，《深圳特区报》广告收入是1982年的1360多倍，连续八年在全国报纸广告经营中名列前茅。

过去办报纸，政府都是给财政补贴的。但是到1992年的时候，市政府给我们"断奶"了，不再给财政补贴，要我们自己养活自己。1993年5月，报社安排我到广告部任职。

说实话，当时还是很有压力的。因为从采编部门到广告经营部门，对我来说，是一个全新的课题。不过好在《深圳特区报》身在改革开放的窗口和试验场，一个是政策和环境比较宽松。你比如，特区报从创刊那天起，每期头版都有1/4版面积的广告，这打破了当时党报头版不能有广告的"禁区"。这种突破陈规、敢闯的精神，是十分难能可贵的。还有1985年，特区报头版首次刊登了一家公司的整版套红开业广告，开创了头版刊登全版广告的先河，在中国报业界引起轰动。后来，内地各类报纸也纷纷冲破"禁区"，头版刊登广告的现象越来越多、越来越普遍。

另外，深圳特区是最早搞改革开放的，"三资"企业很多，加上跟香港、澳门挨得近，人们广告意识也比较强。

还有一个更大的利好——1992年，《深圳特区报》发表了"猴年新春八评"，首先传达了小平同志谈话精神。尔后，又发表长篇通讯《东方风来满眼春——邓小平同志在深圳纪实》，在国内外产生了巨大反响，报社在社会上的信誉度大大提高，前来刊登广告的客户不断增多。那时真是广告客户排着队来登广告，有时甚至需要等一个月才能有广告位。

1993年，特区报每天出12个版，随着广告客户与日俱增，出现了广告版面供不应求的卖方市场。现在听起来，可能觉得奇怪，广告版面不够，加多几个版就行了。但在当时，报纸加版是要经过市新闻出版部门批准的。好在市新闻出版部门都挺支持，我们申请加张加版一般都能获批准。所以，当年基本上每月平均增加印张5张多（对开4版），全年共增张65张260个版。其中广告版面占246版。这样才初步解决了广告排期较长的问题，让绝大多数广告见报时间缩短到15天左右。

当年还有个亮点，就是全力抓上市公司广告。我记得单这一项业务，就做了1500多万，占当年广告营业额的9%。当时，《深圳特区报》是市政府指定刊登上市公司信息发布的权威报纸之一。为了多争取上市公司前来刊登广告，我们广告部主要负责人亲自来抓这个事情。在版面安排上，凡是上市公司的有关中期、年终业绩公告书，我们都千方百计调出版面以第一时间予以安排。上市公司业绩公告书往往需要几个版面，来的时间急，有的上午或下午来稿，第二天就要刊出。部领导及设计、校对人员经常为此加班加点至深夜，直到出了清样才离开办公室。

我印象很深的一次，是深圳发展银行来刊登业绩公告书。因为来稿时间很晚，刊登又很急，而且那次版面也很多，好像有6个版。我们当时直接开"绿色通道"，一边与编辑部门协调版面，一边加班加点审稿、制作，一直搞到深夜。

为了争取更多外地的上市公司到我们这里刊登广告，我们还派出工作人员，跑海南、广州、上海这些地方，与上市公司签订协议，拉外地上市公司做广告，还真拉来不少。

在大家的共同努力下，那一年我们报社的广告收入首次过亿。我还记得一件趣事。在第二年，也就是1994年，我们代表报社参加在长沙举行的中南六省（区）十报第十一次经营管理座谈会，报社一位领导说，广告收入我们少报一点，不要把话说满，低调一点。那次会议我们对外说的1993年广告收入并不是1.6亿多，而是只说了1.3亿。

特区报公益广告上了中央电视台

公益广告是报纸推进精神文明建设、树立良好社会风尚的利器。《深圳特区报》一直把发布公益广告当作一项大事来抓，即使在商业广告版面紧张的日子也不例外。1995年，报社6则宣传义务献血的公益广告发布后，产生巨大的社会效应，还被中央电视台晚间新闻栏目关注并报道。时至今日，这一优良传统仍在延续。

那是1995年、1996年的事情了。当时，深圳是全国第一个为公民义务献血制度立法的城市。虽然立了法，但是因为缺乏有效的公益宣传，老百姓对于义务献血的意义，对我国的医疗用血制度等等，都缺乏认识，导致本来挺好的一个活动，进展得十分滞后。我这里有个统计数据，1995年1月至10月，全市义务献血人数不足2000人。基于这种情况，报社当时决定，无偿为深圳血站的义务献血宣传活动给予支持。那时，报社广告版面还是比较紧张的，但是大家都觉得，要做点事情，要支持公益事业。这是我们党报义不容辞的责任。

所以，从1995年11月至1996年1月，我们先后共6次发布了"深圳市无偿献血宣传活动"系列公益广告。这期间，深圳市民义务献血的人数达8000人以上。记得1995年11月5日，也就是第一个公益广告"滴血汇成河，为了生命不再苍白"刊出的当天，在深圳三个采血点义务献血的市民就超过200人，原来是一个月才200人。就在那天，中央电视台在晚间新闻联播播出了我们报社的公益广告及市民义务献血的新闻。

1996年，我们又积极参与国家工商局开展的以"中华好风尚"为主题的公益广告宣传活动。广告部认真组织设计人员制作发布了29幅、总面积累计10个整版的公益广告，有保护环境的，有关心爱护老人、妇女、儿童的，还有节约用水、用电的，迎接香港回归的，活动搞了一个月。后来，我们还获奖了，分别是国家工商局"中华好风尚"主题公益广告月活动突出贡献奖和深圳市工商局"中华好风尚"主题公益广告活动优秀奖。我本人也获得国家工商局"中华好风尚"公益广告先进个人奖。

前段时间，大运会举行的时候，我看到我们特区报刊登了很多的公益广告，我觉得很好，真是件好事！

亲自出马打广告官司，全胜！

在广告部工作期间，我自己亲自打过四场官司，都打赢了。印象最深刻的是打了三年多的"马拉松"式的一个官司，还是在珠海打的。据我所知，那个广告官司是特区报创刊以来最大的一个官司。那是 1999 年，珠海有个酒店在我们这里刊登了好几次售楼广告，金额逾百万元，后来这家公司有关人员在收了买家的钱后携巨款逃跑了。一些上当受骗的人就状告报社，说我们刊登虚假不实广告，报社一下成了被告。但是我们在接审广告的时候，是严格按照《广告法》以及相关法律法规审核的，各项手续都齐全，交稿把关也很严格，所以我们心里底气也很足。

为了给报社节约外聘律师的费用，在请示社长吴松营之后，我亲自当起了"律师"，多次到珠海市香洲区人民法院和珠海市中级人民法院出庭应诉。好麻烦，每次都要跑那么远，好在报社每次都派车接送，方便了很多。因为我们广告刊登的各项手续齐全，广告内容把关严格，最终，珠海市中级人民法院判我们胜诉。

（录音整理：张燕）

征与尘

深圳特区报 30 年往事记述

一段崇尚新闻专业精神的激情岁月

□辜晓进（曾任《深圳特区报》总编辑助理）

上篇：总编室旧闻

特区报过去没有总编室，是 1992 年底才成立的，我也在那时由专刊部调任总编室副主任。作为负责编辑要闻版和本地新闻版并协调各采编部门的要害部门，新成立的总编室阵容比较强大：主任由曾去创办《深圳商报》的报社编委杜吉轩担任，另两位副主任都是原要闻部的副主任，分别是风流倜傥的新闻才子邢平安和老成持重的资深报人恽辛才（笔名云采）；编辑团队除原要闻部编辑班底，还陆续从全国各地选聘了一批年富力强的编辑，其中包括现《深圳商报》副总编周斌和现任总编室主任李剑辉等。

头版导读只"存活"一个月

总编室成立后，想对要闻版做些改革，但在当时情况下，头版很难变，便决定改二版。二版被认为是最难办的版，因为头版很多"重要"稿件常常转到二版，将二版原来的布局冲得稀里哗啦，版面难看缺乏个性不说，还总是最迟收工。当时老杜让我具体负责。我们征得编委会支持，首先确保二版的稳定，将转文分散到其他版。同时我们采用了一种网纹分隔形式，将版面处理得清秀醒目并独具个性，还设置了一些贴近读者的栏目，如言论专栏《我说深圳事》（该专栏后被深圳新闻网"挪用"），并请庄锡龙等资深美编设计了一些小版头。改版得到报社上下好评，老杜建议二版暂时不换编辑，以将此格局稳定下来。于是我和当时一起实施改版的编辑董乾毅连续上了两个月的夜班，而且每天下午两点多就到岗了。

当时特区报的规模已经扩至每天 12 至 16 版，在国内仅次于《广州日报》每天 16 至 20 版的数量。版面多了，里面有什么好东西，读者一时难以发觉，我于是提议在一版设一个"今日导读"，被领导采纳。"导读"面积很小，只有两个火柴盒大，但起初大家并不适应，总编室每天都要催促各部门推荐目录。更要命的是，当时市领导的活动都要上头版，弄得头版拥挤不堪，小小导读竟难安身。

好不容易坚持了一个月，"今日导读"便寿终正寝。如今各报借鉴西方报纸，头版大量图文导读，甚至整版用作导读，这在当时是绝对不可思议的。

批评"八月事件"，引发猜想

1993年夏，杜吉轩主任根据当时形势，召集大家讨论策划了一组反腐保廉的评论，我自告奋勇写了第一篇，题目是《两个"八月事件"说明了什么？》。所谓"两个八月事件"，分别指1992年8月震惊全国的股票风波和1993年8月5日发生在清水河危险品仓库的特大爆炸。该爆炸造成包括深圳市公安局两名副局长在内的至少15人死亡，数十人受伤，并险些引爆附近多个大型储气罐（一旦引爆，后果不堪设想）。

这两件事，都暴露出一些部门和单位违规违纪甚至徇私舞弊的问题，但当时仅限私下议论，媒体从未公开提及。这篇评论不仅首次公开指出这些问题，还不点名地批评了有关政府部门。稿件经老杜修改后送交值班老总，老总觉得敏感，让请示社长吴松营。吴沉吟少许，同意发，但要我把棱角再打磨打磨。

稿件于9月15日在头版见报，套红围框外加编者按，处理得很突出，立刻引起热烈反响。深圳电台当天中午便全文播出，并在随后的"深圳事大家议"节目与听众讨论互动。深圳电视台当晚的黄金新闻时间也全文予以口播。一时间，人们以为这篇评论大有来头。被不点名批评的有关部门通过一阵暗访后，发觉该文并非"上面授意"，便上门"交涉"，终因理亏而不了了之。该文后来被评为广东省好新闻二等奖。未得一等奖的原因，据说是有评委认为写得还不够到位，有点"欲言又止"。

揭露"天天商业城"，首坐被告席

深圳虽是市场经济的领先城市，但过去小店很多而大商场稀少，商场规模远逊内地大中城市。罗湖最大的是国贸商场，却主要由租赁的柜台组成。福田最大的天虹商场，也是单店经营。南山最大的商场便是位于蛇口海上世界附近的"天天商业城"。

正是这个商业城，于1993年2月推出一项"购物还钱"计划，宣称顾客"自购物之日起满三年的，凭购物销售单可一次性兑还与原金额等值的商品……"并在媒体刊登广告大肆宣扬，引来大量顾客购物，营业额直线上升。谁知当年9月，商业城便借口改革，宣布从10月1日起停止执行原计划，已经购物的顾客只能在规定时间内兑还10%的等值商品。顾客大呼上当，纷纷投诉，包括特区报在内的多家媒体也予以揭露和批评。

不料商业城老板恶人先告状，把特区报告上了法庭。11 月 23 日，我奉命代表特区报出庭答辩。这是我生平第一次坐在人民法院的被告席上，最后当然是胜诉。事实上，开庭没几天，商业城的老板及总经理便已失踪。后来我写了一篇长篇述评《一场彻头彻尾的骗局》，为这场闹剧画了个句号。

下篇：《鹏城今版》故事

对开版的《鹏城今版》（以下简称《今版》），虽由我完成基本办报方案，实际却由陈寅在老杜领导下负责创办。1994 年，我被陈锡添老总点将，参与筹办新中国第一家中外合资日报《深港经济时报》。但在招兵买马出版多期试刊后，因刊号迟迟下不来，工作陷入停顿。报社遂决定创办一份下午版报纸，以与《深圳商报》旗下刚创刊的《深圳晚报》抗衡，由已升任副总编的杜吉轩负责，要求我拿出一个办报方案来。

我带领曾和我一起筹办合资日报的杨华（现任《香港商报》副总编）和计财处的徐万忠去江苏、浙江考察一番，三人商量后，由我执笔完成了办报方案。方案的最大亮点，是借鉴香港报纸和江苏《服务导报》的经验，每天在头版刊登一个新闻大特写，整个思路类似后来的都市报，而当时中国第一个都市报《华西都市报》尚未创刊。

方案获编委会一致通过，该下午版也在省新闻出版局的建议下定名为《鹏城今版》。正要筹办，合资报纸那边似有转机，锡添老总坚持要我过去继续筹办，特区报便调少壮派大将陈寅（现任特区报总编辑）负责筹办《今版》。老杜和陈寅调兵遣将搭起了很好的架构，精心设计了各个版面并为各版确定了较为别致的三字版名。1995 年 3 月 3 日起，开始了每周一期的试刊。

一部手机打得滚烫，个个挥汗如雨

谁知一个半月后，合资报纸刊号无望，我突然被任命为《今版》主编和编辑部主任，继续筹备工作，陈寅则调任总编室主任。6 月上旬，《今版》全体搬至尚未竣工的特区报业大厦的附楼办公。当时新办公室条件很差，没有空调，电话不通，仅靠我一个"大哥大"与外界联络，每天打得滚烫。而编辑部在全报社率先试行全程无纸化电脑运作，同时面临 7 月 1 日将正式创刊的巨大压力，大家没日没夜地苦干，有的干脆就睡在办公室。

当时北大方正 4 位工程师带着破绽百出的采编管理系统在编辑部运行调试，编辑们也缺乏组版经验，忙活几小时做成的版，一个错误操作就没了，眼看就到截稿期，有人急得直哭。那年的夏天特别炎热，30 多人的办公室只有两台落地风扇吹着热乎乎的风，大家个个汗流浃背。当时编辑部靓女如云，担任编辑的就有郝新平、王夷秀、刘青、冯景（现《晶报》副总编）、何冬雁、叶红梅、段安平、夏岩青、王薇等，记者也有王文、罗红瑜、王敏等。女孩子喜穿真丝上衣或连衣裙，汗水凝成盐渍，背上一片白色"地图"。当时出国考察归来的老杜，见此十分心疼，想请大家吃饭以示慰劳，附近却找不到地方。

工作虽苦，大家却心情愉悦，干劲冲天，工作之余也爱在一起热闹。特区报当年获得全市合唱比赛二等奖的百人无伴奏合唱团，便以《今版》员工为主要力量。四周空旷，男孩子的唯一娱乐方式便是踢足球。经领导特批，我们干脆成立《鹏城今版》足球队并定制了球服，买了球鞋，赵诚根、林航（现《晶报》副总编）、刘志丰、姚宇铭等都是骨干。这个球队甚至到广州客场打败了《广州日报》和《羊城晚报》的足球队。我、李强副主任、高福生、陈正直以及9月份来任副主任的杨黎光（现深圳记协主席）等几位50后，成了他们最铁杆的粉丝。

创刊号拿柯云路"开刀"

在新址布局调试带运行筹备，只有20多天，7月1日正式创刊后就要每天出报。当时大家疲于奔命，还要为未来出报储备一批大特写稿件。曾任特区报副总编的香港《紫荆》杂志总编辑许兆焕对我说："你们每天一个新闻大特写，哪来那么多题材呀？我真为你们担心。"吴松营社长也说："实在赶不及，就推迟创刊吧。"

《今版》如期创刊。此前经我强烈建议，放弃了下午出版的计划，改为早晨与特区报一起出版发行。创刊前，恰巧著名作家柯云路来深圳演讲。柯曾以《新星》三部曲及改编成的同名电视剧而家喻户晓，但后来有点走火入魔，一部《发现黄帝内经》把后来被判刑的伪医胡万林吹成"当代华佗"。我们遂搁置原储备稿件，连续两天上头版专题，图文并茂地展示演讲的火热场面和荒诞不经。

由隋东和罗红瑜采写的报道一炮打红。《今版》每天精彩的头版大专题和其他版的贴近报道，受到读者热烈欢迎，甚至市委书记也在会上说，他常把《今版》放进包里，带回家看。《今版》随特区报发行，也让特区报的订阅和零售量显著上升，当年底首次实现个人订户超过公费订户。

黛安娜报道一枝独秀

上世纪90年代中期，中国内地报纸炒作名人的意识尚未觉醒，特别是对名人意外身故的新闻仍以新华社的简短报道为主，甚至不予报道。记得当红曲艺新星洛桑因醉驾车祸不幸身亡的消息，是北京一位朋友告知的。经核实无误后，我

们以较大篇幅予以报道，连同照片和生平文字，成为南方报纸最详细的报道。

1997 年 8 月 31 日中午，我正在食堂吃饭，香港电台突然插播英国王妃黛安娜在巴黎遇车祸去世的突发消息。我立即通知当日值班主编杨黎光，商定次日头版用黛安娜专题，一面召集相关记者编辑准备稿件。当时信息缺乏，资料难寻，互联网远未流行。这时，深圳万用网送给我个人的一个免费上网账户派了用场。我们首次登录境外媒体网站，获得了相关的信息和图片，经我翻译弥补了信息的匮乏。有趣的是，当时这样做还不知是否违规，事后也确实有人向领导"举报"我"向境外上传内容"（其实他误解了，那时我们刚学会查看内容，连下载都很费劲，更别说上传稿件了）。

第二天，《今版》头版整版的专题报道醒目突出，以包括车祸现场的 4 幅图片和详细文字与香港媒体保持了同步，远远超越包括广州在内的我所能查到的内地报纸。接下来我们保持并扩大着这个优势，9 月 2 日头版和二版都是整版专题，总共用图 17 幅。丧礼第二天，《今版》再次用两个对开版的大专题予以报道，甚至配发对英国著名歌星埃尔顿·约翰演唱《别了，英伦的玫瑰》的乐评。那段时间，《今版》一直洛阳纸贵。

（录音整理：王敏）

《深圳特区报》吹来的风，令我心驰神往

□王向同（曾任《深圳特区报》副刊部主任）

征与尘

回顾我与《深圳特区报》的缘分，我首先想说，我是被《深圳特区报》开放改革的新风吸引来的。

求职：报社老总的办公室在楼梯拐角处

"文革"末期，1973年，我从北京人民文学出版社应聘到广西大学中文系任教，历经10年。1983年初，我在广西第一次读到竖排的《深圳特区报》，那时还是周报，每周四版，其开放改革的信息和文章，一下子吸引了我，几乎是每期都从头到尾逐条细读。我从令人窒息的"文革"中走过来，终于从这些信息中看到了曙光和希望。正是《深圳特区报》吹来的风，令我心驰神往。

1983年夏，趁着到广州参加全国现代文学学术会议间隙，我毅然独闯深圳。口袋既无任何介绍信，亦无力准备任何礼物，只凭一腔热情，还有对特区"特事特办"的想象，便大胆闯到刚刚起步的特区。走在繁忙的尘土飞扬的马路上，人生地不熟，几经打听，终于在市委大院旁，找到新落成的报社大楼。大楼外墙的脚手架还未完全拆去，内部还在装修。经好心人指点，知道报社总编辑的临时办公室，就在三楼到四楼的楼梯拐角处。一张小桌子，配一把小椅子，坐在小椅子上的人，穿着笔挺的西装，头发梳得整齐、光亮。他，就是总编张洪斌。

楼梯不时有人上下，张洪斌却安详地同旁边站着的一位工作人员对话。我侧身站在一旁，等谈话的人走了，赶紧开口，说明来意。他认真地听我毛遂自荐，然后和蔼地说：目前只出周报，人员已满。但你不必灰心，到年底，12月起，要改出日报，到时增加编制，就有机会。他及时给我一张申请表，让我填写。我立即弯腰，借他小桌子的一角，填好表，交给他。他郑重地把表放到档案袋中，笑着说"你先回去，等消息吧"。

说不清是失望还是抱着希望，我当天便离开了深圳这个川流不息的大工地，回到广州，回到了广西大学。每天都等待消息，却总也等不到。就在将近绝望时，迎来了希望。同年10月间，我外出回校后，有人告诉我，《深圳特区报》派来专人，

深圳特区报 30 年往事记述

向学校领导商调我，并带来正式的商调函。我急忙找领导，但领导不点头。我一次又一次地往领导家里跑，经过大半年的努力，领导终于答应放人。

1984年6月中旬，我终于实现了自己的梦想，正式到《深圳特区报》报到上班。

理念：深圳是全国的深圳

到了报社，我先分配在编委办公室。半年后，调到文艺部；后来又调回编委办。1987年后，再调文艺部，在副总编许兆焕直接领导下，主持文艺部工作。

那时候，有一个理念：深圳不仅是深圳人的深圳，深圳是全国的深圳；全国支持深圳，深圳服务全国。当时报社的办报方针是立足深圳、面向全国、放眼世界。我想，文艺版就应该以文艺反映现实，把深圳改革开放的新人、新事、新观念、新风尚传播给全国、全世界。

当时文艺副刊有4个版："罗湖桥""娱乐天地""港台海外华文文学""文艺评论"。上世纪90年代扩版后，又增加了"家庭"版。

"罗湖桥"既有杂文、散文，也有新诗、旧诗、歌词。首先，我们重视向全国一流名家约稿。譬如王蒙、季羡林、李准、刘心武等一大批作家，以及本省的陈国凯、朱崇山等人的文章或专栏，增强了本报在全国、全省的影响。同时，我们更强调培养新人，为深圳本土作家走向全国，提供平台。譬如，深圳本土的林雨纯、李兰妮等，外来的蒋开儒等一大批作家都可说是从"罗湖桥"走过来的。

为了培养新人，我们同深圳作家协会、《特区文学》等单位合作，每年都搞一次征文。征文的主题：深圳的新人、新事、新观念、新风尚。一批新人从征文中脱颖而出。他们长期生活在基层，写的就是身边的人，身边的事，既生动又深刻地反映了改革开放中深圳人的新面貌。这些人中，既有各行各业的精英，也有街头巷角的小百姓。他们从不同的侧面，通过日常的工作和生活细节，生动反映了特区初期，深圳的"开荒牛"们那种敢想敢干和"开拓、创新"、艰苦拼搏、"团结奉献"的精神。后来我把其中许多篇章，编入人民文学出版社出版的《深圳一百张面孔》。最近，重读其中某些篇章，依然禁不住热泪盈眶。

"罗湖桥"不仅发表文学作品，还发表书、画及评介书画家的文章。当时全国有名的画家，如刘海粟、关山月、范曾、张仃、朱复戡等，还有各省市杰出的中青年书画家，都争先恐后到深圳这个"窗口"举办展览，"罗湖桥"都发表了他们的代表作，或评介，或专访。其中有些人从这个"窗口"走向了世界。上世纪80年代后期，香港有个叫黄南美的画家，退休后在东湖搞了个红荔书画院。我们同其合作，充分介绍了这个书画院及其画家。后来，红荔书画院走向全国、走向台湾和东南亚，在各地成立了许多分院，成为全国最有影响的书画院之一。

我们对深圳雕塑院也给予了同样的支持。院长滕文金的作品，特别是莲花山上邓小平的塑像，深受特区人的爱戴。我们都及时详尽报道，引起强烈反响。

"罗湖桥"还有一个重要专栏"我的书斋"。由老编辑赵镜明、叶秀峰大姐用心经营，广邀全国名家或成功人士，著文讲读书经验，提倡读书，以期形成风气。我们还与图书馆读者联谊会合作，开读书座谈会，评选深圳十大藏书家。我们的一位作者，沙井万丰村支书潘强恩藏书三万册，被评为十大藏书家之一。

说到"娱乐天地"。特区初期，港台风吹来，歌舞厅是新事物。我们同文化演出部门和知名企业合作，评选并宣传深圳十大歌手。譬如上世纪80年代开始走红的陈汝佳，曾获得全国青年歌手大赛通俗组第一名。还有男星女唱，被称为"当代歌坛梅兰芳"的胡文阁（后来他真的学京剧拜梅葆玖为师，饰演梅兰芳），最初都曾被评为深圳十大歌手。"娱乐天地"对此反复宣传。在此基础上，宣传文化部门还临时组成深圳歌舞厅歌舞团，代表深圳赴京汇报演出，随后又到欧洲等国巡演。当时，在全国，这些都是新鲜的热门话题。

1990年5月到7月，我们还发表了邓超荣、关飞的长篇连载《深圳歌舞厅实录》。此文辐射全国，受到各省市文化娱乐界高度关注。此文结集出版，发行10万册。此外，还对本市粤剧团，粤剧表演艺术家、梅花奖得主冯刚毅进行了系列的宣传。国内外著名歌唱家、舞蹈家、剧团到深圳演出，以及群众文化娱乐活动，也丰富了"娱乐天地"的版面，受到读者欢迎。

"港台海外华文文学"是当时本报对外开放最具特色的版面之一。几十位港台及海外华文作家、诗人经常为本报写稿，让国内读者从这些作品中，直接感受境外的生活气息，对促进改革开放和文化交流，自有潜移默化之功。长期交往，香港的曾敏之、张诗剑、陈娟、巴桐等几十位作家，后来申请加入了深圳作家协会，在某种意义上成了一家人。

"文艺评论"版及时评价本地的文艺新人新作，对促进特区文艺的繁荣，从文化沙漠变为文化绿洲，起到无法估量的作用。若缺少这样的一个平台，缺少舆论导向和公众的关注，何谈文化繁荣？所以，"文艺评论"版取消之后，文化界一片遗憾之声，我们也深感无奈。

辐射：飞越长江、黄河

我们发过几部长篇连载，在全国颇有影响。

《深圳的斯芬克思之谜》。1991年6月开始刊发。深圳市委宣传部组织三位作家，由副部长倪元辂牵头策划，经过近两年访问近 200 人，搜集资料近千万字，数易其稿，写成 18 万字的长篇报告文学。

如单纯从文学角度看，作品还比较粗糙。但其忠实地记录了特区十年的发展轨迹，生动地反映了特区干部和群众的开拓创新精神，回答了当时国内外某些对特区质疑、否定的声音。从这里，可以看到，深圳的拓荒牛们怎样顶风冒雨，艰苦拼搏，"杀出一条血路"。这条深圳人开辟的道路，现在看来，正是中国特色的社会主义道路的雏形。从这一意义上说，这部作品，不仅有较强的现实意义，而且有一定的历史价值。在本报连载后，受到国内外关心特区的读者热烈欢迎。海天出版社据此出书，发行了 20 多万册，获得全国优秀报告文学奖、全国畅销书奖等多种奖项。

《青春驿站——深圳打工妹实录》。这是打工妹安子根据自己的亲身经历，写成的长篇纪实文学。1991 年下半年连载。安子，只读过两年初中。其初稿，错别字多，比较粗糙，但题材好、故事好，有真情实感。从培养新人出发，我先后同她谈了两次，让她大改了两次。最后，责任编辑阮华编发时，在结构和文句上，又作了必要的调整、润色。

作品见报后，立即在深圳百万打工一族中引起强烈共鸣。安子及其姊妹，16 个打工妹的血泪经历：在逆境中永不服输，终于杀出了一条血路。她们的故事，让广大打工者在艰难困苦时看到了希望。成千上万的打工者给编辑部、作者来信，有人称她为"打工者的知心姐姐"。一位洗头妹说："你是我们所有打工仔、打工妹的女神。"安子成了打工明星。这个作品获得广东省作家协会颁发的广东省新人新作奖。《青春驿站》成了打工文学的典型之一，在全国各地各种打工文学研讨会上，被反复研讨。中央电视台改革开放专题片《20 年·20 人·安子》称安子为"深圳最著名的打工妹，都市寻梦人的知音和代言人"。安子被列为中国改革开放 20 年最具代表性的 20 个历史风云人物之一。

《没有家园的灵魂——王建业特大受贿案探微》。作者杨黎光当时从《深圳法制报》调来不久，在本报夜编部工作。有一天，他交给我一个 4 万字的初稿，说是关于王建业受贿案的。是否发表，有两点在部里很有争议。一是案件还在审理中，未结案；二是文稿只写了一部分，还有多少未写完，不知道。

我反复琢磨，觉得此文不是一般的反贪破案记录，而是从人性高度，着重灵魂的发掘，有一定现实意义；而且，当时此案正传得沸沸扬扬，广受关注，应有读者市场。确定连载后，从 1995 年 7 月至 9 月，刊发了上部。案件继续发展，作者继续写。下部从 1995 年 11 月 29 日开始发表。此案在 1995 年 12 月 28 日结案宣判，王建业当天即被执行枪决。作者跟踪采访现场，当天的详情，便发表在第二天 29 日的报纸连载中。后续的报道，直到 1996 年 1 月 29 日，连载才结束。无数对此案感兴趣的读者，天天跟踪连载。作者有时一天接到几十个电话。有些熟悉王建业、史燕青的读者，及时对作者提供一些新情况或自己的见解。这些读者提供的事实或观点，几天后就出现在报纸连载中。这种读者和作者的及时交流和互动，在报告文学的写作和报刊连载史中，实属罕见。

作者曾接到一位老总电话说，他退位后，实在看不惯公司继任者的挥霍，真后悔退位前没捞一把；为此，常常睡不着觉，求医吃药都无效。读完这篇连载后，心踏实了，没吃药，睡安稳了。

这篇报告文学先后被全国 30 多家报刊转载或摘发，全国文学界高度评价，作者获得全国报告文学奖。

此外，还有几篇，如《核电风云》《大陆教授在纽约》以及有关香港回归的《风中灯》等等，都在全国读者和文学界中广受关注，获得好评。

还有，唱红南北的歌曲《春天的故事》，其歌词，是蒋开儒在邓小平南巡一周年前后所写，首先发表在 1993 年 1 月 7 日的"罗湖桥"。直到 1996 年冬，由生活在深圳的作曲家王佑贵、叶旭全谱曲，首先发表在当年 11 月 19 日的"娱乐天地"上。

难忘：和谐共处，其乐融融

想当初，文艺部十几条枪，从每天一个版（占报纸版面四分一），到后来报纸扩版，文艺副刊每天两个版，任务增加一倍，增版不增人，没谁叫苦叫累。

我们的作者队伍中，有一些是市委机关的领导同志，他们爱好文艺写作，如原市委副书记、政协主席林祖基，原市委常委刘波，原宣传部长李伟彦，副部长倪元辂以及文艺处的领导，他们不时给副刊写杂文、散文、诗词等。他们既是领导，又是我们的作者。我们的编辑处理他们的来稿，同处理其他来稿一样，都本着对读者负责、对作者负责的精神，发现其笔误或不妥之处，即及时同作者沟通，着手修改。每次沟通时，这些领导同志都非常客气，给予支持。那时，他们已放下领导的身份，作者和编辑成了朋友。我们一般都是三审定稿，逐字逐句，反复斟酌，一丝不苟。譬如，对市委宣传部组织编发的《深圳的斯芬克思之谜》，在最后翻审大样时，在文字上我还作了三十多处删改。

编辑之间，在工作上有时也有不同意见，甚至争得面红耳赤；但一经作出决定，都坚决执行，事后都能谅解、宽容，不存私人恩怨。譬如，负责连载的阮华同志，开始对《青春驿站》是否达到发表水平，表示怀疑，但决定发表后，他便认真负责，逐字逐句审阅，做了大量编辑加工，为《青春驿站》的成功发表，作出了不为人知的默默奉献。

遇到大型活动，全体出动，分头采访，既要写稿，又要编辑、发稿，忙起来，快步，加班，夜以继日，争分夺秒，真像打仗一样。休闲时，大家又一起娱乐、放松。记得王荣山、许兆焕老总带我们去罗浮山度假、爬山；荔枝节时，吴松营社长、陈锡添总编，同我们一起，陪港台作家，到荔枝园，共享荔枝宴。暑天，我们一起，带着家属、小孩，到溪涌戏水。春节前夕，我们带上家属、小孩，一起聚餐，唱歌，跳舞，抽奖，如同一个大家庭，吃团年饭，说说笑笑，嘻嘻哈哈，其乐融融！那时的情景，今生难忘。

（录音整理：钟润生）

中国第一份中外合资报纸在深圳诞生

□傅汉南（曾任《深星时报》副总编辑）

17年前，在邓小平同志视察南方并发表重要讲话后不久，《深圳特区报》开始与香港的星岛集团合作，筹办中国第一家中外合资报纸《深星时报》。这是当时唯一得到官方认可的一家内地香港合资媒体，也是深圳特区报首次"借船出海"，走出去办报的模式。

从筹备到试刊，到改名、创刊，再到停刊，《深星时报》一波多折，透视出改革开放与新闻旧制的摩擦和碰撞，为中国新闻事业发展留下宝贵经验，也留下耐人寻味的故事。

改革大潮掀起深港媒体合作的浪花

1989年，改革开放大潮流吸引着我从广西来到了深圳，来到了《深圳特区报》，任编委办主任一职。1992年前后，接到报社安排，陈锡添（时任《深圳特区报》副总编）与我等人负责与香港《星岛日报》合作组建一家报纸。

深港媒体第一次合作，这在当时可谓中国传媒界一件大事，上世纪90年代初期，中国进入准市场经济时代，不少饱含爱国情怀的香港生意人通过深圳罗湖口岸涌入内地。香港星岛集团董事长胡仙想将自己的报纸进入内地市场，然而当时，传统媒体对外界资本的介入可谓防范森严，境外媒体进入十分不易。

历史的脚步走到这里，总有其必然性。当时，中央正有意加强对外宣传，借助港媒"走出去"。《星岛日报》成为首选，其隶属香港星岛集团。那时该报在美、加、欧洲等地出版有相对独立的海外版，世界100多个城市都有它的发行点，其影响力可谓世界华文报纸之首。胡仙就曾感叹：凡有华人的地方都有《星岛日报》，可惜华人最多的地方却没有《星岛日报》。

几经考量，创办一份能打进香港及海外传媒市场的报纸的想法逐步成形。

《深圳特区报》担起合资办报的重任

谁来与《星岛日报》合作？上海、广州、深圳等多家媒体都曾在中央的考虑范围。深圳经济特区地处我国改革开放的前沿，毗邻香港。《深圳特区报》又是深圳权威主流大报，堪当此任。胡仙特派星岛集团总经理黄锦西带队来深圳实地考察，我们特区报也派人前往香港协商，这在当时可是一大新闻。

1993 年 3 月，深圳开始向广东省委宣传部、广东省新闻出版局、国务院新闻办、新闻出版署等有关部门提交与星岛集团合作办报的申请，并陆续收到各级部门"同意"或"原则性同意"的批复。国务院新闻办还下达了"先试刊、后申报"的具体指示。

同年 11 月，《深圳特区报》社便成立了"深圳新闻出版中心"，与香港星岛集团共同筹办《深港经济时报》，办公地点设在当时的老特区报社，并设了近 200 个编制岗位。深圳和星岛分别占 51% 和 49% 的股份。

中国第一份中外合资报纸《深港经济时报》在这种特殊背景下，在深圳诞生了。报社领导班子由双方最高领导担任：时任深圳特区报社社长兼总编辑吴松营和胡仙共同担任董事长，总经理由星岛集团总经理黄锦西担任，总编辑由《深圳特区报》副总编辑陈锡添担任。我则是该报副总编辑。深圳、香港两地都设置了编辑部，各自分管。值得一提的是，深圳这边的架构模仿香港报纸实行的体制，除行政经营部门外，仅四个：编辑部、采访部、经济部和副刊部。

架子搭起来了，开始招兵买马。来自全国各地的富有新闻才干的年轻人来到这里，加上香港的记者，最后我们队伍共 300 多人。

先试后申仍遭"搁浅"

人马到位，便干起来了。虽然只是试刊，深港两地的记者热情依旧很高。那个时候，《深港经济时报》深圳这边的记者还在用笔纸写稿。《深圳晚报》最先引进了电脑，我们就带着记者过去学习电脑技术，不久后我们有了自己的电脑，也就很快上手。当然，我们也常去香港与那边的记者切磋采访、写稿技巧，大家相互学习。

《深港经济时报》计划每天出版对开 20 至 24 版，这在当时的中国内地是最厚的报纸。1994 年 3 月 13 日，第一次内部试刊（深圳版）出版。试刊对开 20 版，其中有套红和黑白，更有 7 个彩色版面。特别是两个版借鉴了香港做法——"专题新闻版"和"专栏版"，这在当时内地可谓首创，新颖夺目。3 月 18 日，第二次试刊（香港版）问世，共 24 版，增加了"港闻""马经"等香港内容。4 月 15 日，报纸进行第三次试刊，20 版。

《深港经济时报》试刊号递交给市、省及中央有关部门审阅，得到高度肯定。

我们曾调查过，试刊号不上市销售，已经获得了几十万元的广告收入，成绩斐然。深圳决定再次申请办理全国统一刊号，本想这次势在必得，却又遭遇"难产"。那段时间香港媒体出现问题，导致内地舆论收紧。到 1994 年 9 月，最终因为一些特殊政策原因，深圳放弃了申请全国统一刊号。

一个月后，我们在四川大厦吃了"最后的晚餐"，香港那边的领导、记者也都来了，大家在惋惜的情绪中道别。那些招来的记者有些回原单位，有些到特区报，都安排了去处。

更名《深星时报》东山再起

然而，那顿晚餐并不是"最后的"。1994 年的最后两天，一则消息让我们高兴不已。国务院新闻办下文批复同意深圳特区报社与星岛集团在香港合作办报，并建议将《深港经济时报》更名为《深星时报》。然而耐人寻味的是，上面始终没有给报纸一个正式刊号。

不管如何，这次国务院也算是给出了"准生证"。我们立刻召回以前的人马，准备开工。合作初期，《深圳特区报》每天在付印前向《深星时报》提供两个深圳新闻版，为此专门成立"对外新闻部"。1995 年 10 月，《深星时报》正式创刊，对开 24 版，轰动全国。报纸在香港印刷，并经海关批准，每日运送一定数量进入深圳。后来因印刷成本高，改在深圳印刷，香港则在付印前向我们供稿。

报纸出版后，社长、总编、记者全部上街卖报纸。那时，深圳市民第一次看到视角独特的新闻内容，更看到了从来没看过的马经、娱乐、社会等新闻，很是新奇有趣。很快，报纸销量大增，达到十几万份，紧逼《深圳特区报》销量。随之，《深星时报》广告收入也大幅提升。胡仙来深考察报纸市场时，看到《深星时报》的影响力，号召力，大为高兴。

不久，报纸获得在珠三角地区公开征订、发行、零售的许可，也获得了在上海、北京、长沙等少数城市公开发行权。这的确是一个令人兴奋的发展趋势。

记得，香港星岛集团邀请《深圳特区报》的多位领导前往欧洲各国考察学习时，从巴黎到伦敦到意大利，我们一路走下来，果然见识到有华人的地方就有《星岛日报》。有一次在法兰克福的火车站，我翻开摆放在报亭的《星岛日报》，里面夹着《深星时报》海外版，连忙拿给身边的同事看，大家激动不已。据后来《星岛日报》伦敦办事处的总编辑告诉我们："英国华人都爱看你们的报纸，特别是'侨乡''中华大地'两个版面，他们从那里了解

征与尘

深圳特区报 30 年往事记述

到许多国内重要新闻。"

一波多折终究停刊

在当时的新闻体制下，《深星时报》纵然销量走好，没有国内的正式刊号始终让其在发行、经营上走得磕磕绊绊。无独有偶，香港星岛集团也出现了"状况"。

1997年，金融危机席卷全球，胡仙因投资失误，巨债缠身，最终宣布破产。1999年，胡仙不得不将星岛集团的所有股份卖出，接手的是何英杰家族的国际传媒集团。

随后，深圳方面多次与星岛新东家协商，希望维持合作，继续办好《深星时报》，但协商并不理想。恰在这时，《香港商报》也生变故，在中央有关部门的支持下，多个股东向内地报纸转让股权，《深圳特区报》成为首选。反复考量后，1999年9月，深圳特区报业集团经上级部门批准，收购《香港商报》49%的股份，以大股东身份入主《香港商报》，同时停办《深星时报》。

在那个特殊的年代，《深星时报》几经周折，逃不了停刊命运。然而，在1994年到1999年这5年短暂的时间里，《深星时报》为宣传深圳、中国的改革开放起到了重要作用，其影响力辐射海内外，发行量曾一度超30万。也为深港两地媒体同存发展，提供了宝贵经验。

（录音整理：李亚男）

毕生难忘的特区记者生涯

□欧阳佳（曾任《深圳特区报》记者部主任）

拨开公众眼中的"大核"迷雾

1987 年 11 月我到《深圳特区报》以后，先是安排在理论部。实际上我的专长还是在新闻方面。还记得我在特区报发表的一篇新闻是《"食盐冲击波"的起落》，对 1988 年底深圳出现的食盐抢购事件进行了调查和剖析。这篇通讯被港报转载，此后我就被调到要闻部了。那个年代，记者的采访条件很艰苦，自行车是我们的主要交通工具，采访任务又紧张，光是我骑丢的自行车就多达 12 部。当时深圳正处于大建设大发展时期，到处是新闻。记得有一次我为了写《治一治肉菜市场的高收费》系列报道，每天早上天没亮就从布心骑车到园岭菜市场。后来这系列稿件在读者中产生了很大反响。

在我写过的文章中，影响最大的，应该算是写大亚湾核电站的系列报道了。最初是罗妙社长邀我一同采访广东核电合营公司董事长、原广东省委负责人王全国。王全国一直躬身推动核电事业的发展，当时刚从法国考察回来，在专访的过程中，王全国提出希望我们能写写大亚湾核电站。

那时候人们对核电站是完全陌生的，尤其是隔海相望的香港居民，更是将其等同于"核弹"，曾有百万人联名上书北京"反核"，请愿书装了一火车皮，还特地修建"核辐射防治医院"。对于这样一项充分体现改革开放政策的重大建设，香港、深圳的居民误解很深。这项报道蕴含着巨大的新闻价值。

1990 年 1 月，我第一次来到大亚湾核电站工地。看到大核工地的第一眼，我震惊万分！总投资 40 多亿美元、3 万人作业的工地上，竟然听不到一点声音！国外先进的管理方式与我们过去"轰轰烈烈"的工地场景截然不同，一切都是按照"质量管理""进度管理""计划管理"，法、英、美、日以及中国台湾、香港和中国内地共五十多家国际大企业在一起有条不紊、协调工作。

当时我住在工地简易的招待所，床上蚊帐有三个大洞，蚊子也特厉害。采访确实紧张，基本上是"车轮战"，上午采访一个单位，下午采访一个单位，晚上

征与尘

深圳特区报 30 年往事记述

再采访一个单位，四天共采访了 11 个单位，整整记了两本笔记本。

四天采访，深入细致，意义非凡，可以说由表及里，由现象到本质。当时外界谣传大亚湾核电站是"黄金铺地"，但我亲眼所见的，却是"汗水铺地"；有人指责这是"外国人包园儿"，原来却是中国只拿出了 3 亿美元、总投资十分之一都不到的资金，通过中外合作的方式，引入世界先进的核电设备、技术、管理和资金；核电站同时也是由外国核电专家当老师，中国的核技术和电技术的专业人员当学生，在中国的土地上办的一所"核电大学"。有人说核电站非常危险，实际上无论是从选址、堆型、设备选择、工程质量和操作人员培训来看，大亚湾核电站都是万分安全的。

而令合资港方董事、英国人嘉道理勋爵深为感动的是，中方的董事、共产党员在核电站建设中做出的表率。在与香港共同成立的广东核电合营公司 17 名董事中，有 12 位中方董事，他们中有 7 位是共产党员。他们上下奔走，为合营公司做了大量有益的工作，却不领取董事工资，每月共 24 万港元全数交给中方股东公司"广核投"。他们向外界展示了中国领导干部、高级专家的良好形象。到北京开会时，嘉道理爵士对此连连称赞："共产党好！社会主义好！"

从大亚湾回来，我压抑不住激动的心情，一口气写了一篇一万字的《"大核"之光》，1990 年 2 月 1 日在特区报头版刊登出来。这是全国（包括香港）在内首篇详细报道大亚湾核电站的报道，反响很大，有助于香港居民消除疑虑，也让深圳市民对这座近在咫尺的"庞然大物"有了比较清楚的认识。

王全国董事长看了这篇通讯后满意极了，还特地请我吃饭。他对我说，在我去之前，有一位作家在核电工地住了三个月，写出来的第一篇文章竟是法国专家与东北姑娘"性解放"的故事。他说：你们特区报记者采访四天，把核电站建设最宝贵的东西写出来了。随着大亚湾核电站建设的不断推进，我总共写了四十多篇报道，其中包括两篇长篇通讯，并为此写出 10 万字的《核电曙光》一书。对于核电建设的报道在量和质方面，《深圳特区报》在全国（包括香港）报刊中，都是首屈一指的，堪称大报风范。《核电曙光》一书，也是记述中国核电建设的第一本书。

组建特区报记者部

1992 年 12 月特区报成立了记者部，由副总编辑丘盘连直接领导。一开头部门是 6 个人，我和谢蔚君任副主任，带着 4 个年轻的记者。

当时特区报的记者大概有 40 多人，而每天的一、二版主要是由我们部门供稿,我们每个月的供稿量基本上占了报纸新闻量的1/4到1/3,是很重要的一块。成立记者部以后,我们向每个记者提出:"一定要让市委领导满意,让编委领导放心。"要求记者采访作风严谨,写作认真,坚持送审制度。因此,我在记者部的四年中,经我和谢蔚君组织和签发的报道,没有出过任何差错。

领导与记者相处时间较长了以后,关系非常融洽。市委、市府主要领导人常常将一段时间的工作重点、领导意图告诉我们,我们再向编委汇报,密切了市委和报社的上下沟通。记得有一次,本报刊发了一系列关于出租车的调查报告后,在开人大会议时,市委书记厉有为拿一篇用铅笔写的短评给了我,叫我们看看可不可以见报。我拿回去报社一看,是一篇很好的评论,第二天头条见报。这样,记者成为市领导与报社沟通的桥梁,确保了报道的准确性。一直到我调离记者部,我们的党政领导活动报道一直比较准确,这种传统一直延续至今。

当时这个部门的人都是精兵强将,尤其是年轻记者如唐亚明、刘众、幸智敏等等,都有非常强烈的新闻理想。记得"八五大爆炸"的时候,好几个年轻记者都扑到现场去采访,回来以后身上一股硝烟味。他们真的是拿生命来做新闻啊!那段时间,记者天黑后才回到报社写稿,谢蔚君就在家里煲粥来给他们吃,我们就像一个团结、温暖的大家庭。

记者部后来扩充到8个人。由于大家工作兢兢业业,吃苦耐劳,记者部党支部被评为"优秀党支部"。

现在,我和谢蔚君都已退休,而那几位年轻的记者,如今依然怀抱着自己的新闻理想,成为报社的各个领域的骨干力量。每每想起他们,我常感觉到欣慰和怀念。

近距离采访国家领导人

在记者部期间,中央领导人来深圳视察,基本上都是由我采访报道的,邓小平、杨尚昆、江泽民、李鹏等领导,我都近距离领略过他们的风采。而我印象最深的,是邓小平1992年的那次南巡。

1992年1月19日,邓小平同志来深圳视察,当时杨尚昆主席也同时来到深圳。我担负杨尚昆主席视察的报道。在参观仙湖植物园的时候,邓小平和杨尚昆会面了!他们一上一下各栽了一棵高山榕。我也有幸见到了小平同志。那天的气氛非常融洽。我记得后来在参观植物园里的"发财树"时,邓小平对他女儿邓楠说:"我们家里也种一棵吧?"邓楠说:"你还想发财呀?"邓小平转向大家,大声说:"我们大家都发一发嘛!"大家都被邓公的幽默逗得哈哈大笑。

当时的市委宣传部副部长吴松营由市委指定负责全程记录小平同志讲话，特区报副总编陈锡添负责小平同志视察深圳的报道。据说小平同志明确提出他在深圳的活动不作报道，还说："一个字也不准见报。你们是这样，上海也是这样。"

杨尚昆主席视察深圳的稿子见报后，我就忙其他事情去了。但是当时跟着邓小平采访的陈锡添，却还在琢磨这件事情。他重新采访了小平走过的地方，和吴松营一起认真整理邓小平的讲话录音。

当时的社长区汇文、总编辑王荣山对此高度重视，中央关于小平南巡内容的文件下来之后，区汇文还拿着文件和陈锡添的稿件内容一一对照。在小平视察结束 74 天后，《深圳特区报》发表了陈锡添的长篇通讯《东方风来满眼春》。这需要多么巨大的政治勇气！这就是闯劲！也是智慧！

1997 年，我写了一篇《大发展的新篇章——写在小平同志视察深圳五周年之际》长篇通讯。小平同志南巡五周年后，深圳在五年里国内生产总值、工业总产值、财政收入都增长了四到六倍，出口总额增长了六倍多，连续四年居全国首位。《深圳特区报》的发行量也扩大四倍以上至 35 万份左右，成了海内外了解中国改革开放信息的一份重要报刊。江泽民总书记为深圳特区报题词为"改革开放的窗口"。

能贴身采访国家领导人，对任何一个记者而言都是一种毕生难忘的经历。还记得 1994 年 6 月江泽民总书记来深圳考察时，我是作为全市唯一一名记者跟随其后的。让我印象最深的是，总书记的科学知识、外语知识非常渊博，而且作风非常务实。记得当时他去一个高科技公司考察，对他们的新技术、新产品问得非常仔细，还喜欢用英语念出技术规格和产品名称。熟悉他的人告诉我，他可以用俄语、英语会话，还可以笔译德、日文。所以跟随他采访，我有了很深的感触：做一名记者，必须努力学习古今文化知识、科学知识和外语知识。

现在，我已退休多年。每每想起自己的记者生涯，能亲身聆听伟人的教诲，能亲历《深圳特区报》向一家大报跨越的 13 年，依然能感受到一种莫大的幸福。

（录音整理：梁婷）

岁月如歌　难以忘怀

□张德纯（曾任《深圳特区报》政文部主任）

1982 年我调至《深圳特区报》，先后主持工业、经济、政文等多个部门的采访工作，亲眼目睹了改革开放大潮中，深圳从一个边陲小镇飞速发展成为现代化城市的历程。岁月如歌，历历在目，其间的耕耘收获、苦辣甘甜，已经深深印在了我的脑海里，成为永远的珍藏。

激情开创报业

创建初期的深圳特区，到处是火热的建设工地，给人向上、升腾的强烈印象。记者走到哪里，都能听到内地从未听说的新名词，譬如，"三来一补"、外引内联、承包租赁、合资企业、股份制经济等等。所到之处，一阵阵新风扑面。作为新闻工作者，不能不激动，进而迸发出激情，投入全新的事业。

1963 年我大学毕业后，在《南方日报》《新华日报》从事工业采访报道，来到深圳后，如何冲破老套套，写出新时代特色的工业报道？这就是我的新课题。我带着跑工业线的记者，深入到基层，感受建设者的辛勤和成果，先后写下了土地转让、出租车牌照拍卖、城中村改造、员工集资办企业、打工仔进工厂等多篇改革通讯，引起读者的热议。中电公司锐意创新，一路过关斩将，"走出去"开拓国际市场，成绩斐然。我们发现线索，抽丝剥茧，通过深度报道向社会传递一个信息：特区的成果世人瞩目。

最早的工业部，十多个中青年，来自各个省市，心往一处想，劲往一处使，是一个很有凝聚力、战斗力的集体。采访条件艰苦，戏称"两部车"：一部自行车，一部"11 号"，早出晚归，晴天一身灰，雨天一身泥；早餐咸菜粥，中午大盒饭，采访回来赶写稿，上了版面才冲凉。任务下来，大家争先恐后，一个个劲头十足，没人打退堂鼓，那气氛才叫人感动。而且，没人计较个人得失，更不会攀比。记者一句口头禅："稿件上了报，见面开口笑。"

深圳经济特区建立后，位于市中心的蔡屋围人顾全大局，将赖以生存的 5000 亩土地，最早应征给了特区政府，并用获得的补偿开始起步，集资办起时代手袋厂，

征与尘

深圳特区报 30 年往事记述

产品出口东南亚。紧接着，创办了全中国最早的农民星级酒店"蔡屋围酒店"。这在全国可是破天荒呀！听到这个消息，记者马上深入下去，连着写了几篇稿，力求鲜活、生动、快捷，有深度，反映特区城市化进程中，农民"洗脚上田"大势所趋。报道一炮打响，内地报纸纷纷转载。如今，提起这段往事，蔡屋围人竖起大拇指："特区报记者，好样的。"

后来，工业部变身经济部，发展到二十多人，兵强马壮。到上世纪80年代末，针对特区经济活动，报道越来越多，越来越集中，要求也越来越高。初期没有主任，我是副主任主持工作，既当头又当兵，精心组织策划，带头下去写稿。蛇口工业区，作为部门联系点，我们重点聚焦"时间就是金钱，效率就是生命"，以及这一口号所产生的实际效应，上下联动，为蛇口工业区鼓与呼。还有康佳、京华"从零开始，从小到大，从大到强"的企业连续报道，引发社会反响，为特区企业品牌唱响全国乃至世界，贡献了力量。

精心培育人才

一天，社领导通知我去政文部，协助主任工作。做了30年的经济记者，突然要"半路改行"，和领导层打交道，真还有点不适应。政文部千头万绪，承担文教、卫生、文化、城管、政法、体育等多条线采访任务，对我来说，既是转折，也是挑战，更是考验。一切从头开始！我认真学习，努力尽快掌握相关政策方针，和有关领导班子建立"热线"，特别是注重发展通讯员，培养"新闻眼线"。与此同时，在主任领导下，开动脑筋，集思广益，精心策划，通过开专栏等形式，具体落实到位。

如今，回想起当时政文部开设的栏目，真有点像自己的孩子，有一种难以割舍的感情。譬如"打工世界"，每周一期，图文并茂，反映深圳百万打工者的劳动、生活、情感和家庭，一经面世，便受到热捧，来稿如雪片飞来。每天，都有打工者找到编辑部，倾诉自己的心路历程，寻求解惑之道。我们从实际出发，大专栏套小栏目，如："打工一族""工间白话""蓝领白领档案""炒鱿鱼"等，力求短小精悍，出自打工者之手，原汁原味。还有"社会大观园"，以独特的视野、深度的挖掘、真实的细节、生动的文笔，全方位反映深圳及全国各地发生的重大事件，社会问题；贴近民生，针砭时弊，备受读者欢迎。

做好报道，人才是关键。部门摊子铺开了，急需人才，特别是专才，哪里去找？一是从新分配的大学生中挑选；二是就地培养"传帮带"，让其尽快上手；三是精心培养重点通讯员，为其提供最佳学习成才机会。通过"三管"齐下，人才问题基本解决。社领导说："政文部走出去的，不是强将，也是精兵。"这里特别说到，上世纪90年代中，《深港经济时报》停刊筹办，一批业务骨干分流，政文部闻风而动，马上找编委会争取，一次性挑了三个：金涌、张斌和李杰。他们分别来自省报和地市报，都是"年轻的老记者"，既有干一番事业的热情，又有打得开局面的素质。结果不负众望，在政文部初试拳脚之后，就被充实到各区创建记者站。短短时间，就干得风生水起，为报社采访、发行、广告工作立下汗马功劳。再后来，三人得到提拔重用，担任部门主任，独当一面。

政文部是个紧张而轻松、严肃又活泼的集体，大家相互支持帮助，情同兄弟姐妹。有位同事的父亲患心脏病，卧床不起，或多或少地影响工作。同事们登门看望的同时，分头承担了他的工作，使之安心照顾父亲。有位女编辑，业务突出，她不满足于大学本科学历，我们就支持她，在做好本职工作同时，努力继续学习。最终，她考上名校研究生，毕业后有了更大发展。每提及往事，她总是说："在政文部的那几年，给了我人生发展充足的动力。"

真情感动读者

岁月不饶人！1995年我退休了，两年后，被返聘到特区报读者俱乐部。这个项目，旨在以报纸为纽带，将企业、读者、传媒"三点成一线"，紧密相连，环环入扣，将丰富多彩的企业文化融入报业的发展。牵头人邓锦良，也是工业部老记者，而我的任务则是协助他开展工作，通过会员制强化俱乐部的凝聚力，推动报纸的发行工作。此外，我具体负责"报之友"专版，在报人与读者之间，搭建联谊平台，使党报更具群众性、广泛性、可读性。

我是过来人，人称"老大姐"。在报社发展过程中，我把更多的精力，放在教育和培养青年人身上。新分来的大学生，往往想法很多，诸如"五子"，即票子、房子、车子、妻子、位子，恨不得一步到位，难免不切实际。若处理不好，就会影响报纸工作，更重要的，耽误他们的发展前途。怎么办？我就跟他们交朋友，讲传统，两个字：交心。同时严格要求，带着他们下基层，手把手地"传帮带"；度过试用期后，正式成为"记者"，还要"扶上马，送一程"。

随着社会的发展，知识的更新，新闻传媒业与时俱进，报社启动"电脑替代纸笔"计划，请来专家集中培训。政文部分期分批参加，年轻记者全轮，一个也不少，等到他们熟练并上岗操作之后，培训结束了。我没赶上培训，不能落后于这个时代，我就自学，对着五笔字型表，一笔一画、一指一键，从摸索开始，逐步加快。功夫不负有心人，仅一个星期，我就取得突破，打字速度竟跟年轻人不相上下。大家说：张大姐的手指头，越活越灵敏，真的好厉害哟！我听了，发自内心地高兴。

就这样，我跟特区报并肩走过 30 年的风雨历程，回首过往不言悔，立足现实感慨多。想想当年的铁皮房、文稿纸、铅字版，看看今天的报业楼、笔记本、大屏幕……何止是鸟枪换炮、旧貌新颜啦！但不管怎样变化，老特区报人那种奋发向上的精神、艰苦奋斗的作风和人与人之间的和谐关系，永远不会褪色，时时想起，仍令人热血沸腾。

（录音整理：金涌）

记录新中国股市的"四个第一"

□邓荣祥（曾任《深圳特区报》经济部主任）

《深圳特区报》的辉煌之一，是与新中国的股市一路同行。

深圳股市，先于上海股市挂牌开张，因此《深圳特区报》毫无疑问是最先报道股市、股事的报纸。特区报刊发了新中国股市的第一篇报道，是国内第一份刊发官方股票信息的报纸，也是国内第一个开辟股评专栏的报纸。特区报促成国内第一家符合国际惯例的企业上市募股，同样也为中国股票第一案的侦破做出贡献。

深圳股票交易所于1991年7月3日正式开业，次日《深圳特区报》的头版头条《深圳证券交易所昨正式开业》，是新中国的第一篇股市报道。当天的第二版，以更长的篇幅，多种角度，介绍深圳股市的相关问题，可以说是新中国股市的诞生记。

当时只有6支股票交易。第一天股票交易，成交股票（及权证）99.59万股，金额达472.8795万元。特区报生动地记录了股市诞生的细节。

深圳证券交易所的诞生，也使《深圳特区报》成为国内第一家由中国人民银行授权发布官方股市权威信息的报纸。在此之前，也就是深圳"老五股"的行情，是在交易大厅的小黑板上书写。后来特区报刊发信息，手掌大一块，每天的开盘价、收市价、当天成交量，都尽显其上。这就是新中国建立以来报纸上出现的第一个股市行情表。

深圳股市开张一周以后，也就是7月8日，《深圳特区报》开设了股评专栏"股市纵横"，是全国报纸上的第一个股评专栏。这是一个集体写作的专栏，最先设定的笔名是"古世平"，取意股市评论。后来觉得更稳妥、更准确的说法是定位在"一家之言"，最后定名为"余嘉元"。那时还没有证监会，我们每天晚上打电话到人民银行证监处，了解最新的动态和信息。要闻部当时有个规定，"股市纵横"的内容要保密，在刊发前不得外泄，以保证股市的公平交易。那时候没有互联网，一点点信息，只要提前掌握，都能够快速赢利。也因此，深更半夜都有人打电话到要闻部，我们坚持了保密原则。

尽管特区报报道和掌握着股票最新信息，但那时编辑记者对股票却不感兴趣。有些人拿股票到办公室来推销，我们都觉得麻烦，买了股票还要去领利息，多麻烦，还是觉得做好股票报道才是正事。全报社只有一两个懂股票的人玩股票，其他的人都更乐于写稿编稿。"股市纵横"在开办后一年，被评为广东省新闻奖的好专栏奖。

新中国证券交易所上市的第一支符合国际惯例的股票，应当是"深万科"，也就是王石创办的企业。《深圳特区报》为这支股票的上市鸣锣开道，在头版位置加以宣传，动员人们来买。一连好几天，王石也来特区报"上夜班"，一句一句地改稿子。后来万科股票发行的新闻发布会，就是在特区报的9楼顶层会议室举行的。 王石为了感谢特区报，要编辑记者买点股票，一元一股，但很少人买。要闻部的人，没有一个买。同事们高兴的是，为第一支严格意义上的股票上市尽了新闻人的职责。

特区报也经受住了股市欺诈的严峻考验，树立了负责任媒体的形象。1993年11月2日，特区报收到一份传真，一个名为"广西北海正大置业有限公司"的企业，要求我们刊发信息，说是该公司收购了"苏三山"股票250.33万股，占其流通股的5.006%，要求报社公布此事。这个消息不是来自股票交易所，也不是证监会，而是一家企业，我们产生了怀疑。从发传真的地点看，是湖南株洲，而公司却在广西北海，特区报开始查证，而114查号台查不到北海的这家公司。而传真一次又一次发来，催特区报刊发，说别的报纸将要刊发。

特区报坚持不刊发这个信息。那时的股市很热，一点儿信息，都会引起大的波动。我们对这条信息的真伪很怀疑，除了向有关部门反映情况外，没有刊发。果然，这是一个诈骗案，号称"中国股市第一案"。那年，湖南省株洲县物资局干部李定兴，携带公款100万元，杀奔深圳某证券营业部，加上透支的100万，累计买入"苏三山"股票15万股。

由于"苏三山"股价连续下跌，李定兴开始编造并传播虚假信息，以促其价格回升。一些报纸登了他提供的假信息，还加了"编者按"，"苏三山"股价开始上涨，破深圳个股交易记录。在特区报的线索支持下，公安机关很快破了案。而那些刊登了虚假信息的报纸，则受到处分。

这事很富有戏剧性。李定兴费了老大的劲，刻了萝卜章并精心骗取媒体刊登虚假信息，最终还没赚到钱，后来获刑2年6个月，并处罚金1万元。而特区报，则因为拒绝刊登虚假信息而受到股票管理机构和股民的高度评价。 报纸的声誉，就是这样一滴一滴积累的。有时，你的确需要火眼金睛来辨别真假信息。你可以不买股票，但你一定不能刊发虚假信息。

（记录整理：陈冰）

《鹏城今版》创刊记忆

□李 强（曾任《深圳特区报》专副刊中心副主任兼《鹏城今版》部主任）

18 年前，《深圳特区报》在 16 个版的基础上，创办了一个对开四版的全新的独立板块《鹏城今版》。我 1993 年由内地新闻单位调到《深圳特区报》，1995 年有幸参与《鹏城今版》（当时称《鹏城金版》）创办全过程，随后又为之工作近十年之久。翻阅当年的办刊记录，拾起一些过来人的记忆片段，在 30 周年纪念日里回味，是很有意义的。

抱负全新理念创刊出版

1995 年 1 月 17 日，《深圳特区报》编委会发出《关于〈鹏城金版〉方案征求意见的通知》。

《通知》说："作为今年报业发展的重要步骤，本报已决定近期创办《鹏城金版》。为了把这份报纸办成功，需集思广益，在最大范围内更求社内同志的意见。""意见一律用书面形式，内容可设计编辑方针、办报思想、版面安排、栏目设计、稿件渠道等办报各方面事项，要求具体、明了、可操作。"

《通知》附有由辜晓进、杨华 2 人起草的《鹏城金版办报方案（讨论稿）》。

3 天后，方案还在征求意见中，人员调动布局已经开始。

1995 年 1 月 20 日，深圳特区报社发出《关于抽调人员筹办〈鹏城金版〉的通知》"抽调下列 12 人为第一批到《鹏城金版》的工作人员：陈寅、李强、唐亚明、杨勇、刘青、杨华、叶红梅、冯景、邓品霞、杨政、梅戈、崔卫平。"。

1 月 23 日会议那天已经是腊月二十三，是传统春节的"小年"，但紧锣密鼓下，《鹏城金版》的筹备工作抓紧展开。时任编委兼总编室主任杜吉轩牵头领导，当时的总编室副主任陈寅，被任命为《鹏城金版》部主任。

实际上，由于种种原因，上述人员有些没有到位，有些又被调回原部门。至 3 月 3 日《鹏城今版》创刊号面世时，特区报抽调人员中有陈寅、李强、杨勇、刘青、杨华、冯景、叶红梅、匡天放、杨政和梅戈投入了早期创刊全过程。

要办一份全新的报中报，人员明显不足。为保证《鹏城今版》按时出版，编

委会准予筹备领导立即向社会招调采编人员。

招聘广告刊登后，各路"熟手"热情前来加盟。先有高福生、郝新平、隋东、夏岩青、段安平、王敏、毛晓军、温烨、罗红瑜、赵诚根等。后有何东雁、林航、刘志丰、周国和、王文、王夷秀等。他们大多来自各个媒体或文化单位，都有从业经验，受《深圳特区报》的感召，被《鹏城今版》办刊理念的吸引，纷纷投入。

1995年2月6日，正月初七星期一，《鹏城今版》召开第一次筹备会议。从《深圳特区报》抽调的几位编辑记者和从社会上招聘的11人，每天热烈讨论论怎样才能办出一张老百姓爱看、内容鲜活、版式时尚的新型报纸板块。

后来担任过《深圳特区报》总编辑的杜吉轩，作为报社派出创办《鹏城今版》的领导，他给我们反复强调，"《鹏城今版》是《深圳特区报》的一部分，但不是现有16个版面的简单扩充和延伸，它将在版面内涵和适应读者层次方面有别或更宽于其他版面。《鹏城今版》将通过反映与群众精神文化生活和物质生活密切相关的内容，来体现党的方针政策，弘扬社会正气，培养高尚情趣，丰富生活，美化生活。"

这期间，报社主要领导时时过问准备情况，听汇报。吴松营社长兼总编辑在2月中旬与《鹏城今版》采编人员会面，指明方向、提出要求，鼓舞斗志。

筹备热议期间，有人提议"金版"不如改称"今版"，避免雷同，突出新闻功能。很快建议得到领导采纳，《鹏城金版》定名《鹏城今版》向省新闻出版局报批。

一张全新的报纸内容设计，在三番五次的争论中明晰起来。多年后杜吉轩在回顾这段历程时说："我们确定头版要刊发大特写，这与传统的通讯完全不一样。首先是内容不一样，过去的通讯都聚焦于英雄人物、先进事迹。我们的大特写则是写老百姓的故事，写大众的日常生活，写世道人情的冷暖，就是专业上所说的软新闻；其次是写法上不一样，过去的通讯语调生硬，居高临下，有教训人的意味。我们的大特写则要求讲故事，寓情于景，生动鲜活，把舆论引导的功能隐含其中，不露声色。"《鹏城今版》把"伴着百姓走，与您同乐忧"的宗旨明示在报头左边。

为了使编辑记者具体实施办刊要求，领导还将其归纳为"四句话，四个一"。一版四句话：版面出新、标题抓人，每天一条干货，半月一个典型。副刊版四个一：一个好专栏，一篇好文章，一条精彩标题，一幅好图片。

杜吉轩、陈寅每天召集会议，引领编辑记者逐个版面逐项选题落实，既涉及定位也包括细节，讨论研究常常延伸到晚间工作餐之后，直至深夜。

2月24日，各项工作基本就绪。会议确认，2月28日各个版面试刊。3月3

日正式出报。

为使《鹏城今版》以全新面貌创刊面世，杜吉轩、陈寅两位领导力主版面以模块版式为主，大图片、大标题、大留白。彩版要善用色彩。虽然版面没有专职美编，但建立责任编辑主导制，版面编排由责任编辑全权负责，负责人提供业务辅导。模块式版面简洁明了，主体突出，提高了报纸版面的易读性。"为此，《深圳特区报》自1995年起逐步以模块式版面结构取代咬合式编排。"（2009年7月 人民网）

1995年3月3日，《鹏城今版》创刊。

《鹏城今版》创刊第一期头版的新闻特写是《人间至诚是孝心》，反映来深圳创业的年轻人"筑巢"后赡养父母尽孝心的故事。图片前一天在世界之窗门口广场拍摄，画面占据对开三分之一版面。发刊词宣布"我们的目标：贴近群众，深入生活，注重服务，进入家庭"。紧随其后的 "现代风""老百姓""大世界""艺海潮"等版面，内容新鲜，风格各异，面貌清新。

出刊后，杜吉轩、陈寅两位领导率领编辑部全体人员上街分发创刊号，路人纷纷索要，先睹为快。社会反响强烈。

继首期面市后，每周《鹏城今版》接连推出特写、调查、专题、专刊等，全新的内容，全新的表达方式，全新的版面，读者纷纷称好。《鹏城今版》很快靠近了创刊词的目标："我们的目标：贴近群众，深入生活，注重服务，进入家庭。"报纸在零售市场销量大增，家庭订户催问有无《鹏城今版》。外地的订户得知消息抱怨为什么《鹏城今版》只在广东和香港发行，表示强烈关切。

不断开拓无纸化出日报

《鹏城今版》创刊成功，报社要求尽快由周报转入出日报，以满足市场读者需要。当时今版编辑部在老报社三层和五层各占一间编辑室，工作环境挤迫。

5月8日，《深圳特区报》香蜜湖新址印刷楼接通电源，通知可以启用，但空调开通要到6月底。《鹏城今版》为尽早实现网络无纸化编排，早出日报，编辑部全体带同电脑设备最早搬进了香蜜湖新址办公。

北大方正派来电脑工程师小葛，和《深圳特区报》技术处人员一起安装了基于W-95平台上的"NT"文稿编辑系统。我在1995年5月23日工作笔记中，记录了《鹏城今版》调试使用采编网，编辑录入稿件小样，值班主任从预签库中"获取"修改，修改后 "签发"至排版库的过程。我们率先在报社全程实现完全无纸化网络编辑、排版。

出日报前后，在主任辜晓进主导下（陈寅调回总编室任主任），编制了《鹏城今版编辑部岗位职责》，明确编辑部正副主任、编辑（新闻、专版、美术）、记者（文字、摄影）和电脑及其他人员职责，每周的选题会、周会等也固定下来，保证了《鹏城今版》高效有序地产出。

出日报后的《鹏城今版》，在市面上依旧十分抢手。新版面不断诞生，更多编辑记者加入到今版大家庭，达到 30 多人。大家忘我忙碌，其中甘苦自不待言。

1997 年 5 月 24 日是本报创刊 15 周年纪念日，在此前一天，《鹏城今版》恰好出刊 500 期。作为鹏城今版部的副主任，我受命执笔撰写了《500 期致读者》，刊登在 1997 年 5 月 23 日《鹏城今版》头版上。

出刊 500 期当天，特意做了专题"《鹏城今版》创刊 500 期回顾"，时任副主任的高福生主动组版。记者编辑纷纷写出自己难忘的采编经历。《人间至诚是孝心》的作者之一叶红梅，回顾写出《鹏城今版》首期"开卷头一炮"的过程，杨黎光记述《一次难忘的"骗"骗子》采访经历，毛晓军谈关注"棚屋学校"写《莲花山里的读书声》；林航谈"公益伞"系列调查并述评过程；刘青回顾"两年前的预言已成真"；王文讲《一位校长的深圳之旅》刊出后发生的感人后续；周国和回忆《第一个"记者行动"》；王薇有《雨夜，无人喝彩》，编辑陈正直谈《新闻就是要干预生活》，美编赵诚根讲述《"大头儿"牵动着我》；姚宇铭回味《我的"处女作"》等等。

办刊主导者的理念、决心与实践

时隔多年，我重温近些年媒体对《鹏城今版》办刊主导者的访谈内容，更能清楚当年创办《鹏城今版》的价值所在：

"这个决心下对了。"

"《鹏城今版》创刊前，报社讨论了 3 次，很多人反对，争议很大。"已退休的《深圳特区报》前社长兼总编辑吴松营告诉记者，"最后我还是下决心先办出来再说。小平同志说要大胆地试嘛，错了改了就行。虽然那时没有明确提出'三贴近'，不过有个常识，党报只有关注老百姓的日常生活，可读性才强，领导也是读者，也不喜欢天天从报纸上读文件。我当时还提出要贴近市场，要把报纸办得让老百姓掏钱买来读才是好报纸，才有影响力，才能更好地把党的方针政策贯彻下去。《鹏城今版》发行量日增的事实告诉我们，这个决心是下对了，《鹏城今版》也从 4 个版扩大到 8 个版，进而扩大到如今的 16 个版。""把机关报和都市报的优点整合为一体。" —— 摘自深圳《晶报》

"思路和中央的新闻改革政策不谋而合。"

杜吉轩介绍，从办《鹏城今版》起，我们决心强化服务意识，把宣扬党的政策与反映百姓生活统一起来。现在看来，这种思路和中央的新闻改革政策不谋而合。

《鹏城今版》在办报思路上有许多创新，或者说回归到了办报的专业理念上。比如言论，传统的评论多是教训人的大话、官腔、套话，是"应该""要""务必"，有种居高临下的架式，而《鹏城今版》的言论则要求动之以情，晓之以理，论者和读者地位平等，要说人话、讲实理，是"大众酒吧"。

《鹏城今版》创造了许多"最先。"

"从专业角度看，《鹏城今版》还创造了报纸的许多"最先"。它是党委机关报中最先使用大图片的报纸之一；是最先在头版公布热线电话的报纸之一，让老百姓提供新闻线索；是最先把天气报道放在头版的报纸之一，为大众的出行服务；是最先在头版开设"导读"的报纸之一，方便读者阅读；是最先使用中国新闻社电讯的报纸之一，信息来源扩大；是最早开辟整版社会新闻的党报之一，把过去党报篇幅极小的"读者来信"栏目扩展成社会新闻版；是最先设立"分类广告"的报纸之一，扩大了广告来源；是最先采取"不转版"的报纸之一，宁可压缩报道，也不打破各个版面的分界与定位；是最先设立"本版主持人"的报纸之一，实行以编辑为灵魂的采编制度，"本版主持人"后来在网络时代演化为"版主"；也是把文艺、体育率先"娱乐化"的报纸之一，让读者参与其中，乐在其中。"

——上两段摘自深圳《晶报》：《党报自觉探索"三贴近"的发轫之作——杜吉轩谈深圳特区报〈鹏城今版〉演进史》（陈冰）

国内专家的积极评价：

国内传媒学者邵培仁曾撰文指出："《深圳特区报》自1995年创办《鹏城今版》时起，就在坚持党报特性的基础上，大胆进行传统的党报范式以外的内容与形式的革新，富有远见地逐步完善了党报传统的办报模式，走出了一条机关报与都市报相结合的办报之路……《深圳特区报》试图处理好'党报'与'好看'两者关系，实质上是坚持'三贴近'原则，把贯彻党的主张与反映人民心声统一起来，把正确引导舆论与满足市场需求统一起来……《深圳特区报》做到了'上下联通''顶天立地'，成为在大陆报纸中的罕见现象。"—— 邵培仁：《论深圳特区报的办报模式及版面特色》，《当代传播》2007年第3期

我从《鹏城今版》1995年初创刊起，一直参与其中。2月期间被指定为

负责人，1995 年 6 月任命为《鹏城今版》编辑部副主任，2001 年任专刊副刊中心副主任，《鹏城今版》也隶属专刊副刊中心板块系列，2003 年任专刊副刊中心副主任兼任《鹏城今版》编辑部主任，直至转任经济新闻中心岗位为止。在繁忙的部门工作和编审工作期间，采写刊发了大特写、新闻调查、言论、专访、随笔等百余篇，也常为出刊发行广告等事做疏通。乐于为之辛苦为之忙。

2006 年我转任调研员，离开采编一线，但回忆《鹏城今版》创刊的那些岁月，与良师益友共同为新闻创新拼搏的经历，感到十分欣慰，这也是自己新闻生涯中最值得珍视的一段历程。

与境外媒体合资办报的成功尝试

□杨　华（曾任《深圳特区报》对外新闻部主任）

我先后参与《深圳晚报》《深星时报》（已停刊）《香港商报》（1999年《深圳特区报》入股接管）等多家报纸的筹备工作，我在《深圳特区报》的经历较为特殊——所在的对外新闻部是报社为合资办报专门设立的，直至后来该部门融入《香港商报》。

回忆起自己在《深圳特区报》的工作生涯，我深有感触——我对这张报纸感情很深，因为在出去跟其他报纸合作的时候，就感觉到后盾很强大，人家很尊重你。

与境外媒体合资办报的波折

我原来是在《深圳商报》主持理论评论部的工作，1993年底的时候，当时《深圳特区报》要创办全国第一家中外合资的报纸，就从全国各地招聘新闻界的精英人才，也从深圳的一些新闻媒体抽调一些人，我就是那个时候过来的。

当时办合资报纸，我方就是《深圳特区报》，对方是香港的星岛报业集团。筹备的这份报纸叫《深港经济时报》，这份报纸在当时属全国第一家，因为报纸原来是不允许合资的，所以《深圳特区报》可以算是"第一个吃螃蟹的人"。

后来因为很多原因，中央有其他的考虑，这份报纸没有办成。但是当时已经有差不多100多号人了，有一部分就遣散了，有一部分就留在《深圳特区报》的各个部门。记得当时在四川饭店举行了一个很有特色的离别宴，社长吴松营、总编辑陈锡添、总经理陈君聪，包括其他领导都参加了，现场大家抱头痛哭。因为很多人当时都是从全国各地招来的各个报社的精英，过来以后是准备大展宏图的，结果没想到出师未捷，这份报纸不办了。大家都蛮伤感的，反正当时是很多人哭了，哭完以后喝完酒，大家就分开了。那时候大概是1994年10月份，之后我就到了《深圳特区报》的记者部。

到了1995年，《深圳特区报》跟胡仙的星岛报业集团又再次合作，中央批准办了个《深星时报》。后来就决定成立一个专门的部门来跟胡仙合作办《深星时报》，对外新闻部就这样诞生了，那时候主任是傅汉南，副主任是李佳琦和我。

这个对外新闻部，据我了解在全国报纸是独家的，因为其他报纸不存在这样一个和外资合资的情况。《深星时报》办得还是成功的，当时最高的发行量都有十几万份，这是非常之不容易的。

1999年，我已经是对外新闻部的主任了。中央决定在香港的《文汇报》《大公报》《香港商报》三家报纸实行改革。就是由内地一家比较有实力的报纸来接管，让它市场化，能够自负盈亏，那么首先就是拿出当时规模最小的《香港商报》来做试验。当时，《深圳特区报》停办了《深星时报》，对外新闻部开始着手接管《香港商报》。我担任了《香港商报》的助理总编辑。

比较好玩的是，这个对外新闻部慢慢地在无形之中就没有了。它的消失并不是哪一天报社将这个部门取消了，报社从来没有下过文说撤销，只有成立部门的文件，后来就慢慢地被《香港商报》所融合了。我作为对外新闻部主任参加特区报每周一上午的周会，是到了2004年才不参加的，那个时候起就很少提这个部门了。

两地办报的艰难与新闻观念的碰撞

跟境外媒体合作办报是一件非常难的事情，不单是两地办报的困难，还有双方新闻观念、政治理念的不一样，所以不管是《深星时报》还是后来的《香港商报》，都存在磨合问题。

刚办《深星时报》的时候，一开始是在香港印刷，然后两个地方做的版面怎么组合、每天版面的分工，这都是问题。当时我们租用了一条光缆，就是沟通深圳和香港的专线，这个专线晚上可以用来传版面、传稿件，白天我们就搞了一个摄像会议系统，用来开编前会，通过这个系统沟通当天的版面和稿件。这个在当时也是全国首创，一份报纸两个报馆，然后每天通过电视系统来开采编会议，在当时全国也是绝无仅有的。

记得有一次，光缆出故障，做完的版面传不过去，我们都很着急啊，总不能第二天版面开天窗啊！当时我们的人员是不能去香港的，因为要办一个去香港的证件非常困难，不像现在大家都能去香港。后来，我们想了一个办法，请香港的员工以最快的速度，坐火车到罗湖过关，打的士到我们这里来，然后把版面拷贝到3.5寸盘，拿到香港去。

后来接管《香港商报》的时候，我们渐渐地把一些版面转移到深圳这边来做，转移之后大大降低成本，人员成本、场地成本、工作设备的成本全部降低了。然后在深圳这边扩大部门，从20多个人到80多个人，成为当时特区报最大的一个部门。当时在《深圳特区报》，一般也就二三十个人。

而在磨合上，由于当时跟外面交流接触，特别是媒体的交流接触是非常少的。所以那种磨合是非常痛苦的，也是很艰难的，耗费很长时间。可以想象，改革开放到了今天，我们的报纸发生了很大变化，但在新闻观念上跟香港还是存在很大差异。

我记得一个印象很深的事情，在香港，有一个小孩在商场里被自动扶梯压断了手，香港的报纸第二天头版头条都是这个，当时我们香港的同事也是要将这个作头条的，但我们这边就不同意，我们认为一个报纸的头条应该是比较重大的事件。他们认为，老百姓的手被压断是很重要的事，是重大的民生新闻，我们认为政治、文化、国防这些才是重大的事。这个就是新闻观念的碰撞。

除了新闻观念的磨合，许多方面也需要磨合，包括人的磨合，双方不同的经营管理体制的磨合，还有工作习惯的磨合，即使是采编的日常运作也很不一样，香港那边采编的运作有他们的一套，我们有我们的一套。

1999年接手《香港商报》时也有些问题，虽然《香港商报》也是中资的报纸，但是他们毕竟在香港的报纸市场上摸爬滚打这么多年，虽然说与其他的报纸可能存在政治观念不同，但是他们很多新闻观念还是一样。所以我们一开始去接管的时候，刚才讲的和《深星时报》的磨合，依旧还是存在。我记得当时我们差不多有一个星期，就是从早到晚，就在一个大会议室，双方领导一起，讨论研究这些问题。我们这些负责具体工作的，基本除了睡觉是回酒店以外，其他时间都在里边，盒饭是送到会场的，我们就在会场里一边吃盒饭一边讨论，包括发行、广告、采编、印刷等等各个方面怎么吻合，怎么配合起来，怎么协调起来。

不过因为之前我们已经有了跟星岛合作的经验，所以办《香港商报》时虽然方方面面的工作很琐碎，但是总的来说还比较顺利。

拿报纸当被子、在办公室过夜的日子

我大学毕业后就到了《深圳商报》工作，之后在《深圳特区报》工作，而特区报跟境外报纸合资办报以及后来接手《香港商报》，这些我都参与了，作为特区报的一员，我对《深圳特区报》感情很深。

上世纪90年代，《深圳特区报》在全国的地位很特殊，它是代表改革开放、反映改革开放的一张报纸，经济实力又非常强，报纸也很有名气，全国各地都订《深圳特区报》。应该讲，当时的《深圳特区报》不只是一张地方报纸，某种程度上来讲是一张全国性的报纸。

而我们作为特区报的代表，去跟这些境外媒体合作，在工作中就很明显可以感觉到特区报非常强大，底气很足。人家香港这些都是办了几十年报纸的，特区报1982年才创办的，跟人家比那是小弟弟啊。但是由于当时报社在内地很强大，名望很高，实力很强，人家境外媒体才会尊重，才会平等地跟你谈合作。后来我们派驻到香港的记者编辑，也充分展现了《深圳特区报》的形象，不管是业务水平还是精神风貌，都评价很高。

在《深圳特区报》这个集体里，有着浓厚的特区创业精神。我记得刚办《深星时报》时，在八卦岭，那时候人员少，但工作量很大，人员又不可能一下子扩充，所以你一个人就要做几个人的工作，有时候就要干到很晚，太晚了公交车没有了，当时工资也不是很高，不可能经常打的士。所以工作晚了，就睡在报社办公室的藤椅上，一叠报纸卷起来，当枕头，一叠报纸叠起来，当被子，一觉睡到天亮。

有时候我回想起来，当时条件很艰苦，但是感到充满希望，感到很有那种往前闯的干劲。我还是很怀念那个时候，虽然比较艰苦，但是人的精神面貌确实表现非常好。

（录音整理：林捷兴）

记者要做联系政府和民众的纽带

□邓锦良（曾任《深圳特区报》中国新闻部副主任）

报社创办之初，很多编辑记者都是从政府宣传部门出来的，还有一批热爱文学、热爱新闻的社会青年和大学生，因为想干一番事业，大家走到了一起。

那个时候硬件条件虽然差些，但办报纸、写新闻的氛围，可以说比现在要好。一帮年轻人常聚在铁皮房里，讨论新闻策划和国家发生的大事情，气氛热火朝天。因为是"摸着石头过河"，许多在现在看来都非常敏感、不能碰的问题，《深圳特区报》在当时都推出过报道。

说起印象最深的几件大事，大概要属车牌拍卖、土地拍卖、小汽车承包、出租车承包等，特区报写出报道后，不仅在深圳甚至在海内外都产生了重大影响。

那时的报道为什么成功？我认为，关键有两点：一是记者和上面的关系非常密切。上世纪80年代，市政府大楼还有我单独的一张办公台，现在看来是不可思议的事情。我当时负责跑交通线，市里所有有关交通的事情都有我的参与。市领导把记者当成他的属下，开会叫你来参加，他想做什么工作对记者也没有保密，因为记者了解的情况有时比政府官员还多，对一些决策，他们经常会听取记者的意见。

车牌拍卖就是这样做起来的。当时我和运输局一些人去香港考察后，萌生了这样一个想法。不久后，市里要求我为整个交通系统起草一个报告，我就把车牌拍卖这件事写上去了，很快就得到了批复："可以做。"

应该说，早年的时候，我们记者和上面的沟通非常好。经常是政府难于推动的工作，要靠我们报纸来推动。有些问题政府不能解决，要靠舆论来引导推动。当政府要做出重大事情，也需要报纸率先投石问路，再根据公众反应作出决策。

在做出租车承包的报道策划时，有一次，我就拉上运输局副局长一起去坐车，让他亲身感受一下打的乱要价、不打表、招手不停，听取司机们的怨言。我跟他说："你去坐车，我来做文章。"因为我们也是为了帮政府解决问题，是联系政府和人民的桥梁与纽带。领导们也非常愿意和我们接触。一次跟梁湘书记

在广州考察广深高速公路建设后，书记非常热情地带我回他家里吃饭，还让他老婆多炒了几个菜，一起喝酒。

记者不仅仅要和政府部门的关系处理好，更重要的一点是向下深入群众。不仅要想到政府的前面去，更要想到老百姓的心里去，这是记者必须过硬的专业素质。长期跑线，记者对自己分管的行业要深入了解，我们那个时候就能做到连司机想什么、有什么困难都知道。

那个时候和群众关系好到什么程度呢？出租车司机可以等着我们采访完一起吃饭，因为司机知道我的名字，从报纸上他们看到了我的报道，看到记者为他们说了很多公道话，做了很多事情。他们甚至会打电话，一下子叫来十几个司机，并介绍说："这就是邓记者。"

现在回忆起来，特区报老一批新闻人成功的经验就在于抓住"两头"：联系上面和深入下去。对上面，我们出谋划策；对下面，我们贴近基层。这种传统必须保留下去。

（录音整理：曹崧）

征与尘

深圳特区报30年往事记述

依靠通讯员队伍　采掘社会新闻富矿

□朱祖松（曾任《深圳特区报》社会服务部副主任）

1983 年，我从《海南日报》调到《深圳特区报》，先后在世界经济部、国际新闻部、总编室等部门工作过，基本上每个采编部门都呆过一段时间，到了 1993 年，我来到社会服务部，一直干到 2001 年退休。算起来，我在社会服务部这个岗位呆的时间最久，留下了很多难忘的回忆。

拉起了最早的通讯员队伍

记忆中的社会服务部，是一个非常忙碌的部门，一共十一二个人，要承担的工作量却非常之大。除了日常的社会新闻采访外，还要有专人负责内参，有专人负责收发通讯员的来稿。那个时候没有互联网，连传真都未普及，通讯员的稿件主要是本人骑摩托车、自行车或坐公交车送过来，还有的是通过邮局寄过来，后者时效性往往大打折扣，需要打电话更新数字、关注事态进展。不管是什么途径过来的通讯员来稿，我们都要认真对待，都由我们部归口统一收集，然后分发给对应的部门编辑。光是拆信、看稿就要花费大量精力。一个好的通联员，要把通讯员来稿当作自己采写的稿件看待，努力把每一条有新闻价值的来稿发出来、发好。

正是这种对通讯员来稿的重视和热情服务，特区报培养了一支绝对忠实、优秀的通讯员队伍。本地其他媒体的通讯员队伍都是靠我们打的底子。像韦建诚这样的老通讯员，至今仍活跃在圈子里，报纸上至今仍时常看到他拍摄的新闻图片、新闻组图，还有的通讯员从宣传干事的岗位上成长为单位的主管、老总。他们都在随着特区报、随着深圳特区一起成长。

其实不只是我们重视通讯员，市委市政府也很重视。报社每年都要召开一次通讯员大会，由我们部牵头组织、落实，这是特区报创立初期就形成的不成文规定，对一年来多发稿、发好稿的优秀通讯员进行隆重的表彰。参会的不仅有报社的老总，上世纪八九十年代市委市政府也有领导出席通讯员大会，一般情况下，除了来一位副市长，宣传部长也会来，规格非常之高。受表彰的通讯员来年

会更加努力地给我们写稿。

开创了最早的社会新闻专版

1993年，特区报进行了一次改版，新加了一个"社会生活"版，这个版专门刊登最新、最快、可读性最强的社会新闻。现在各报办社会新闻已成争取读者的常规武器，但是在当时，开辟社会新闻专版还属创举，当时岭南的几家大报还没有这样的专门版面，在全国来说，我们这个"社会生活"是不是头一家不好讲，但保守一点、严谨一点来说，特区报算是全国的党报当中最早开辟社会新闻专版的啦。

记得这个版刚开通不久，就刊登了一起交通事故的车祸。事发地点位于滨河路，一辆机动车把一名骑单车的男子撞倒，男子飞到半空中，通讯员从监控录像中弄到了这张图，也不知是截屏还是翻拍，反正相当抓人眼球，这种图片，如果不是巧合，专业的摄影记者也抓拍不到。事情虽然不大，但视觉冲击力强。类似的鲜活、有冲击力的新闻非常多，可以说，这个专版是争读者、争发行、争广告的有力武器，几乎每期都有半个版的广告，很多广告商指定要上这个版。

下基层"为民请命"

特区报一直很重视社会新闻，在创办"社会生活"专版前，在读者来信等版面就开辟了"信访调查""摩天楼下"等专栏，社会新闻的报道面比较宽。这其中，舆论监督是非常重要的组成部分。记得当时部门副职每个月要完成一篇星稿，不作条数方面的考核，看起来轻松，其实还是有些压力的，因为普通的社会新闻根本评不上星稿，必须要有独家的绝活。想搞独家新闻，只能多跑基层，了解老百姓的疾苦、困难，写成独家的调查报道，不但读者爱看，也能够引起政府职能部门的重视，大大推动问题的解决或改善。

记得在九几年，资深通讯员黄天肇向我反映，在宝安龙华有座垃圾山，常年采用焚烧的方式处理垃圾，产生大量的烟尘和毒气，周边的居民意见非常大。我跟黄天肇骑着摩托车跑了很长的山路，最后爬到一座大山顶，看到垃圾车来回穿梭，都装满了垃圾。垃圾车慢慢开到山顶，翻斗一翻，垃圾就从高高的山顶往下滚，山下、山腰全是厚厚的垃圾，可以说是堆积如山。垃圾堆里有纸皮、塑料这些易燃物，还有不容易烧起来的菜叶剩饭，工人们虽然点燃了垃圾堆，但燃烧得并不快，到处在冒黑烟，非常难闻，难怪周边的居民意见大。我把这个事情曝光后，环卫等部门立即派人进行了调查，并责令整改，报道效果很不错。

这样的民生报道非常多，远的不说，就拿香蜜湖来说吧，现在是豪宅区，以前香蜜湖周边的荒草丛可藏了不少养猪场，还是我报道后，城管把这些养猪场清理走的。基本上，每次开编委会，领导都要表扬"社会生活"版报道了哪些好新闻，每年开一次的全国城市报纸群工研讨会，我们都会捧回一大堆获奖证书。

（录音整理：石义胜）

选择做记者，我不后悔

□马文娟（曾任《深圳特区报》社会服务部副主任）

"请问，深圳特区报在哪里？"

1983 年底，我坐火车南下深圳。

原本约定好了，丈夫钱汉江在火车站出站口广场接我。出站时，我跟着人群一起走，结果发现是通往香港的通道。折返后就懵懵懂懂地转到西广场去了，而钱汉江则在东广场苦等。知道两人走岔了，但当时又没有电话可以联系，我决定自己去特区报社。

"请问，去深圳特区报怎么走？"广场上的交警还有保安居然都不知道特区报在哪里。后来有个路人给我出主意，先坐中巴去深圳戏院那里的《羊城晚报》记者站打听下。结果，记者站的同志也不是特别确定，只知道大概是在市政府附近。最后几经辗转，我才找到了通新岭 13 栋——当时的《深圳特区报》办公所在地。

当时我打听那么多人都不知道特区报在哪里，心里真的有点凉，不知道放弃了自己的专业来这里的选择对不对。不过，也仅仅是在我来后的几个月时间里，《深圳特区报》由周报改成了日报，办公地点也由通新岭 13 栋搬到了深南大道的特区报新办公楼。接下来的事情，也让我深刻地感受到了这张新生报纸的成长力是多么惊人。

解决我们的问题，报社要多少钱？

对于我来说，在《深圳特区报》群工部负责"社会服务"版的那段经历最为难忘。当时的"社会服务"版主要是刊登读者来信和接受读者投诉。

因为涉及投诉，见诸报端的往往被看成是批评稿，记者采访到相关单位，人还没有回来，说情的人就已经到了，报社面临很大的压力。为了履行媒体客观反映事实的职责，报社领导要求版面的采访工作一定要做实、做透，多方对投诉事件进行核实。所以，往往一个投诉，我和同事们需要进行大量的实地采访，了解情况，反复核实，以求做到客观公正，避免偏颇、失实。

有一天，办公室里来了一男一女，男的手里拿着一根棍子和一只手电筒，一副气呼呼的样子。我心里一紧，心想是不是以往涉及投诉的相关人员来闹事。结果一问才知道，他们是上梅林某小区的业主，房子入伙很长时间了，可还是不通水电。棍子和手电筒是业主们在没水没电的情况下，每天必备的工具。

我了解到，业主们多次与开发商交涉没有结果，最后只好自发凑了两万多块钱请人解决，但仍然没有奏效。在实在没有办法的情况下，有业主想到了求助报社，于是派了两位代表前来投诉。业主代表在激动地陈述了情况后，问我："我们已经花了两万多元了。解决我们的问题，报社需要多少钱，我们要回去跟业主们商量一下。"我笑了："我们会尽最大努力帮业主解决这个问题，不过报社不要钱。"

我和同事实地采访后，该小区不通水电的投诉及报道见诸报端，我和同事多次找到开发商协商，但开发商态度傲慢，不予理睬。对于我来说，这样的情况屡见不鲜，我和同事们有的是耐心也不缺坚持的信心。投诉跟进的情况不断反映在版面上，后来开发商终于扛不住了，小区的水电问题得以解决。

业主们给报社送来了一面锦旗，上面写道："人民记者为人民伸张正义。"我和同事们觉得，能予人以援手和帮助，是幸福和快乐的事。

"你们的背后，还有我们支持！"

短短一年内，《深圳特区报》与越来越多的单位建立了联系，并发展了多达数百名的庞大通讯员队伍。当时的很多通讯员，现在已经成为各单位的中坚力量。在受理读者投诉的时候，我和同事们经常遇到一些单位根本不予理睬，使得采访和投诉解决进入瓶颈，这时候他们会向各部门的通讯员求助，在通讯员们的积极帮助下，解决了很多投诉问题。而有一个通讯员的话让我记忆犹新："你们的背后，还有我们支持！"

一个星期天的上午，一位来深的上海游客把电话打到了我家里，说他买了双鞋，因为质量问题要求退货，但商户不同意。我考虑到，假日消委会不办公，而旅客下午就要离深，于是找到了当时身为报社通讯员的杨剑昌。杨剑昌接到电话后，二话没说，立刻就去帮助上海游客，通过协商退掉了鞋子，最后上海游客满意地离开了深圳。

上个世纪八九十年代，深圳正处于高速建设中，那时深圳的劳务工很多，而劳务工的投诉也相对集中。一次，我接到投诉：一名江苏劳务工在施工过程中受伤，一只眼睛失明。受伤的青工刚满20岁，医院已经做了鉴定属于工伤，但是眼睛还没有治好，其所在的建筑公司就不再支付医药费了。而且更恶劣的是只同意给一点点处理费，就要打发他回家。想到青工年纪这么小就伤残了，今后回到农村老家，生计都是个问题。我和同事们心里只有一个念头，要帮助这个孩子解决问题！

当时的工地负责人态度蛮横，我采访时出示了记者证，工地负责人连看也不看，说只认单位介绍信，我又马上折回开了单位介绍信。在我的一再要求下，最后建筑公司的总经理不得不出来见了我，并承诺第二天给予答复。可是第二天，这位总经理却玩起了失踪。我一边继续不懈地联系建筑公司，一边向当时市政府信访办的通讯员吴立民求助。最后在吴立民的帮助下，受伤的青工终于拿到了6万多元的赔偿，回到老家开了个小店，生计问题得以解决。

随着《深圳特区报》影响力的日益扩大，我所在的"社会服务"版刊登、反映的问题也越来越受到有关部门的重视。很多部门在看到报道后，及时着手解决。

在劳务工拿不到工资的投诉日渐增多的情况下，当时的劳动局领导非常重视，派人到报社进行沟通，并召开会议研究解决。当时劳动局还在一楼大厅设立了投诉箱，在劳动局的协调下，解决了很多劳务工的工资问题。

让我和同事印象颇深的一件投诉是关系南岭村的，当我们赶到南岭村去了解情况时，当时的村党委书记张伟基已经在被投诉的工厂组织相关人员进行座谈，倾听劳务工的意见，现场办公，解决问题。这让我非常有感触：如果信访投诉涉及的单位都像南岭村这样，积极处理，很快解决，和谐社会的乐章上又会少一个杂音。

每当解决一件投诉后，我最享受当事人给予我们的笑容，那笑容能让我心里幸福很久。我越来越感觉到做记者，是令我自豪的选择。

（录音整理：迟宇红）

旅游版十年往事追忆

□弓 玄（曾任《深圳特区报》体育部负责人）

1983年12月，特区报出日报，旅游版也随之诞生

1983年5月，我进入特区报，此前，我的职业目标并不是报社，而是旅游学院。

从1970年起，我便踏上了自助旅游之路，按今天的话说就是"驴友"。1979年，我根据自己多年的经验写出了国内第一本自助旅游知识书《旅游知识集锦》，由中国旅游出版社出版。当时，我国刚开始发展旅游业，大专院校新开设了旅游专业，我这本书又成了旅游专业的旅游教材。北京旅游学院也需要这方面教师，想让我去，可惜因其他原因未能成功，之后我便进入特区报，成了记者。

1983年10月，我和当时工业部的同事刘军到湛江、北海等地采访刚开发的南海石油海上钻井平台，路上聊起我到报社之前的一些事，也谈到我在旅游这方面的兴趣。当时聊聊就算了，并没往心里去，既然转行做了记者，想的还是怎样把稿子写好，做好眼前的工作。

到了11月，特区报准备出日报。有一天，刘军突然跟我说，出日报后要开设一个旅游版，报社要让我去当编辑负责旅游版。我当时很高兴，也有点惊异，高兴的是搞旅游版是我的强项，驾轻就熟，惊异的是我熟悉旅游的事并没和领导说过，他们怎么知道的？况且，深圳不是旅游城市，也没什么景点，不像杭州、桂林那样，是游人心中的旅游胜地，据我了解，全国各地虽然都有报纸，但除了杭州、桂林这样的少数几个旅游城市的报纸中开辟了旅游版，还没见过非旅游城市的报纸上有旅游版的。

所以我对此表示怀疑，认为这是不可能的，刘军笑着对我说，是他把我出过旅游方面的书并被列入大学教材等的情况向领导汇报的，他还建议在日报中设立旅游版，既然有这样的人，便应搭个台子。

1983年12月1日，特区报正式出日报，在常规版面之外，果然有一个冷门版面——旅游版也随之一起诞生，并一同走过了30年。

"来也匆匆，去也匆匆，就这样风雨兼程"……

旅游版诞生，我和它一直相伴了10年，共同走过了风风雨雨。

当时，旅游版的宗旨是宣传深圳旅游，可深圳的旅游资源很有限，虽然号称"五湖四海"，但规模不大。当时的五湖是指香蜜湖、西丽湖、银湖、石岩湖、东湖，四海是大小梅沙、西冲、深圳湾、蛇口。这些景点用一两期就搞完了，以后该搞些什么内容？于是扩大到4个经济特区，再扩大到14个沿海开放城市。因没有来稿，所有稿件都要到当地去组稿、采访，又不能坐飞机，全靠火车和长途汽车，虽然是两周一期，但时间非常紧张。

我那时的状况是路上来回各两天；当地组稿、采访、写稿三至五天；回报社写稿、编稿、审稿、拣字、校对、拼版、改版、签押、出片两至三天，那时还是铅字印刷，稿件要在印厂一个字一个字地拣出来排成小样，然后再拼出版面，非常繁琐；报纸出来后，用一两天处理一下家里的事情，马上又要出发去下一个目标。一直这样马不停蹄地东奔西走了好几年，像上满发条的机器无法停下来。

那时火车上最爱播放一首歌的歌词是："来也匆匆，去也匆匆，就这样风雨兼程……"每当我听到这首歌就有一种感动，心想，这唱的不就是我吗！每天都在拼命地向前赶路，周而复始。

赶路不可怕，最难的就是经常遇到当地不配合，不提供稿件，也不提供采访方便，只能靠自己完成整版稿件的采写。

记得搞海南专版时，原计划在海口约当地人写几条稿，空缺的景点我自己去采写一两个就差不多了。没想到，先后找了宣传部、《海南日报》、旅游公司，竟然没人肯配合，因为海南岛太大，跑一圈要几天，还要花不少钱，所以谁都不肯管，都往外推，而领导定好这一期就要出海南专版，我也改变不了，只能自己顶上去，所以第二天一早我就赶班车下去，自己采写全部稿件。

本来若有专车三天可以环岛采访一圈，坐班车就要六天，等我回到海口，离出报日期已经很近。1984年，海口到广州的大巴每天只有一班，当时车上只剩一个过道里的加位，在这个没有靠枕的半截位上坐24小时长途，在今天想想都会发噩梦，但我没有选择，赶上这班车才不会耽误出报。那24小时是怎么熬过来的，20多年过去，至今仍难以忘怀——半夜里，人一旦睡着，头就不自觉地两边晃，撞到旁边的椅背上就醒来，想不睡，困得不行，想睡又没法睡，真是折磨人；第二天下车时，后背感觉仿佛要断了一样。

征与尘

深圳特区报 30 年往事记述

"野人"寻踪：大年初一追到湖南新宁县

在特区报的 28 年中，我呆过的部门、采访的地方可谓不少，先后在工业部、财贸部、文艺部、经济部、政文部、体育部、通联部等部门工作过，采访过包括奥运会等各种内容，但回忆起来，最辛苦最极限的采访都是在旅游版时经历的。

印象较深的有两次，一次是到湖南湖北采访野人，另一次是去云南搞云南专版。

1986 年 2 月，春节将至，本报突然接到湖北武汉中国野人研究所的报料，称他们抓到一个野人，希望我们去采访。领导让我立刻出发赶往武汉。当时离过年只有一星期左右，正是春运高峰，火车票异常紧缺，根本买不到票，我只好先上车再说。

火车上人挤人，座位底下，行李架上都是人，别说卧铺，就连座位也别想，只能站着，就像挤公共汽车一样。那时火车的车速也很慢，到武汉要 20 个小时，我从头天下午上车，一直站到第二天上午才到武汉，两条腿都站肿了。

找到野人研究所，采访后立刻写稿，到晚上找地方发稿，当地人告诉我只有到武昌市中心的电报局才能发电报，坐车过去又要一个多小时，找到电报局已经晚上 8 点多，再用电报纸将稿件重新抄写一份，等把稿子发出去，回到住处已经是晚上 10 点多，才可以坐下来吃饭。算一算，从接到消息出发到现在，已经 36 小时没正经吃过饭，更别提休息了。

虽然野人研究所的专家确认他们抓到的是野人，我只能按专家的说法报道，但我心里还是很怀疑这个说法。尽管记者不是专家，不能下结论，但我希望亲眼看一看这个野人。第二天，我又找到野人研究所，要求亲眼看看野人。他们说野人病了，正在治疗，不能看。我坚持要看，在我的一再要求下，终于同意带我去见一下野人。

这个野人的外形比较奇怪，和人的差别很大，不太像人，但和人们常见的猴子也不一样，脑袋大，个子也大，尾巴只有寸许，以我的常识还真说不清是不是猴子，但如果和人来比，应该像猴子多一些。

我提出自己的怀疑，野人研究所的专家依然坚称就是野人。

为了弄清这东西究竟是不是猴子，我决定到发现并捕获它的湖南新宁县实地采访，看能否找到一点新的线索。到新宁才知道，当晚正是大年三十除夕夜，几天来的奔波，我早已将过年的事忘得干干净净，而到达的时间实际已是大年初一的凌晨 1 点多。

那一晚，我住在县委招待所，整个招待所只有我一个客人。印象最深的是，那一夜异常的清静，万籁俱寂，没有一点声音，与广东鞭炮齐鸣的大年夜迥然不同，是我几十年来过得最冷清的一个年。

大年初一，我找到捕获野人的乡干部，并从他处了解到，那个所谓野人根本不是野人，而是一种比较稀少的猴子——短尾猴。

蝴蝶泉采访：一天骑车 200 公里

在云南的那次采访也是我采访生涯中较为难忘的一次经历。

因时间限制，当时是不可能去搞云南专版的，一个偶然的机会，曾在本报工作过的张巧琳提出可以提供往返机票，才有了出云南专版的可能。机会难得，我自然想把这个版搞得精彩一点。

云南交通不便，从昆明到西双版纳要坐五六天汽车，到大理都要两天才能到，所以基本排除了离开昆明的可能。一星期时间实际只能搞个昆明版。

但事有凑巧，我在体育馆遇到一个人，他说他的进口车可以当天到大理，这使我有在大理呆一天的可能。于是我决定去大理采访一天，毕竟云南专版不能只介绍昆明一个地方。

到大理的当晚我开始计划明天的采访路线，经了解，大理的景点非常分散，最远的蝴蝶泉离大理有 75 公里，而且只有一趟班车，去了回不来，怎么办，想来想去都没有好办法，有个当地人给我出了个主意，租辆自行车，骑车去，一天 200 公里，虽然累，却是唯一办法。

我决定拼了，我上大学时曾有过一天骑行 150 公里的经历，这次骑 200 公里，能把大理的景点都跑完也成。

第二天天不亮就出发，先去洱海，再往蝴蝶泉方向一站站采访，于当晚 10 点赶回下关，这天，我用老式自行车，以每小时 20 公里的车速，整整骑了 10 小时，跑了 200 公里，还步行了几公里，终于完成了大理的采访。这个极限，我自己是无法打破了，其他人恐怕也不容易打破。

征与尘

深圳特区报 30 年往事记述

追忆首次出版《世界杯特刊》

□卢建纲（曾任《深圳特区报》体育新闻部副主任）

1994年6月，第15届世界杯足球赛期间，由本报集全报社之力出版的《世界杯特刊》问世了——每天下午单独出一份对开四版的"号外"，这在当时国内的党委机关报中，似还没有先例。那个夏天，辛苦而又愉快，至今回想起来，仍历历在目……

若不能抢占新闻大战的"制高点"，竞争就是一场月亮追赶太阳的游戏。

第15届世界杯足球赛于1994年在美国举办，由于时差关系，所有赛事都是在北京时间的下半夜进行。这样一来，日报在报道上处于不利的局面——如果按平时正常的出版流程，下半夜三点，也就是比赛刚刚开战，当日的日报已付印了。所以无法"第一时间"报道世界杯新闻。时差对晚报却十分有利，每天赛程结束后几小时大赛的新闻就能见诸报端了。

足球是世界第一运动，四年一届的世界杯更是全世界球迷的一场盛会。据有关报道：足球世界杯的观众高达30亿以上，真可谓全世界的"焦点"。因此搞好足球世界杯的报道，不但是广大球迷读者的期望，也是各大报刊一展自己实力、争夺读者的一场"新闻大战"。当时《深圳晚报》已创刊，世界杯新闻大战的时效性"制高点"被其占据着，对特区报无疑是最大的威胁和挑战。若不能抢占时效性的"制高点"，与晚报"站在同一起跑线上"，竞争就是一场月亮追赶太阳的游戏。

面对"严峻"的形势，体育部同仁觉得有必要出版一份号外式《世界杯特刊》——每天下午单独出一份对开四版的《世界杯特刊》。

体育部的想法很快就得到报社领导的赞许和大力支持。

体育大赛出专刊，原本是"常规动作"，但出对开四大版，却开了特区报先河。办四大版体育专刊，且为时长达一个多月（33天），当时在国内各大日报似还没有先例，国内大多数的日报都是4~12版左右；出一份对开四版的"号外"，几近于每天多出一份报纸。

《世界杯特刊》的创办，不仅是摆在体育部面前的新课题，更是牵一发而动全身，涉及到从采编到制版、印刷、发行乃至遍布全市各地的230多个零售点。

为此，报社从采编部门抽调多名足球"发烧友"支援体育部，制版房、印刷厂、发行部也都总动员，全力以赴"参战"，为了让特刊的采编人员休息好，报社特地安排特刊的全体采编人员集中到报社招待所住宿，享受每人一间单房的待遇。报社食堂也专门为特刊采编人员提供一日三餐外加夜宵。

体育部同仁感叹:《世界杯特刊》是一部凝聚全报社心血的"交响乐"!

一开始大家对能否办好这份充满多个"第一"的特刊，心中的确没有底。好在当时体育部的记者、编辑及其他部门的"外援"，绝大多数是年轻人且几乎都称得上是"铁杆球迷"。所以，大家都是以年轻人天不怕地不怕的精神加上"铁杆球迷"的"疯狂热情"投入到《世界杯特刊》的采编工作中。

30多天，天天挑灯熬战，从没有人叫过苦。彻夜灯火通明的编辑部，伴随电视机的实况直播，助威声、呐喊声使办公楼为之震动。现在回想起来，这帮可爱的年轻人仍然给我很多快乐的回忆。

为了给球迷送上一份丰富的世界杯盛宴，我们一方面与香港的报刊联系，请了在美国采访的特约记者，并与一些中外传媒合作，为读者提供"全景式"的世界杯盛况。从战况跌宕的赛事，到千姿百态、五彩缤纷的场内外花絮，都图文并茂地呈现在广大读者的面前。力求让读者在赛场报道中读到在荧幕上"读不到"的东西，让读者觉得：即使亲眼观看过电视转播，也还有必要读读特刊，从而"大饱眼福"。

我们除认真写好每一场比赛的评论外，还请了时任中国足协主席、曾担任过国家队主教练的曾雪麟和原国家队教练胡之刚，每天撰写"名家论战"。

每轮赛事前，我们推出一些预测性的文章，这些文章不是简单地预测比赛胜负结果，而是将出战球队的技术风格、出场阵容、战术运用、双方实力对比等做介绍。另外，"风流人物"等栏目则介绍将在下轮比赛中"翻云覆雨""主宰沉浮"的球星，这些"通气式"的预测，使读者观看比赛时有充分的欣赏准备，因此，很受读者欢迎。

为了将《世界杯特刊》办得"生动活泼""多姿多彩"，我们通过多种渠道获取各种"软性新闻"以及精彩的照片，图文并茂地展现世界杯赛场内外的林林总总。特刊的"广角镜"视野非常开阔——有各国政要观看比赛的信息，有国际足联的新动态，有各国球迷的"众生百态"……可以说：地球"各个角落"中发生的与世界杯有关的新闻，都被纳入了我们的视野。

《特刊》最大的"亮点"——言论以及与球迷的互动

世界杯不仅是足球的舞台，其实也是一个人生的大舞台——透过世界杯赛场内外的种种景象，折射出一个丰富多彩的人生、色彩斑斓的社会生活……因此，看世界杯，不仅仅是看足球赛事，更是从中看人生，看社会，看生活。有鉴于此，《世界杯特刊》下大力气抓好言论——四个版，就有三个版辟有言论专栏，如"球迷茶座""晨钟暮鼓""荧屏絮语""反弹琵琶""战边鼓"等等，随感评论、抒情性散文、议论性杂文……从足球道人生，谈社会。言论，起到画龙点睛的作用，加大了特刊的思想深度，让读者获得更多足球大赛以外的收获。

我一直认为，这次创办的《世界杯特刊》，最大的"亮点"是言论，以及与球迷的互动。

特刊除了在第三版用较多篇幅报道本地球迷的动态外，还开辟了"球迷茶座"专栏，让球迷有个"各抒己见的平台"。世界杯期间，编辑部多次派记者编辑到球迷中去，和球迷座谈。不少单位自己组织员工观看电视转播，召开球迷座谈会，特地邀请特刊的老记老编参加。有些球迷甚至"跑上门"（到编辑部）和我们"促膝谈心"。

马拉多纳服食兴奋剂，东窗事发后，一位年轻姑娘眼泪汪汪地来到编辑部——她是位"马迷"，马拉多纳面临禁赛处分，令她十分伤心。当然，编辑部亦有不少"马迷"，她很快就在编辑部找到了知音，也找到了宽慰。

《世界杯特刊》是否成功，读者是最权威的评判

世界杯期间，由《深圳风采》杂志编辑张晋牵头，联合《蛇口消息报》《宝安报》以及本报体育部，就市民收看世界杯电视转播的情况，电话调查采访了 178 位市民。这也是我市传媒在大型体育赛事中，首次通过电话采访形式所作的公众调查。

电话采访表明：世界杯足球赛热浪正持续席卷全市；本报出版的《世界杯特刊》，成了众多球迷了解世界杯战况的重要渠道。

《世界杯特刊》第一期（6 月 16 日）一出，许多读者就来电表示赞赏。赛格集团一位李先生来电说："《世界杯专刊》信息快，版面富有'冲击力'，花絮别具趣味。"

众报纸零售商反映，《世界杯特刊》很受读者喜爱。深南大道统建楼的售报点说，每天 500 份特刊，不到一小时即被抢购一空。

《世界杯特刊》出至第三期时，成了深圳报刊市场的抢手货，不少球迷反映，他们每天下午三点多去报摊，便已买不到《特刊》。一些偏远地方的球迷纷纷来电表示，他们至今尚未与《特刊》谋面，急切想知道《特刊》的订阅办法。本报为此表示："将充分考虑球迷这一需求，并尽力予满足。"

特刊最后一期，我们登载了一署名"安仔"的球迷的来信，在此摘录于下——

"当我这个超级球迷看完最后一期《深圳特区报》的《世界杯特刊》，心中充满深深的满足感，我要代表全市的球迷们感谢特区报，感谢你们在这个炎热的夏季为我们这些发烧友提供了这份珍贵的礼物。

……你们的特刊，一份纯足球的特刊，让鹏城球迷贴心，让广大读者佩服……球迷心中的英雄——巴西队终于获得了冠军。你们，"特刊"的编辑们，我们球迷也给你们满分！"

最后，他深情地和我们相约"再见在1998"。（按：1998年将在法国举办第16届世界杯。1998年我们如约而至，那是后话）

读者给予我们的肯定，无疑是对我们的最高奖赏。

说到这里，我觉得很有必要提一提特刊编辑部当时的几位年轻人——陈强、崔卫平、王伟、薛小兴、唐亚明。他们是特刊写作组成员，几乎每天从晚上12时直干到第二天中午12点多。他们经常一干完活就累趴在办公室的沙发上，趴在桌上睡着了，连饭都不想吃。30多个日日夜夜，没睡过一个囫囵觉，没有一天好好吃过一顿囫囵饭。

四位编辑也忙得不亦乐乎，每人一个版，从处理稿件到划版、校对、签样，时间紧、工作量大、紧张繁忙得如同打仗。李春根除了负责二三版的编辑工作外，还主持"球迷茶座""屏前絮语"等多个栏目，自己还为各栏目撰写了大量的文章。

通过创办《世界杯特刊》，为办体育大赛专刊积累了宝贵的经验，也证明我们有一支很能战斗的队伍。

正如《世界杯特刊》"结束语"所说的："世界杯结束了。这个月来，虽然累得筋骨都要散架了，但我们仍然感到无限的欣慰：我们总算给广大球迷送上了一份还不算太差的礼物——《世界杯特刊》。累，却累得充实。我们感到了人生的亮丽。"

的确，这个夏天很累很愉快！

（录音整理：张晋）

我见证特区工业的崛起

□林　发（曾任《深圳特区报》经济部记者）

动工竣工天天见

1983 年，我加盟初创时的《深圳特区报》。时年 42 岁，主要负责联系、采访工业企业、基建企业。今天仍然名声响亮的南油、金威啤酒厂等企业，我都亲眼见证了它们的诞生、奋斗和成功。

我是从茂名电台的岗位上选调进入深圳的。当时，《深圳特区报》是只有四个版的周报，竖排，铅印。深圳城区主要集中在罗湖，道路少，只有深南路是水泥建成的，其他都是泥巴路。每天上午，我骑着自行车出去采访，下午如果碰到下雨，只好扛着自行车回来。我们打趣说，这叫"上午人骑车，下午车骑人"。

28 年前的深圳经济特区还是两三岁的"幼儿"，正是大干快上的火红年代。报纸上刊登的几乎是清一色的"动工""竣工""开业" 新闻。我保存下来的个人报道作品剪报集里，最早的一篇报道就是关于上步工业区 17 栋厂房出售及 8 栋厂房即将竣工的新闻，刊出时间为 1983 年 12 月 30 日。

1984 年初，关于"动工""竣工"的新闻更是"批量"见报。1 月 3 日，"金城大厦提前封顶"； 1 月 17 日，"深圳发展中心大厦动工"； 2 月 19 日，"妈湾即将兴建现代化大港"；2 月 19 日，"深圳兴建现代化歌剧院"；3 月 8 日，"南头'石油城'全面动工"……

有些重要工业项目，从开工到投产到成长，我持续跟踪了五六年。南油的建设从打桩开始，到大建设，到投产赢利，我前后跟了六年。亲眼目睹了南头"石油城"从荒山、工地、楼群到上交利税的全过程。那时从位于现在市委附近的老特区报社到蛇口南油工地采访，需要一整天，很辛苦，但我跑了不知多少个来回。

特区工业筑基底

回顾自己 1980 年代初期的报道，可以清晰看到深圳经济特区早期工业创立与发展的轨迹。

伴随一个个工业空白项目的填补，特区工业的门类不断丰富，发展多姿多彩。我的报道比较完整地呈现了特区工业的创业历程。深圳市轻工工贸服务公司引进中空玻璃项目，填补国内一项空白；南头"石油城"动工，开深圳石化炼油工业先河；香港南洋纱厂来深投资，南方纺织有限公司应运而生；成立于1983年的华联纺织公司一年办厂十二家，奠定深圳纺织业的深厚基座；深圳造纸公司试产瓦楞纸，填补深圳造纸工业空白；中华自行车业公司正式投产，此后中华牌自行车扬名海外；还有当年曾引领国内大潮的房地产业和装修业。

我清楚地记得，1983年参加华联纺织公司成立大会时，意识到影响深圳未来的一个重要行业将从此起步。与会的新闻记者超过40人，我深感责任的重大，特区报的记者不能落于人后。经悉心搜集材料，准确挖掘大会的意义，形成了一篇内容丰富、特点鲜明的消息稿。我将稿件放在值班主任的桌上，因当天新华社有通稿，主任没有将稿件送交编辑部。晚上十二点，编辑部要求看看我的稿件，经与新华社通稿比较，认为我的稿件更有特点，内容更扎实，最终刊发了我采写的稿件。

企业转型报先声

1992年1月，南国春早，小平同志南来深圳，发表推进改革开放的重要讲话。

一度被姓"资"姓"社"所困扰的深圳经济挣脱了左的意识形态的束缚，焕发出新的活力。同时，经历十多年大发展的特区工业也面临着转型升级的使命。我以新闻记者应有的敏感，及时捕捉到了深圳企业从劳动密集、加工贸易向知识密集、品牌建设转型的时代先声，通过一篇篇鲜活的新闻报道为企业转型鼓与呼。

深圳莱英达通华电子有限公司与科研院校合作，接连推出用途广泛的报警装置等14种新产品，其中4种被评为广东省创新产品。公司不仅扭亏为盈，而且效益节节攀升。我"水暖先知"，刊发《"通华"依靠科技打翻身仗》的消息，引起社会关注。

深圳市家用工业公司从来料加工转变到自有产品开发，从劳动密集型转到技术密集型，年利润以30%的速度增长。我率先采访、发稿，同行竞相跟进。

1992年11月，《深圳特区报》一篇题为《深圳啤酒打回"娘家"》的消息被市民广泛传阅。消息写的是，深圳"金威""好顺"牌啤酒成功返销到合资方的德国"娘家"，深圳啤酒公司仅10个月就创造产值1亿多元、利润1300万元。我在这篇报道中发现公司取胜的"秘诀"是，引进"世界啤酒王国"德国的先进设备和生产技术工艺，并能吸引、消化、创新。

针砭时弊鼓风帆

特区工业的发展走的并不是一条笔直的康庄大道，其间时有弯道、陷阱；不只需要高亢的鼓点，还需要冷静的提醒。

作为特区早期的党报记者，我不限于挖掘最新的事实和变化，还注重倾听业界的呼声，观察发展中的不和谐现象，及时向社会发出警示和呐喊。

上个世纪 80 年代中后期，内地驻深企业存在干部轮换过快，影响事业稳定发展的突出问题。当时，内地在深企业的经理、厂长干一两年，个人赚点钱就走了，板凳都还没坐热，根本无心做大做强企业。我一直在思考这一问题，恰好在一次小型会议上，有位退休领导也提出了这一问题。我灵机一动，立即采写了题为《内地驻深干部不宜"轮流坐庄"》的报道。见报后，引起企业共鸣，也受到市内外有关领导高度重视。之后，内地驻深企业干部任职期限更长、更加稳定，有效促进了这些企业在深圳的发展壮大。

1993 年，国家颁布《全民所有制工业企业转换经营机制条例实施办法》，规定企业可以灵活经营，但来自权力部门的变相摊派和公开拿要，企业吃不消。一些企业经理说，企业好比"唐僧肉"，有些人打着各种旗号想吃你的"肉"。我立即奋笔疾书，采写了近两千字的舆论监督稿件——《救救"唐僧"》。文章列举了种种吃拿卡要的严重现象，旗帜鲜明地提出："解决问题的关键在于如何制约一些权力部门的行为，用法制遏制他们滥用权力。"报道受到市领导重视，深圳陆续出台了一系列搞活企业、为企业减负的措施，权力部门明目张胆侵犯企业合法权益的现象日渐减少，深圳企业的发展环境日益改善。

（录音整理：谭建伟）

回忆在《深圳特区报》工作的日子

□阮　华（曾任《深圳特区报》编辑、著名股评人）

时光闪若白驹过隙，当年初来乍到在老报社顶部九楼几十人睡散铺的局促光景仍恍如昨日，转眼间却近三十载了。我自 1984 年初夏带着"建市以来最高的搬家费"（市人事局负责报销的同志语——因行李有四五十箱的书）来《深圳特区报》报到，至 1994 年春转投证券市场，前后恰好十年。其间一直从事编务，位卑人微，建树甚少，就更谈不上有什么贡献了。但忙忙碌碌的十年生涯中仍然留下了若干自以为还有些许意义，堪称敝帚自珍的回忆，兹录片段，作为欣逢三十周年报庆奉上的心香一瓣吧。

全国首家实行激光照排　《深圳风采》一度使我们苦不堪言

我是从河北省文联调来的，原来干的就是文学，故来《深圳特区报》后顺理成章就分到文艺部（原来叫副刊部）当编辑。早期报社曾仿效香港《文汇报》的做法，每逢周末随报附送一份内容较为轻松活泼、侧重于娱乐路线的《海石花》，由叶挺将军的女儿叶剑眉等几个人编辑，1984 年改为月刊。到 1985 年秋，领导有意进行改革，将《海石花》改名为《深圳风采》，从文艺部分离出来，试行有限度的承包，办成综合性月刊。叶剑眉出头接了下来，邀我加盟。我一向对办杂志有兴趣，于是成为《深圳风采》改组后最初两个编辑中的一员。

回眸《深圳风采》头尾大约三年的日子，可以用两个字形容：一是"忙"，二是"苦"。由于仓促上阵，刚开始时只有叶剑眉和我两人，组稿、采访、编辑、排版、美工、校对等出版程序的整个过程全部是一脚踢，遇需要时我甚至还客串摄影记者。天天除了吃饭睡觉外是连轴转，晚上加班至午夜是家常便饭，星期天形同虚设（那时还是周日单休制）。好在当时的加班费并不高，不至于被人误以为我们想多领加班费。人手不足之外偏偏加上叶剑眉和我的孩子都还小（她的上小学，我的才刚上幼儿园），这中间的难处自然更添一层。幸亏后来又陆续调入了张晋、马克政（美编）、陈秉安、但平等人，分成两组，由叶剑眉和我轮流带着各编一期，工作强度才降了下来。但对于一份字数近十万的月刊来说，强度仍然不轻。主要的问题在特区的作者队伍未建立起来，稿源得不到根本解决，作品质量良莠不齐，大大增加了编辑的工作量。

但以上说的并不包括前面提到的"苦"的内容——我所说的苦，主要出在校对的环节上，它使始创初期的《深圳风采》编辑吃尽了苦头。原来报社准备在全国新闻系统中率先采用激光照排技术，决定由《深圳风采》先行作为试点。支持新生事物理应义不容辞，何况激光照排示范时优点多多打动了我们。谁知由于技术还欠成熟，投入使用和示范时的效果大相径庭，一般二三校便可大功告成的稿子竟要五校六校，甚至七校八校还通过不了。经常是前面二三校已经改正的谬误，到五六校又"借尸还魂"，甚至还多次出现过回到初校状态的情况，据说是电脑出问题了。这样一来校对时间不知增加了多少倍。到后来弄得我们都不敢相信电脑纠错了，宁肯用笨办法——将要改的字另用电脑打出来，再将校样上的错字挖掉，然后将正确的字补上去，用透明胶纸固定，直接送去照相制版。试想想将一个个 5 号字这样反复进行纸上作业，是多么耗时又费神的精细活。几期下来又怎能不苦不堪言。最后我们都成为熟练的"植字工"。但有一点是足以令我们自豪的，就是作为全国首家实行激光照排的刊物，《深圳风采》为推广普及这一革命性新技术作出了铺路石般的贡献，这也算是一个聊可自慰的收获吧。

封面女郎事件——酥胸半露的女郎引来众多非议

整个办刊过程中虽说未闹过什么大的乱子，却也并非风平浪静。我印象较深的有这样两件惹出麻烦的事，一是 1986 年第 11 期的"封面女郎事件"，当时每期的封面设计都由叶剑眉负责，出于刊物销路考虑（实际上也没有更好的选择），封面基本上都是港台影视歌星照，我们称之为"美人头"。发行实践表明，登"美人头"的刊物的确好卖得多。但期期都是那些大明星也会审美疲劳。那一期轮到我当班，我便问叶剑眉有没有别的照片可以当封面换换口味。叶剑眉一开始表示没有，后来想想从抽屉里拿出一张照片来："这张倒是不错，可你敢用吗？"我一看是幅头披垂腰轻纱，露出大半个胸部的外国少女摄影人像，光、色配合运用得非常之美，把画面氛围衬托得圣洁典雅，似文艺复兴时代大师级的油画佳作。我赞了一声好后，说："有什么不敢的，又不是光屁股，就是它了。"

照片是香港送过来的，叶剑眉其实也想用，但又怕被指责太暴露。经过进一步了解，得悉这是"第二十七届国际沙龙摄影展览"获金像奖、金牌等三项殊荣的夺魁之作，我们的底气就更足了。说实话用今天的尺度看来，那摄影模特只是酥胸半露而已，和现在满大街显出乳沟的时尚女人的着装相比，简直算不了什么。

然而出现在上世纪 80 年代中期被称为"特区"的深圳就顾忌重重——刊物出版之后，一时非议者众。除"道学家看到淫"外，还与影影绰绰的"精神污染"挂钩，以及片面追求发行量的指责。好在时代毕竟进步了，议论过后并未酿成发酵的风波，我们的主管领导许兆焕素来开明，不但无片言只语批评责难，还在他接触的那个层面化解了来自内外各方面的风言风语，最终《深圳风采》平安无事。

另一件麻烦事出在发行上，1987 年我们准备自办发行，经编辑部一临时雇员引荐一姓张的社会人员找上门来，表示要外包刊物的发行，开出的条件也足够诱人。叶剑眉动了心，找我商量，我觉得张某夸夸其谈又不摸底，主张慎处缓行，又提出既然张某吹嘘他过去发行《佛山文艺》等刊物多么多么成功，不如我去佛山了解一下他说的情况是否属实。其后我的佛山之行果然证实张某不堪信任。说来也巧，恰在此时市公安局登门通告，说张某是在公安局挂了号的社会骗子，因别的案子已经被拘捕，因知悉他已以《深圳风采》的名义进行活动，故来问我们有否受了什么经济损失。听后大家纷纷庆幸逃过一劫，我因此被评为该年度的市治安先进个人，到表彰大会上领了几百元奖金。

《青春驿站》面世后激起的反响令人惊异

我在《深圳特区报》的第二个五年，是回到文艺部负责长篇连载的专栏。期间虽然也编发过若干名家如陈国凯、顾骧的作品，但真正产生了较为广泛的社会影响的，却只有两部（以发表时间先后为序）：安子的《青春驿站——深圳打工妹写真》和中共深圳市委宣传部写作组由倪元辂策划审定，陈秉安、胡戈、梁兆松执笔的《深圳的斯芬克思之谜》。

安子的作品是部主任王向同推荐的。同时编辑部一些人有不同意见，我看后亦有同感。该作品的优点与缺点确很突出：优点是生活气息浓厚，缺点是故事架构平铺直叙，语言也比较粗糙，距长篇连载只选名家经典作品的标准明显有相当距离。但王向同看重的是几个"新"字——一是新人，二是新的内容，文中打工妹群体的生活是我们此前的文学几乎没有反映过的。再就是新的表现角度和视野（打工妹写打工妹）。他也承认作品在艺术上确实存在诸多不足，让我尽量帮助作者修改删节加以弥补，同时强调这不应是决定取舍时所要优先考虑的。几番磋商之后，我接纳他的建议发稿，并在取得安子的同意后以一个新的题目（即现名）于 1990 年 8 月 9 日开始连载。

这部打工文学作品在面世后激起的热烈反应多少令人惊讶。过去涉猎打工文学作品不是没有，但集中地写并辑录成书这在全国是第一部。信件源源不绝地从特区内外、山南海北飞来，深圳电视台为此制作《明天会更好》的专题片，介绍安子的成长历程，还有几家电视台计划将作品改编为电视连续剧，海天出版社后来还出版了《青春驿站》的单行本，安子一炮而红成为全国知名的打工一族的代表人物——所有这些都出乎我这个责任编辑的意料之外。回过头看王向同对这部作品可能唤起的社会反响与受众效应的判断是准确的，换言之他对于生活中的新的变化更加敏感。此事教育了我，也给我留下了深刻启示：就是作为一个报刊文字编辑在决定作品的取舍时，权衡艺术标准固然重要，但不能忽略其对应的社会受众的需求。在特定的条件下，作品本身可能产生的社会效果和实践意义甚至更重要。

精心修改《深圳的斯芬克思之谜》，每周两个整版隆重推出

《深圳的斯芬克思之谜》从市委宣传部转过来时，已经反复讨论基本成型。按理说不应有编辑多少事了。但正如原市委书记李灏在《序》中指出的"整个作品还是比较粗糙的"，这一点与《青春驿站》相似，所不同的是后者的粗糙是技巧性的，而前者的粗糙则是思辨性的。平心而论要驾驭这样一部题材宏大、力图"运用马克思主义的经济理论来剖析深圳的经济现象"（李灏语）的鸿篇巨制，无疑对作者提出的要求极高，出现力有不逮、言不及义之处也就在所难免。而我身为责任编辑，尽管才疏学浅，仍要尽到把关责任。不能因为是顶头上司定下来的，就走走过场了事。故在与作者充分沟通、交换意见的基础上，我还是尽自己的能力，认真对原稿进行加工、润色，个别段落甚至推倒重写。今日如翻看存档底稿的话，可以看到不少当年修饰的痕迹。

该作品在深圳经济特区建立十周年之际以每周两次每次一个整版的篇幅隆重推出，以其题材的独特性吸引了各方的目光，在舆论界形成了难得一见的轰动效应，在成书出版的同时，还摘下了全国报告文学奖的桂冠。

踏上股评写作之路

最后值得一提的是：《深圳特区报》是我走向股评写作的平台。我的本职工作是文学，与股市本来风马牛不相及。但由于"股票热"进入了人们的生活，自然也进入了文学工作者创作的视野。这是我接触股票的初衷，并不纯是为了发财。

当时报社负责跑证券这条线的是傅建国与陈益健，他们以余嘉元（一家之言）的笔名合写有关股票的评论与消息。那个年代由于这类文字极其敏感，容易影响股票升跌，所以不是什么人都可以写的，且写后还要先后传真给市人民银行及主

管证券的副市长，通过后才由《深圳特区报》独家发表。那时傅、陈两人和我同在老报社主楼办公，经常在一起议及股票。有时他们忙不过来，或认为我的某些观点可取，便鼓动我写成文章拿去发表，慢慢地我也就近水楼台先得月，成为"票友"，客串财经评论的角色来。

我的第一篇股评发表在1991年秋，是批驳牛市短命论的。我还和陈益健合作开辟了香港《大公报》第一个A股专栏，笔名贺东元（贺是"合"的谐音，东元则取我们各自姓氏的半边）。就这样我踏上了长达二十多年的股评写作之路，至今仍在写的一个专栏已长达14年，创A股有史以来最长专栏的纪录。这都是当年绝未想到的，而所迈出的第一步，就是在《深圳特区报》。

（记录整理：林彦龙）

征与尘

吴伯雄当了回"阿黑哥"

□刘廷芳（曾任《深圳特区报》摄影部记者）

我是跑农村线的记者，2000年11月28日，报社临时派我去采访市领导会见中国国民党副主席吴伯雄、前民进党主席许信良的新闻。

我想政务采访总是离不开握手、接见、会谈的镜头，这次国民党副主席吴伯雄来深圳也不例外，市领导在五洲宾馆会见了他们，还向吴伯雄赠送了岭南派画家方楚雄所画的深圳市花——簕杜鹃。发稿的镜头有了，采访任务完成了。下午，国民党副主席吴伯雄一行去参观深圳市容和民俗文化村，本来是可去可不去的。

但我带着好奇心还是去了，国民党副主席吴伯雄一行乘车来到民俗文化村，换乘电瓶车开始游览。不时停下车来看不同风格的民族风情表演，当来到彝族村寨时，热情奔放的彝族青年把国民党副主席吴伯雄装扮成"阿黑哥"，头戴红帽，胸佩大红花，身披大红袍……我一看有戏了，赶快跑过去拍"阿黑哥"与"阿诗玛"成亲的过程，吴伯雄很投入，跟彝族青年载歌载舞互动起来了，场面既融洽又热烈。

回到摄影部发稿时，看到吴伯雄面带笑容在鼓掌，全神贯注盯着"阿诗玛"的画面，就用了这张图片。写上"中国国民党副主席吴伯雄昨日在深圳中国民俗文化村彝族村寨胸佩大红花当了一回'阿黑哥'，与'阿诗玛'成亲"的文字说明，发到总编室。第二天本报头版刊登了这幅照片。

我的同事：将门之后叶剑眉

□但　平（曾任《深圳特区报》广告部主任）

《深圳特区报》成立三十年了！当我们在深南大道仰望高耸入云的报业大厦，感慨三十年来报社巨大的变化；当我们分享改革开放丰硕成果，禁不住喜形于色的时候，我们深深缅怀那些曾经为《深圳特区报》做出杰出贡献而今却已亡故的张洪斌、罗妙、区汇文、周仲贤、叶剑眉、王大德、卓福田、李秋莎、胡向东、谭国清等同志，没有他们，就没有今天繁花似锦根深叶茂的《深圳特区报》。我们不会忘记他们，读者也不会忘记他们。

回忆逝者——一个微笑着的亲切美丽的面容，一个风采依旧的身影，就栩栩如生地显现在面前，她，就是叶挺将军的女儿——叶剑眉。

叶剑眉出生在一个著名的革命家庭，生下来就跟着父母到处漂泊，过着颠沛流离、极不安定、极为艰辛的生活。父母的严格要求和言传身教，让她从小养成了艰苦朴素自强自立的品格。父母牺牲时她只有 10 岁。建国后，她由周总理、聂帅、邓颖超等老一辈革命家抚育长大。

上世纪 80 年代初，深圳吹响了改革的号角，当时在北京中国社科院整理和研究郭沫若遗作的叶剑眉，跃跃欲试想来深圳。己来深的老同学劝她先不要来——"深圳现在到处尘土飞扬，生活条件很差。"

"我不能等故乡建设好了再来，我要来建设故乡（叶挺将军是广东惠东县人）。"1983 年 8 月，她毅然放弃了北京优越的工作环境，离开了舒适温暖的家，在特区创业最艰苦的时候，独自带着 7 岁的女儿鲁超来到了创办不久、条件十分简陋的《深圳特区报》。

她先在副刊部当编辑，甘愿"为人做嫁衣裳"，积极组稿、编稿 。1985 年报社领导把主编《深圳风采》的重担压在她肩上，1986 年我到特区报就有幸在她的领导下工作。那是在老报社六楼一间用木板隔出来的房子，风采编辑部仅有阮华和我两个文字编辑以及美术编辑马克政、编务陈君平共五个人。剑眉说："一个人要干三个人的活。"

剑眉在北京没有办过杂志，到深圳后虚心跟副刊部资深编辑赵镜明、叶秀峰同志学。从编辑策划、约稿、写稿、编稿、画版、校对、封面设计、插图到拉广告、设计广告、搞发行，去邮局寄刊物……样样都干。

她依靠分管老总许兆焕，白手起家逐渐为《深圳风采》建立起了一支包括京沪穗的大家名人艾青、吴祖光、廖沫沙、冯亦代、叶永烈、黄苗子、陈国凯、林镛到深圳的当地写手刘学强、李小甘、梁兆松等高水平的作者队伍。

她遵照市委与报社领导的要求，开辟了新栏目，扩大版面内容，使《深圳风采》成为内容丰富、形式新颖、改革开放气息浓郁、可读性较强，逐渐成为广大读者喜闻乐见的读物。刊物发行量逐月上升，《深圳风采》不仅让内地和香港的读者进一步了解深圳，也让改革开放不久的深圳人多了一份精神食粮。

她主理《深圳风采》时，报社领导让她自负盈亏承包。为此她精打细算，节约每一分钱，就连每月寄刊物到外地去的纸箱，都是到八卦岭工厂打折买回来的。几年来几十期《深圳风采》渗透了她的心血，《深圳风采》逐渐扭亏为盈。1987年为编纂《叶挺将军》画册，她离开《深圳风采》，审核时上交数万元。当时这还是一笔可观的钱，分管财务的姜开明副总编辑一再称赞"叶剑眉真不容易"！

老总知道她，我们也知道她。那几年，在她的生活中除了《深圳风采》还是《深圳风采》，在她的时间表里没有"上班""下班"的概念。晚上和节假日加班，经常是把不到8岁的女儿超超锁在家里。孩子的哭声惊动隔壁邻居，电话打到办公室，她才匆匆跑回去，把孩子哄睡着了，又回来接着干。《深圳风采》要在印完报纸后才开印，她总是天不亮就到印刷厂等着，惹得我们又怨又痛，无可奈何！戏称她"工作狂""干疯了"。

记得在1987年初，报社决定在《深圳风采》试用激光照排。直到现在我想起来还会发怵。因为是试验阶段，很多环节尚不完善。尤其是校对时，把排好的字按原大照到相纸上再一行一行地贴到版样上。五号、小五号字……还有像芝麻一样的逗号、句号，要在手指上粘上唾沫才能拿起来的，更甭提还要剪下同样大小的双面胶来贴了。每次拼版，仅有的一台电扇不能开，怕把那些小精灵吹没了，夏天办公室西晒，每贴完一篇稿，人就像从水里捞出来似的。

剑眉对工作一丝不苟，有次贴完大样已是深夜两点了，她最后签样时发现掉了一个逗号，我求她马虎一回，她执意要补——"我们面对的是几万读者"。她让我先回家，自己一个字一个字、一行又一行的挪动，直到天亮才结束。

剑眉如此严于律己，我们也只能紧跟了。现在回想跟她干的那几年，都不知是怎样过来的，真是又忙又累又苦，可确实又非常痛快和充实，是一生难以忘怀的美好回忆。

当时的人都有一种精神，都有一股用不完的劲。那是特区建设初期，报社创建初期，人们普遍具有的一种责任、一种勇气，要为理想、为事业去奋斗和拼搏的精神。那时没有加班费，夜班过了12点，食堂有一份免费面条、粥、馒头供应。每月工资只有数百元，奖金也只有数十元。《深圳风采》虽说是承包，我们没日没夜工作，也没有多拿一分钱。剑眉完成了任务，还上交数万元，只有口头奖励，没有奖状、奖牌，更没有奖金。

让人无法想象的是，身为《深圳风采》主编，1961年就从北京师范大学毕业的叶剑眉，1987年还拿着副科级的工资。比我们的工资还低。我们只好内疚地说她"你是鲁迅描绘的'吃的是草挤出的是奶'"。

对于待遇、名利，官场的俗套，她可能是看得太多了，并不太在意。她说："我不图虚名，只想做实事，当清官。"剑眉确实是一个做实事的人，她淡泊名利，从没有滥用职权，利用版面为自己谋私利。她非常清廉又十分认真和执着。报社领导要在《深圳风采》安排一个人，剑眉当面回绝"不能干活的不要"。年终总结，剑眉说"成绩是大伙干出来的，不能全归功于领导"。逢年过节，她带着我们从报社六楼到底层印刷厂版房和车间给加班的工人师傅送蛋糕、送饮料，却不到四楼领导那里"意思，意思"！

剑眉心胸开阔，性格开朗。经常有达官贵人来找她，往往是我接了电话捂住话筒告诉她"某人找你"。"他呀？外派没几年，找了情人，甩掉糟糠，不见他。""这家伙炒卖批文，发改革开放的财，告诉他，我出差了！"剑眉就是这么干脆。她诚实，爱憎鲜明，没有废话，没有客套。她不屑和一些利用特权捞钱、物的高干子弟来往。而对报社的同志，尤其是印刷厂的工人师傅格外亲近。印刷厂排字的女孩怀孕了，剑眉还在百忙中织了一件小毛衣送她。叶挺将军过去的副官，居住在美国，邀她去访问。手续都办好了，外事部门提出要有两个人陪她去，经费由邀请方出。她宁可自己不去，也不增加别人的负担。

1984年12月邓颖超来深圳视察，剑眉高兴极了。从父母牺牲后，周总理和邓妈妈一直把她当亲生女儿，对她疼爱有加，她也把周总理和邓妈妈当作自己的亲生父母一样。有关领导让她全程陪邓妈妈视察，"也好露露脸。"她谢绝了，她几次去宾馆看望邓妈妈，都是在夜晚人少时。邓妈妈关心地询问她的生活与工作情况，问她有什么困难，她总是愉快地回答："工作和生活都很好，请邓妈妈放心。"

隔年，康克清大姐来深圳，让剑眉晚上去吃饭。她开始很高兴，后来知道有

征与尘

深圳特区报30年往事记述

市委领导同桌，她便告诉康妈妈："晚上九点我来看您，饭就不来吃了。"于若木妈妈来深圳，她也是夜深人静时去探望。1992 年小平南巡，她也没去看卓琳阿姨和邓林姐妹。当时她在工作上受了一些委屈，碰到一些难办的事，朋友们劝她去反映。她说："算了，我避嫌。"

剑眉一辈子事业发展和生活的改善，都全靠她自己奋力拼搏获得的，没有利用父辈留给她的光环。诗人吕琳追忆她"铁骨铮铮承父志，丽质天成追慈亲。风口浪尖力拼搏，崎岖山路勇攀登"。为发扬革命传统，继承先烈遗志，她为父亲叶挺将军办了摄影展览；应文物出版社之约，写叶挺将军传记；又到处奔波，搜集资料，协助有关方面在故乡惠阳淡水筹建《叶挺将军纪念馆》。

由于从小不安定的生活，剑眉一直体弱多病。长期疲劳和超负荷的工作，她最终支撑不住了。1992 年 11 月，她病重倒下。报社领导送她到北京抢救。1993 年 3 月 28 日，她溘然长逝。

我永远不会忘记：当噩耗传到报社时，从编辑部到工厂，整个报社似乎都在为剑眉唏嘘落泪！摄影部谭淑清大姐含着眼泪，给剑眉洗遗像，修遗像，整整用了一天，一笔一画，一根眉毛一根眉毛地描。给《深圳风采》排版多年的黎小平，不顾襁褓中的孩子，下班不回家，坐在电脑旁等讣告定稿。她边哭，边哆嗦着打稿。那天下班后，没有通知，没有安排，印刷厂生产、调度、制版、印刷每道工序，每个人都像有心灵感应似的，都没走，都在等着，等着……等着为尊敬和喜爱的叶剑眉做点什么！一个多小时，讣告就印出来了，干了几十年编辑，这是最揪心、最难忘的一次排版和印刷。

讣告送到北京，区汇文社长在八宝山革命公墓主持叶剑眉的追悼会。追悼会在北京引起强烈反响，老一辈无产阶级革命家的遗孀——王光美妈妈、薛明妈妈、陈琮英妈妈，跟剑眉一起长大的李鹏总理、邹家华副总理等都送了花圈。剑眉逝世的消息在特区报发表后，许多熟悉的作者和不相识的读者，写信向家属表示慰问，打电话来哀悼。

从 1983 年 8 月到 1993 年 3 月，叶剑眉在报社辛勤耕耘了十余年，似一颗流星发出了耀眼的光和热，如今虽然逝去，余光余热犹在。我和报社一些老同事、老朋友常在遇到困扰的时候，在焦躁不安的时候，在悲观失望的时候，常想起剑眉，她会劝慰、安抚我们。当我们有高兴和快乐的事，也会与她分享。她常驻我们心中，永远和我们在一起！

我在特区报的"五哭""一笑"

□叶兆平（曾任《深圳特区报》广告部主任）

征与尘

深圳特区报30年往事记述

我是 1982 年 12 月来到深圳，进入《深圳特区报》的。现在虽然已经移居加拿大温哥华，但时时想念着深圳和报社，时时回忆起自己经历的一幕幕岁月，可以说，报社给了我全部，成就了我的人生价值，我对报社充满了感恩。

我们这一代人，带着梦想来深圳创业，目睹和参与了一段不可替代的历史。可以回忆、值得回忆的事情很多，其中有几件事情，是特别值得回味的。

"一哭"——调任广告部想不通

很有纪念意义的第一次哭，是 1995 年 5 月，我当时是经济部副主任，工作很顺心。那个时期，做新闻是正当的、主流的，而对经营工作和部门有一定的误解，认为能写稿的当记者，不能写稿的才去搞经营。

一天，我接到通知，要让我去广告部当总经理。一听这样的消息，我马上就哭了。先是找到当时的编委、总编室主任杜吉轩（后任《深圳特区报》总编辑），我们都是从新疆过来深圳创业的。杜吉轩反倒劝我说，要正确看待这个事情。因为当时的总经理但平快到年龄了，迟早是要退休的，报社领导先后推荐了五六个人选，但都不是很合适。杜吉轩很认真地说，"一提到你叶兆平，大家都认为可以啊。这是组织的信任！"

听了杜吉轩的劝说，我又冷静想了好长时间，心情有些开朗了。一个月的考虑时间过后，我还是决定到广告部报到了。这一种转折，事实证明改变了我的人生，决定了我的新的起点和价值。

当时经营很难做。1996 年元月，当时的社长吴松营对我说：去年广告收入是 1.9 亿，今年要突破 2 个亿。我则提出，要编委会三方面的支持，即给政策、给支持、给关爱，并确定了八个改革方向。

"二哭"——办特刊被议论"有野心"

1996 年，为了使报社的广告有个飞跃，我萌发了一个大胆的想法：按不同的行业分类推出系列的专题版面，更好地为广告客户服务。

先把旅游版放了过去，再把美容拿过来，一年内约有17到18个行业，什么吃喝玩乐、畅游天下、医疗健康、房地产、招聘等。这在当时就是一场地震，激起了很多的、大大的涟漪，产生了一连串的反响。在征求意见时，有人说，她叶兆平想干什么？叶兆平想当社长，野心这么大？这时我忍不住又哭了。很幸运，当时的报社社长、总编辑吴松营是非常支持的，这时，编委会的立场很坚定，事实证明，这是报业经营一个新模式、一个新时代的开始。

我的想法最终得到了报社的支持。可是谁来领衔主演呢？在那个年代，采编部和经营部门基本上是老死不相往来的两个系统，广告部没有做过记者、编辑的人才，怎么办呢？这时，我突然想到了刘青（曾任《深圳特区报》广告部副总经理，深圳报业集团驻上海办事处主任，已去世），她是最合适的人选了。那时刘青在报社《鹏城今版》任编辑，也可谓一介大梁。尤其在那个年代，在一些人的眼里，经营部门是低人一等的，特别是广告部，那就是一个"拉广告的"，采编部门呆不下去的才会调广告部。在这种大环境下，刘青会来吗？正在我忐忑不安的时候，刘青迈着轻盈的步伐来到了我的办公室，在听取了我的一系列构思后说，好，我试试吧。

至今我还清楚地记得，由广告部编排的"特刊"首期共8个版，第一个版的头条，是刘青执笔的"用刷子刷出来的美"。当时刘青给"特刊"定出了基调：文笔朴素不乏优美，贴近生活服务至上。首期特刊以极强的可读性，给当时的报纸带来了一股清新的空气。上午10点多，吴松营社长打来了电话，说是一早白天（当时的市委常委、宣传部长、现任市政协主席）同志就给他打了电话，白部长看了我们的特刊很高兴，同时赞扬了我们的办版方向，肯定了我们对深圳报业的创造和贡献。那天，我们广告部同事都非常开心。

实际上，当年广告收入就达到了2.8亿，超过预期8000万元。

《深圳特区报》的特刊在社会上的影响越来越大，不仅博得了广告商的掌声，还得到了广大读者的认同。特刊涉及的行业也由最初的几个扩大到十几个，每周的版面最少也有48个版。汽车、旅游、招聘、服饰、美容、电脑、饮食、休闲、医疗、保健……那时，每逢节假日，就是我们广告中心的一场大战，每一个大战前，我们的特刊部和地产部都要拿出一个个有鲜明主题并且图文并茂的概念版逐个地和广告商谈广告投放，向他们介绍我们的发行量，宣传我们报纸的到达率……

"三哭"——为了留住"好助手"刘青

有一天，我突然听说，编委会决定调刘青去记者部，专门采访市委市政府等五套班子，朋友都为她高兴，因为那是一个接近市领导、天天发头条的美差，而且从此可以跳出广告指标的深渊。

我一听，这怎么行？可当时编委会决议快打印出来了。我于是跑到同心路的老报社，找到人事处处长关飞，当面就哭了，而且情绪激动地说了一大通。办公室主任周斌都有些看不过去了，不断劝我。关飞却说，让她哭吧，她压抑得太久了。陈锡添后来说，你厉害啊，这使报社第一次编委会纪要被推翻。

这件事，真要感谢关飞，如果他认为这是挑战了他人事处处长的权威，不帮我做，或者背后说一些反话，也许就是另外一种结果了。

"四哭"——争取周五出房地产特刊

还有一件事印象很深，办房地产特刊。当时是周五见报，引导人们周末看房。但确定周五出，最多出 24 个版，对发行是一个压力，当时有关人员就认为周五投递太多太忙，力量不足，不同意周五出，而且编委会已经作出了决议。

我一听，很着急，就去找吴松营社长。吴社长当时说，不要做了，不要被市场牵着鼻子走。我又哭了，说，"不能各部门只看自己，周日不做广告，会有很大影响。不能将市场拱手相让。"最终吴社长说不过我，推翻了原决定，继续在周五出特刊。吴社长是认道理、不认面子的好领导，正是他的正确决定，让报社的房地产广告快速增长。

1997 年，组建了房地产部，三个主任是程友进、王侯、蔡照明，用新闻手段写房地产新闻，来了一批写手，如王磊、雷鸣等，开创了一种新的商业模式。当时的报社副总经理陈君聪对广告很内行，也很支持。1998 年刘澍泉也来到广告部。那是最快乐、最焕发的一个时代。

"五哭"——编委会订指标"顶撞"领导

说起来不好意思，曾经在编委会上顶撞吴松营社长，因为对订制每年的广告指标有不同看法。领导要求高一点，我认为要合理一点，讨论着我就开始情绪激动。吴松营社长当时指着我的鼻子："你还想干不想干？"场面有些僵。事后我想一想，的确不应该。我后来专门到吴松营社长办公室，哭着向他说对不起。

当时有编委对我说，"你是第一个顶吴社长的人，我们都很尊重他。"当时的编委会很好，有陈锡添、丘盘连、姜开明、薛以凤、杜吉轩等。

2008 年，吴松营社长到上海来看我，我说，感谢报社给我的平台和机会，让我有机会学习和理解了新闻，又懂经营，这样的知识结构和人生经历很少，是全面的。我退休后，工作订单仍然没有结束，先后到了《人民日报》的《市场报》，

《新民报》等工作。没有特区报的培养，形成了能力，怎么会有这样的工作机会。我移民加拿大，要几百万，钱从哪来？都是退休后在这些地方工作的薪水。

"一笑"——2000年广告额摸到了6个亿

回想起来，在报社工作期间，我获得了许多荣誉，如深圳市优秀共产党员、市直机关先进个人等。当时广告部100多人，非常团结，非常努力地工作。到2000年，广告额摸到了6个亿，在报业大厦大堂里切蛋糕。现在温哥华看这些照片，内心还是很感动。陈建新站在后面，他看版是一把好手，李秋莎安排版面是行家，刘澍泉善于策划营销，大家合作很开心。一个团队的精神太重要，要以身作则，什么时候人都是最重要的。

当时只是一心想工作。后来刘青在上海时对我说，"你太严厉了，没有把骨干提上来。"现在想一想，有些对不起他们。那个时代，讲团结、有激情、制度好，这是成功的几个重要因素。

当时，一方出了问题，大家都很帮忙。有一次，广告冲掉了编辑部的版，到半夜一点了发现有一块空白，空出了形象广告，当时我急得又哭了。印刷厂厂长陆惟宁叫我别急，大家一起帮助，一定要赶回来。结果只是晚出了半小时，没有耽搁出报。

（记录整理：刘众）

艰苦创业谱新篇

□叶志达（曾任《深圳特区报》广告部副主任）

白手起家，艰苦创业

特区报经过 30 年，能有今天的兴旺发达，和特区报前人及现在的同事共同努力分不开的。我是 1984 年 12 月从广西梧州日报社调到深圳特区报社工作的，来报到的时候，特区报办公楼还没有盖好，外面还在搭脚手架，工人还在批水泥灰浆，报社的楼梯就像修马路一样一半批水泥，一半走路。大楼没盖好，里面却在正常出报。外面看来，特区报正在搞基建，其实里面已经办公，写稿、编稿、审稿、设计、出报纸。让我一来就体会到深圳速度，时间就是金钱，效率就是生命，名不虚传。

我初到报社工作时没有单身宿舍，就被安排到报社招待所和旅客住在一起。招待所住的是全国各地兄弟报社来客，服务员经常半夜三更叫旅客起床赶火车赶飞机。半夜我经常被叫醒，可见条件多艰苦。晚上睡不好，白天照常工作，而且这种情况不是一天两天的，相当长时期如此。比我更早来的同事，则住在通心岭的铁皮房里，生活条件还要艰苦得多。

当初广告部叫广告科，不到 10 个人。我在广西《梧州日报》搞副刊兼广告工作，来特区报后就安排我搞编辑、审稿、校对，样样干。为了搞好广告工作，争取多为报社创收，大家经常加班加点，任劳任怨。

因为是初创阶段，当时特区报的知名度不高，很多本地和外地厂商不知道有这样一份报纸，对报纸宣传内容、发行地区、发行量、发行对象更是不清楚，这些因素直接影响了广告量。1982 年创刊那年，全年广告收入只有 40 万元，我到特区报的 1984 年增加到 300 多万元，但广告金额还是不多。

为了拓展广告源，特别是大客户，当时主持广告工作的特区报社副总经理刘叶城，经常带着我们到全国各地去拓展广告客户。

那时拉广告很不容易，吃不定时，睡不定时，经常是讲干口水，才弄到一条广告。嗓子沙哑了，喷点药继续跑。有一段时间我讲到声带失语，在深圳市中医院做了手术切除声带息肉。为了少说话,我用硬纸板做了一块小牌子放在办公桌上,告诉同事我声带失语不能说话,只能笔谈,有事情可以写字交谈。有客户来或出去拉广告,我才"舍得"开口说话。

1985年,特区报创刊3周年,想搞一本纪念画册,需要组织大量的广告。当时广告部安排我到珠三角地区组稿。我先后去了中山、佛山、顺德等地,一边推广宣传《深圳特区报》,一边组织广告。每到一个地方,我都是先找个旅店住下,然后找来当地的电话本,根据上面的插页提供的信息,按图索骥,找上门去。我一般不找下面的办事人员,而是直接约他们的厂长,但不敢说是来拉广告的,而是说去他们那里拜访,见个面,了解一下他们有什么好的产品,配合他们做宣传。因为我以前做过记者,懂得采访的策略,等到彼此谈熟了,关系建立起来了,才敢谈钱。

到外地拉广告,还有一个经常要面对的难题,就是不认识路,不知道怎么走。你想想,20多年前,农村的路都没有修好,哪有什么地址,工厂又大都建在偏远的郊野。于是,我又想了一个办法,就是在当地找一个会骑单车又认识路的农民,给他四五块钱,雇他一天,包他吃午餐,他也挺高兴。我那时比较瘦,长时间坐在单车的后座上,在崎岖的路上颠簸,硌得屁股很痛。我就想办法找个麻袋,垫在自行车后座上,弄得软乎点。就是用这种土办法,走完一家又一家。最后组织到不少广告,如中山市咀香园食品厂、小榄镇食品厂、小榄镇制锁一厂、小榄镇开关厂、佛山市澜石机械厂、佛山市澜石卷闸厂、顺德县北滘永华家具厂、顺德县北滘美的风扇厂,等等。这些厂家,大都是做整页全版套红广告。

我平时爱好绘画,对广告设计略有研究。为了让刊户放心,签订合同后我随即画出广告草图供刊户过目,征求厂家意见修改后才带回广告部设计。广告登出后,刊户比较满意。

为扩大发行,昔日报童重上街头

我到广告部工作一段时间后,特区报社社长罗妙找我谈话说:"你在解放前当过报童,报社打算让你到出版发行部担任副经理,协助刘佛宏经理主持工作……"我认识到这是报社领导对自己的关怀、信任,绝不能辜负组织上的期望。接受任务后,我除了和刘经理共同研究、想方设法巩固及扩大特区报现有的长期订户外,还和出版发行部员工一起努力做好特区报的零售工作。

一天上午,我"重演"数十年前报童时代的角色,抱着大捆报纸到深圳火车站、汽车站、宾馆、酒楼等人气旺盛的地方卖报。我一边走一边叫喊道:"来咧，卖报、卖报！今天出版的内容丰富、图文并茂的《深圳特区报》！卖报、卖报……"当我来到红岭南路云鹏酒店二楼茶座叫卖报纸时，不少茶客看见来了位年过半百、打着领带的"报童"感到有些好奇，就主动围拢过来看"热闹"，有些人还对特区报问长问短。

我趁机一边宣传《深圳特区报》，一边零售报纸。不一会儿，近百份《深圳特区报》就销售一空。一位头发斑白、操广东口音的老读者买了份特区报后一边看报品茶，一边感慨地说："多年不见的报纸仔上茶楼酒家叫卖报纸，今天又见到了！特区报社的老同志，不但深入酒楼零售报纸，还主动征求大家对办报的改进意见，这真是特区特办，新事新办，办好特区报大有希望！"

重当几十年前的"报童"角色，抱着大捆报纸汗流浃背沿街叫卖，这对年过半百的人来说确是比较辛苦。但是，当我听到广大读者对特区报人的恳切赞许和热情鼓励，心中却感到无比欣慰！

敢为天下先，勇当领头羊

那个时候，特区报人特别爱动脑子，勇于创新。在这里，我主要谈两件当时引起轰动的事：一是1985年3月20日特区报头版刊登了海林杰国际信息有限公司整版开业志庆广告；二是1988年8月8日，又是头版的全版广告，热烈祝贺罗湖大酒店隆重试业。

广告刊出后，在全国报业引起了较大的轰动效应。要知道，《深圳特区报》是党报，头版又是政文、要闻版，在过去是不允许登广告的，那是"禁区"啊，能在旁边登个小广告已经不错了。我们在头版刊登整版广告，可想而知要冒着多大的风险，等于是在冲破"禁区"。当然，我们敢这样做，也是请示了报社领导，得到了报社领导的批准和支持。

这两则广告的刊登，开创了内地报纸正式创刊后，在头版刊登整版广告的先河。实践证明，特区报勇闯头版刊登整版广告的禁区，成为全国报业界的领头羊，并由此引发内地各类报纸也开始纷纷冲破不合时宜的禁区，在头版登广告的越来越多。其实，广告是报纸版面不可缺少的组成部分，内页可以登，头版也是可以登的嘛，只要广告是健康的、有益向上、能够促进经济发展，有何不可呢？我认为，在头版做广告无可厚非，不应该把第一版作为禁区。

走出国门，采他山石，创新辉煌

1994年8月30日至9月17日，由特区报社社长、总编辑吴松营率领，总经理姜开明及印刷厂、广告、发行部门负责人参加的报业经济考察团一行5人，

先后对新、马、泰华文报纸进行友好访问。我们访问了新加坡的《联合早报》《联合晚报》《新明日报》《星期五周报》，马来西亚的《南洋商报》《新洲日报》，还有泰国的《新中原报》《亚洲日报》等10多家华文报纸。其中新加坡报业控股华文报业集团发展报业经济的经验对我们很有启发。这个集团1982年由两家报纸组建而成，后来又组建了四份华文报纸。这些报纸的经营，即广告、印刷、发行、财务等都由集团集中管理，它将人力、物力等资源集中起来，使报业经济有了较大发展。从1991年起，这四份报纸已经完成了从新闻采编、广告业务到印刷出版流程的全面电脑化。他们的办公大厅都是一小格一小格的，每一小格就有一部电脑，让我们大开眼界。

当时，我们报社是几个人一个办公室，都是"藏"着办公的。我是1958年开始搞新闻工作的，爬了几十年格子，可不可以用电脑解决这些事情呢？吴松营社长和姜开明总经理都非常感兴趣，决定回报社后就学人家，实施电脑化。

回来后，我们就开始学习新加坡华文报纸电脑化的经验，一方面设法采购大批电脑，一方面办培训班，对报社全体人员进行分批培训，两步同行。结果使特区报采编、出版、印刷出现跨时代的进步，改变了多年来新闻行业爬格子、一直用铅字印刷的落后状态。

由于认真学习国内外报业同行先进经验，不断改善报业经营管理，特区报广告版面巨增，1993年开始突破亿元大关，名列全国报纸广告收入第五位；1997年全年广告收入比上年增长39%，名列全国报纸广告收入第四位；1998年全年广告收入又比上年增长25%，跃居全国报纸广告收入第三位。

（录音整理：徐徐）

内地地方报纸在港首建记者站

□张炯光（曾任《深圳特区报》驻香港办事处主任）

《深圳特区报》有一项纪录是领先所有内地地方报纸的，那就是最早在香港设立记者站。

时间是1983年秋。记得有一天夜里，总编辑张洪斌把我叫到他办公室谈工作。我当时是财贸记者。他问了一些采访上的散事后，突然话锋一转："报社研究决定，让你和彭卫到香港设立记者站，你负责。"

我很兴奋，也很钦佩报社领导层的勇气和远见。改革开放才露尖尖角，深圳特区成立才第三年，《深圳特区报》创刊才一年多，蹒跚学步就急着把新闻镜头伸进香港，没有一定的胆识是做不出这样的决定的；再说，当时我和彭卫都是党外人士呀！

去香港，对现在的人来说无非是此城到彼城的事；但在当时，对谁都是一件令人羡慕的事。而我和彭卫两位年轻记者还是感到压力不小，深知责任重大，有点临阵而怯。

接下来是办理赴港手续。因为是长驻香港，手续非常复杂，办得特别的艰辛。赴港证拿到了，有关部门还要个别问话，进行外事纪律教育。还得去跑换外汇，盖无数个公章。这些手续办完后，还有一个手续却无法办下来，就是记者站在香港的合法地位问题，按香港的话就是"打正招牌"。总编辑张洪斌告诉我们，让国家有关部门白纸黑字予以批准是不可能的了，只能打擦边球。香港新华社（中联办前身）对《深圳特区报》在香港设记者站一事，据说没有反对，仅表示：你们"看着办"吧！至于我们在驻香港之后写什么、怎么写，张总编也笑着重复地说"看着办"。我可犯难了。我们听出"看着办"这几个字在当时的含义，那就要靠自己大胆工作，又必须步步小心，不得越位，不能造次，不能出难题！1983年12月6日上午，我和彭卫背负着"看着办"三个字的沉重"箴言"，乘坐政府特批的报社两地牌面包车，跨过了文锦渡边境桥。

一开始，我们的记者站设在香港湾仔道197号的《文汇报》社大楼11楼，

征与尘

深圳特区报30年往事记述

紧挨着李子诵社长的办公室。虽然地方不大，仅12平方米左右，连住带办公，但对当时"留餐不留宿"的香港来说，条件已经是相当不错了。要知道他们的老总都没有独立办公室，与记者编辑全挤在一个大通间里办公，但竟然给我们腾出这样一个地方来。香港《文汇报》如果不是对《深圳特区报》有深情厚谊，绝不会如此倾力相助。

我和彭卫床对床，中间隔着一张铁制办公台，朝夕相处，情同兄弟却又各怀"鬼胎"。这个"鬼胎"就是，奉国内有关部门的要求，我们互相都要看着点、互相监督。如发现一方有异样（如可能外逃）则必须马上报告。平时一定要相偕相行，出双入对，不能单独外出。这些我们都老实照做了。当时深圳市还专门出过一个文件，规定赴港人员不能去娱乐场所，不能看电影。娱乐场所不敢去也没钱去，但时间一长，不能看电影就有点扛不住瘾了。张洪斌几次来看望我们，有一回我壮着胆子试探性地给他讲这件事，心想可能惹他批评。谁知他笑了笑，曰：看也无妨！不但如此，还主动叫我们多去一些场合。我问："那我们就找一些健康的场合吧！"岂知张总却说道："光去一些健康的场合怎么知道香港的真实情况？"每每念及张洪斌的这一番话，我对他深谙记者工作本质、信任部下的领导作风充满敬佩之情。有这样的领导，我们当然放心多了。拘紧的手脚也慢慢地松开了。

香港可写的东西实在太多太多了。我和彭卫在香港穿街过巷，深入九龙城寨、寮屋区，遍访知名企业和知名企业家。一些平头百姓打工仔，也进入我们的笔端，进入我们的镜头。我们主要掌握大原则，不硬碰政治敏感题材，无所谓正面负面，只求客观真实，让读者对香港当时的社会形态有所了解。

我始终认为，派我们来香港，主要是把香港的成功建设经验介绍给内地读者，让他们得到借鉴。事实上，香港的经济成果是举世瞩目的。这其中涉及的经济理念和管理经验，正是我们内地改革大业最需要的。我和彭卫商量，专找一些带有启发性的经济案例做剖析性文章。如红磡海底隧道，给维多利亚港两岸交通带来历史性的改变，投资三年多即收回全部投资成本，资本运作在这里闪烁着动人的光辉。我们采访报道了该工程的建设过程、融资方式和收费系统。此时内地的融资收费式基建项目连影子都没有；裕华国货公司在香港率先实行电脑化售货，这在当时是近乎天方夜谭了，在全球也是领先的，我们及时写了专访。我们还采写了不少带针对性的"影射"文章。如当时深圳装电话难，花巨额费用不说，还要等上很长时间，电话费无从查改。我们及时写了"电话与香港人"，介绍了人家的整个服务情况，在读者中引起极大的反响，对当时深圳的电话公司也有所触动；

深圳的楼盘工地那时搞得很烂，总是汤汤水水的，没有围墙，我们及时写了香港的地盘管理，介绍他们的卫生法则。

时间一长，随着对香港的了解，我逐渐触到这巨大的经济繁荣下隐隐跳动的社会文明之脉。我当时有一个观点，香港不但在物质文明上创造了奇迹，在精神文明建设上的许多先进做法，我们内地迟早都要学。因此，凡是公认的文明之果，我们都予以采撷，与读者分享。如香港的无偿献血、义工、慈善机构，甚至是廉政建设等题材，我们也做了报道。当然，囿于当时的语言环境，对这一类的题材，我们多是如实报道，自己不作褒贬，让读者自己分析吸收。

我们偶然也作一些"揭露"性的文章。如当时香港两大超级市场惠康和百佳，表面上是竞相降价促销，结果是令一大批小士多店因利薄而纷纷倒闭。之后这两个大鳄又货复原价，对这种典型的资本主义恶性竞争，我们通过香港市民的嘴予以评价。有些文章，我们把笔触伸向了社会最底层，也不是意在揭露，而是让读者以作豹窥。如记者黄启明写了一篇《天桥下的露宿者》，写这些露宿者的各自际遇、人生历炼，写他们对社会的期盼，从中也让读者了解香港人的另一面，读来也颇有味道。

随着内地新闻工作环境的日益宽松，我们的报道面也越来越宽，涉猎的内容也更是多元化。专门刊登我们文章的世界经济版成了特区报的招牌产品。许多文章都被内地的报章转载，引起了有关部门的重视，并与我们建立了联系。国家海洋出版社还约我编著了《今日香港》一书，这在当时也是一本罕见的全面介绍香港的书，一版再版。

1993年，吴松营担任《深圳特区报》社长后，香港记者站的独特作用更得到有效的发挥。他的风格是经常出题目、提要求，有时还亲自与记者一道采访。如听说胡应湘"有满肚子话要说"，他带着我上胡应湘办公室，倾听这位深圳市老朋友的肺腑之言。之后所写的《胡应湘的心声》一文，影响极大，不少内地报章都予以转载。对香港回归的报道，他遥控指挥。当时由于出境管制，总部来不了人，我和黄启明、辛飞整天四处"扑"稿，废寝忘食，每天都发稿在10条以上。回归之夜更是彻夜未眠。澳门回归也一样，我、罗兴辉，还有总部派来的苏荣才、陈富，都以极大的工作热情，为这历史性的时刻留下难忘的记忆。

然而，吴松营并不满足香港记者站对香港和澳门的报道工作。他认为，调动一切因素扩大《深圳特区报》在港澳以至海外的影响才是记者站目前最重要的工作。墙内开花墙内墙外都要香，从"走出去"的角度看，墙外香则更重要。他决心扩大《深圳特区报》在香港的发行。1994年底他亲自在香港举行新闻发布会，广邀香港传媒参加。很快，《深圳特区报》在香港的发行从每天 800 余份上升到 8000 余份。过去是报纸下午抵港，隔天才发行。现在是凌晨到，当天发行，与香港当地的报纸同时上架。为了确保渠道畅通，发行经理赖伟文、夜班司机王跃发实在是功不可没。一时间，《深圳特区报》就像当地的大报一样随处可见。包括香格里拉等 20 多间星级酒店、马会等会所都有我们的报纸。300 多间 7-11 便利店、100 多间 OK 便利店都给我们代销，油尖旺、中湾铜等港九旺区，报档都能买到当天的《深圳特区报》。澳门那边也一样，重点目标全部都有，甚至日本、台湾也有了固定的订户。《深圳特区报》在香港发行的这段黄金期，应该说在很大程度上促进了总部的发展。一个深圳地产老总就曾经说过：我在香港到处都能看到特区报，在这个报上登广告，值！特区报的广告曾创下一日千万的纪录，我想应该也有香港记者站的功劳。《深圳特区报》在香港的畅销发行，在内地的地方报纸中是第一家。

不久，《深圳特区报》驻香港记者站便升格为办事处，在香港先后购买了住宅和写字楼，体面多了。各项业务都取得较大的进展。《深圳特区报》在香港的广告收入也从早期的每年几十万港元，发展到最高每年达 800 万港元。人员也相应增加了，最多时达 6 个人。除上文提到的名字外，先后任驻港记者的有陈宣浩、张宇堂、王湛、刘秋伟等。他们都能独当一面，以自己个性的眼光和笔触，写了不少深受内地读者欢迎的好文章。《深圳特区报》原总经理姜开明，退休后在办事处当顾问，为办事处拓开了经营之道。原《人民日报》驻港记者邢凤炳也到办事处工作，帮了不少忙。而我仍是留守时间最长的。1998 年，我担任《深圳特区报》的副总经理，本想应该能回营了吧！岂知 1999 年报社又接办了《香港商报》。领导考虑到我对香港的熟悉程度，又让我兼任了《香港商报》的高管。此后是两肩挑，薪津分文没多，工作量却大多了。

2006 年 6 月 28 日，我奉调回大本营，结束了我在香港长达 20 余年的工作生涯。这大概也创下了内地外派人员时间最长的记录吧！离开前，香港《文汇报》前总编辑、80 多岁的老作家曾敏之握着我的手开玩笑地说："炯光呀，你可是入污泥而不染哟！"我赶紧说："这里不是污泥，我感谢香港，我感谢香港！"

时光荏苒，不觉已届退休之年。写下以上文字，也聊作纪念吧！

广州办事处——通向省会城市的信息触角

□于　峰（曾任《深圳特区报》驻广州办事处主任）

从 6 万到 7000 万，广告额一路攀升

我 1994 年 11 月从《南方日报》调到《深圳特区报》广州记者站，当时正值中国报业加快市场化步伐的时期，报社驻外记者站已不仅仅承担采访任务，同时还要为报社拉广告、搞发行。为适应新的形势，特区报正式成立驻广州办事处（以下简称"广办"）。我当时心里清楚，广告靠"拉"、发行靠"搞"，显然是不规范的游击战行为，根本无法适应越来越规范的市场需要。

于是，我在 1995 年初就招兵买马，用报社批的 8 万元周转金，成立了宇能广告有限公司。那时还没钱配汽车，我就每天骑摩托车带着业务员走街串户，当年广告额达 96 万元。这与我来广州站之前广告最高的一年 6 万元要高了好多倍。

得此消息，我不免有几分得意，就给吴松营社长打了个电话报喜。谁知吴社长在电话里给我泼了盆冷水："100 万我扫都不扫一眼，等 1000 万再说。"

1000 万？这在当时对我来说简直就是一个天文数字。那时候苦就苦在我招的广告业务人员报社不认账，别说编制，一分钱都不给。既要给报社拉广告，又要养活这帮弟兄。怎么办？路只有一条，就是同时为其他媒体代理广告业务，为企业策划活动，用赚取的中介费来养活这帮弟兄。

1996 年当广告额达到 180 多万元时，我心里有了底气，就打报告给报社要求每年下达任务，并给予一定的奖励。报社很快就派出财务处的董艳珍、郅兴武等3 人来到广办，连续作战三天两夜，向报社提交了一份调查报告，并提出 1997 年要完成 250 万元的任务，是年广办就完成广告额达 400 多万元。

报社当年向北京办事处和上海办事处推广了我们的做法，并制定了《关于本报驻各地办事处（含记者站、广告公司）代理广告的若干规定（暂行）》。

1998 年 10 月，当广办广告额超过 1000 万元大关时，我又打了个电话给吴社长说："广办广告额已超过 1000 万元，你总该扫一眼了吧？"他满意地笑了。

此后，广办的广告额一路攀升。2002 年底，偶遇南方日报社总经理钟广鸣，

他问："于峰听说你们特区报广州的广告已超过《南方日报》了？"我告诉他："2002年特区报在广州的广告额是5029万元，《南方日报》是5500万元，还差400多万元呢。"他若有所思地说："一个记者站广告能做到这个量真是不可思议。"

当时我们还给《晶报》和《香港商报》代理广告，广告额最多的一年分别达到1800多万元和480多万元。2005年底，深圳报业集团在广州正式成立广州办事处，与《深圳商报》驻广州办事处合并时，特区报的广告额是7000多万元，《晶报》是1800多万元。

广告额当然重要，但更重要的是：经历10多年的努力奋斗，我们在广州建立了一支队伍；制定了一套制度；开拓了一片市场。这支队伍从出生那天起，就不是寄生在花盆沃土里的鲜花，而是在贫瘠的荒郊野外生长起来的野生植物，所以其生命力是十分旺盛的。

火急火燎，为报业集团的"准生证"开展申领"接力"

1999年11月1日，深圳特区报业集团正式挂牌成立。然而，报社为其拿"准生证"经历了一次从深圳到广州再到北京的"大接力"。我作为广州的"参赛选手"，头天晚上就接到吴社长的来电说："深圳特区报业集团的审批市里已通过，时间非常紧，明天你必须完成省里的审批，后天送北京。"话虽不长但分量重啊。

第二天上午，我一拿到报社送来的材料就直奔省新闻出版局报刊处。报刊处处长杨以凯立即召集副处长和主管科长先看材料，时间一分一分钟地过去，上午没看完下午接着看。我看着还有厚厚的一叠还没看完的材料，心急如焚恨不得帮着他们看。情急之下，就对杨以凯说："这么看我今天就很难完成任务了，能不能省了吧？"杨以凯无可奈何地对我说："老同学，本来不但要看材料，还要实地考察呢。"然后把脸转向两位看材料的副处长和主管科长说："算了吧，主要的材料都已看完了，剩下的可以不再看了，马上办理给新闻出版署要办的手续、批件。"

好不容易等一切手续和批件办完，我一看表都下午5点15分钟了，省直机关是下午5点30分下班，还要找何文光副局长签发，到省委宣传部盖章。我一边等杨以凯送批，一边给省委宣传部办公室副主任吴山打电话，叫他先把省委宣传部的公章拿到手等我。

当我从杨以凯手中接过批件，马上驾车直奔省委宣传部，刚好是下班时间，人多车多，到达省委宣传部办公室见到副主任吴山时，已是下午6点多了。省委宣传部的公章一盖，我立即驾车回报社交差。

当我的车晚上8点30分左右到达报社大院时，吴社长也刚刚从他的车上下来。我暗想怎么这么巧，真是接力赛呀。我停好车，三步并作两步，追上吴社长，颇有几分得意，把批件在他面前晃了晃，告诉他完成任务了。

吴社长高兴地把我带到他的办公室，看到办公室里放着两筐荔枝，就说："于峰你拿去一筐吧。"看到那筐荔枝，这时肚子突然间有了饥饿感，我才意识到还没吃晚饭呢。

《晶报》的名字，是我在紧急申报时，临时从备用名单里启用的

不知为何，报社重大审批件经常都是火急火燎的。

2001年7月13日晚，一阵急促的电话传来了吴社长的声音："《生活导报》省里的审批，你明天一定要过，后天陈君聪要带去北京审批。"

我原本是从7月14日开始公休假，14日下午的飞机参加去北欧的旅游团。没办法，看来无论如何14日上午得把活干下来，我心里暗下决心。

第二天上午，我又是拿着报社刚送来的材料就直奔省新闻出版局报刊处。报刊处处长杨以凯和几位副处长、主管科长一看材料就议论开来："怎么起了个《生活导报》的报名？一是恐难批，二是恐有同名，你们是否能改个名字？"

改名字可不是件小事。我立即打电话给吴社长请示，说明情况，征求吴社长的意见，是否启用《晶报》的备用名字？吴社长想了想就答应了。

我在报刊处掐着时间一分钟一分钟地算，又一边不断地催他们。功夫不负有心人，上午总算把材料和批件搞完。

谁知屋漏偏逢连夜雨，主管签件的副局长何文光去东莞开会，电话关机就是打不通。怎么办？我灵机一动，马上打电话给报社东莞站的古伟平，叫他无论如何尽快找到何文光。

我又开始数时间了。中午时分总算接到古伟平的电话，说找到开会地点，并通知何局长打开手机了。杨以凯与何局长通过电话得知他下午回广州，

这时我心里总算落下一块石头。我马上通知办事处的吴勇加下午到省新闻出版局报刊处，等何局长审批完立即把批件送回报社。擦了把额头的汗，我就直奔白云机场赶乘下午的班机去旅游了。

开拓省会城市的新闻采访新局面

我刚从《南方日报》调到《深圳特区报》广州办事处时，很快就发现，新闻采访跟在《南方日报》完全不是一回事。在《南方日报》时，省里各部门通知新

闻单位采访，首先都会想到《南方日报》，而《深圳特区报》当时在广州还没打开局面，即便去了也是与《珠海日报》《佛山日报》《东莞日报》等城市的报社排在一起。但是，广州是省会城市，从区域行政管理层面看，深圳必竟是广东省属下的一个副省级城市，省委、省政府的重要政经新闻是不能漏发的。

为了打开局面，我想了许多办法，一是以《深圳特区报》的名义写报告给省委办公厅，要求：凡"三报两台"（《南方日报》《羊城晚报》《广州日报》、省电视台、省电台）参加的新闻采访，凡传真给"三报两台"的新闻稿件，都能通知和传真给《深圳特区报》广州办事处。我又找了时任省委副书记的蔡东士，由他签发了省委办公厅"同意《深圳特区报》享受与《广州日报》同等的待遇"的批件。二是利用我原在《南方日报》累积起来的人脉关系，同时积极主动与有关厅局联系。当然，采访依然不像想象的那么顺利，省委、省府及有关部门的领导在签发采访通知时，经常只通知"三报两台"而独把《深圳特区报》忘了。我们只能不厌其烦地，拿着蔡东士副书记签发的省委办公厅批件，一家一家地去做工作。

在我们的不懈努力下，省委、省政府办公厅终于把特区报列入了"红名单"，发给"三报两台"的重要新闻通稿都会发给特区报。这对报社来说无疑是件大好事，但却加大加重了我们的工作量和责任。因为省委、省政府的通稿一般要经过几道审稿，最后等省委秘书长签发都是要等到晚上9点多钟至十一二点钟，有时甚至要到凌晨一两点钟。

譬如广东"非典"期间，每天等各地病情报表，几乎都要到这个钟点。当时，我和吴勇加、李明每人值传真班4个月。这就意味着在这4个月里，不但没有节假日，而且每天晚上都不能有户外安排，如有特殊情况要外出，就把老婆、丈夫、甚至公公都动员起来，培养成"替补队员"，以确保省里的重要新闻不漏收，讲起来的确辛苦。

记得孙志刚事件公布案情那天晚上，都等到半夜12点多钟了，稿件还没动静，报社总编室急得不停地打电话追我，我也没办法，直到差不多凌晨2点了，稿件才来，10多页稿纸，从接收校对再到传给特区报和《晶报》，都是3点多钟了。第二天一早还是要照常上班，没有补假、没有加班费。

有时冬天的晚上，半夜传真机突然响了，带着被窝的热气和朦胧的睡眼，急匆匆赶到传真机边一看——不是啥地方传来的宣传品，就是企业发来的广告宣传，让你冻得直跺脚！就这样全家人都得陪着你熬夜。

虽然省委、省政府发的重要新闻守住了，但是全省、广州市每天随时都有可能发生重大的社会新闻。广州的"三报两台"有几百名记者面对这个庞大的新闻市场，而我们只有3名记者。报社编辑部的要求却很高，甚至认为：除了深圳的新闻不是广办的事，其他全省各地有重要新闻漏了，都是广办的责任。

为确保不漏发全省重要新闻，我又设下第二道防线，即我们几名记者轮流值电视班，每人一周，每天守住广东卫视的7：30分全省新闻联播节目，一旦发现有遗漏的重要新闻，马上通知跑线的记者找稿。

如实在找不到，最后一道防线，就是从《南方日报》总编室要稿。《南方日报》的确是老大哥，这么多年来，从没拒绝过我们，经常是把《南方日报》跑线记者采写并编辑好了的稿子传真给我们。对这一点，我十分感动！

经过10多年的努力，《深圳特区报》广州办事处基本做到：省委、省府等五套班子的重要政经新闻不漏发；记者固定联系的采访部门达到50多家，基本完成了每年编辑部下达的采访任务。这个传统一直保留至今。

《深圳特区报》原总编辑王田良，一次来广州与广办新闻中心的记者吃饭时，感慨地说："你们能基本做到不漏发省里的重要政经新闻和重要社会新闻，真是不容易，特别是要求你们采写的稿子，都能采写得到，这更是不容易。"我听后心里热乎乎的，因为有什么能比这么多年的努力，被报社的领导给予了肯定，更让人高兴呢。

广办管理走的是自己的新路

《深圳特区报》广州办事处成立于1995年，我从一开始就把广办作为一个企业、作为一个企业集团驻外的分公司来经营，根据市场的变化和报社的各项业务在广州开展工作，并提出采访、广告、发行三位一体相互联动的基本思路。我们深知：一个企业参与市场竞争，关键是核心竞争力的竞争。核心竞争主要是靠管理与技术两个层面，而管理又是重中之重。于是就有三分技术，七分管理之说。

在管理上我们重点放在组织架构与运行机制的设计，以确保报社交给的采访、广告、发行各项任务的完成。

我们对组织架构与运行机制的设计，并不是一两天形成的。多年来，我们在管理上本着合理理得顺，可行行得通的原则，每年都根据市场变化及报社对我们的要求进行调整。办事处制定了各部门从经理到员工一整套规章制度，责权分明，虽然各部门分别对应报社各个不同的业务部门，但一旦有任务，办事处都能迅速作出整体反应，各部门之间协调作战已成为一种默契。我们可以毫不夸张地说：广办是一个能战斗的团队，是一个团结的集体。

广办在管理上的实践证明了以下几点优势：

一是有利于运营成本的降低。广办各部门的员工都是分工而不分家，一专多能，拾遗补缺，能兼则兼，相对专职，于是人工成本大大降低。广办共分记者站、广告部、发行站、办公室4个部门，全部员工才16人。2002年运营成本不到90万元。

二是有利于驻外机构团队意识的建立，对外有一个统一的形象。广办经过多年的磨合，部门之间虽有业务上的分工，但办事处的事情安排谁去干，谁也不会认为不是自己的事。这种不分彼此的合作关系，已从制度上确立，行动上默契。如果把一个本来人员就不多的外埠机构分割成一块块，容易造成内耗。需要部门之间、各报之间配合的事，由于经济上分得太清，涉及太多各自利益，就容易互相推诿，靠觉悟不如靠制度来得实。

三是有利于扁平式管理的原则，可减少管理体制上的多头、多环节、多层次，对市场变化能迅速作出反应。

四是有利于各部门之间的良性互动。从管理上来说，企业内部部门之间的良性互动，会产生聚合力，而不是简单的1+1=2，否则就会产生内耗。广办下设采访、广告、发行、办公室等4个部门，部门与部门之间都有业务合作关系。长期以来，管理制度是一方面，更多的是员工之间无言的默契。如果部门之间仅仅是一种利益关系，那么部门之间的良性互动就很难实现，因为部门之间的合作关系不是仅仅靠钱就能扭合在一起的。

特区报广办在实践中完善了采访、广告、发行三位一体的良性互动模式，并取得了可喜的成绩。广告从6万元增到7000万元；发行年年超额完成任务；采访亦能年年出色地完成编辑部下达的任务；各方面呈现良好的态势。

（记录整理：张晋）

回溯《深圳特区报》驻京记者站的若干往事

□杨　波（曾任《深圳特区报》驻北京办事处主任）

　　"在继承中求创新，在创新中求特色，在特色中求风格，在风格中求高标。"这是著名新闻工作者、原《人民日报》总编辑范敬宜于 2007 年 4 月底，为《深圳特区报》创刊 25 周年的题词。我认为范老的题词，高度地概括了植根于改革开放沃土，伴随着经济特区成长起来的《深圳特区报》的创新历程。

北京记者站的成立——特区的事就"特办"吧

　　1994 年秋，时任深圳特区报社社长吴松营在京开会期间找我谈到了他对特区报未来的发展设想，基本点就是立足深圳，面向广东，走向全国，进入国际。同时希望我能加入特区报队伍的行列，并要我在京帮助申报、筹建《深圳特区报》北京记者站。

　　经过咨询准备，我找到了时任北京市委宣传部常务副部长兼北京市新闻出版局局长龙新民，说明情况，并恳请能批准《深圳特区报》在北京成立记者站。龙新民副部长首先解释道，按照北京市的有关规定，一般只批准省级报纸在京设立记者站，《深圳特区报》是副省级的党报，尚无此先例。不过，《深圳特区报》自率先报道小平同志南方谈话精神后，在全国影响很大。特区是全国人民的特区，北京也希望能更多地看到和听到来自特区的消息，所以，特区的事就"特办"吧。

　　1995 年 3 月 8 日，《深圳特区报》北京记者站在北京饭店举行了正式挂牌成立仪式。前来参加成立仪式的领导有：中宣部常务副部长徐惟诚，中宣部副部长龚心瀚，全国人大财经委副主任李灏，国务院特区办副主任陈顺恒，中央党校副校长龚育之，国家工商局局长王众孚，新闻出版署副署长梁衡，《人民日报》总编辑范敬宜、副总编辑保育均，新华社副社长高秋福，《经济日报》总编辑杨尚德，《求是》副总编辑苏双碧，《光明日报》副总编辑李景瑞，全国记协书记处书记王哲人、唐非，全国人大办公厅新闻局局长周成奎，广东人大副主任方苞、张汉青，北京市委宣传部常务副部长龙新民，《北京日报》总编辑刘虎山及国务院新闻办、国务院侨办、中国青年出版社等有关负责人。深圳市委书记、市长厉有为，深圳市政协主席周溪舞也参加了这次盛典。

一个副省级的党报在北京成立记者站，竟然能有十几位省部级的领导同时到会，如此高规格，恐怕在首都北京的新闻史上也是"开天辟地"第一回了。这些领导的到来，其实也是说明了人们对办好深圳经济特区的高度关注和殷切希望。

同年 8 月，首都北京为迎国庆节，在鲜花盛装的东西长安街沿线两侧，新增添了几十块精美的群众阅报栏。经过北京记者站的争取，北京市委宣传部经过严格审核，批准把《深圳特区报》《人民日报》《北京日报》等 9 家报纸，张贴在阅报栏上，供首都人民阅读。这对扩大《深圳特区报》在北京的影响力，无疑起了很大的作用。

借助北京地缘优势　争取采访高端名人

《深圳特区报》北京记者站在中央有关部门以及北京、广东、深圳等各级领导的关心和支持下，在时任特区报社长吴松营、总编辑陈锡添直接领导下顺利地成立了。接下来的工作是，如何尽快展开在北京的新闻采访。

北京是中国的首都，中央、国际、国内等各大媒体云集，新闻采访竞争激烈。《深圳特区报》毕竟还仅是一份区域性的年轻的地方党报，论人脉关系、信息渠道、新闻来源等等，可以说是"白手起家"。当时，只有我和庄宇辉两个人跑新闻，北京如此之大，部门众多，怎么办？笨办法，花时间一家一家地跑，去中央各部委新闻处、北京市新闻主管部门和驻京中央各大新闻单位及北京市新闻媒体等，一一拜访联络、建立关系。

我们在全国人大和全国政协的"两会"新闻中心所做的"公关"工作，为报社日后能进入每年的全国"两会"采访打下基础。

除了每年全国"两会"采访以外，北京的重要采访和高端采访很多，越是有重要的纪念活动，各家媒体对重要高端人物采访竞争得就越激烈。在北京记者站成立之初的头几年，年年都有大的重要活动。比如，1995 年是纪念抗日战争胜利 50 周年、1996 年是纪念中国工农红军长征胜利 60 周年、1997 年是迎接香港回归、1998 年是纪念党的"十一届三中全会"召开 20 周年、1999 年是迎接澳门回归等。

在此期间，由于《深圳特区报》已进入中南海、京西宾馆、首都机场等重要地方发行，为了配合这些重大活动的宣传报道，进一步扩大《深圳特区报》的影响，报社也对北京记者站提出了较高的采访要求。当时尽管北京站人手少，我们还是迎难而上。

记得当时有一项工作，是采访开国将军们。然而，当年参加过红军长征的将军们，都年事已高，如开国上将宋任穷、萧克、杨成武、陈锡联等，均已是80多岁了，他们的身体状况很难接受一次完整的采访。

为此，我们针对不同的将军的情况，采取不同的访谈方式。如我采访宋任穷时是先与秘书沟通，秘书把宋老要讲的内容告诉我，我先写出一份样稿，然后再由秘书给宋老读一遍，宋老提出修改意见后定稿。

还有几位老将军的采访则采用另外的办法——我们带着有关历史纪录的画册和回忆录，与老将军们一起看画册、谈历史，使他们能回忆起当年那艰苦卓绝的战争岁月，在轻松的谈话中完成采访。

迎接香港回归前夕，我们采访了时任全国人大副委员长雷洁琼。

纪念邓小平逝世一周年时，组织了谷牧、谢非等领导人的专稿。

纪念党的"十一届三中全会"召开20周年之际，采写并组织到了万里、田纪云给《深圳特区报》的独家专稿。

2006年，纪念红军长征胜利70周年，成功组织了包括朱德女儿朱敏等部分开国将帅后代的独家专访。

当特区报开设——"省部长访谈录"专栏时，我们采访了孙家正、王晨、邵华泽、范敬宜、李东东等省部级领导。

为配合特区报专栏的需要，我们还下了很大的功夫，对潘长有、邢燕子、侯隽、李素丽等新中国成立后涌现出来的全国著名劳动模范，进行了专访。

那时我们充分地利用北京记者站的地缘优势，为特区报约访或采写了众多的高端人物专稿，对《深圳特区报》在全国进一步扩大影响力，提升报纸品牌的美誉度，起到了积极的促进作用。

在《深圳特区报》迅速发展壮大的那些年里，我作为一家地方报纸的一名记者，能够在京参与如此多的高端或知名人物的专访，倍感荣幸与自豪。当年的采访对象中，很多位都已逝世，但我回想起每一次的采访，都难以忘怀。因为对我来说，每次采访都是一堂回顾历史展望未来的教育课，同时，也感受到了他们对深圳经济特区的热情关心与殷切期望。

李鹏等多位领导人欣然为特区报题词

北京记者站成立之初的几年，正值中国报业急剧扩张发展的时期。1996年1月，中国第一家报业集团广州日报报业集团率先挂牌成立，对业界产生了很大的影响。时任深圳特区报社社长吴松营那时来京就经常谈到，他对《深圳特区报》的发展有很强烈的紧迫感，认为虽然特区报很"年轻"，但却是一份在全国改革开放的前沿阵地——深圳经济特区成长起来的党报，应该走在中国报业改革的最前列。为此，要求北京记者站在京全力配合报社，为深圳特区报社能尽快被中央有关部门批准成立深圳特区报业集团做准备。

当时，北京记者站刚成立不久，仅有 4 人，租的是一间 20 多平方米的办公室。为得到中央新闻主管部门的重视与支持，我们在进行高端采访的同时，尽量利用各种机会和关系请中央及有关新闻主管部门的领导为《深圳特区报》题词，一方面是希望领导能更多地了解《深圳特区报》，另一方面是能使这份"年轻"的报纸，在中央有关部门的关心下，尽快被批准发展成为第一家特区报业集团。

通过北京记者站不懈的努力，为特区报欣然题词的时任领导人有：中央政治局常委、全国人大常委会委员长李鹏，中央政治局委员、中国社会科学院院长李铁映，原中顾委副主任宋任穷，中宣部副部长徐光春，《光明日报》总编辑王晨，《经济日报》社长徐心华等以及后来在采访中为特区报题词的原《人民日报》总编辑、清华大学新闻学院院长范敬宜、新闻出版总署副署长李东东等。

为了能在北京更好地宣传特区报，1998 年 10 月，根据吴松营社长的指示，我们在人称"国门第一路"的首都机场高速路上，率先树立起了一块 60 平方米的的巨幅广告路牌。为此，还引起了在京新闻界的关注，《北京青年报》还以照片的形式刊发了此消息。这些都为《深圳特区报》一年后，即 1999 年秋，被中央宣传部和国家新闻出版总署批准成立深圳特区报业集团，起到了很好的宣传与促进作用。

在那几年，由于特区报急速发展的需要，很多重要的审批手续最终要到北京来办。于是特区报办公室、广州记者站、北京记者站三地，在申报有关审批手续上，就自然地形成了"接力"。最初的申报手续由特区报办公室到深圳市委宣传新闻主管部门申办，得到同意后接着转到广州记者站，由广州记者站再向省委的主管部门报批，而"终审"要到北京完成。如最初成立"深圳特区报业集团"的申报、《投资导报》更名为《晶报》的审批，以及后来难度很大的，历时两年，也是全国第一家由国家新闻出版总署按企业批准新建的深圳报业集团出版社的申请报批手续等，都是通过"三地"的努力，这样"接力"完成的。

北京记者站在这几年，之所以能够较出色地完成报社领导交给的各项任务，就在于时任报社领导对北京记者站各方面建设的高度重视与关心，无论是队伍建设，还是办公设施建设等，都给予了极大的支持。特别是报社对北京记者站办公楼的投资扩建，不但为北京记者站的记者和员工提供了良好的办公环境，为报社资产增值带来了良好的经济效益，也为报社在首都北京，树立起了极佳的深圳报业集团的形象，以致后来中宣部新闻局都介绍一些国内新闻界的同行前来"取经"。

弹指一挥间，转瞬我们又将迎来《深圳特区报》30岁生日，回顾历史是为了激励未来。深圳精神的精髓是创新敢闯——创新是深圳之魂，是《深圳特区报》之魂。我坚信并祝愿《深圳特区报》再创新的辉煌。

我与特区报二十八载

□刘晓萍（曾任《深圳特区报》驻上海办事处主任）

说起与《深圳特区报》结缘，是个很长很美的故事。尽管事情已经过去了二十八年，但于我而言，终生难忘。回顾作为特报人与报社同甘共苦的二十余载悠悠岁月，心存感激，也心存留恋。值此三十周年报庆之际，祝福我们的特报明天更美好。

采访结缘深圳

1983年，我在参与《上海法制报》筹建工作时，应广州《家庭》杂志社邀约参加婚姻家庭研讨会。其中，会务安排有一项内容是到深圳参观一天。作为上海人的我，当时对深圳知之甚少。实际上，由于当时资讯尚不发达，对于绝大多数的中国人来说，深圳都是陌生的。而坊间对于深圳的认知还有不少误解和传言。

作为《上海法制报》负责时政要闻的记者，我敏感地意识到，这是一次难得的采访机会。当时，进深圳还要开特别通行证。于是，我在出发之前办理好了相关的手续，到公安局申请时才知道，我是当年上海第一个到深圳采访的记者。

记得很清楚，我是在研讨会之前就来了深圳。特别有缘的是，到了深圳后我住的是深圳特区报社招待所。招待所设在特区报大楼顶层9楼。大楼当时在深南大道上，是最高最漂亮的一栋大楼。站在窗前放眼望去，当时的深南大道，周围到处都在建楼，像个建筑大工地。在招待所晚上能够看到香港的电视节目。通过香港电视节目，我了解到许多国内外新鲜资讯。这对于一个记者来说，无疑是很兴奋的事。

来到深圳，首先想到应该采访一下时任深圳市委书记兼市长梁湘同志。于是，电话联络他的秘书，秘书表示梁湘很忙。最终，经不住我的软磨硬泡，梁湘答应第二天在深圳迎宾馆接受我的采访。梁湘比约定采访时间提前了5分钟到，态度特别平易近人。梁湘激情澎湃地畅谈到深圳的未来发展规划。他的守时、和蔼可亲、风趣幽默都给我留下深刻印象，他独特的人格魅力深深地打动了我。梁湘同志告诉我，特区建设需要人才，深圳已派出招聘组到北京上海招聘人才，

欢迎有志青年来深圳参加建设。采访结束后，我就萌生了到深圳工作的想法。

回上海后我将在深圳感同身受的体验连续发表了8篇系列报道，引起了社会的广泛关注。

同时，我向单位领导提出了去深圳应聘工作的请求。1984年，《上海法制报》刚刚起步，报社领导以工作需要为由不同意我走。我又开始了软磨硬泡，领导最后发话，要走，只有一个条件：辞职走。

当年，辞职是件挺冒险的事。放着现成的铁饭碗，去捧没有正式入职的泥饭碗，万一发生变故，就可能饭碗都没了。但是，特区火热建设的场面和梁湘的呼唤感召使我去意已决，我毅然决然地递交了辞职报告。通情达理的报社领导最终同意，我应聘去深圳工作。

辗转调入特报

只要能去深圳，我甚至没有过多的考虑专业对口，我是学新闻的，却进了深圳市中级人民法院政策研究室。当年，儿子才7岁，刚上小学一年级我把他丢给了父母。

初到深圳，条件很差。到处可见农田，下雨出门要穿高筒套鞋，雨天一身泥，晴天一身土。生活条件非常艰苦，16个人挤在一套两居室的集体宿舍，我又像在读大学一样睡到了上铺。生活艰苦姑且不论，语言沟通上的障碍，使我在工作中手足无措。记得有一次跟领导到宝安搞调研，对方讲的潮州话让我云里雾里一句都没听懂。

深圳市中院李院长通情达理，1986年终于在他退休前放我离开中院，专业对口调《深圳特区报》工作。

当时报社的采访条件也有限，给我们每个记者发了辆自行车。好在深圳市区不大，踩个单车就能跑个遍。我们已经相当知足了，比起前辈们创业时，在棚屋里编报纸已经有了很大改善。当时报社的女记者不多，我们都像大熊猫似的被男同事呵护着。但是，要强的我们从不要照顾，家庭工作一肩挑，采写出许多新鲜热辣的好新闻。与此同时，我们还积极参与社会活动，我们在妇联的帮助下成立了女新闻工作者协会，举办了大型的深圳市国际儿童画展、荔枝节国贸音乐喷泉化妆舞会、深圳市新闻界冰上联谊会等文化文艺活动。用自己的努力，为活跃深圳社会文化生活作了一点贡献。

在我的采编工作中，印象最深的一次采访，是跟随新园大酒店团员青年驱车到广西法卡山前线过"团日"。那次采访遇多雨季节，路不好走，车辆数次陷入泥中，

我们不得不下来推车。历经千辛万苦赶到前线时，阵地上还能听到零星的枪声。在一个个被炮弹炸出的大坑前，被子弹打得像筛洞的楼房前，在烈士的陵园里，我们听到了一个个惊心动魄战斗故事。在一个小战士的墓前，我止不住泪流，内心一次一次被震撼。

亲历深圳发展

后来，我从时政部竞聘上岗到了经济部，成为采访经济新闻的记者。

上世纪 80 年代末 90 年代初，深圳开始率先在全国试行发行股票。我在当年采访股市，对股票可谓一无所知。还是在著名作家茅盾写的小说《子夜》里，第一次知道有股票这个东西，做多做空是什么我一点都不了解。当时可学习借鉴的资料也十分有限，我就边学习边摸索开始采访股市。

深圳最早发行的第一支股票是深圳发展银行股，人们大多和我一样不了解股票，所以少有人问津。所以今天传说的发展银行股票要机关干部率先带头买，不是误传。后来通过扩股分红人们很快发现，股票是一种投资行为可以赚钱，可以获利。于是，当第三支股票金田股票发行时，人们开始排队竞相抢购。

金田股票发行的一大早，我来到多个售卖点采访，迎面感受到一股火辣辣的股市狂潮，于是撰写了《方兴未艾的金田股票》报道。报道中真实反映了已经有了投资意识的深圳股民们投资的高涨热情。那篇报道，被评为广东省好新闻二等奖。

上世纪 90 年代初，全国多个地方盛传深圳吃老虎，很快国务院派了调查组。我主动请缨参与调查，跟林业部、海关总署的同志分在一组微服私访。由于我学会了说广东话，当地人对我们未加防范。因此我们这组收获最大，在市场上抓到了很多偷食猫头鹰、穿山甲等国家保护动物的"现行"，写出了《这里一天吃掉多少珍稀动物？》的报道。深圳市工商局将这篇稿件作为文件附件发文，取缔关闭了 17 家偷宰珍稀野生动物的饭馆。这篇报道又被评为当年的广东省好新闻二等奖，其实这篇报道侵犯了商家的利益，在报纸上真名实姓的发表是挺危险的。许多人对我说，难道不怕黑社会报复你，可是凭着当名记者的热情，根本没想那么多。

见证报社辉煌

20 世纪 90 年代初，随着深圳经济的飞速发展，我们特报与时俱进也进入了飞速发展的快车道。

1997 年，报庆 15 周年时，许多党和国家领导人专门为我们的报庆写了题词。我到北京请人大副委员长赛福鼎来我们报社参加报庆活动，老人家不但欣然同意还饶有兴趣地问了我许多关于特区和特区报的情况。

我到北京请一位国家领导人为特区报题词，他已病重住院身上插满了管子，在他的病榻小桌上我看到仍放着当天的《深圳特区报》（当时我们的报纸在北京有印点）。秘书告诉我，他每天都要听秘书读《深圳特区报》，我几乎是流着眼泪从秘书手里接过这位领导人为报庆写的题词。

1995年后上海开启改革开放的步伐，作为上海人的我被报社领导派回上海。记者站设在市中心淮海路边。

回到上海，我时时关注着上海的改革开放经验，采写了系列报道发回深圳。在上海我们除了采访还有广告任务，1996年初建站时，上海记者站的广告收入只有200多万，报社领导要求我们第二年广告翻番。由于特区报声名鹊起的影响力，也由于特区报在上海有印点且自办发行，华东六省一市的读者第二天就能看到特区报。上海杭州等几个重要的经济旅游城市，当天就能看到我们的报纸。到了建站的第三年，《深圳特区报》驻沪记者站就已成为广告收入过千万的记者站。当年特区报的广告收入名列全国媒体三强。

上海是一个国际化的大都市，在后10年的改革开放中我有幸参与了许多重大的国际政治经济活动、重大的体育赛事、国际展览和文化交流活动的报道。在这些活动中每当我亮出自己的名片，许多参会的记者都会纷纷表示羡慕和赞赏。

2002年全球五百强会议在上海召开，期间许多中外记者围着时任中共中央对外宣传办公室主任、国务院新闻办公室主任赵启正采访，当他接过我递上的名片时，立刻向在场的中外记者说，建议你们都到深圳特区报报业大楼走一走看一看，学学人家的办报经验。那一刻，作为《深圳特区报》的记者，我由衷地感到骄傲和自豪。

在记者站的10年中，上海的城市建设和发展日新月异，我似乎又生活工作在一个大建设工地中。当年记者站的这栋楼是顺昌路上唯一的一座高楼，我亲眼看见周边的大批民房被拆，破旧不堪的马路菜市场被绿树环绕、绿草茵茵、碧波清澈的太平桥绿地取代。低矮的民房、陈旧的街道消失了，取而代之的是新天地华丽的变身。上海所取得的改革开放成就无庸置疑，我把这些都变成了文字见诸报端，为上海后10年的改革开放鼓与呼。

在与旧日同学的一次聚会中，那些当年反对我去深圳的发小们纷纷调侃我，"你怎么回来了，早知今日何必当初，我骄傲地告诉她们，我当年选择去深圳是正确的；我如今回来了，也是对的。我亲历和见证了中国两座重要城市的经济改革和发展，这种人生经历是花重金也买不来的财富，你们没有，我有！

（记录整理：黄付平）

不拘一格揽人才

□田诒忠（曾任《深圳特区报》人事处处长）

《深圳特区报》创刊以来，一纸风行，各项事业飞速发展，逐渐成为有较大影响力的大报——拥有一个优秀的人才群体，是其成功的重要因素。

1995 年至 1998 年初，我被安排到人事处工作。按照报社领导的指示，求贤若渴，不拘一格，招揽人才。许多往事，我至今印象很深刻。

一、打造一个宽松的人才流动的大环境

报社创业初期，市委给报社配备了一些领导干部，但各类专业人才还得自己解决。那时，先是实行借调，面向全国招聘。对同意接收者，先来上班，试用期三个月，工资和补贴照发。试用期内，合则留，不合则退；其本人愿留则留，不留便可以回去。对人才实行宽松策略。借调期往往会进行延长。

《光明日报》一位部门负责人，原籍广东，他是最早被借调来的骨干之一。当时，中宣部发文，请《人民日报》《光明日报》、新华社等中央新闻单位，凡是广东籍的干部，本人愿意，可以调他们到深圳，支援特区建设。他被选中了，进了报社上班，基本工资 78 元不变，加上特区补贴有 96 元，全家人都很高兴。一借就是两年，之后他正式调入特区报社，进了领导班子。

后来，新华社香港分社在香港创办《紫荆》杂志，省委要求深圳要支援港澳，他又被借调到《紫荆》社当采编主任，一干三年。领导要留他当副总编，他却认为该回去了，于是提出想回特区报社。报社马上派人帮他办好调动手续，他很快就又回来上班了。退休时他深有感触地说："来去自由，安全着陆。"

那几年，报社对各种专业人才，在去留问题上，相当宽容，完全尊重个人意愿。

有一位从北京市委宣传部借调来的干部，干了几年，觉得不适应，又回北京安家。有一位编辑，曾被调到兄弟报社。后来，他要求回来，我们便把他调回来。还有两位记者，跳槽在商海大潮中闯荡了几年，最后还是觉得报社工作条件好，干得舒心。我们又把他们接回来了。

海纳百川，有容乃大。在这种环境下，大家拧成一股绳，融成一个整体，敬业乐业，为报业发展贡献才干。

二、对年轻人才，有目的地培养重用

"任人唯贤"是选人原则，"德才兼备"是用人标准。报业腾飞更需要创新型人才，尊重人才，让人才充分发挥才干，是我们坚定不移的方针。多年来，报社对年轻人才，有目的地进行培养重用，取得明显效果。

一位35岁的总编室主任，值班期间，面对一些突发的重大事件，总能从容应对，依靠上级领导，严格遵守新闻纪律，出色完成任务。早在1989年，他在回乡探亲休假时，抢发了一现场短新闻，报道台湾一架军机在我境内坠落的消息，文章后来获得广东省好新闻一等奖。

1997年，他从总编室调至政文部，职务不变。他不太理解，说在总编室干得好好的，为什么要调离？我们提醒他说："你放心干好工作就是。"原因是报社有规定，培养年轻干部，需多岗位锻炼。

该同志敬业乐业，勤奋工作，不怕困难，不怕艰辛，一路走来，顺风顺水，提为总编室主任，升任报社副总编辑。2001年7月筹办《晶报》，8月1日顺利创刊。近几年到《深圳特区报》任总编，已成为深圳报业集团领导人之一。

1994年，报社提拔处级干部12名，1995年提拔24名（有些是副职升正职），他们很快成为业务骨干和部门组织领导者。

三、求贤若渴，积极从名牌大学招聘人才

"我们今天是桃李芬芳，明天是社会的栋梁。"当代大学生，有理想，有抱负，有理论知识，有工作闯劲，毕业后经过艰苦磨练，可望成为栋梁之材。

特区报社每年都从全国一些名牌大学中去招聘。1993年招25人，1994年招15人，1995年招16人，1996年招10人，平均年龄25岁左右。

至上世纪末，武汉大学就有近40名师生到特区报社任职，该校副校长还专程来到报社，召开座谈会。

1996年，我们参加深圳大学在该校首次举办的人才推介会，选了一天中只挑中一位，他是电子系学生会主席，党支部书记。我们向该系党支部书记汇报，他大为感叹说："我校正打算把他留在学校教务处工作，不料被你们选中了，真有点舍不得，既然特区报社要他，我们就给你们吧！"我们再三感谢。这位大学生到职后，很快显示了他政治上成熟、业务上精通的才干，第一年就被评为报社先进工作者。

有一位年纪较小的人民大学毕业生，从小喜欢写作，15岁出版了她的作品集，人称"小神童"。她十分想来特区报社当记者，但想到自己不是共产党员，特区报是党报，恐怕进不了。我们听到这一情况后，明确叫人转告她，党报并不全是党员办报，只要愿意为党报工作，我们欢迎。后来，她送来了档案，报社编委会很快通过了。十多年来，她发挥她的才智，成了能独当一面的业务骨干。

还有一位硕士毕业生，来应聘时，各方面条件都不错，在他的应聘书中有一个细节，引起了我们的关注。原来他家庭经济比较困难，在大学通过勤工俭学，挣钱来帮助读中学的弟弟妹妹。我们认为这样一个有志气、能吃苦的学生，工作后一定会克服各种困难，把工作做好。他进来后，工作一直不错。

四、拓宽渠道，千方百计招揽人才

深圳特区经济高速发展，催生特区报业快速崛起，在这种形势下，我们不断拓宽渠道，千方百计招揽人才。

1995年3月，《深圳特区报》附属的《鹏城今版》应运而生。我们登报向全国招聘，应聘者很多。我们除了向市委组织部要人外，还把目光转向市人事局。刚好，省人才交流会在广州召开，我们去广州向市人事局招聘点申报，结果一下子批了23人，后来又补批了3人，负责招聘的负责人说："特区报社是深圳市委的机关报，我们尽量满足你们。"这批人才的调入，进一步解决了《鹏城今版》和各部门的需求。

向全国招人并非一帆风顺，往往要通过艰苦努力，才能达到目的。北方一家省报，以前已有两位记者进了特区报社。可能是连锁反应，又有一位编辑，强烈要求调进来。该编辑能力强，曾以新闻理论和新闻写作两项总分第一的成绩，被该报接收任编辑。工作期间，曾获中国新闻奖二等奖，全国省级党报新闻奖一等奖，他写的评论多次在《人民日报》等大报发表或转载，他几次申请调动，均未成功。

后来，我们以特区报社编委会名义，正式向该报发去信函。信函写得入情入理，表达向老大哥报纸学习的诚意。精诚所至，玉石为开。该报同意放人，支持特区建设。该编辑如愿以偿，顺利调进特区报社。后来，在报上发表了许多评论和文章，充分发挥了自己的作用，有些领导说他本分忠厚，能力很强。现在，他被派去援疆，在《新疆日报》担当重任。

邓小平同志提出干部队伍要"革命化、年轻化、知识化、专业化"。深圳特区报社，着眼于未来，多年来都着力于培养年轻的新闻工作队伍，使之成为报社的中坚。在报社编委会重视下，年轻化队伍迅速成长。

据 1995 年 10 月统计，全社采编人员 356 人，平均年龄 36.8 岁，比 1993 年的 46.4 岁年轻近 10 岁；中青年采编人员 251 人，占采编人员总数的 70.5%，比 1993 年提高了 16 个百分点；大专以上学历的 334 人，其中中青年 248 人，占 74.3%。

十多年过去了，这些年轻人大多已茁壮成才，成为报社的中坚力量。

企业化运营促进报社快速发展

□张行坤（曾任《深圳特区报》审计处处长）

我1984年初从广州军区转业进入《深圳特区报》，此后近20年一直从事财务工作。回顾这20年的职业生涯以及报社的发展历程，我印象最深的就是特区报从全额财政拨款到自收自支的企业化运营的转型。

传统的计划经济办报思维制约报业发展

《深圳特区报》1982年创刊之后，所需经费由市财政全额拨款。那个时候办报条件很艰苦，在铁皮房里办公，采编工作完成后要拿去香港《文汇报》代印。1983年12月《深圳特区报》由周报改为日报，搬入新建的九层办公大楼，开始使用《文汇报》赠送的印报机和市财政投入购买的印报机印刷报纸，每天只有四个版。

办报初期，大家都还是传统的思维，认为特区报既然是市委机关报，就应该由市政府拨款。报社人员只需按照市委的要求和部署办好报纸，有社会效益就行了。

但是渐渐地，这样的机制在一定程度上制约和限制了报社事业的发展。比如说效率问题，那个时侯，报社事无巨细都要向上汇报，就连去香港买一套摄影器材都要上报市里，而且要跑好几个政府部门，从财贸办、计划局、外汇管理局、财政局到中国银行，办理批外汇指标、拨款、换汇等一系列复杂手续。这些状况越来越难以适应发展的需要。

分配机制的改革带来工作积极性和收入的大幅提高

随着特区经济的发展，各类广告发布的增多，特区报在发行收入和广告收入方面都有了大幅的增加。为了调动办报积极性，减轻市财政负担，到了上世纪80年代末的时候，市政府大大减少了对特区报的财政拨款，先前的全额补贴制度转变为差额补贴制度。那些年补贴逐年减少，从200万到150万。最终到1992年改为自收自支，报社从此有了自主经营权。

直到 1993 年初仍是吃"大锅饭"，工资按照行政级别发放，至于奖金，从社长到炊事员，大家一律 30 元（每月）。可是，特区报有了可以自主支配的收入，该如何分配？于是，1993 年 3 月，报社成立了三个考察小组，分赴沈阳、上海、南京等地取经，看看人家是如何分配收入的。

我当时随副总编赴上海考察"解放""文汇"两报，那边的情况是，按业绩发放奖金，多劳多得，大家办报热情、积极性很高。在回来的路上，我们还去了《广州日报》，他们的社长讲起如何提高员工待遇很是自豪，说报社给员工定做制服，还特意请了香港的设计师。

回来之后，三个考察小组都提交了考察报告，效果立竿见影——两个月后，奖金大幅提高，最多的采编部门有人奖金甚至涨了 10 倍。这样大家的办报热情和工作积极性空前提高。

坚持原则避免了一次大差错

20 年来我的工作始终离不开"钱"，可以说从事的是一份高风险的职业。诱惑多，陷阱多，稍有闪失，便可能酿成大祸。所以我一直这样要求自己：坚持原则，不贪不占。

我在部队时就从事财务工作，很清楚别人如何在钱的问题上栽跟头，多报支出以中饱私囊这类事情见得不少，也参与过相关调查。所以从那时起我就告诉自己，在钱的问题上一定要清清白白。

遗憾的是即便自己如此小心，还是出过一次事，受了一回冤。1989 年，一次只有议项却并未最终实施的"分配广告代理手续费"事件被一位不明就里、捕风捉影的记者捅了出来，并引来了市里的调查。为此报社专门成立工作组，经多方调查最终证明我们没有违纪。整整两年时间，终于还我以清白。尽管受过这般委屈，但是我始终没有动摇过自己的信念：坚持原则，不贪不占。

1999 年，报社成立了采购组，也就是今天物供中心的前身。我负责审计并主持采购工作。记得 2001 年有一次，有人打着全国报协的旗号，并通过深圳某报的中介，前来推销新闻纸。他们的产品质次价高，却以当时特区报主管领导的名义压我们，说是该领导已经同意购买他们的新闻纸。

这件事比较棘手。买吧，损失的是报社；不买，得罪的是领导。再三斟酌之后，我们将情况向吴社长作了汇报。社长的意见很明确，按原则办事，根据市场情况货比三家，若质同，价低则购。几天后，社长去北京参加全国报协的一个会议，考虑到此人很可能前去游说，我们再次向社长作了汇报。果不其然，这个人在北

征与尘
深圳特区报 30 年往事记述

京拿到了社长的签字，并得意洋洋地找到我们要求照办。其实，社长的签字并非同意购买，而是说按原则办事。对此指示，我们自然心领神会，坚决拒绝采购这批新闻纸。此后不久就传来此人因海关关税等经济问题受到天津海关调查的消息。

你想想，那时报社每年要消耗数千吨新闻纸，每吨的差价是几百元。如果屈服于压力，将会给报社造成多大的损失！所以说，按原则办事，不单让自己守住了清白，也成就了报社的大利益。这是我们每一个从事财务工作的人必须时刻警惕的。后来，因为这件事情处理得好，采购组受到了报社上下的好评。

头版登整版广告敢为天下先

1983、1984年以后，特区经济蓬勃发展，企业开张要登广告的越来越多，几乎天天都有。我们现在头版刊登整版广告不是什么新鲜事，但是放在那个时候却是难以想象的。但是，有了这样的需求，我们应该怎么办呢？当时大家议论纷纷，反方意见是党报应以社会效益为重，头版刊登整版广告不大合适、不大像话；正方意见是向香港学习，当时香港就已有铜版纸印刷的头版整版广告，我们是特区，比内地开放，胆子应该大一些。

听说报社为此事专门召开了编委会。会议内容如何我们不得而知，但是最终，特区报成为内地第一家在头版刊登整版广告的报纸。当时头版整版广告要50万元，内页则是几万元，差别很大。这件事也反映出敢想敢干敢为天下先的特区报精神，同样这也是深圳特区的精神。

（录音整理：霍晓焰）

印报人难以忘怀的奋斗时光

□陆惟宁（曾任《深圳特区报》印刷厂厂长）

我是 1987 年调进《深圳特区报》印刷厂的。从深圳特区报社印刷厂副厂长、厂长，再到深圳报业集团印务有限公司总经理；我见证了《深圳特区报》印刷厂从小到大、从弱到强的历史。

和一些历史悠久的报社印刷厂相比，从深南中路起步的特区报社印刷厂是个非常稚嫩年轻的"小字辈"，却在近三十年时间里跻身中国报业印刷的前列。

这几十年里，我们创下了多个"第一"，直至今日，我们的印报事业在业内仍以思想领先、敢想敢试及技术进步而著称。回想这些奋斗的时光，有几件大事一直难以忘怀。

1987 年：首次自主彩印周年纪念画册

1968 年我从上海印刷学校印刷制版专业毕业后，到了大型综合性印刷企业——兰州新华印刷厂工作了 18 年，从基层做到副厂长，是当时全国大型印刷系统最年轻的业务骨干之一。

当我第一次踏进深南中路的特报印厂时，惊讶乃至有点小失望：这个小小的印厂，除了几台瑞典进口的小型印报机外，其他的彩印设备、生产技术、工艺流程等都相对落后。然而我发现，印厂人充满了特区人独有的干劲和活力。

初到印厂对我的第一个考验、也是特区报对印厂的一个重大考验是报社领导希望自己印厂承担特区报创刊 5 周年画册的印刷。以往每年的纪念画册都要拿到香港去印。经我对技术及设备能力的研判，大胆接受了这一任务。从我 3 月份亲自到香港监制制版开始，到 5 月拿出几千册 3 厘米厚的画册，我们使用的是小型双色单色四开印刷机，印刷难度高，效率低，印厂从未印过这么厚的画册，但我们就是凭着一股干劲，充分发挥员工积极性，精心组织，按时保质地完成了报社 5 周年画册的印刷任务，得到报社上下一片好评，印厂广大员工也都非常自豪。

现在听起来可能有些不可思议，《深圳特区报》是 1982 年 5 月创刊，但当时还没有自己的印刷厂，有一年左右都是在香港《文汇报》印刷的，每晚印完用车把报纸从香港拉过来，有些采编工作人员也都是在香港《文汇报》上班的。

可以说，前10年是特区报印刷厂的起步阶段，由于当时的历史条件，印厂都是因陋就简，不断学习探索的阶段。而后20年，依托特区改革开放的强劲步伐和特区报的兴旺发达，我们的印刷事业取得了突飞猛进的发展。

1989年：4个月实现划时代全版面激光照排

现在年轻的新闻人可能无法想象，1985年以前我国报社出版印刷全部采用铅排、大部分铅印工艺。这不仅效率低、劳动量大、环境污染严重，容易发生铅中毒，而且出版周期长。1985年新华社计算机激光汉字录入、编辑和小报版面排版试验成功；1987年，经济日报社计算机激光汉字大报版编辑排版系统试验成功，但直到1988年才开始部分版面试运作。而《人民日报》曾经在1987年前后花了数百万美金从美国引进照排系统，结果水土不服。在这样的激光照排技术还处于萌芽阶段，我们厂也早早地进行了项目探讨。

当时我作为项目责任人之一，从科学技术发展的大趋势，从计算机技术的发展角度，我觉得上激光照排技术是迟早的事，是有划时代意义的。但是几家中央级报纸的经验教训都让大家感觉到很大的风险：报纸是要天天出的，万一计算机又出了问题，铅字又淘汰了，那怎么办？报社领导从这个角度出发，最终认为要积极探索实验激光技术，但出于谨慎起见，铅排还继续保留，作为过渡阶段，放在车间不动，以防万一。

说干就干，1988年9月我们开始紧锣密鼓地投入硬件采购，"当代毕昇"、世界中文彩色照排系统创始人王选亲自领衔，带了10多个骨干力量来到印刷厂。他兴奋地说，当时的北大方正系统一直找不到愿意合作的单位，因为谁也下不了这个决心，没想到这个事在特区、在特区报做成了！

结果，特区报业印刷只用了4个月，于1989年元旦开始试运作，5月即实现了革命性跨越式迈进：全部版面用激光照排，告别了铅与火的历史，进入了光与电的时代，真正体现了深圳效率和特区敢闯的精神。

到了1990年以后，国内报社才开始大规模采用激光照排技术。可以说，我们是实际意义上的全国第一家普及电脑激光照排的厂家。而作为"以防万一"放在车间的铅字，一次都没用上。

后来王选曾经给特区报业印务下了这样的定义："该项成果引发我国报业发展重大变革，开创了报业印刷的先河。"当时，内地和香港不少报社都纷纷过来取经，北大方正系统的知名度也由此越来越大。

2001 年："灰平衡信号条"领先全国

一些细心的读者可能会发现，如今许多报纸每一页的下方都有一条灰带，并有蓝、红、黄三原色——这就是彩色报纸上的"灰平衡信号条"。简单说来，灰平衡信号条就是一个操作性极强又行之有效的印刷质量参照认证：有了这几条彩线，印刷工人基本上用肉眼就可以分辨出每部印报机印刷出的颜色有无存在差异，并控制墨量大小，从而基本保证每张报纸都规范无色差，比常规观察更有效。信号条的应用，使报纸质量明显稳定与提高，开机时间明显缩短，原辅材料（废报）明显减少。这就是由我提出、主持并亲自设计的项目——"灰平衡信号条"在彩报上的应用，这一实用新型工艺获得了国家专利。

2001 年，我们成为了第一家在报纸上应用灰平衡信号条实施质量数据化测定和控制的印报厂，目前这一工艺已经在众多大型印报厂得到推广并收到实效。此外，印厂具有自主知识产权的"报纸印刷的油墨预置技术和方法"在 2010 年也获得了国家技术专利。也在这一年，印厂较早在报业印刷中使用世界先进的计算机直接制版技术，保证了报纸的时效和质量的提高。

说起我们印刷事业的飞速发展，有太多的感慨，可以说，特区报的发展推进了印厂的前进，报社的信任让印厂如虎添翼，员工的支持保障了党报的顺利出版。1995 年，引进的新的彩色中型印报机在如今的报业大厦附楼投产，从此，特区报可以天天出彩报了。随着特区报版面及发行量的快速增长，1999 年又引进了大型宽幅彩色印报机，生产能力大幅度提高。2008 年，具国内领先，技术先进，印发自动化、数字化流程的现代化报业印刷——龙华印务中心投产……

"感谢""对不起"——5 个字背后很感慨

报业印刷是报纸出版"编、印、发"流程中重要一程，是"出好报，出早报"的重要一环。作为印厂负责人，深感肩上重担和精神压力。和《深圳特区报》共同成长的 22 年间，我记忆最深的是特区成立 20 周年的那期报纸。当时印厂的印力有限，那一天要出 200 多个版，必须提前半个月就开始印刷。连续 10 多天 24小时连轴转，我们员工秉承着为出报作贡献的毅力加班加点，但机器长时间不休息可就不听使唤发脾气了——这期间故障不断，给我们造成了极大困难。

作为厂长，我的精神压力非常大，每天基本上都待在车间里，深更半夜才回家，经常没躺多久电话又响了：机器又有故障了。那 10 多天里，基本上每天也就睡几个小时，我一下子轻了 10 来斤，最终圆满完成了印刷任务，然而我的精神，体力严重透支，半个多月后，我有生以来第一次住了 10 多天医院。

由于设备能力有限及报纸的时效性，遇到临时加版就要即刻通知员工上班，而这种情况是经常碰到的。所以，印厂员工都必须 24 小时开手机，随叫随到，上班走路甚至都要小跑。车间里的噪音也非常大，长期上夜班，家庭也照顾不好，特殊的行业要求员工具有顾大局讲奉献的精神，印厂广大员工也是这么默默无闻地践行着自己的责任。我经常在各种场合表达对员工及家属的"感谢"和"对不起"，这是发自我内心的真实心声。

我经常和员工们说，我们所做的一切都是为了出早报、出好报。从《深圳特区报》印刷厂、深圳特区报业集团印务有限公司、深圳报业集团印务有限公司、到 2008 年集团的重大战略投资——龙华印务中心成立，无不印证着特区精神的光辉和深圳特区报的发展足迹，也体现了我们印报人的精神面貌和聪明才智，我们为特区报及集团各报的出版发行作出了不懈努力！

我一辈子从事印刷业，尤其在为特区报服务的 22 年，虽然工作压力大，肩上担子重，但我无怨无悔——因我自己选择了这个职业，正是这职业让我留下了许多难忘而美好的回忆。

（录音整理：杨媚）

追忆特区报业大厦建设历程

□刘塞飞（曾任《深圳特区报》基建办主任）

深圳报业大楼的兴建是当时的报社领导层敢闯敢试、激情创业的结果。之所以这么说，一是当年深圳房地产正处于低潮，这个时候盖楼不合算。二是当年报社刚刚过上好日子，职工年平均收入能达到 5 万元左右，算是中上水平。如果盖楼，势必一下子将家底掏空，弄不好整个报社就被彻底拖垮了。当时许多职工其实是反对盖这座大楼的。

后来的事实证明，报社领导的决策是正确的。1994 年 12 月 26 日，报业大厦在当时还是一片荒山坡的深南大道北侧举行奠基典礼。1998 年 12 月 26 日报业大厦正式启用。此时深圳房地产市场因香港回归等因素又重新火爆起来，加之大厦本身的高品质，使得租、售工作相当顺利。经过申请，政府同意了报业大厦（共42 层）1/3 出售、1/3 出租、1/3 自用的方案。仅 1/3 出售部分即回款 4 亿元，相当于总投资的 2/3，加上出租部分的收入，等于报社白捡了一栋 14 层的办公大楼。

2 亿元家底，10 亿元基建

1992 年初《东方风来满眼春》向全世界传递了小平同志视察深圳的重要谈话精神，《深圳特区报》迅速跻身知名大报的行列，一时间一纸风行洛阳纸贵。

然而，此时报社的 500 多名干部职工却还蜗在深南中路不足 1 万平方米的 9 层旧楼里办公，大楼的底层还被改建为狭小的印刷厂，印刷机器是用了 10 年的瑞典旧"桑那"，记者编辑多数用的是面临淘汰的 286 电脑。

1993 年 8 月，吴松营从市委宣传部副部长任上被调派至《深圳特区报》主持全面工作。在小平重要谈话精神鼓舞下，此时的深圳各项现代化建设突飞猛进，此前被视为郊区的上海宾馆以西到处脚手架林立。在此背景下，盖一栋与特区报政治地位、社会影响力相匹配的现代化的办公大楼被吴松营提上议事日程。我在记者岗位上干得正欢，这时也被抽调至基建处负责新楼的筹建事宜。

在一次中层会议上，吴松营动情地说，《深圳特区报》是正在走向世界的现

代报业集团，我们必须有一座现代化的办公大楼。这个大楼要有中国特色、中国风格、中国气魄，必须达到"三个一流"：建筑形象一流、文化品位一流、技术硬件一流。从报社的角度讲，建设这样的大楼，可以大大增强报纸的竞争实力，有了一流的智能大厦这个硬件，就可以使《深圳特区报》跃上一流的技术水准，有更先进的手段去搞好新闻报道，提高报纸质量，从城市发展的角度讲，一个现代化国际化城市不能没有一个代表现代化传媒的标志性建筑，我们盖这样的大楼，就是为深圳增光添彩。

新大楼最初选址在今深大电话公司，后改址今皇岗口岸，但都因种种原因而放弃。最后定在新洲河旁深南大道北侧一块 2.9 万平方米的地块。当时深南大道上海宾馆至南头段正在扩建，夏天扬尘雨天泥泞。

1993 年 12 月 23 日，吴松营带领全体编委在新址上挖下第一锹土，新报社建设正式开工。按照规划，新址上先建现代化印刷厂，再建职工公寓和报业大厦，三大建筑及配套设施的建设资金约 10 亿元。当年的 4 月 12 日，市委市政府决定特区报实行"事业单位，企业化管理"，经济上独立核算，自负盈亏。也就是说财政"断奶"，以后特区报要自己养活自己。当时审核结果，特区报账面资金只有 2 亿多元。

2 亿元的家底要干 10 亿元的事情，只有向银行贷款。即使 5 年建设周期期间，报社盈利能力不断增强，但至少还得贷款 6 亿元以上。

政治家办报，企业家经营

作为市委机关报，《深圳特区报》必须义不容辞地担当起"喉舌""工具"的职责，但一张经营管理每况愈下、员工福利越来越差的机关报，其宣传效果必然大打折扣。

在市场经济的新形势下，"报"与"业"是不可截然分开的，单单在办报上下功夫还不够，必须同时在兴业上也下功夫。针对部分员工害怕家底被掏空的疑问，吴松营反复强调，2 亿元不能吃光分光，必须在报业经营上积极探索，努力壮大报社经济实力，留住人才，更新采编、印刷设备，推动报业前进。

新址印刷厂还未竣工，报社已花 500 多万美元进口了当时最为先进的"高斯"彩色胶印机，28 层 150 套的职工公寓也很大程度上解决了员工的安居问题。但报业大厦的建设资金却一直未有着落。由于财政"断奶"，1995 年底市政府决定，原定财政拨付报社的 1.5 亿元建设经费不再拨给（先期拨付的 1300 万元土地开发费除外），改成将"报社旧址办公楼留给报社使用"，"报社可利用旧办公楼转租或经营其他项目，发挥经济效益。这样可以补贴报业亏损，也可以向银行抵押借款支持新址建设。"这样一来，报业大厦建设资金的缺口变得更大了。

"报业大厦的建成，不仅能大大改善办报环境，大大提升报社形象，而且出售可以回收大笔投资，出租可以保证报社有一项长期稳定的收入，必须按照计划如期完工。"吴松营向我下达了死命令。

那个时候天天就是跑银行。报社虽然已是实行独立核算、自负盈亏的"企业化管理"，但只有事业单位的登记证明而没有企业的证照，不是企业法人，银行根本不肯放贷。加上报社旧址办公楼既没有土地证，更没有房产证，法律上根本不认可抵押贷款的问题。即使是银行答应贷款，以当时的市价，报社旧址办公楼每年出租的租金收入还抵不了1亿元贷款的利息。

创业艰难百战多。吴松营告诉我：一方面挺直腰杆往前，一方面弯腰低头求人。精诚所至，市工商局终于破例同意给报社进行工商登记并发了工商法人证书。报社又迅速找到两家大型国企，一是用报社信誉作担保，同时帮助他们通过广告宣传树立企业良好形象，他们则为报社向银行贷款提供担保。最终，工行、中行、建行等同意贷款。

"不过，贷款的额度有限，天天还是有人跟在我屁股后面要工程款、材料款。"当年为躲避债权人的追讨，我经常在洗手间"磨蹭"老半天，等人走了才敢出来。为保证大厦的高品质，全部电梯均由日本进口，16部高速电梯货款总计1000多万元。由于多次躲避讨债，该公司的业务代表被召回日本，听说被扇了耳光。回忆起这件事来，我至今觉得相当愧疚。

当时确实是没有钱。1996年5月报社迁到新址办公，旧楼很快出租，每月也只有几十万元的租金。最终报社不得不向市政府求助，市计划局批给报社3000万元的3年期免息贷款，这才解了燃眉之急。到1998年大厦投入使用时，报社年广告收入已超过3亿元，加之租售快速回笼资金，报社很快结清了所有的工程款项。

特区新地标，20年不落后

1999年10月1日，在中华人民共和国50周年华诞的隆重庆典上，犹如一艘巨舰张弦昂首、劈波斩浪的"深圳特区报业大厦"模型彩车，作为深圳的城市形象，缓缓驶过天安门城楼，显示着中国经济特区城市建设的辉煌成就。自此，报业大厦作为特区的新地标被人们所熟知并广泛使用于名信片、画册、城市形象宣传片……

"报业大厦之所以能成为特区新地标并被人们高度认可，与他独特、超前的设计理念以及人性化的空间布局、高品质的物业管理都是分不开的。"从外形上看，它犹如一张半卷的报纸正在徐徐展开，又如一艘扬帆的巨舰正在破浪疾行，还如一支如椽巨笔正在蓝天书写；从内部设施来看，15米高的大堂开敞明亮，气派非凡。能容纳800人的会堂，不仅适用于歌舞、话剧等多种演出，其同声翻译系统甚至可供一个"小联合国"开会。作为贵宾厅的"新闻眼"设计成含在窗口里的球体，寓意特区报在改革开放窗口中的目光如炬一目了然。作为休闲区的空中花园每三层设置一处，将阳光和绿色引进办公区域，抹去了现代化办公楼宇的钢筋水泥味。每隔10层设有避难层，方便在火灾等重大事故中逃生……报业大厦顶楼反射天线可接收四颗同步卫星信号，与世界各地保持资讯联系。

　　在庆祝深圳经济特区建立30周年之际，吴松营撰写回忆文章感慨：建设报业大厦是特区报在自负盈亏的条件下努力实现社会效益和经济效益统一的长远战略，是向现代报业集团冲刺的一个重要步骤，是依靠自己的实力建设起来的，被中央主管领导称为"中国报业第一楼"的宏伟建筑。

　　自1998年12月26日正式启用，深圳特区报业大厦已迎接了一批又一批的海内外嘉宾，收获了一次又一次的由衷赞美。时至今日，不仅大厦的用户们在安心使用时感叹他的超前设计，更有慕名前来的访客不断光临。不同的人都留下一句相同的话：大厦软硬件设施再过20年也不会落后。

　　（录音整理：朱良骏）

计算机网络化建设亲历记

□ 何木云（曾任《深圳特区报》技术处负责人）

1992 年 8 月底，我受委派与两位同事到北京参加人民日报社资料检索电脑化一期工程的国家验收会议，从中了解到国内多家报社已经开始规划实施新闻采编信息处理电脑化。回报社后，我向报社主要领导作了汇报，引起了他们的重视。在这样一个纯属偶然的情况下，我介入了《深圳特区报》的采编技术改革工作。1994 年 2 月，我被聘任为报社技术处副处长（无处长），三年间，《深圳特区报》采编流程计算机网络化建设从无到有，所取得的显著成果引起了全国报业同行和新闻技术界的关注。

起步晚了

1993 年 3 月中旬，总编辑王荣山带领我和资料室负责人到广州参观考察《南方日报》《羊城晚报》《广州日报》三家报社。他们的新闻采编技改工作正紧锣密鼓地进行，而且是比着干。有的已购买了网络主机，有的实现了资料存储检索电脑化，有的开始了采编人员的电脑操作培训。特别是其中一家报社当年拟增加投资 1000 万元人民币。这对我们三人触动很大。从广州回来后，我们向报社编委会呈交了由我起草，我们三人署名的《关于抓紧实施新闻技术改革的建议》（以下称《建议》）报告。明确指出：我报在 1989 年日出四版扩大为八版时采用了较为先进的激光照排系统，当年堪称"江南第一家"，而现在这个"第一"已不复存在。相反，我们在新闻信息处理现代化方面还未起步，在采编技术改革方面我们落后了，必须奋起直追，否则越拖越落后，将严重影响本报实现继续扩大报纸版面，创办系列报纸，不断增强报社竞争活力的目标。

《建议》提议加强对技改的领导工作，成立由编委成员、采编部代表和印厂负责人组成的新闻技术改革领导小组，领导和统筹报社的采编技术改革；加强技术队伍的建设，尽快成立技术工作部门。

同年的 4 月 8 日至 10 日，王荣山和我参加了由中国报协技术进步委员会、国家机电部计算机司和华光集团联合在山东潍坊举行的"93'全国报业技术发展

征与尘

深圳特区报 30 年往事记述

研讨会"，听取了国务院重大技术装备领导小组办公室负责人和一些技术专家关于新闻技术现代化的现状和发展方向的讲话，使我们对国内报业技术改革有了进一步了解。针对本报如何实施新闻技术现代化的问题，我们在会前和会后以召开座谈会和个别拜访的形式，征询了到会各方面专家的意见。

会后，我们向报社编委会呈交了《参加 93' 报业技术发展研讨会的报告》，并开始做一些前期准备工作。首先要做的是报社要提出采编技术改革的设计要求，否则承建单位无法拟订工程设计方案。报社发文要求各部门依据自己担负的工作提出初步设计要求，结果是除资料室外，其他部门都交了白卷，这在我意料之中，因为他们确有困难。起草总的设计需求书的任务最终还是落到了我身上。其实这一任务对我来说也是有一定难度的，因为要写好《深圳特区报新闻信息处理电脑化网络系统工程设计需求书》，除了要熟悉报社各部门的工作任务和采编流程外，还要有一定的计算机和网络知识，而当时我在这方面知之甚少。没有办法，我只好抓紧时间翻阅有关书刊，从而使自己对计算机和网络最简单的功能和一般原理有所了解。

经过一个多星期的起草、修改，终于在 5 月底写出了《深圳特区报新闻信息处理电脑化网络系统工程设计需求书》（以下简称《需求书》）。出人意外的是，这份《需求书》在当年 6 月份本报在北京举行的征询意见座谈会上，竟然得到与会专家的一致肯定，没有提修改意见。当得知《需求书》是出自我这个技术外行之手时，他们都有些惊讶并表示赞许。此时我才如释重负，心想总算完成了任务。

当年 7 月 1 日，我们把装订成册的《需求书》寄给了有关专家推荐和我们自己了解到的有能力承包工程的 12 家公司和单位。最终寄来设计方案的只有华光集团照排公司、中科院深圳桑夏公司、新华通讯社技术局、深圳黑眼睛数据技术公司、北大方正集团 5 家。

奋起直追

按理，本报的采编流程电脑网络化工作应继续向前推进，但是由于当时报社没有专门的技术工作部门等原因，只好暂时停顿下来。到了年底事情有了转机。1993 年 12 月 29 日，报社编委会发文宣布成立技术处。1994 年 2 月 1 日聘任我为技术处副处长，主持技术处工作。从此，本报采编技术改造工作又继续向前迈进。

技术处当时首先要做好两项工作：一是要尽快拿出具体的实施方案，二是要尽快确定工程的承包单位。我们不敢丝毫松懈，我组织当时仅有的三位刚出校门的技术人员到广州三大报社和深圳市较大的计算机公司作技术调研，听取专家和用户的意见，了解计算机软硬件技术用于报业的情况。同时还安排他们认真阅读研究各家返回的工程设计方案。

在充分调研，广泛听取专家意见的基础上，结合本报的具体情况，技术处于当年3月10日向报社编委会提交了《新闻综合信息处理网络电脑化网络系统工程实施方案》。总的原则是：统一规划，分步实施。先实施采编流程电脑化，后实现行政经管办公自动化。在采编流程先上采编工作站和广告制作管理系统，然后再上资料检索系统，保证整个工程稳步、有序地进行。在技术上要求达到当时的国际水平，具有高可靠性和稳定性，网络结构为开放型，以方便扩充和升级，并且要有较高的性能价格比。后来的事实证明上述的安排和要求是完全正确的。

选择工程的承包单位，是实施报社采编流程电脑化十分关键的问题。经过反复考虑，并在时任报社总经理姜开明主持下，与印厂的负责人和技术员一起讨论研究，最后决定，由北大方正集团承包整个工程。主要原因是印厂当时使用的激光照排系统是北大方正集团的产品，如果让其他公司承包，会出现采编网络与照排系统无法联接的问题。而在当时技术竞争激烈，各家没有采取统一技术标准的情况下，要解决这个问题几乎是不可能的。此外北大方正集团的设计方案采用了较先进的网络技术，可以满足本报的设计需求，而且当时内地和境外一些报社的工程也拟由他们来做。这说明他们的技术还是有一定市场的。

经报社编委会同意后，5月份便与他们签订了承包合同。方正集团从上到下都很重视，他们一方面抓紧订购网络设备，一方面依据我们提供的《需求书》组织开发采编流程软件。由于订购设备和开发软件都需要较长的周期，而有些设备还一时订不到货，所以直到1995年初采编网络才安装调试完毕交付使用。为使网络尽快地利用起来，技术人员分别到采编部帮助他们解决在使用软件和操作网络中出现的问题。为不影响报纸的正常出版，报社决定采取先易后难，逐步推行的方法，不搞一哄而上。首先要求记者在规定时间内告别纸和笔，在网络上写稿发稿；专刊版和采编合一的编辑部编辑要在网络上传稿、组稿和组版；总编室和新闻版编辑因为当天编稿组版时效性强，稍后实施。经过几个月的实际操作训练，他们也就很快上手了。

采编部门之所以能较快地把网络使用起来，关键是技术处在网络建设初期就对采编人员进行了电脑操作和汉字录入培训。当时订购的电脑尚未到货，技术处便自购元件组装了20台386电脑用于培训。报社还为培训工作发了文件，要求全体采编人员都必须脱岗参加培训学会操作电脑。培训结束时要进行考试，成绩优秀者给予奖励，不合格者继续参加下期培训并扣发奖金，直到合格为止。新分配到报社的大学毕业生和新聘用的采编人员都必须先学会电脑操作，再分配工作岗位。从 1994 年 6 月到 1997 年 5 月三年的时间，我们共举办电脑汉字录入和组版培训班 25 期，参加培训的有 380 多人次。事实证明，技术处提前抓培训抓对了，否则就不会有后来的效果。

为了适应报社事业的快速发展，报社于 1996 年 5 月，除广告部外全部迁入现址印刷大楼办公（深圳特区报业大厦正在建设）。为此，在报社迁址前技术处与北大方正集团合作建成了两个采编网。一个是在该楼的三楼，为保证《鹏城今版》1995 年 7 月 1 日起出日报，一周内便完成了网络设备的安装调试和操作培训工作。另一个是主机设在四楼的本报新闻采编和办公自动化的主网，除联接《深圳特区报》全部采编部和英文版《深圳日报》外，还联接三楼的《深圳青少年报》《今日广东》《深圳风采》，五楼的发行、财务、人事、经管等部门，共有 200 多个工作站。此网是在报社迁址前建好投入运行的。

成果显著

从 1993 年底技术处成立，到 1996 年 5 月报社迁入新址两年 5 个月的时间里，本报的新闻采编技术改革取得了显著成果，基本实现了预期目标。这主要体现在：报纸的采编流程基本实现了电脑网络化管理；文字和摄影记者异地采访，可分别用笔记本电脑和数码相机及时将稿件传回编辑部；建成了接收新华社图文稿的卫星系统并接入了采编网；建立了卫星传版的二级主站，可直接向设在北京、上海、武汉、成都的分印点传送报纸版面，使分印点读者能看到当天出版的《深圳特区报》；改造升级后的报纸广告制作管理网络，提高了效能，为扩大广告版面、增加报社经济收入创造了条件。通过应用先进的计算机网络技术和卫星传输技术，简化了报纸采编出版流程，极大地提高了工作效率，从而增强了报社的竞争活力。

在网络建设过程中，我们秉持了勤俭节约的精神，坚持从本报实际出发，不照搬人家的东西，技术上要先进但费用能省就省。比如在网络上设立专门的"组版室"，就是为了充分利用设备，尽量减少投资，由我根据当时各采编部担负的组版任务各不相同而提出的。要是把组版机分装到各部，就会使设备忙闲不均，而且还难以协调使用。所以在报社新址的采编网上，我们把 8 台组版机和一台出样机集中放在"组版室"。白天供各专刊版编辑轮流使用，晚上由新闻部编辑用。这样不仅满足了各采编部要求，而且还节省了约 15 万元人民币（如果把组版机分到各部需多购五六台，当时每台组版机价格约 2.5 万元）。

我们在两年半中共建起了 3 个采编网（报社原址的网络设施，除网线不易拆除外，其他都拆装到新址网络上），购置了包括个人电脑、大屏幕组版机、打印机、出样机等 300 多台设备，购买美国一家公司的小型机作网络服务器（未听信供货商买他们的中型机，否则仅此一项要多花 500 万元人民币），总投资约 550 万元人民币，不及有些报社投资的二分之一，也不到本报预算投资 1200 万元人民币的一半。所以本报采编网络的性能价格比是比较高的，达到了预期目的。

本报新闻采编技术改革的成果，引起全国报业同行和新闻技术界的重视，中央和省市级报社的不少领导和技术负责人前来本报参观考察。新闻技术界的权威人士对本报技术改革的评价是：起步虽晚，但起点高，上得快，效果好。

1997 年 5 月，我应邀在中国报协电子技术进步委员会第四届年会上，作题为《改造采编技术，增强竞争实力》的发言（刊于《中国新闻科技》1997 年第 5 期），介绍本报技术改革的做法和体会，引起了强烈的反响。会议表彰了全国范围内 11 位重视技术改造的报社领导，其中有时任本报社长吴松营。我在会上被推选为中国报协电子技术进步委员会副主任。在前一年 12 月举行的中国新闻技术工作者第二次代表会议上，我亦被选为中国新闻技术工作者联合会常务理事。这不仅是我们个人的荣誉，同时也充分表明国内新闻技术界对本报采编技术改革工作的高度肯定。

1997 年 11 月我调离技术处时，雄伟挺拔的深圳特区报业大厦即将竣工，我只为该大厦智能化系统工程做了前期准备工作，组织了公开招标和评标，未能参与组织工程实施。可喜的是，技术处同仁继续抓紧后续工作，一年后报业大厦的采编网络便投入使用。

（录音整理：廖露蕾）

建档立案，让报纸历史留存

从首都北京南下深圳，从政治经济文化中心到一个茅草丛生的边陲小镇，我的心理上的确有落差。但是，为了支持丈夫工作，没有更多犹豫，1984年10月，我带着4岁多的小女儿来到深圳，一家人终于团聚。

那时的深圳，虽说几乎连条像样的路也没有，但四处都是热火朝天创业的场面，有着别样的活力与朝气，让人十分受感染。

机要室：为报社留下珍贵历史资料

调入《深圳特区报》后，开始，我在机要室工作。那时候，特区报成立以来的各类文件堆集在柜子里、桌面上，未作分类处理和归档。我上岗的第一件事，就是为这些文件资料登记造册、建档立案。这几乎是一项从无到有的工作，特区报从筹备到成立，有各种报告和申请，有省市领导机关的各项文件和批复，我要把这些文件分门别类，给它们找妥"安身之所"。经过不懈努力，9年间，这些文件资料全部归档，为《深圳特区报》留下了珍贵的历史资料。

机要室可以说天天有"机密"，每天要去交换站取回并及时处理机要文件，工作繁琐，责任重大。在工作中，我严格按照工作程序，严守工作纪律，对经机要投递的文件，严格按规定登记、附笺；需传阅的文件立即传达到位，并做到当天及时收回；需发放部门的文件，及时通知取阅；阅办完毕的文件，及时分类、整理、入柜。在机要室工作的9年中，我没有出现过任何差错，没有出现过文件丢失现象，为机要室牢牢把好门。

行政处：后勤"大管家"

1993年，我调至行政管理处，和傅清焕同志一起担任副处长。那时，行政处依靠下面各部门骨干七八个人，员工近40人，俨然是报社的"大管家"，食堂、仓库、车队、电话以及房屋、水电等方方面面，全是行政处的职责范围。

那时候，报社大概有400多人，这些人，几乎都装在我心里——行政处能为报社提供什么样的后勤服务，才能保障报社有条不紊地运作，为员工解决后顾之忧，这些都是我日常思考的问题。行政处每天要应对各种大事小事，琐事烦事，但我们仍然做到了忙而不乱，疏而不漏。那时候，行政处所有员工经常加班加点，废寝忘食，不计较个人得失。节假日，有事一呼就到。尤其是遇到刮台风的日子，人人坚守岗位，保证机房不进水，按时出报。

我记得那几年，抓好饭堂，让大家吃得放心，吃得好些，也是我心中一件大事。晚上 12 点，我总会到食堂去转一转，看看夜宵做得怎么样，能不能为上夜班的编辑记者们提供良好的营养补充。

回想那段日子，心中十分欣慰和充实，就因为踏踏实实做了一些事情。

工会：做好员工"贴心人"

1996 年，我调至工会任副主席。当时工会干部只有两三个人，虽然人手少，但我们照样组织各式各样的活动，丰富员工的业余生活，并抓好计划生育工作。比如工会经常组织拔河、游泳、篮球等等比赛，或者组织集体登山、跳舞等文体活动，特别是一年一次的长跑活动，着装统一，精神抖擞，沿着大街跑，真令人心情振奋。这些活动，让员工们增进了解，加强团结，从而增强了报社的凝聚力。

工会是员工的"娘家"，关心员工生活，着力为他们排忧解难，解决生活中的实际问题。比如孩子上学、入托遇到困难，我们一次又一次地跑小学，跑幼儿园，直到把孩子送进去为止。遇到员工生病或者家庭出现困难，工会也会第一时间送去温暖，努力做好员工的"贴心人"。

由于关心报社员工子弟的成长，市关心下一代工作委员会还授予我先进个人。我知道这是我们工会全体工作人员共同努力的结果，是集体的荣誉。

2000 年 11 月我退休了。如今，我过着平静安宁的日子。过去那种繁忙、辛劳的岁月，市工会、报社、党办给我的荣誉，都成为美好的回忆，深深铭记在我心里。

（录音整理：王莉英）

丛飞，就这样走进我视线

□徐　华（《深圳特区报》徐华工作室主任）

2005 年 4 月 5 日首次采访丛飞到 2006 年 4 月 20 日送别丛飞，这中间经历了 380 多个日子。可以说，我每天都被一种感动包围着。采访他的过程，是一个受教育的过程，也是一个灵魂升华的过程。我敬爱他，痛惜他，难忘他，既为能在茫茫人海中发现他而骄傲自豪，也为没能再早一些发现他、救治他而遗憾、自责——如果再早一年甚至是半年发现报道丛飞，他的胃癌就不会发展到晚期，他很可能不会这样早地告别人生。

中午接到读者报料

2005 年 4 月 5 日中午 12 点 50 分，《深圳特区报》"徐华工作室"的报料电话响了，记者刘娜赶紧接起。双方聊了一会儿，刘娜走过来对我说："有一位姓韦的通讯员说要找你报料，我说你在休息，让他跟我说，可他不肯，说一定要亲自对你讲。"

"我找了你一上午，终于找到你了！"我刚接过电话，他就急切地这样对我说。"有一个叫丛飞的歌手，资助了 100 多个贫困山区的孩子，如今他病了，胃出血，连治病的钱都拿不出来了，他资助的几位大学生已经走向社会并有了不错的收入，但对他都比较冷漠。他现在病得很可怜，你能不能报道一下他的情况？"

我立即意识到这不是一般意义的求助电话。一个无私资助了 100 多个贫困学生读书的歌手，为什么会陷入没钱治病的困境？新闻记者的责任感驱使我放下手中的其他工作，投入到对丛飞及其周围人的调查和采访中。为了不让病中的丛飞过于劳累，也为了使我的采访更具客观性，我决定绕开丛飞，先打"外围"——我先通过丛飞家人、朋友及义工们了解丛飞及他所资助的 100 多名贫困学生。

不能让好人流血又流泪

一连几天，我先后接触了十几位曾与丛飞一起去贵州捐资助学的团市委工作

人员、与丛飞一起为社会奉献的深圳义工联义工以及他照顾多年的莲花北残疾人康复站的残疾人，还通过电话采访了湖南、贵州等地接受丛飞资助的贫困生及学校领导。随着采访的深入，丛飞坚持 10 年为社会无私奉献的感人形象渐渐鲜活起来：他不但资助着 100 多名贫困山区的失学儿童，还供养着 60 多名孤儿、残疾人。为了帮助这些弱势群体，他省吃俭用、拼命工作，挣来的演出收入绝大部分都捐献了出去。他被人称为"爱心大使"真是当之无愧！由于把全部积蓄都资助了孩子们读书，他此时身患重病却无钱医治，只能用些廉价药维持着。

我先后采访的 20 多名采访对象中，有男有女，有老有少，他们谈起丛飞时都忍不住内心的激动，无一例外地几度泪流满面，为他倾其所有的奉献精神，更为他贫病交加的艰难处境。看着了解丛飞者的动情泪水，听着他们一件件动人故事的描述，再听听丛飞对幸福和快乐的理解，我的心禁不住激动起来："如果社会对这样一个无私奉献的人不能伸出援助之手，不能对忘恩负义者进行谴责抨击，还谈什么弃恶扬善，还谈什么弘扬社会正气？绝不能让好人流血又流泪！"

至此，丛飞事迹的真实性和人物分量已经在我的心中有了准确的新闻定位。我抑制住内心的激动，一次又一次地告诫自己："不要急于发稿，一定要挖深挖透再强势推出！"于是，我再次安下心来详细采访丛飞及其妻子、母亲及恩师郭颂，抓住一些颇能反映丛飞精神境界的细节狠下功夫。

第一次去丛飞家，令我十分惊讶：那是怎样清贫的一个家呀！58 平方米的家里，没有一件像样的家当，5 个房门有 3 个是坏的，就连防盗门都破出了半尺多长的大洞。丛飞告诉我，这个劣质防盗门的价格是正常防盗门的一半，因此质量很糟。不但门板破出了窟窿，门锁也早已失灵，关上难打开，打开又难关上。简陋的厨房里只有一个煤气炉灶和几个盆碗，连个碗橱都没有。最令人难忘的是他一家人的衣柜，里边装的都是些几十元的廉价衣物，有的甚至还缝补多次……一个有着"广东省优秀歌唱家"荣誉的知名歌手，每场演出的出场费高达上万元的演员，10 年来资助给贫困学生及残疾人的钱超过 300 万元的慈善人物，过的竟是如此俭朴的生活！我眼里禁不住涌出了泪花。丛飞却这样安慰我说："我的生活虽然俭朴了些，但比起我所资助的那些孩子家，不知道要好过多少倍。人的物质欲望是无止境的，我把多余的钱用在改变更多孩子的命运上，是一件比吃得好住得好更有意义的事情。"

令我感动的还有丛飞家里的那个保险柜，那里边没有一样值钱的物品，也没有任何现金或是存折，装的竟是他所资助的 100 多个孩子写给他这个"爸爸"的来信及孩子们的照片。他说："看着孩子们一年年成长起来，我觉得有一种特别的成就感。"就是这种特别的成就感激励着他在那条布满艰辛的爱心路上乐此不疲。

丛飞事迹撼人心魄

采访丛飞时，他已经大口吐血。因为3个月不能演出而没有收入，没有医疗保险的他陷入了无钱治病的困境。医生提示他如此下去会有生命危险，建议他尽快住院治疗。然而，在医院里，他只住了3天就出院了，因为他已经没钱交医疗费了。

"你把那么多钱都捐给了别人，而自己陷入了这样一种困境，后悔吗？"听了我的问话，他苍白得没有血色的脸上浮现出一种特别的坚定："不后悔！做这些事情都是我心甘情愿的，我永远都不会后悔。只是，个别孩子的自私与冷漠让我感到有点伤心，没有想到自己省吃俭用供出来的大学生会没有感恩之心。"

怀着一种令人难以平静的感动，怀着一种对丛飞这位无私奉献者和忘恩负义者美与丑的两种强烈震撼，我用一个晚上的时间一气写成了4000字的长篇通讯《有点伤心，但不后悔》，发表在4月12日的《深圳特区报》的《鹏城今版》上。报道见报当天，本报的热线电话立即火爆起来，读者们情绪激动地向记者表达着他们的强烈感受以及对丛飞奉献精神的无比敬佩，要求向丛飞提供爱心捐款的市民很多。次日，我又以《不能让好人伤心》为题，报道了读者对丛飞的无限关爱之情。在接下来的10天里，我连续发表了7篇长篇特写，从不同侧面反映丛飞的无私奉献精神和高尚品德：《我们一辈子都忘不了他——丛飞资助的孩子深情说"爸爸"》《我为他骄傲——丛飞妻子谈丛飞》《丛飞现象折射社会问题——社会学专家谈丛飞》等。随着报道的不断深化，读者对丛飞的敬佩之情越来越浓，纷纷要求给他捐款治病。然而，一直资助别人的丛飞却说什么也无法在短时间内接受被人捐助的角色转换，宁肯不治病也不要市民的捐款。

将丛飞送进医院

一边是丛飞不肯接受市民的援助，一边是他的病情一天天地恶化，人已变得有些精神恍惚。"你如果再不住院，后果会很严重。"我一次又一次地这样对他说，希望他马上住院。然而，丛飞就是不肯："住院的费用太大了，我还是在外边自己吃药治吧。"一个多次大口吐血的病人，不住进医院有多危险，可想而知。面对丛飞严峻的健康状况，我和他的家人都特别担心。

"怎么才能让丛飞住进医院接受正规治疗呢？"思来想去，我想到了一个办法：如果通过朋友帮他办好住院手续，又可以暂时欠付医疗费，就不愁他不接受治疗！于是，4月22日中午，我找到了深圳市第一人民医院医务部的主任王玉林，希望他能帮忙。当我把丛飞如何助人为乐又如何身陷困境的情况向他详细介绍完后，他被深深感动："这样一个好人，应该得到好报。我把这件事马上向院长汇报，然后再给你电话。"

一个小时后，王玉林给我打来电话："院长同意先让丛飞住院治疗，医疗费可以暂时拖欠。"他表示会马上为丛飞安排好床位。放下电话，我兴奋地找到丛飞和他的妻子邢丹："人民医院同意接收丛飞马上住院治疗，而且医疗费不成问题，你马上去住院吧！"丛飞犹豫不决："这样能行吗？""人民医院已经给你安排出床位了，你必须马上去住院。"我叮嘱邢丹无论如何要把丛飞"押进"医院。就这样，4月22日下午，丛飞正式住进了人民医院消化内科病房，开始接受正规治疗。

在消化内科主任朱惠明的重视下，丛飞的身体状况有了明显改观，持续了一个多月的血便消失了。那些天，我每天都要去医院看望丛飞，了解他的治疗情况。看到他一天比一天精神起来，我和他的家人一样，感到特别高兴。然而，他的主治医王立生博士却没那么乐观，他依然劝说丛飞在人民医院接受一次胃镜检查，最好做一次活体化验。因为在入院前的一段时间，丛飞曾在某医院做过两次胃镜，结论一次是胃炎，一次是胃溃疡。住进人民医院消化内科后，为了节约医疗费用，丛飞执意不肯再做胃镜。为了让丛飞再做一次胃镜，王立生这样劝导他："你听我一次话，一定在人民医院再做一次胃镜，一来检验这一周来的治疗效果，二来是可以顺便做一下胃部活体化验，便于对你的病情做一个准确诊断，你毕竟是一个有6年胃痛史的病人，一定要谨慎对待才行。"

5月4日，丛飞做了胃镜及活检化验。一周后，化验结果出来了，令人震惊：丛飞患的是低分化腺胃癌——癌症中恶性程度最高的一种。那一刻，我们在场的每一个人都哭了。5月13日，丛飞接受胃癌切除手术，结果令人更加伤心：他的癌细胞已经扩散……

丛飞感动中国

手术前一天，趁着家人不在，丛飞向我托付三件事："如果我手术后下不了手术台，请你先帮我说服妻子邢丹拿掉孩子，她刚二十四岁，独自带个孩子太难生活；第二件事是要呼吁更多有爱心的人来帮助那一百多名贫困学生继续读书，别让他们因交不起学费而重新辍学；第三件事是帮我说服父母同意我身后捐献眼角膜。"

次日的手术虽然没有出现危急状况，他顺利下了手术台，但医生们的心情同样格外沉重：癌细胞已经从他的胃部向肠管、胰腺、淋巴广泛扩散，手术已经失去意义，他被剖开的腹腔，只好被医生无奈地重新缝合。

为了尽可能延长丛飞的生命，医生决定采用大剂量的化疗来控制癌细胞的扩散。这对于身体特别虚弱的丛飞来说，一连 4 个疗程的化疗令他痛苦不堪，他经常一天十几次拉肚子，浑身酸痛难忍。我在第二人民医院找到一位中医，对丛飞的身体进行中药调理。那段时间，我每周两次开车拉他去那里就医，并帮他支付医药费。经过一个多月的治疗，丛飞的腹泻虽然止住了，但身体的其他状况却在持续恶化。到 2006 年 3 月，他已经不能喝水、吃东西了，完全靠打营养液维持生命。于是，他不希望再在他身上浪费钱了，要求医院对他停药。而那时，在市领导的关怀下，丛飞的医疗费已经由政府负责。然而，丛飞觉得，国家的钱也是钱，要用这些医药资源去救助那些有治愈希望的人。

"停药就意味着死亡，你不能这样做呀！"面对父母家人的恳求，丛飞非常坚持，护士刚给他插上输液管，他自己就拔下了。

2006 年 4 月 20 日，怀着对这个美好世界的无限眷恋，丛飞的心脏停止了跳动。他去世二十分钟后，医生依其遗嘱，取出了他的两片角膜，给 6 个失明者送去了光明……

《深圳特区报》关于丛飞的报道在社会各界引起强烈反响，国内各大网站和媒体争相转载《深圳特区报》的连续报道，丛飞的事迹感动了全社会。中央电视台颇为罕见地先后出动 8 个栏目组来深圳采访报道丛飞，《新闻联播》《经济半小时》《艺术人生》《文化访谈》《焦点访谈》《面对面》《中国周刊》《共同关注》《东方之子》等 12 个名牌栏目争相报道丛飞的感人事迹，我也先后两次应中央电视台邀请去北京录制关于丛飞的专题节目，与朱军、马东等央视主持人一道向全国观众详谈丛飞。新华社、《人民日报》《中国青年报》《光明日报》《工人日报》《经济日报》《北京青年报》等国内超百家主流媒体随后也连续报道丛飞的感人事迹。丛飞当选"中国慈善人物""2005 年感动中国人物"。

从发现报道丛飞到丛飞去世，以及参加中宣部和中央文明办组织的丛飞先进事迹报告会在全国进行巡回报告，我和我的同事们在感动与震撼中走过了一年半的激情岁月，这是我记者生涯中永远难忘的一段经历。采访丛飞的过程，是一个受教育的过程，也是一个灵魂升华的过程。我很庆幸自己能以一名新闻记者的身份经历这一过程并见证这段历史。

从国际顶级赛事到品牌新战略

□蓝　岸（《深圳特区报》品牌推广部主任）

2011 年初，我担任了《深圳特区报》品牌推广部负责人，在报社编委会带领下，《深圳特区报》一年搞了大大小小近 30 多次活动，做到周周有活动，月月有大活动，并成功举办了全球顶级国际象棋赛事——"深圳特区报·雪花杯"国际棋联女子大奖赛（以下简称国象赛），见证了《深圳特区报》品牌活动快速发展的过程。

2011 年 11 月 7 日，在波兰举办的第 82 届国际棋联大会上，国际棋联主席柳姆日诺夫作年终汇报时，高度评价 9 月 7 日在深圳举办的"深圳特区报·雪花杯"国际棋联女子大奖赛，认为"《深圳特区报》在办赛方面为国际棋联各协会成员树立了榜样，媒体办赛模式值得各国借鉴"。这是《深圳特区报》成功举办国际棋联女子大奖赛后，获得国际棋联官方的最高评价。

对《深圳特区报》而言，成功举办一次国际顶级赛事，是以前想也不敢想的事情。正是在报社的统一部署下，成立品牌推广部，使梦想变成了现实。党报通过搞系列品牌活动，把读者当成用户去经营和维护，不仅打响了《深圳特区报》的名声，还拉近了与读者的距离。在报社品牌新战略指引下，《深圳特区报》报人发现，自己除了能办好报纸，也一样能做好其他事情，包括举办国际顶级赛事。

打响报社品牌战略关键一役

可以说，举办国象赛对报社来讲，不是突然拍脑袋的结果，而是一次精心的活动设计，是唱响报纸新品牌战略的关键一役。

2010 年 10 月，品牌部在筹备时，陈寅总编辑问我，你这个品牌部有没有想过办一个在全国，甚至是全世界都有影响力的赛事？如国际象棋大赛，你有多少了解？这是本人第一次听到国际象棋比赛信息，当时还以为是开玩笑。对《深圳特区报》而言，历史上从未举办过大型赛事，况且还有个"国际级别"的定语。

品牌部组建后，过了 2 个月，在去汕头新媒体培训班回来的路上，陈总再次问，国际象棋大赛之事，有否思考，能否推进？这一次发问，给我的感觉，已经不是思考，赛事已经成为报社新办报战略"棋盘"上的关键一步棋。我当时回答是："我尽力！"

一切都没经验，也没有头绪。

时间又过了两个月。在体育部主任陈强的努力下，我们联系上中国棋联的叶江川，说国际棋联有个顶级赛事机会有意在中国举办，正寻找合作方，比赛时间拟定在9月初。

陈总询问能不能接，能不能干，毕竟时间只有3个月不到，期间还要打另一个硬仗——大运会。陈总为这个赛事也张罗了大半年，此役事关报社品牌战略的整体推进。我提出自己的观点：如果错过这个赛事时机，下一次机会不知在何时，只要资金没问题，我愿意干。

整个赛事，就是在这种背景下组织和开展起来的。

现在回顾为何报社要办国际象棋顶级赛事，经历过才会发现其中奥妙，一是深圳有10万青少年学习国际象棋，基础好，影响这些人，等于影响了这10万小孩的家庭，影响力以倍数计；二是国际象棋形象高雅，练习者都有较好的家庭背景，跟《深圳特区报》读者群是一致的；三是国际象棋相对而言容易组织，报道也易出彩，投入兵力小，不会影响报社整体运作。报社以举办国象赛来扩大影响，是深思熟虑，用小支点撬起了国际影响力。——结果也证明了这一点。

高效精致办赛打动世界

整个国象赛的组织，可以讲从零开始，大家都不会，也没任何经验，甚至在报社赛事组委会里找个会下国际象棋的人也难。不懂就学。我们大量收集国际象棋的比赛资料，然后开展学习会，多角度地"摸"，反复地学，国象赛这条大"象"也有了个初步轮廓。

整个国象赛，需要推进的工作达几百项之多。我们将所有项目一一列表，责任到人，制作了倒排时间表，时间具体到日，用时间点不断提醒项目负责人抓进度，保证进度顺利实施。事实证明，这种项目负责制还是相当有成效。

随着项目进展的加快，质量输出把控显得越来越重要。在组委会几次办公会议上，陈总对国象赛提出了目标要求，并进行相应的部署。整个国象赛定调为：高端的、雅致的、创新的、有影响力的、能体现报纸特色的赛事，特别要与《深圳特区报》的高端格调一致。

我们联系了专业设计公司，提前介入视觉设计工作，确定了LOGO和整个搭配色系。整个赛事，不论是秩序册、入场券、邀请函，还是广告板、背景板、旗帜等，能看到的地方只有 4 种色彩——咖啡金、紫荆红、米黄和纯黑，能看到的图案不超过 5 种，能出现强烈的赛事视觉认同感。在设计提前进行的同时，我们选择专业的公关团队来负责支撑整个开闭幕式和赛场布置。

随着进度加深，报社上下同心，体育新闻部、新闻协调部、综合办、综艺副刊部、新媒体部等十几个部门参与进来，各司其职。如体育新闻部，没有他们，这个赛事无从谈起。体育部不但承担了赛事信息收集，审批环节还出了大力，后期的国象赛报道更给力。赛事期间的《深圳特区报》，洛阳纸贵，放在现场均被一抢而光，大家追着看，评价甚高。综合办承担了赛事接待重任，工作量巨大，工作时间有时在凌晨 1 点，有时在早上 5 时，地点时而在深圳机场，时而在香港机场，在办公室同仁的努力下，圆满完成繁杂的接送、食宿任务，得到很高评价。类似的例子还有很多很多。

当赛事举办完毕，国家体育总局官员田红卫私下跟我讲，在所有中国举办的国际象棋比赛中，你们的组织是最棒的，超过了国内的标杆——举办了好几届的南京国际象棋赛事。

凝聚共识推动报纸新发展

国象赛对报社而言可以讲是一场前所未有的硬仗，刚开始感觉是不可能完成的事情，但在陈总为首的报社编委会的强有力领导和部署下，各部门全力配合，通力合作，不但在短时间内解决赛事审批、资金缺口等棘手问题，还在开幕场地临时变更、演出节目临时更改等突发事件面前，快速应变，变不可能为可能，实现了比赛的高水平组织和实施。

在与陈总的几次交流中，自己对报社新办报战略思维逐渐清晰和明朗：新形势下，党报要一改被动吃老本的状况，全方位主动出击，通过提升报纸质量，发展新媒体和融媒体，与做强做大报纸品牌相结合，探索一条党报发展的新路。

在报社全新办报思维、办报战略下，国象赛这一仗大大提升了整个报社的士气，也大大激发了整个报纸的品牌活动工作：

首先是激活了报纸与读者的互动关系，过去一年，品牌部举办了"关爱行动婚恋大讲堂活动""大运场馆探营活动""土星冲日天文观测活动"、报庆展览和"读者节"活动等，成功拉近了读者与报纸距离。其次是配合报社采编需求策划活动，如与区域新闻部共同组织了"迎大运·看变化"活动，与文教部策划了大运学生记者采访团活动，与综艺部策划了万期读者一起乐活等系列活动，为宣传报道增光添色。再次为了提升报纸品牌影响力，品牌部与报社内外力量合作策划、执行了"郎朗益田假日钢琴赛""诗歌人间""国际棋联女子大奖赛"等活动，社会各界反响不错，不仅在国内，还在国外大大增加了报纸品牌知名度和影响力。

在互联网、智能手机、平板电脑不断普及，信息同质化传播的今天，报纸如何发出自己独特的见解和声音，成为判断一份报纸是否有影响力的重要指标。这方面，《深圳特区报》通过成立品牌推广部，举办国象赛，用众多不同性质的活动，释放了自己独特影响力，迈出品牌战略的全新一步。

特网：为《深圳特区报》插上"E"翅膀

□谢俊艺（《深圳特区报》新媒体运营部主任）

2011年1月29日，是特网正式上线的日子，也是作为传统媒体的《深圳特区报》翻开全媒体时代新一页的日子。当天下午，深圳报业大厦大堂内嘉宾云集、高朋满座，一场简洁而热烈的上线仪式在这里举行，市委宣传部和集团领导按动启动球，大屏幕上的电子帷幕徐徐张开，特网展现在了嘉宾们面前。

"特区报办网，是深圳新闻宣传事业的一件大事，是深圳传媒顺应新媒体时代要求的标志性事件""实施'一报一网'战略，是深圳报业集团顺应互联网时代、大力推进媒体融合的重要决策"……领导嘉宾的祝福寄语还常常回响在耳畔。而今，特网从筹建、上线、运行至今，已走过了一年多的岁月。

特网，是这么建起来的

创办特网，是《深圳特区报》主动拥抱新媒体的一大步，但却不是《深圳特区报》与网络的第一次触"网"。追溯历史，早在1997年，《深圳特区报》已推出基于电子报的"人间网"，利用网络打通传播渠道的七经八络，向全球网民传播深圳的声音。随着报业集团事业的发展需要，《深圳特区报》当年"1.0版本"的网站，演变为深圳新闻网的一部分。

随着网络的蓬勃发展，传统媒体面临新兴媒体越来越严峻的冲击。面对挑战，只有应对和奋斗，才能寻找到跨越式发展的突破口。正是在这样背景下，2010年深圳报业集团党组作出了"一报一网"的战略决策，要让新媒体的"特异功能"，成为放大报纸优势的"倍增器"，让报纸插上"E"翅膀，以网络的速度"飞行"。目标既定，重在践行。

《深圳特区报》立即将筹建新媒体部及建设网站等相关事宜提上议事日程，编委会多次召开专题会议，派专职小组考察、调研，集团内部招聘负责人，然后招兵买马，把新媒体部成立了起来。

筹建之初，我们面临着缺乏人才，缺乏技术，缺乏经验，缺乏办公场所等难题。好在领导重视，举报支持，也得到集团技术处、深圳新闻网等单位的帮助，经过两个多月的紧张工作，在 37 楼西会议室的"蜗居"里，我们架设网络环境、设计页面、编写程序、编发内容，终于把特网端上了台。

《深圳特区报》编委会对特网的筹建工作非常重视，从两个细节可以窥见一斑。网站筹建初期，就网站如何定位、如何规划，陈寅总编辑曾多次召开专题会议进行研讨，精心研究。再比如网站起名这件事来说，编委会决定集思广益在全报社发起网站名征集活动，征名活动得到报社各部门各同事的积极响应，短时间内，共收到四五十个提名。最终，"特网"这个名字因简洁明了、朗朗上口脱颖而出，成为网站名称，也成为特报新媒体出发的一个新起点。

那年大运，我们在一起

2011 年，是深圳大运年。特网上线不久，大运的相关宣传工作接踵而来。这对于刚上线的特网来说，无疑将增加很大的运营压力。但我们意识到，这对特网也是一次很好的推广机会，通过特网这一平台，我们可以更便捷地组织读者参与报社组织的宣传活动，把他们从单纯的读者变成我们的用户，我们的朋友，让他们成为新闻报道的参与者、传播者。

从 2011 年 3 月开始，我们配合区域新闻部、民生部等部门，组织了 20 多批次网友参与了"办赛事、办城市、看变化"的系列活动。每一场活动信息一经发布，都引来一批网友积极报名参加。然后，他们和我们的记者，我们的工作人员，从特报出发，走向春茧，走向大运中心，走向正在变化更新的城市深处。他们在现场接受记者采访，谈印象，谈变化，谈感受。他们还现场发微博，拍照片，将自己参观时的所见所闻、感想感受，在特网论坛、微博上传播出去，与更多网友、读者分享。

在大运宣传中，我们不仅仅是宣传者、记录者，我们还是大运工作的参与者。2011 年 5 月，当深圳市委书记王荣发出了"绿色出行"的倡议时，陈寅总编辑马上意识到，"我们不仅要宣传好，还要行动起来，作社会建设的参与者，利用媒体的影响力，号召、组织更多人参与到活动中来"。

分管领导邓自强组织了政治新闻部、法制新闻部、新媒体部等几个部门马上行动起来，发动了交警、深圳通公司和我们一起组织了"绿色出行、微博助力"活动，组织市民参与自愿停驶活动，在网络上掀起了一股"绿色出行"之风。

融合媒体，我们来了

2011 年 8 月，大运来了。迈向全媒体的《深圳特区报》，也需要通过大运会报道这一役，突破传统，以更新的姿态去为读者服务。

报网融合，是这一战的核心战术，启动即时新闻报道，则是行之有效的作战计划。每个赛馆、每场赛事，我们都有记者在现场，前方记者发来微博、短信，后方编辑立即编辑上传至网站、微博，几乎每一场比赛都实现文字、图片或视频的现场直播。

80多位前方记者的现场报道，新媒体部七八位编辑的全天候轮值播报，使得特报、特网成为大运会赛事信息的首发源，许多网站，甚至连大运官网、新华网，都成为我们的转载者。

在大运赛事播报取得成功的同时，大运直播厅也赢得众多眼球。大运会期间，我们主动联系上大运指挥部，邀请来大运火炬手、大运形象大使等嘉宾，尝试了网络访谈直播节目。尽管条件有限，设备缺乏，仍成功完成了多场访谈，成为大运会报道的亮点之一。特别难忘的是，对钢琴家郎朗的访问，除了引来大批网友关注，也引来了大批报社同事的关注，访问一结束，我们借用的深圳新闻网的演播室里，呼啦啦挤进来几十个人，个个手里拿着小本子要求签名。

大运直播，证明了融媒体的魅力，也证明了我们有驾驭融媒体的能力。但，这仅仅是一小步，仅仅是个开始！

春风里，这棵成长中的"特网树"

转眼，特网已经上线一年有余。一年的成长，特网已从蹒跚起步到平稳前行，正是需要助力，实现快速前行的关键时刻。该如何发展，2012年，我们将目光聚焦在"报网融合发展"这一关键词上。

龙年新春，集团党组的第一次专题会议就对"一报一网，报网融合"做出重要指示。随后，在2012年本报的务虚会议上，大家对于"报网融合发展"这一课题，都给予了极大的关注。陈寅总编辑在会上还提出，本报要在采编机制、运营机制、投入机制等方面有所突破，争取"跨越式提升"，当好集团报网融合发展的主力军。

特网发展的方向和思路已定，具体实施方案正在制定当中，特网新一年及今后的发展，我们将共同努力，共同见证。

"特网一周年了，真希望特友们能在特区的土地上留下些什么，见证我们一起走过的日子！"感慨的不仅是我们自己，还有自称"特友"的特网网友们。于是，在特网成立一周年之际，我们和网友们一起，在中心公园里种下了一棵丹桂，庆祝特网生日，祈福特网像这棵桂树一起茁壮成长，年年丹桂飘香！

前几天，我还去看了看这棵"特网树"。春风里，小树长得挺好……

三年二"记"

□李文生（《深圳特区报》机动记者部副主任）

一、特区建立 25 周年之际，习近平、王乐泉、徐光春等领导人采访札记

2005 年，正值深圳经济特区建立 25 周年，本报决定开设"省部领导访谈"专栏，采访国内省市及部委高级领导，请他们回忆与深圳交流的往事，畅谈改革开放对当地的积极影响，总结提炼深圳特区的精神，纵论两地未来合作前景。我先后采访了徐光春、王乐泉、习近平、王金山等领导，深感这次系列采访，是一趟"追寻春的足迹"之旅。

徐光春：出口成章、观点精辟

回想起来，这趟采访完全是个偶然。

一天，当时负责政务报道的李杰通知我：部门原计划安排一位同事采访时任河南省委书记徐光春同志，因为他另有任务抽不开身，由我负责前往河南郑州采访。接到任务后，我独自一人飞往郑州，在河南省委旁边的一家小饭店住下，等候通知。

两天后，即 8 月 12 日上午，我接到河南省委办公厅负责同志打来电话：下午徐书记有时间。大概是 3 点左右，省委办公厅派车将我接到了徐光春书记办公室旁边的一间大一点办公室，我就在那里等候。我们跑政务的记者采访高级领导活动，一般都是远远地跟着，面对面对话的机会极少有，像这么近距离对一位高级领导进行专访，一对一地交流，对我来说还是头一次，更因为徐书记曾经是我们的同行，当时我心里有些忐忑不安。

不一会儿，徐光春书记来到办公室。满面笑容，亲切地与我握手、打招呼，很快我就忘记了紧张，很自然地与他聊了起来。

不记得是怎么进入采访主题的，但至今印象深刻的是：徐光春书记聊起来后，滔滔不绝、出口成章。特别是他总结的几点特区精神，十分到位、精辟。因为事先我做了一些功课，将采访提纲传真给了他，可能是他做了一些准备，但即使是这样，当时给我的感受是，如果没有切身的体会，没有深刻的思考，没有相当深的理论功底，是不可能做到这样的。

除了中间一些简单的交流，徐书记的采访可以用"一气呵成"来形容。回到宾馆我整理录音时心中暗喜：把他讲话整理出来，稿件的结构都有了，内容也差不多了！后来，我把稿件交给办公厅，徐书记本人亲笔在上面做了二三处字句上的修改。

17日，该稿作为"省部领导访谈"专栏首篇在本报头版大篇幅刊出。第二天，部门领导告诉我，时任深圳市委书记李鸿忠同志对报道十分满意，认为栏目策划得好、稿件写得好，并专门让市委宣传部主要领导打电话表达了此意。

王乐泉：和蔼可亲、娓娓道来

因为打响了"头炮"，几天后，李杰通知我说：王田良老总指定由我前往乌鲁木齐，采访中央政治局委员、新疆维吾尔自治区党委书记王乐泉。当时报社为了采访更多的省部领导，规定由谁联系谁采访，而王乐泉书记并不是我联系的，到底是谁联系成功的，我至今不清楚。

采访是8月21日下午，由时任《新疆日报》王社长陪同在王乐泉书记办公室进行的。与徐光春书记滔滔不绝风格不同，王乐泉书记更像一位和蔼可亲的长者，他与我对面而坐拉家常、娓娓道来，采访因此几乎是对话式地进行的，时间也很长，达到一个半小时。

与徐光春相同的是两位领导对来自《深圳特区报》记者的采访都非常重视，让我亲身体会到作为一名《深圳特区报》记者的荣幸；谈起特区25年的成就以及对当地改革开放的积极作用，两人都是高度评价、深刻独到，而且是由衷之声。

对于发稿时间，原先报社并没有明确要求。可是采访后第二天下午，报社突然给我打电话：准备晚上发稿！当时已是下午四点多，接到电话后我几乎懵了，几千字的稿件只有几个小时写，而且还要对方审定，怎么来得及？

然而报社这边说，计划23日见报是因为23日有一个机会，有关同行有机会面见广东省委书记张德江，如果拿着当天刊登的同是中央政治局委员王乐泉的专访去找张德江，有可能说服他接受本报的采访！就是在这种情况下，记者在几个小时内完成了3000多字的稿件，并于当晚将审阅过的稿件传回了报社。现在回忆起来，当时真的有点玄！

第二天，一身轻松的我去了趟天池。在天池顶上我接到李杰打来电话：稿件

征与尘

深圳特区报 30 年往事记述

见报了，稿件再次获得总编夸奖！"这两条稿件，奠定了你在报社的'江湖地位'！"李杰开玩笑地在电话里对我说。

习近平：满怀深情、侃侃而谈

与前两次独自采访不同，采访时任浙江省委书记习近平和时任安徽省省长王金山同志，是我与沈清华合作的。是谁联系的习近平、王金山的我不得而知，听清华说，是王田良老总的意思要我与他同行。

因为有清华在，到杭州住下后，我们仔细地商量了如何进行采访，包括如何切入主题、采访重点等。由于我来报社后长期从事政务报道，过年过节多次随市领导前往迎宾馆看望习近平同志的父亲——原广东省委书记、全国人大常委会副委员长习仲勋同志，了解一点情况，考虑到习仲勋同志又是上半年逝世不久，所以我建议这次采访要打"亲情牌"，清华很赞同，后来事实证明效果十分好。

采访前，浙江省委办公厅负责同志告诉我们，有一股台风正面袭击浙江，晚上习近平同志要前往沿海一线地区亲自部署抗击台风工作，所以只给我们15分钟的采访时间。但是采访一开始，我们还是依计划行事，把我经常随市领导前往看望习仲勋同志的情况简要地说了出来，然后对习近平同志说：深圳人民对习仲勋同志怀有深厚感情，我们都亲切地叫他"习老"。

也许是这句话触动了习近平同志内心深处的情感，随后他似乎是打开了话匣子一样侃侃而谈，原定15分钟的采访，不知不觉中进行了40分钟。他详细地向我们回忆了他与深圳的不解之缘，特别是父亲告诉他有关深圳经济特区设立的一些细节，包括当时大的政治环境、特区是如何提出设立的、小平同志如何最终决策等。当然，这些话在见报稿件中都没有了，经审定后，见报稿件只剩下这样一句话："我父亲当时担任广东省委书记，参与了广东的改革开放。"

二、李长春同志接见本报"直通车"专栏获奖作者代表现场记

2007年11月8日，是第八个记者节。就在这一天，中国记协成立70周年纪念大会将在北京召开，会议还将对全国新闻工作先进集体、全国新闻工作先进个人以及第十七届中国新闻奖获奖者代表等进行隆重表彰。

在此前的第十七届中国新闻奖评选中，本报"直通车"专栏过关斩将、经过层层筛选被评为2006年度"中国新闻名专栏"，荣获一等奖。这是本报继著名的《东方风来满眼春》荣获中国新闻奖最高奖15年之后，第二次荣获该项大奖。

"直通车"专栏由本报与深圳市纪委、监察局、信访办合作，于2006年元

月创办。由于专栏创新了一种政民互动、报网合一以及舆论监督模式，受到社会各界的一致好评，连获深圳市作品一等奖、广东省专栏一等奖。

此前，我本人因在2005年八九月份采写习近平、王乐泉、徐光春等领导同志的访谈稿件受到报社好评，当年10月被报社总编辑王田良同志指派负责筹办该栏目。在设计好栏目方案、受到市委常委、市纪委书记谭国箱同志的高度肯定之后，"直通车"专栏于次年元月4日刊出首期。2006年全年，我担任专栏工作室主任具体负责专栏工作。正因为如此，后来在获得全国大奖之后，我作为专栏两名获奖作者之代表，受全国记协邀请前往北京参加会议，并接受表彰。

会议地点设在京西宾馆，这是一家离北京西站不远具有"神秘色彩"的宾馆，因为每年都有许多中央一级的会议在此召开，全国各报均以能够把报纸送进该宾馆、进入中国最高层领导眼球为荣。我本人进入报社以后，也多次听闻本报 "能进中南海和京西宾馆"，到底实情如何？我也想一探究竟。

11月7日，我于会议前一天下午抵达宾馆，宾馆果然警戒森严，各道门均有武警持枪站岗，这种"规格"在全国的宾馆中可能是仅有的。办理了登记手续后入住到房间，我就看见办公桌上放着一叠报纸，拿起来快速翻动，终于如愿见到本报那熟悉的身影。

次日上午9时许，京西宾馆一号楼大厅内与会代表列好队，因为听说中共中央政治局常委李长春要接见大家，并与大家合影留念，所以我们每个人都很兴奋。我胸戴大红花被安排在前排靠右边的位置，巧合的是，我的中国社科院研究生同学、北京电台编辑邢立新被安排在我的左手边，他同样有一件作品获得了一等奖。

不久，听见掌声响起来，循着声音望过去，李长春同志满面笑容健步径直走向前排左边第一位同志，与他亲切握手，长春同志后面跟着的是中央政治局委员、中宣部部长刘云山。估计每排有30多人，长春同志就这样挨个与前排同志一一握手，基本上不对话、不停步，其他人则热情鼓掌。就在这期间，我"突发奇想"：长春同志是广东的老书记，现在又是分管宣传工作的中央常委，对深圳、对《深圳特区报》都很熟悉，如果我跟他打个招呼，说我是《深圳特区报》的，他应该很高兴。

顺便提一下，并不是每个记者都敢有这种想法的。我长期从事政务报道，我知道虽然政务记者们天天在采访各级领导，包括高级领导，但直接与高级领导面对面对话的机会并不多，而此前我有面对面与习近平等多位高级领导对话的经历，所以才"斗胆"有此奇想。

"首长好，我来自《深圳特区报》。"当看到长春同志的目光转过来时，我一边伸出手一边说。

　　听见记者向他打招呼，也许是感到意外，长春同志似乎愣了一下，并停下了脚步。这是长春同志第一次停下脚步来。

　　"《深圳特区报》，好！"长春同志反应过来之后，一边握着我的手，一边笑着亲切地对我说。对于长春同志做出这样的回应，我也是始料未及，只是呵呵地看着长春同志，竟然不知道如何接他的话。接着长春同志松开我的手，把手伸向我的同学，但是他仍然把头偏过来，看着我补充说："我每天上班一坐进车里，就能看见你们的报纸。"

　　"特区报果然能进中南海，还每天送进长春同志的车上！"接见之后，我只是为证实自己心中的疑问、为自己刚才的"小聪明"而偷着乐。直到下午4点多会议中间休息时，我才想起来不能只顾自己"偷着乐"，应该把这种好事与报社领导分享。于是我拨通了田良老总的手机，他听说后很高兴，并当即指示我：要把当时的情景写出来，写成一篇现场感很强的通讯，准备明天见报！

　　长春同志一共就说了两句话，就要写一篇通讯？！接到田良同志的指示后，我一度后悔向他汇报这件事。平时都是采写人家受表彰，难得这次是自己受表彰，没有发稿任务，所以我是"轻装上阵"赤手空拳地来到北京的，连笔记本电脑也没有带。何况晚上7点，新近落成的国家大剧院将举行建院以来的首场音乐会，我们每个代表都发了一张珍贵的音乐会门票！

　　懊悔归懊悔，稿子还得写。连招待晚宴也没有顾得上参加，我就拉着邢立新来到北京电台他的办公室，找一台电脑准备写稿。因为长春同志总共只讲两句话，而且长春同志这样的中央领导的讲话又不能像平时那样"发挥"，稿件写起来让我绞尽脑汁，错过了那场难得的音乐会。

　　第二天，本报在头版左上的显著位置，刊登了这篇稿件，并配发了新华社发出的一张长春同志与我握手的现场照片。后来我向新华社的同学打听，原来，由于长春同志在接见的时候唯一一次停下脚步与我对话，新华社摄影记者抓住这个瞬间猛拍，他对其中的一张最满意，于是就选择了这张照片。

上海世博会的采访记忆

□叶志卫（《深圳特区报》政治新闻部记者）

征与尘

深圳特区报 30 年往事记述

2010 年 5 月至 10 月，历时 180 多天的上海世博会在上海举行。本报前后派出 10 多人的记者团前往采访，这个空前的采访团，为深圳市民带来上海世博会的一手资讯。这些私人的"世博会记忆"，给我这个全程参与的人的新闻生涯，留下了难以磨灭的印象。

一、多点策划

本报在世博会期间的报道，我个人印象较深的有四个部分：一是世博会开幕前后的集中报道；二是在暑假开始后，主要针对学生、家长参观世博会的报道；三是在深圳特别日期间，对深圳参与世博会情况的特别报道；四是在世博临近结束时的集中报道。对世博的日常报道，则贯穿从开幕到结束的全过程。

上海世博会的报道，是一个重大活动报道，但不同于文博会、高交会、奥运会等以往的重大活动报道。上海世博会的报道有两个显著特点：一是时间长，从当年的 5 月 1 号持续到当年的 10 月 31 号；二是新闻点多，几乎涉及到新闻报道领域的各个方面。针对这些特点，本报作了精心的部署：一是在世博会尚未开始，就做好策划和各种预案；二是在动态过程中，针对新闻热点进行采访安排。

比如，在世博会开幕的前几天，本报在前方的记者发现，在世博会上，深圳人参与了大量的工作，经过和后方领导的沟通，策划了"世博会上深圳元素"的专题报道。参加报道的记者，除了广泛联系已知的深圳参与世博会的厂家、公司、个人等，还在世博园区进行"扫街式"的寻找：有同事发现环保凳是深圳生产的，有同事发现环保车是深圳制造的，有同事发现园区内的直饮水是深圳公司提供的。我们甚至把目光转到世博园区外，了解到专为世博会开通的过江隧道内的节能灯，是深圳厂商提供的。经过精心采写，一组"世博会上的深圳元素"的报道，吸引了很多深圳人的注意。

在进入暑假之后，世博园区内出现了一个显著的情况，那就是学生和家长突然多了起来，世博园内到处都是穿着校服的学生。针对这个现象，报社策划了相关报道：如专门制作了为学生服务的"世博手册"，发动学生游世博的征文活动，这些报道都收到了很好的效果。

二、多样报道

上海世博会，是世博会首次进入中国。在此之前，国人对世博会的了解不多。世博会涉及到社会、科技、文化的方方面面，对于记者来说，这样的报道并不好把握。

当年4月底，我和吴铠峰两人在开幕前先行到了上海，参加世博会的试运行报道。刚进世博园区，世博会的"大"和"杂"让我们惊叹：偌大的一个世博园，分布在黄浦江两岸，走一遍就要花近一天时间；各国的展馆争奇斗艳，展现的现代科技和现代理念纷繁多样。我当时跟吴铠峰开玩笑，随便抓一个馆采访，随便拍一张图发回去，就是新闻，但好像发在世博园内，又不像是新闻。如何在这个超大的园区内，在这个纷繁复杂的各国展馆中，抓住新闻的亮点，确实是一件不容易的事。

在跑了两三天的试运行之后，我们终于对上海世博会有了一些直观的认识：一是科技，世博园内展示的科技代表着一种时代的趋势；二是理念，当年世博会的主题是"城市让生活更美好"，在中国工业化、城镇化进入艰难转型的时期，不少展馆透露的各种让城市生活更美好的理念，将给城市中生活的人以启发；三是参加世博会的人，每天，世博园区内都迎来科技、文化等各个领域的大腕参加各种论坛，他们都带来大量新鲜的理念和观点启发他人。带着这样的想法，我又重新看了上海世博会的资料，确定采访的重点，从纷繁的资料中，理出一些采访的思路。

世博会开幕前两天，本报上海世博会报道团十多人到达上海。这个据说是本报有史以来外出采访最大的团队，涵盖了报道的方方面面：时政、文化、科技、社会等等；甚至还有熟识英语、熟悉外事采访的同事。有人开玩笑说，这个采访团只要加以组建，就可以出一份报纸了。而每位同事对世博会的采访都有不同的视角：有人从世博会读出文化意味，有人从世博会发现科技潮流，熟悉外事采访的同事，则在对参展的外国场馆馆长的采访中如鱼得水。这些视点多样的报道，构成了本报报道世博会的多样性。

记得有一次，我在新闻中心碰到一位来自上海《东方早报》的同仁，他经常上网看全国各地的报道，寻找《东方早报》的一些采访选题。了解到我是来自《深圳特区报》的记者时，他惊叹地说，你们报社可能是除上海本地媒体外，对世博会采访力度最大的一个机构了！更特别的是，很多省市仅集中在对本省市世博馆的报道，你们的视野和视角要开阔很多。

三、全程坚持

在世博园区 2 号门的出口，西藏南路旁，有一栋小小的酒店，名叫"钱正酒店"，这是本报采访团队入住的酒店。

本报的摄影记者王小可首先发现这个酒店的特别，"把钱正两个字倒过来，就是'挣钱'了"，他开玩笑说。这个酒店是最靠近世博园区的酒店之一。在世博会期间，这里成了全世界媒体记者"挣钱""挣工分"的地方，每天，都有操着各种口音、语言的各国记者在此提着相机、摄影机进进出出，在房间里写稿、发稿。我问过酒店的老板，他说，至少有 10 个国家的记者在这个酒店住过。

这个酒店的一楼是一个小餐馆，有上海马桥豆腐、大包子等美味。每天深夜发完稿，本报的记者们会在这里吃宵夜，喝上一小杯，讲一讲一天看到的见闻，解解乏；然后睡上一觉，明天继续"逛园子"。时间久了，餐馆的老板就跟我们熟悉了，还记得我们很多人的名字。当年 10 月底，我最后一次报道世博会，然后返回深圳，老板请我们几个人吃了一顿饭。她说，《深圳特区报》记者是这个酒店里唯一全程坚持到底的记者。

为我们定下这个酒店的人，就是时为深圳报业集团驻上海办事处主任的刘青。一年多后，她英年早逝的消息从长沙传来，让人唏嘘不已。之后才听说，她在那个时候，就已经发现自己得了癌症，但一直坚持工作。在上海期间，有一次聚餐，我发现她腰间绑着一个东西，问起怎么回事，她回答我说，腰疼，直不起来，绑在腰间的是一种治疗腰椎的仪器。

在离开之前，我打电话给驻上海记者站的朱文蔚，希望能请刘青在集团驻上海办事处边上的一家四川菜馆吃饭。朱文蔚告诉我，她可能来不了，因为她吃素有一段时间，如无必要极少在外吃饭。后因匆匆离开，此事就不了了之。不曾想，这竟成了无法弥补的遗憾。

五十多天等待，终于见到哈佛校长

□啸　洋（《深圳特区报》啸洋工作室主任）

采访哈佛大学，是任何人都可以轻而易举实现的。你只要到达美国东北部马萨诸塞州首府波士顿的剑桥城（Massachusetts Avenue Cambridge）就可以像逛公园一样参观访问这所世界闻名大学的教堂、办公楼、学生宿舍、图书馆及各个建筑，或与老师学生自由交谈。那里没有中国大学那种森严的门卫制度，也没有任何禁止拍照的限制，哈佛先生的铜质塑像就坐在进门不远处，任你拍照抚摸，不会有任何人阻拦你。然而，你若想见见校长，并希望有机会采访她，却比登天还难。

天不作美　风云突变

也许记者来的不是时候，也许美国天天如此。

2011 年 8 月 28 日，记者由蒙特利尔出发，驱车往波士顿，开始哈佛、麻省理工和波士顿大学的采访。这是大学开学的前一天。谁知，飓风艾琳比记者到得更快。美国东部时间 8 月 28 号上午艾琳登陆纽约后，突然转向，无规则大风挟着暴雨沿岸北上。飓风所经之处，飞沙走石，暴雨倾盆，树倒路断，四处停电。白天的城市如夜晚一样漆黑，气温也由 28 度骤降到 15 度。北部地区夜晚更降至 13 度以下。由于停电、暴风雨和寒冷，整个美加东部地区仿佛一夜间进入了阴冷的冬季。飓风艾琳横扫美国东北部的势头，虽然自纽约市后开始减弱北行，但受其影响，所有学校都无限期停课。记者只好把艾琳作为采访对象，把它肆虐纽约州和马萨诸塞州的情景记录发稿。

飓风艾琳过去之后，已是 9 月 1 日。由于之前（8 月 26 日）记者做足了功课，并将采访函及采访要点（提纲）用电子邮件分别发送给了哈佛、麻省理工和波士顿大学校长办公室。记者在到达哈佛之后，便径直来到位于老校区的哈佛大学校长办公室。

"是的，我们确定收到了您有关采访的邮件，但是校长今天并不在学校。看起来这十分遗憾。"校长办公室的秘书小姐十分礼貌地对记者说。"哦，没关系，我已经住在附近的酒店，请您等福斯特校长回来之后，如果她有时间，请随时通知我，保证 20 分钟内可以到达。"记者信心满怀地对秘书说。秘书听后笑笑说："那至少您要等上一个月甚至更多时间。其实，收到您的采访函之前，我们已经收到各地的媒体近百封采访校长的请求。开学之前就有国内（美国）和其他国家的 40 多家媒体来人等候，许多人因耗不起时间回去了。"

记者听罢，知道情况严重。急忙解释说：中国到此可能是最远的国家。坐飞机就要 18 个小时。能不能提前安排？秘书一本正经地说：这可不行，采访一定是按照先后次序来的。中国是很远，澳洲国家电视台及南非的报纸记者曾抱怨他们是最远的国家。在波士顿待了 20 多天也没见着校长，都已经回去了。若是提前安排给中国记者，他们知道后一定会炮轰我的。

外国同行　纷纷败北

从校长办公室出来，记者开始在校园徘徊。去年的这个时候，记者正在这里完成研究生院规定的海外学习课程，记者朝着约翰·哈佛先生的铜像走去，铜像面前是看似十分休闲而并不大的花园，里面的小路通向各个教学楼。

不远处的草坪上，坐着年轻的两女一男，记者决定上前和他们聊聊天。走近一看，原来是正在做节目的电视记者。哈哈，遇到同行了。记者便绕行旁边观看，欲与他们交换采访感受。10 分钟后，记者见他们开始吃东西休息，便上前首先自我介绍一番。听对方介绍才知道，一男一女是爱沙尼亚国家电视台的记者，另外的一个女生是他们找来当向导的本国在哈佛读书的学生。当他们知道我来自中国后，表现出十分的友好，不断赞扬中国的经济建设和人民的好客。"你们都到过中国的什么地方？"记者问，三人对视吐吐舌头说：是在电视上看到的。

记者借机把深圳的年轻、现代、开放、花园般的市容、发达的经济、朝阳般的媒体等等向他们一一作了介绍，并特别告诉他们深圳没有冬天，不像爱沙尼亚冬天那么冷。如果冬季能到深圳来旅游，我一定是最好的向导……一番闲聊后，彼此已像老朋友般无话不谈。记者趁势向他们了解他们来哈佛采访的情况。没想一提到采访，他们个个立刻怨声四起。

原来，他们一个月前来到波士顿，目的就是要采访校长。目的就是要让爱沙尼亚的人们看看当今世界一流大学女校长的风采，以激励国内众多的女教育家。没用一周时间，就已经完成了专题报道 90% 的采访拍摄，仅为了等校长的一个镜头，他们已经白白地在酒店待了 20 多天。不仅校长办至今没有安排他们见校长，就连一个准确的日期也没能给到他们。这使得他们大为恼火。因为，他们不仅经

征与尘

深圳特区报 30 年往事记述

费早已花光，返回的机票也因两次延期而不得不明天回国。没有拍到校长的画面，他们只好在临走前以约翰·哈佛先生的铜像为背景，以哈佛的遗憾为片尾，结束了这次历时一个多月的采访。那便是记者之前看到他们做节目时的情景。

看着他们离去的背影，记者心理格外不是滋味。大家都是媒体人，这样离去意味着驰骋万里的失败。记者拿出拟好的采访提纲，坐在草坪上点上一支香烟，边抽边再次审视着采访提纲。虽然心里被刚才一幕所搅得七上八下，但还是自信地模拟起采访校长时的情景。甚至在想如果校长突然问起有关中国问题时该怎样回答……．

"Excuse me Sir, May I use your lighter please!" 突然，记者被背后一个浑厚的男声打断思绪。定眼一看，是两个同我行囊差不多的男子，其中一个手中拿着一支香烟向我借火用。我立刻将火机拿给他，没等我开腔，另一个男子大概看到我的摄影包便问我：你来采访吗？

原来，这三个分别来自巴西、哥伦比亚的记者半个月前到波士顿，也是采访哈佛大学和校长，与另外三个俄罗斯记者住同一家酒店。三个俄罗斯记者比他们早到一周，已经在波士顿住了将近一个月。至今，校长办公室仍没有给他们一个时间上的明确答复。甚至告诉他们校长的日程本学期已经安排得满满的，他们不甘心，几乎天天在校长门前转，可至今也没有见到校长的影子。更令他们丧气的是，哈佛大学的一些集会也不能让他们进去采访。他们几乎是每天耐着性子在哈佛校园里等待，采访一些花絮。回到酒店就天天喝酒，发疯一样地抱怨。那个巴西小伙子的太太上周给他生了个女儿，他归心似箭，恨不能立刻飞回去。他对记者说受够了，我再也不想来这个鬼地方！

踌躇满志　一筹莫展

透过他们的情绪和表述，我的心情顿时沉重起来。之前爱沙尼亚两位记者的遭遇已经使我心烦意乱，仿佛从他们离去的背影中看到了自己的影子。现在又冒出来6个。短短半个上午就遇到4个国家8个不幸遭遇的同行。这或许证明了那个笑容可掬的校长秘书没有撒谎，但是，要让我步他们后尘、重蹈覆辙，简直是不能想象。

时间一天天的过去，在波士顿，在哈佛旁的小酒店里，一晃度过了两个星期。过去的十几天里，尽管完成任务的信念一次次被消磨，但回到酒店狭小的空间还是有很多功课要做。为了完善采访，记者把哈佛、麻省理工、波士顿大学、麦吉尔大学、耶鲁大学、西点军校等所有的有关资料逐个查询整理，不放过任何可能有用的蛛丝马迹。十多天里，不觉间已经整理出800多篇背景资料和600多张图片。那些天里，已经记不清楚有多少个不眠之夜。中国中秋节那天，手机上来自国内铺天盖地的贺电（信息）不仅没能使我感到丝毫的慰藉，反而激起我更加无比的思乡。

中秋节，有一个美丽的传说：嫦娥奔月，吴刚伐桂，玉兔捣药……对啊，这是神话，这是美丽的传说。明天，把这些讲给那些洋哥洋妹听，说不定有助于他们理解这份思乡之情，早点协助我完成采访呢。次日，我带上波士顿同胞送来的几盒月饼，再次来到校长办公室。给他们讲故事时，我甚至不能控制情绪，这次，令他们深表理解。我再次将有关问题简化，交给他们。A秘书说：我们也许该尝试其他办法。我离开之后，仿佛感到轻松了一些，期待着他们尝试的其他办法。

又是一个星期过去了，仍然没有任何消息。其他几所大学也没有任何消息。心理上已经到了承受的极限。算算时间，与第一天碰到的那8位熬不住而悻悻离开的记者相差无几。这也许是多数人心理忍受的极限。再这样下去，肯定要精神崩溃了。报社方面，毫不知情地不断催促，哈佛方面不近人情地无动于衷。记者像一头困兽，像跌落枯井的有力无处使的水牛。煎熬啊！回去，还是坚持？坚持，还是回去？无数次的自我斗争，又成百上千次的自我鼓励与否定……

一个月下来，我瘦了整整10公斤。一个月下来，我已经消耗了整整10条香烟。

我开始调整方法，尝试改变战略。一方面把原设计给每个大学校长的10个问题减少或分解，把非由校长回答的问题分几个给教务长或公共化，让大学对外宣传部门分担。并把原计划安排最后采访的麦吉尔大学先处理完，边采访麦吉尔边等消息。拿定主意后，我把所有问题一一整理分解，并把最新的采访提纲再次提交给校长办公室以及哈佛大学宣传部门的媒体负责人。

也许是我的执着，也许是秘书们有所感动。次日，我突然收到校长办负责人的邮件。要求我再次提交采访内容，并希望尝试交由校长解答。我飞快地把新的采访提纲发送了过去，并对他许下到中国一定好好款待他的诺言。那天，我感到前所未有的轻松。一改这些日子吃面包、喝咖啡的饮食，到波士顿码头饱食了一顿。还买了一大袋番茄黄瓜当作水果拿回酒店。哈佛有了着落，记者开始用同样的方法紧盯麻省理工和波士顿大学。与此同时，我天天查看哈佛发来电子版的学报，了解最新动向和校长的踪迹。奇怪的是，哈佛学报上几乎没有报道校长的新闻，偶尔出现，不是会见海军预备役学员，就是过时的一些清晨祷告。后来了解到，这是校长自己定的规矩。除重大对外会见之外，正常工作一律不报新闻。

征与尘

深圳特区报30年往事记述

又是一周过去了，仍未收到任何消息。我找到哈佛燕京书院，然而，燕京书院的负责人回答说：她在哈佛工作 10 年了，自从福斯特 2007 年担任校长以来，他也只是在公开场合见过她三次，并根本无法以私人关系提出见校长的可能；《波士顿侨报》的朋友听说采访需要协助，十分热情。当听我说必须采访校长时，他立即说自己至今都没有见过她。并且解释说：除非哈佛发生什么重大事件，记者可以不经过任何人进入校园采访，并受新闻法保护。美国的新闻自由，并不是你可以随时闯进校长办公室。

几经极限　柳暗花明

人的精神痛苦莫过于面临问题时的无能。你可以不怕苦、不怕死、不惜任何代价。但倘若这些都无济于事时，剩下的就是恨自己无能。你不能去责怪任何一个人，更不能去抱怨福斯特毫不领情。她可以在 9 岁时给艾森豪威尔写信，并得到总统的回复。而你给她的信却不能要求她像总统那样的理解和回答。或许，所有的邮件、信函，压根就没有放在她的面前。因为，我早在半个月前就尝试了特快专递的方式。后来才知道，所有寄往哈佛大学给校长的邮件均由秘书分拣处理。一位曾在美国大学当教授的朋友告诉记者：奥巴马都视福斯特为座上贵客，不用幻想福斯特可以由美国的哪一级政府部门所左右。东西方在意识形态和价值观等方面存在有诸多不同。这样的描述毫不夸张，事实上，除了福斯特访问中国时杨澜在她下榻的酒店采访过她之外，迄今为止，福斯特还没有接受任何一家东方媒体的采访。这样的忠告使记者一开始便打消了找官方的念头……

哈佛就在你的眼前，却始终没能接近福斯特。放弃？坚持？坚持还是放弃？体能已经到了极限，信心也几度降到冰点。

没有哈佛，《世界百所知名大学校长访谈》将是重大缺憾。完不成任务，还怎配称自己是首席记者，还怎能有脸在报社呆下去！这不是虚荣，更不是逞能。是不可推卸的责任、是一个前线记者攸关成败和存亡的使命。

为了增加信任、消除歧见，我再一次将采访提纲斟酌，并选出 10 所本报已经刊出的其他知名大学的校长访谈做了简要翻译和网页链接，用电子邮件和文本两种形式发送给福斯特办公室，甚至将福斯特在不同时期、不同场合的讲话摘录作为模拟答案供她参考。把将要刊登预选出的福斯特本人的照片和哈佛大学的照片打印出来供她审定……

也许记者的执着感动了上帝，也许《世界百所知名大学校长访谈》服务大众的精神触动了哈佛人。漫长煎熬般的 50 多天过去了，终于等到了哈佛庆祝建校

375 周年的日子。2011 年 10 月 14 日,哈佛大学隆重举行建校 375 周年纪念活动。校长福斯特将按例出席并讲话。在哈佛大学国际事务部媒体组的帮助下,我终于得到了入场券,并被准许对福斯特校长短暂采访和拍照。期间,还结识了完成这次采访十分重要的人物——哈佛大学校董会的律师弗朗西斯·依·都诺万先生。他在事后的补充采访以及有关福斯特治学理念的进一步采访和成稿后与福斯特的核实方面,发挥了至关重要的作用。两日后,校长办秘书来电告诉我,校长福斯特请她转送给我三本由她本人签名的著作以示感谢。

征与尘

深圳特区报 30 年往事记述

穿行故纸堆　回溯百年潮

□王奋强（《深圳特区报》机动记者部记者）

2011 年，值辛亥革命百年祭。《深圳特区报》精心筹备，推出了大型策划系列报道《辛亥先贤·南粤身影》。历时 10 月，报社各部门齐上阵，用 46 个整版连续推出 45 位辛亥先贤的独家专题报道，发出了纪念辛亥革命百年的南粤强声，产生了良好的社会效应，新浪网、人民网、中新网、中国经济网、辛亥革命网、中国台湾网等网站及相关报刊竞相转载本报报道。

有幸作为参与这一大型采访报道活动的一名记者，本人共负责近 10 位辛亥先贤的采访报道。穿行在故纸堆、故居胜迹之间，寻访对话辛亥先贤的后裔们，让人恍若置身百年前的时代大潮，观惊涛拍岸，叹风云流转，为志士勇者们为推翻封建王朝、谋取民主共和、图强国家复兴而甘洒热血、矢志赴死的民族大义和英雄气概所深深折服。

——

首赴广州。2011 年元旦刚过，在前期初步圈定在广东境内开展过革命活动的近 50 位辛亥先贤名单后，又几经联系，本报编委吕延涛即率机动记者部、理论评论部多位同仁赶赴广州，专程拜访广东省社科院研究员、清史专家王杰教授，延请其出任本报《辛亥先贤·南粤身影》大型系列报道的学术顾问。多年诚挚的友谊，加上专赴广州大队人马的当面力邀，尽管事务缠身，王杰教授仍爽快地答应了本报的恳请。

锁定中山。广东被誉为辛亥革命的策源地，珠江口对岸的中山市群星璀璨，既孕育了"伟大的民主主义先行者"、辛亥革命的旗手孙中山，也诞生了一批因追随孙中山投身辛亥革命而彪炳史册的辛亥先贤陆皓东、杨鹤龄、杨仙逸、刘师复、郑彼岸、林君复等人。

2011 年 1 月下旬，年关已近，集团车队的司机都不愿意开车出远门了。经请示报社领导后，1 月 25 日一大早，机动记者部主任刘伟和我，以及摄影记者丁庆林就自行驾车上路，奔赴中山市。

前往中山前，记者已与中山市委宣传部进行了热线联络，将本报的采访事宜详尽告知了对方，请求他们一定帮助联络孙中山、杨鹤龄等辛亥先贤仍留在中山的后裔，特别是当地研究辛亥革命历史的专家。

当时正值省"两会"召开期间，中山市委宣传部相关负责人对本报的到访高度重视，一是帮助我们找到了孙中山四姐孙妙茜的外甥孙杨海，他刚从中山市政协主席的岗位上退下来；二是为我们找到了中山市委党史研究室原主任郭昉凌，这位大姐也刚办理了退休手续，正在中山市孙中山研究会潜心从事研究工作。

对我们此次采访工作而言，郭昉凌这位曾经主编过《中国共产党中山地方史》的老大姐，简直是一位弥足珍贵的"活字典"。她多年来一直浸淫在对辛亥革命史料的研究之中，对中山籍辛亥先贤的后人多有采访，而且为人特别朴实大方，没有丝毫的学究架子，为我们的采访提供了无私的帮助。

向晚的薄暮时分，郭昉凌顾不上回家，而是引领我们穿街过巷，在中山老城区市博物馆对面找到了杨仙逸的故居，还现场采访杨仙逸的亲戚。因是郭昉凌穿针引线，杨仙逸的亲戚很是配合，为我们四处翻找资料、图片以及相关纪念报道，一直忙碌到晚上8点多。

拜访翠亨村。那是一处中外闻名的岭南村庄，仍留有一座孙中山先生于1892年亲手设计督造的故居。这个中西合璧的故居迄今仍保存完好，正门贴有孙中山当年手书的门联——"一椽得所，五桂安居"。院中有一棵他手植的酸枝树，虬龙般扎根在那里。在孙中山故居纪念馆，孙氏后人杨海一边引领记者参观，一边实地讲解孙中山的事迹。讲解员张万利也为记者的采访提供了许多有益的帮助，比如查找史料、复印材料、翻拍旧照片等。

作别翠亨，我们又折返中山市区。令人大喜过望的是，郭昉凌大姐已经为我们联系到了另一位辛亥先贤郑彼岸年届百岁的女儿郑淑然。走进中山老城区一处阒寂的老旧院落，在一栋小楼的二层，我们见到了这位时年104岁的老人郑淑然，亮晶晶的眼睛、敏锐的思维及清晰的谈吐，都给我们留下极其深刻的印象，尤其是她对父亲参加革命壮举的理解、支持和称颂，让人敬佩不已。

二

从中山实地"取宝"回深后，记者一行带着一批零碎的材料，又从网上购买了一大批有关辛亥革命的书籍，开始恶补历史知识。那段改天换地的峥嵘岁月，那一个个鲜活的人物，从历经百年的尘封故纸和黑白影像中走了出来，闪现眼前。

2011年2月元宵节前，记者写出第一篇《孙中山：从广东走出的平民伟人》的初稿，再经报社领导严格把关后，数易其稿，稿件终于在2月25日整版刊发。

该文见报后，当即被新浪网、中新网、搜狐网、和讯网、中红网、第一视频、大洋网、中国台湾网、读书频道、中华孙氏－原孙氏宗亲网、秦皇岛新闻网等一批网站转载。而当时，国内媒体还鲜有对辛亥革命开展大规模的宣传纪念报道。

为寻访其他几位中山籍辛亥先贤陆皓东、刘师复、林君复等人，记者此后还曾几番前往中山实地探访，追寻他们的成长身影和人生起伏。

孙中山的发小、在首次广州起义中舍生成仁的陆皓东，被孙中山誉为"中国有史以来为共和革命牺牲之第一人也"。陆皓东英年早逝，其故居和坟墓散落在翠亨村周边的山野间，已不为世人所熟知。还是在郭昉凌大姐的指点下，在孙中山故居纪念馆讲解员张万利等的帮助下，记者在翠亨村内外瞻仰了其故居和坟墓。

记者第三次前往中山采访，仍是在郭昉凌大姐的引领下，在一处宁静的居民小区，拜访了辛亥先贤林君复的嫡孙林绍声。时年80岁的林绍声，曾任中山市政协副主席、中山市民革主委，曾与祖父林君复一同生活了4年。他向记者深情地回忆了祖父投身辛亥革命的一生，还拿出部分他撰写的回忆文章给记者留作参考。

为了更加忠实地还原历史，集纳时代风云，寻访辛亥先贤刘师复、林君复、郑彼岸等人在故乡中山留下的点滴胜迹，记者曾数次搭乘公交车前往中山市石歧老城区、大涌镇安堂社区、火炬开发区张家边濠头村等地，四处探访。

此外，为追访"四寇堂主"杨鹤龄留下的足迹，记者两赴中山市翠亨村杨氏故居及孙中山纪念馆杨鹤龄事迹陈列室走访，一赴香港中环歌赋街8号实地踏访。

三

艰苦细致采访，精心谋篇布局，再经机动部主任刘伟、学术顾问王杰、编委吕延涛层层严格把关后，以及编辑们的妙手编排后，一篇篇辛亥先贤的专题报道就这样雷打不动地按期问世了。

采访不易，写作更难。这种历史人物、历史题材的深度挖掘报道，对承担任务的每一位《深圳特区报》记者而言，都是一种考验。回首来看，每篇稿件所凝聚的心血以及琐碎而精细的劳作，至今仍让人难以忘记。

这一大型报道启动前，报社编委会就有明确具体的要求：一定要到富有纪念意义的史实现场采访，一定要尽可能详尽地收集和占有史实，一定寻访到辛亥先贤的后人以及对这段史实有研究的专家、学者等。

正是因为遵循了这一严格的报道原则和操作流程，记者前期的采访才目标精准、扎实有效，驾驭起那些尘封在故纸堆中的史料，写起那些百年前勇立时代潮头的辛亥先贤，才可能鲜活、亲切、可读起来。

比如，记者在撰写孙中山一文时，除精细地描写了孙中山故居纪念馆周边留存的风物胜迹外，孙氏后人杨海、孙中山故居纪念馆讲解员张万利、中山市委党史研究室原主任郭昉凌等人一一出现在文章中，与记者展开对话，为我们讲解和披露史实。

后来，记者修改该文过程中，也是按照报社领导的指示，不断调整写作角度和增删史料，除写孙中山轰轰烈烈尽人皆知的事迹外，还在充分占有史料及史学界最新研究成果的基础上，着力披露了孙中山在伦敦蒙难，遭到与英国政府勾结的清王朝使馆绑架这一史实，在凝重厚实的基础上给读者呈现出阅读的新鲜感。

蓦然回首，参加大型系列报道"辛亥先贤·南粤身影"，之于记者本人，之于我的每一位同仁，无疑都是一次穿行在故纸堆、故居胜迹与辛亥先贤后裔间的忘我寻访。

浓墨写辉煌 热笔书新气

□綦　伟（《深圳特区报》机动记者部记者）

为纪念中国共产党建党 90 周年，《深圳特区报》隆重策划推出了"重访红色故土"大型系列报道，从 2011 年 2 月中旬至 9 月底，特派记者分赴 13 个省 18 个地市采访，固定每周二在要闻版辟出 2/3 版或半个版的版面，共发出 27 站 30 期报道，在社会上引起良好反响，每期报道均被多家主流网站转载。

行走在一片片旧貌换新颜的红色故土上，目睹一件件似在诉说当年峥嵘岁月的革命文物，看见已近百岁的革命老人身体硬朗仍能劳作，聆听党史专家详析革命斗争的宝贵经验……作为一名参与了"重访红色故土"10 多站报道任务的记者，那发生在半个多世纪前的波澜壮阔的革命往事，那可歌可泣的党的光辉历程，一下子鲜活了起来、清晰了起来。

出发：行走江西

南昌—井冈山—瑞金。这是当年党领导革命斗争在江西的曲折发展路，也是我在江西的采访行程。

站在南昌八一起义纪念馆陈列室里的一面名录墙前，默念着那一个个已镌刻进历史的名字，我不禁被一种来自历史深处的呼喊所感染。那是目前能查到的 1026 名南昌起义参加者的名字，里面既有周恩来、朱德、贺龙等开国元勋，也有戈尚志、孟靖等默默无闻的烈士；有郭沫若、范长江这样的文坛大椽，也有后来成为高等学府教授的黄震、李铁根……历史的巨潮，在一个震惊中国的沉沉之夜，以无可阻挡的力量将这些年轻而充满朝气的人们，推到革命的前沿。

从南昌到井冈山，现在只是几个小时的火车行程。而当年，党的第一代领袖们，却为寻找中国革命的发展道路，付出艰苦卓绝的探索。南昌起义部队重返广东，最终兵败潮汕。秋收起义余部，则在毛泽东的带领下走上井冈山，开辟出工农武装割据的新道路。

4 月初的井冈山，春雨淅沥。在井冈山革命博物馆编研陈列室里，饶道良主任不经意间说出的一句话，引起记者的好奇："什么，毛泽东还当过 3 个月的'民

主人士'？"

经饶主任解释才知，当时的中央曾认为毛泽东放弃攻打长沙而上井冈山，在政治上犯了极严重的错误，所以开除了他中央临时政治局候补委员的职务，不成想在一级级的秘密传达中，最后变为"开除党籍"，毛泽东于是破天荒地挎上枪当了几个月的师长。

茅坪、茨坪、大井、小井、砻市、大陇、黄洋界……当我乘着租来的摩托车翻山越岭，穿行在井冈山各个革命遗址时，不禁被红军当年筚路蓝缕的革命创举深深吸引：颁布"三项纪律六项注意"，成立一个个基层红色政权，为打破敌人经济封锁开办大陇红色圩场，为活跃边区经济自造工字银元，为救治伤员建立红军医院……

入夜，井冈山大雾弥漫，能见度不足 10 米。多亏在当地小学任教的张老师带路，我才从浓雾里安然下山驶回宾馆。惊魂过后，犹庆幸 2 个多小时前，被急雨浇了一身湿的我，在黄洋界摄下的万千气象。那天边的云彩，绚丽多姿。当年的战士们，可也在战斗间歇一睹此番盛景？

难忘瑞金，难忘红井甘甜的水。在它的周围，有列宁小学，有当时中华苏维埃共和国的各部各委、银行、法院；难忘瑞金，难忘红林村坡下的烈士碑。当看到 99 岁的老"苏干"张桂清站在桃花树下眺望毛泽覃墓的专注神情，历史和现实，衰老与年轻，就在刹那间化为永恒。

转折：奔赴延安

"来到延安，你们得好好想几个与现实联系紧密的题目。"在西安分别之时，陈寅总编辑向大家嘱咐。是的，前方就是革命圣地，我们抓取什么样的选题，才能将党在延安局部执政 13 年的历史浓缩呈现？这是一道对记者采访功力的考题，也是一道对报社办报水平的考题。

顾不得休息。刚进宾馆落脚，特派记者小组即召开了一场选题讨论会。很快，由吕延涛编委点题，大伙群策群力补充完善的 5 个题目就拿出来了——"是中国革命的落脚点，也是中国革命的新起点""学习型政党建设""知识青年奔赴革命圣地""局部执政的示范区""党走上独立自主发展的胜利大道"。

当晚，大家都在收集资料，用功备课。这是《重访红色故土》采访的惯例：每次采访前，部主任与记者都首先深入学习新出版的《中国共产党历史》，熟悉所要采访阶段党的主要历程，然后在实地采访中再加以深入挖掘。

《深圳特区报》特派记者小组的到来，在革命老区延安收到热烈的反响。延安革命纪念馆张建儒馆长推掉事务，专候采访小组一行。就"为什么说延安是中国革命的落脚点，也是中国革命的新起点"这个题目，与大家作了长达2个小时的深入交流。

中国延安干部学院的教授们，在教务部杨志和部长的热情组织下，分别就"学习型政党建设""知识青年奔赴革命圣地"等题目，利用休息时间，跟记者促膝长谈，引经据典，释疑解惑。

比如，西北大学博导、应用社会科学系教授梁星亮，总结了正是因为党的实事求是的思想、卓有成效的统战工作以及共产党人的无私无畏、意志坚定，方才保得西北革命根据地这个土地革命后期硕果仅存的红色苏区的内在原因；延安大学中共党史研究院院长高尚斌教授告诉记者，实事求是是党的生命线，延安时代创造了中国革命的辉煌。

与采访专家学者相结合的，是大量不惜力的实地勘访、一线索证。驱车几十公里，记者一行深入到南泥湾腹地。在九龙泉畔，吕延涛编委用陕西方言向当地农民了解情况；在杨家岭、枣园、清凉山，记者一行一个窑洞一个窑洞地仔细走访，倾听讲解，观看实物。

正是通过这种接地气的实地访谈，我们作为记者，才更深入地了解到：红军初来陕北时的艰困，自力更生南泥湾垦荒的艰苦，以及革命领袖在窑洞边一个石凳旁笑谈"一切反动派都是纸老虎"的从容……

延安市委宣传部副部长庞辉与本报特派记者组会面时说，陕甘宁过去也是特区，"重访红色故土"大型采访报道活动开进延安，正是新特区与老特区的拉手，是两个特区的交相辉映。

胜利：逐鹿中原

7月酷暑时节，《重访红色故土》大型采访活动开进徐州。经过井冈初创、延安成熟，党所领导的中国革命已经看到了胜利的曙光。徐州，历来兵家必争之地。逐鹿中原，党已经有了决战的把握。

淮海战役老专家傅继俊当天不在纪念馆，办公室张五可科长热情地找来前馆长张明莉接待记者。在各地穿梭采访中，真是多亏了这些术业专攻的研究者。张明莉的讲解可谓如数家珍，一个烈士的名字、年龄，随口即可讲出。"重点文件，如中央的电报，一定要查原件。"张明莉再三提醒。"请不要丑化国民党将领，这只是政治的立场不同。"张五可也在叮嘱。

是的，这是上世纪40年代末中国两大政治阵营的斗争，是中国两种命运两种前途的决战。纪念馆的布展，巧妙地按此主题展开，开展即是共产党和国民党两个最高司令部的会议，再现的蜡像场景隔廊相对；转个弯，迎面展墙上，国共两军高级将领们的黑白照片，分列两边……

面对这样一场庞大的战役，我深深感到，已经不再是一般的馆展文物可以承载讲述内容的了。傅继俊的《淮海战役史》、国民党将领们有关徐蚌战役的回忆、粟裕大将有关这次战役的讲话……能找的一切资料，记者都找来通读消化，找到其中的闪光点。

陈毅元帅说："胜利是人民用小车推出来的。"在徐州，我明白了这句话中沉甸甸的重量：那根刻有鲁苏皖 3 省 88 个村庄和城镇的名字的竹竿，记载了山东支前英雄唐和恩从家乡山东莱阳出发，推着小车支前的足迹；那把黑漆漆的葫芦瓢，支前民工们曾用它喝过水吃过饭，也在急救时毫不吝啬地接过重伤员的大小便……读着这样的文字，看着这样的文物，记者不禁辛酸而感动。

感受：执政为民

是的，这也是一次充满着寻找、思索和感动的过程。我们行走在红色土地上，寻找着中国共产党从弱到强、最终革命成功的秘诀。当最后一期《重访红色故土》报道从西柏坡发出之后，我们清晰看到了这个颠扑不破的答案。

回顾一路走来，其实这个答案已经在井冈山的"三大纪律六项注意"中就已经孕育了；已经在歌颂苏区干部好作风的山歌中揭示了；已经在延安的"窑洞对"中成型了……"我们去赶考，我们绝不做李自成！"伟人的警语，振聋发聩，令人深思。

"90 年来，我们党取得的所有成就都是依靠人民共同奋斗的结果，人民是真正的英雄，这一点我们永远不能忘记。"胡锦涛总书记的讲话，再次重申了这个答案。

征与尘

深圳特区报30年往事记述

难忘的"新闻轻骑兵"生涯

□傅建国（曾任《深圳特区报》经济部副主任）

从 1982 年 11 月进入《深圳特区报》，到 1993 年 11 月离开，从 22 岁到 33 岁，我在特区报度过了人生最好的青春年华，也是我人生中最难忘的 11 年。"此情可待成追忆，只是回首已惘然。"其中的点点滴滴回忆起来仿若就发生在昨天。

一辆摩托陪伴 10 年

我到特区报本身就带有点"特事特办"的味道。我是在 1978 年恢复高考的第二届考进暨南大学的，1982 年毕业把我分配到北京第一机械工业部《机械周报》，同时分去北京的有十多个同学。包括我在内的好些人并不愿意离开广东，所以当时我们自我调侃是"被发配进京的"。到北京报到的第一天，我就表达了想回广东的想法，没想到领导通情达理，不但同意，而且问怎么办快一点？

在当年的正常情况下，有两种办法：一是退回学校重新分配，学校一般不会同意；二是办理商调手续，来来往往的商调函，不知要等到猴年马月。后来，一机部人事司打电话给深圳人事局，问学新闻的毕业生需要否？不想这边非常爽快，而且手续简单。于是我就怀揣着盖有一机部人事司大印的改派通知书和"边防证"于当年的 11 月 13 日来到了深圳。

那时的深圳还是一个大工地，整个城市只有一栋刚建了一半的高楼（17 层），就是现在的电子科技大厦 A 座，还搭着脚手架。道路只有和平路和建设路像样一点，深南大道还在修，什么上步路，红荔路都还是黄土一片。整个深圳到处都是临时搭建的铁皮房和竹棚，1983 年的 9 号台风特别大，刮倒了一大片，许多树木也被连根拔起。

当时深圳最大的住宅区就是路北宿舍（现通心岭）和路南宿舍（现南园住宅区），市委市政府和主要机关的干部大都集中住在这两个住宅区里，而特区报也就是在通心岭的两幢住宅里开始筹办和创刊的。

我到报社被安排住在通心岭 11 栋楼下临时搭建的铁皮房里，和中大毕业来的郑齐民等几个人住在一起。铁皮房出门右手几步路就是报社饭堂，是一个竹棚，坑坑洼洼的泥地，下雨还漏水，还有几个简易饭桌。我记得当时是一个来自东莞的师傅，经常给我们熬一锅骨头汤，那时单身汉不多，我们几个人就聚在一起吃饭喝汤，条件虽然艰苦，但深圳正处于蓬勃发展的时期，大家对前途都充满憧憬。

此时的特区报还是四个版，竖排繁体字，幸好我在大学上学的时候有机会常看香港报纸，所以也不觉得难适应，相反还觉得繁体字笔划多，写起来好看。

我一来被分到了政文部，部主任是丘盘连，后来的部主任是吕炳文，再后来是陈桂雄。当时特区报总编辑是张洪斌，一位来自新华社的非常儒雅的领导。报社领导和各部门领导来自五湖四海，都是业务能力强，经验丰富的老同志，不少人是深圳市政府专门到北京招聘过来的。一线的记者中，像卓福田、邓锦良、黄年、傅清焕等每个月发稿量都很大，被称为特区报的"四大名记"，是我们学习的榜样。这些老同志对我们这些刚毕业的大学生非常关心和爱护，我真正的新闻学习是到报社才开始的，从消息到通讯到专访，各种题材的采写。我至今还记得黄孝鹊教我每篇文章如何谋篇布局，起承转合，对我帮助非常大。

除了工作，老同志对我们的生活也很照顾，原来财贸部的原卿有拖家带口，还专门在家里腾出一个房间，让我离开铁皮房进去住。他是山西人，我至今还能回味起他家里那一股山西陈醋的味道。

搬进深南路边的报社宿舍后，我与钟川老师住在一起，他原来在学校是德高望重的语文老师，我是"近水楼台"，在语法修辞方面也得益他的指导和帮助。

后来，随着报社的不断发展，深南路边的报社办公大楼和印刷厂也建起来了，报纸从四版到八版到十六版，报社队伍也不断扩大，一批批新鲜血液进入了报社，像林青、陈寅、关飞、杜东方、黄启明、王旭玲、钟闻一、张宝兴、刘澍泉、刘学文、陈益健、王坚、郭伟、陈倪、邓品霞、吴伟等，再后来还有邓自强、刘琦玮等等。

我记得当时年轻人多，报社很热闹，探讨业务的气氛也非常活跃，每天评报贴出来，大家互相鼓励促进，编委办也进行打分、打好稿，规定每月任务等，压力还是挺大的。当时深圳的新鲜事、新题材很多，基本都是"全国第一个""全国第一次""建国以来首次"等等。我们后来已经对这样的新闻很敏感，往往一个题材出来，还没去采写，就能判断是否可以拿去评广东省好新闻奖，甚至全国好新闻奖，而最后的结果也与我们的判断基本相符合。

谈到在特区报的生涯，不得不提起那辆跟着我十年的"铁骑"：它是报社1983年从香港进口的一辆日本70CC本田摩托，无论刮风下雨，风吹日晒我都骑着它奔波在采访的路上。采访外事活动，电视台是开着汽车，编进了迎宾车队，我

征与尘

深圳特区报30年往事记述

只能骑着摩托远远地跟在后面，还不好意思太靠近。当时同批进口的还有几辆国外牧羊用的摩托，是可以在野外爬山涉水的，排气管很高，没有消音的，那不是"突突突"的声音，而是"叭叭叭"的声音，特别响。直到现在还有朋友笑话说，当年我们从报社开出"牧羊摩托"转入红岭路后，人家在笋岗仓库一带都能听到声音。

记得有一次，报社门口不知道哪个泥头车洒下一些沙子，我开摩托车一个急转弯摔了一跤，脸上也擦伤了。没办法，扶起来继续去采访，因为换人也来不及了。那天就是皇岗口岸正式开通的日子。

这辆小本田从 1983 年到 1993 年陪伴了我整整 10 年，当我离开报社后它也就到期报废了，正是它陪着我在特区报当了 10 年"新闻轻骑兵"。

见证特区发展

我在特区报的 11 年里跑过党政、外事、政法、劳动、社保、口岸、侨务统战、医疗卫生、金融、证券等等许多战线，也做过值班编辑。在我当记者的 11 年里，也是深圳特区改革开放力度最大，发生翻天覆地变化的年代。

我记得上世纪 80 年代初采访的时候，时任市委书记梁湘谈到深圳的规划发展，提出到本世纪末（即 1999 年）深圳要建成 80~100 万人的大城市，工资要达到 3000 元／月，当时大家都觉得这个规划太远大了，心里感到非常激动。实际上到 2000 年前，单是罗湖区的人口已经达到 60 万，深圳普通工薪阶层的收入也远超过 3000 元，深圳的发展超出了几乎所有人的预料。

我记得当年采访侨务的时候，一个叫陈共存的新加坡侨领就提出，深南路一定要预留 20~50 米的绿化带，每条主干道路也都要预留绿化带，以备将来拓宽发展。现在看来他的建议是非常有远见的。

上世纪 80 年代初，我们的采访条件比较艰苦，第一次到广州采访"两会"，下午从报社出发要晚上才能到达，经过东莞要过两个渡口，而最麻烦的是往报社发稿，要找到长途电话，然后一个字一个字读，再由报社的同事用笔和纸记录下来。

我记得 1991 年华东发生水灾，以前特区报主要报道内容都在本地，很少涉足全国性的事件采访。我主动请缨到水灾现场采访，在十几天中我和另一同事吴伟发回大量报道，而且深圳本地也开展向灾区捐款活动，前后方联手，把报道搞得有声有色。

在上个世纪的整个 80 年代，深圳经历过"香香臭臭"的不同时期，刚开始深圳速度闻名全国，各地像以前"学大寨"一样都来深圳参观学习，后来有一段时间又说深圳是靠"输血"发展起来的，要"拔针头"，一时间又冷冷清清。后来还有姓"社"姓"资"的争论等。

其实，深圳最冷静的时候是那些年的春节期间，开着摩托车走在深南大道上，就见不到几部车辆和几个行人。不过，我在那些年的春节期间都在罗湖口岸采访，这里却是熙熙攘攘，春意盎然，每年入出境人数都在快速增加。

1985年我和杜东方在参加省"两会"采访的时候采访了李灏，发表了专访《深圳是全国的深圳》，当时的背景是全国一些地方和中央的一些部委对深圳发展过程中的一些做法颇有微词，李灏表态为深圳做了明确定位，迅速调整了深圳和内地以及中央各部委的关系。"深圳是全国的深圳"成为此后多年深圳经常挂在口头的一句口号。报道刊发的同时，时任广东省副省长的李灏就任深圳市长，后又担任了市委书记，开始了深圳经济体制改革力度最大的一段发展时期。

我感受最深刻的还是1992年在北京采访"两会"，当时《深圳特区报》刊出著名报道《东方风来满眼春》，"两会"代表委员从上到下热议这篇报道，代表和委员们纷纷传阅，整个"两会"气氛为之一新，改革开放重新成为会议主题，几年来关于路线争论的阴霾一扫而空。我还记得任仲夷当时发言，大谈改革开放，大谈解放思想，我也大段大段摘录进行报道。这次"两会"我采写了很多报道，一直写到会议最后一天凌晨身冒虚汗发高烧。回到深圳，报社总编辑王荣山亲自去机场接机。其后万科董事长王石还专门请我去喝咖啡，他说看了"两会"报道感觉到春风拂面，令人振奋。

在这11年的记者生涯中，我见证了深圳特区改革开放的进程，香香臭臭，进进退退，冷冷热热，但历史总是浩浩荡荡向前发展，谁也阻挡不了。

"8·10"报道留下终生遗憾

在我的记者生涯中，有一件事让我至今想起来还觉得特别遗憾。

1992年，随着沪深股市的大幅上涨，全国开始出现股票热。1992年，深圳发售股票认购证，短短的时间里，全国有150万人怀揣大量身份证聚集到深圳，从现在留下来的照片大家还可以看到，排队的人无论男女都前胸贴后背，有的排了整整三天三夜。8月10日，新股认购表正式发售。不到半天，500万张认购表一抢而空，数万名没有买到股票认购证的人走上街头，当时确实存在认购表被内部截流的情况，后来调查证实了这点。

我当时采写了一篇比较平实客观报道的稿件，但后来在层层审稿修改之后，出来了一个"完全正面"的报道，大概内容是秩序良好，圆满结束之类，说白了就是"睁着眼睛说瞎话"。稿件见报的当天晚上，愤怒的股民再次冲击市委市政府，防暴警察使用了催泪弹，股民冲击不成，转而冲击特区报社，我当时在5楼办公室，催泪弹就在窗外"嘭嘭"炸响，看到形势不太妙，赶紧从后门溜之大吉。幸好后来股民在劝说之后散去，没有酿成大乱。

虽然那篇短短几百字的稿件没有署我的名字，稿件的内容也不是我能决定。而且说到底，"8·10"股票风波的发生也不是因为一篇报道而引起，但我对这个稿件至今仍觉得耿耿于怀。作为一个记者，千万不能够违背真实性原则，否则就有可能在历史上留下遗憾。

"8·10"风波的起因是因为股票的火爆。1991年9月，深证指数最低跌到400点，到1992年7月，最高涨到了2900点。而当时股票是一个新鲜玩意，不但股民不懂，搞股评的人也很少，而且当时没有网络，电视报道也不多，股民的信息来源主要还是通过报纸杂志。而且，当时深圳只有少数几个股票，市场存在比较多的内幕交易行为，股民们也信奉"听消息炒股"。

我当时和陈益健负责金融证券的采访，接触面比较广，在学习了一些股票知识和台湾、香港等地引进来的技术分析理论之后，我和陈益健也开始写股评，我们以"余嘉元"（谐音一家之言）的笔名在"股市纵横"专栏里发表股评，轮流写。得益于特区报的影响力，这个栏目影响非常大，余嘉元与黎东明、古思平（谐音股市评）并称为深圳股评"三剑客"。记得当时有一个权证炒得过高，我们在栏目里提示了风险，结果第二天就大跌。

"股市纵横"先是周评，后来发展到日评，中间还有一个插曲，因为当时股市归属人民银行管理，深圳对股市影响比较大的报纸还有人民银行主办的《金融早报》，相关部门的领导人还专门找我们去谈话，希望我们不要搞这么多股市评论，应由《金融早报》统一发表股评信息，被我们拒绝了。

后来"余嘉元"成为了"名人"，以至于我出去采访说真名的时候很少人知道，要说了这个名字则受到追捧，还有人请去开讲座。

1993年11月，我因为参与筹建有线电视台和天威视讯离开了特区报。

特区报的11年是我人生中最重要的一段岁月，我的人生观、世界观都是在这个阶段里形成的，我分析问题、判断问题和处理问题的能力，也基本上都是得益于这11年的学习和训练，这让我受用一辈子，以至我后来经常讲，我在特区报学到的本领，都用在了有线台上了。

虽然我离开特区报已近20年，但我始终以记者这个职业为自豪，我的专业技术职称将永远定格在特区报时评定的"主任记者"。

（记录整理：林彦龙）

《深圳的斯芬克思之谜》的创作经过

□陈秉安（曾任《深圳风采》杂志副主编）

1990年的《深圳特区报》，连续近半年，每周用两个整版的篇幅刊出以深圳市委宣传部写作组名义创作的文章《深圳的斯芬克思之谜》，这个作品是我和胡戈、梁兆松三人合写的。当时的宣传部副部长倪元辂担任了策划、审定。我是主要的执笔人。文章刊出后，深圳的经验在全国引起了广泛的影响，成书后直接给邓小平同志。有人甚至说它影响到后来的南下深圳潮。

有朋友常问我是怎样被选中担这个大梁的？是不是当时《深圳特区报》推荐的？中间有什么联系？

事情虽然不能那么说，但要回忆起来，我会记住特区报的两个人：那就是叶剑眉大姐和社长区汇文。为什么呢？

我是1985年调入深圳的，起初，在市政府基建办的《深圳建筑丛书》当一个小编辑，我是个学文学的，对建筑不懂，很苦恼。是叶剑眉大姐发现了我，把我要到当时报社办的杂志《深圳风采》旗下，我才有了更好的角度和条件来关注广阔的深圳社会变革。

但是那时年轻，不太懂事，叶大姐常对我说："小陈，你的政治敏感性较强，应该多关心一下深圳的变化，做点积累，记点笔记，将来可以写大文章的。"这话对我的受益可以说直到今天。这以后，凡涉及有关市委的一些采访，叶大姐总是派我去。

有了同市委有关领导部门的一些接触后，我又碰到了一个好机会。

事情要从1989年底说起。因为大家都知道的原因，那个年代是个敏感时期，全世界都在关注中国的道路会不会再走下去？改革开放还会再搞吗？深圳是中国改革开放的排头兵，自然成了当时全中国乃至全世界关注的焦点。

深圳办特区快10年了，深圳究竟干了些什么？干得怎么样？什么叫做市场经济？市场经济是不是资本主义的？深圳干市场经济是不是变色了？这些问题，内地人民是很不清楚的。有个老革命到深圳看了回内地后，竟然逢人便说，深圳除了市委门上那杆旗还是红的外，全都变色了。

所以，当时深圳市委有个急迫的想法，就是要回答：深圳究竟在干什么？干得怎么样？应该尽快向全国人民说清楚，回答世界舆论对深圳的关注。但是，在此之前，向全国介绍深圳只局限在向中央和各省市领导人的汇报会，或者是经济专家开研讨会一类的场合。而各种媒体（主要是报纸、电台，当时电视节目还不多）对深圳的介绍往往又都是局部的、东麟西爪式的，还没有一个全面、有深度的介绍深圳的大文章。这样，写这样大文章的任务自然落在当时的深圳市委宣传部的身上。

恰在此时，我的一篇反映当时中国物价改革引起震荡的长篇报告文学《经商潮反思录》在《深圳特区报》连载，听说当时的宣传部长杨广慧，副部长倪元辂、吴松营三人都看过，觉得很有气势，有认识深度。于是决定搞一个长篇的报告文学，在《深圳特区报》上连载，把炮打响，趁此把深圳的影响推开到全国去。

这个事情宣传部指定由副部长倪元辂来抓，倪副部长对我很放手，说："写作组由你组班子，你点将谁就是谁。"后来很多人问我，写作组为什么单单点了梁兆松和胡戈呢？其实我是有考虑的。梁兆松长期生活在深圳，对特区从无到有的过程很了解；胡戈呢，是个学者型的才子，对政治和经济的理论有独到的见解。我呢，下笔稍强一点。三个人平时的关系就不错，搭在一起能取长补短，相得益彰。

下一步是要抽人了。梁兆松从文化局、胡戈从市委，很快抽到宣传部来集中。我当时有点困难，我所在特区报的《深圳风采》杂志才三个编辑：我、张晋、罗月娟，每月出一期，一个萝卜一个坑的，要抽人就要加重其他编辑的负担。当时的特区报社长区汇文和总编辑王荣山，还有《深圳风采》的主编佟家桓都很支持。区汇文还特地把我找去说："小陈（当时他们都叫我小陈），你这回是代表全深圳的笔杆子啊，别给特区报丢脸啊！"我说："区社长，你放心，我水平不够，勤奋还是有的！"他拍着我的肩说："好，相信你。争取拿个奖回来啊！"

那时候，西丽湖有个风景幽静的创作之家，宣传部就把我们三人"关"到那里去"隐蔽作业"，说是老婆来了也不准接待，一心一意写文章。

要讲当时的写作生活，也是蛮清苦的。普通的饭菜，宣传部也不给任何补助。大伙也不在乎，整天泡在文章里，一天下来，写得人都好像飘在空中，头重脚轻晕乎乎的（大概搞写作的人都有这个感觉吧）。但是进行得还算顺利，只是开始时在布局上遇到一些麻烦。我得多说几句。

写报告文学的人都知道，布局是件最难的事。深圳这么大，事情这么多，要反映深圳试验市场经济的10年过程，从哪儿写起呢？是按行业写，工业怎么样？科技怎么样……还是按事件写，物价是怎么改革的？人事是怎么改革的……我们拿不定主意。在此，我们应当感谢一位前辈，那就是报告文学的泰斗徐迟老师。他这时正好同《淮河边上的儿女》的作者陈登科在西丽湖疗养。每天黄昏之时，都喜欢到旁边的一条茅草丛生的小路上散步。我们早早吃了晚饭便在小路上等他。向他提起了布局的问题，他毫不思考就说："就按时间的顺序来写嘛，深圳的改革就是一步步逼出来的，你们就抓住那个'逼'字！"

真是一语顿开茅塞！

后来我们按时间的顺序，依照这个"逼"字（也就是历史给予改革开放的自然推动力）来写，果然又"顺"，又合乎历史的本来面目，作品在半年后基本成型了！

初稿拿给宣传部领导看，杨、倪、吴三位部长都表示：写得好，有气势！堪称佳作！决定在华富村附近的振兴宾馆继续进行加工。这时，倪元辂副部长又亲自操刀作了修改。终于在1990年初完工。

《深圳的斯芬克思之谜》的首发是在《深圳特区报》上刊登的，由资深编辑卢绍武、阮华先生出任责任编辑，每周拿出两个整版来刊载，每次七八千字，一连刊载了近半年。这在全国的大报上是极其少见的事，甚至听来有点不合新闻规律，但是那时的深圳就是这样做了，而且取得了极大成功。随着《深圳特区报》的传播，《深圳的斯芬克思之谜》传遍了大江南北，深圳的经验从此为全国人民所了解。不久，又由深圳海天出版社出版成书，在全国发行……

那时候，各地报纸介绍的是《深圳的斯芬克思之谜》；坐在火车上，广播中播的也是《深圳的斯芬克思之谜》……人们用兴奋的语调传播着一个名字：深圳，深圳！仿佛在黑暗中突然找到了延安的曙光一样（徐迟语）。

要说当时《深圳的斯芬克思之谜》传播有多广，举一例说明：我们三人到湖北武汉去讲学，负责讲座的朋友告诉我们说，武汉正在组织市民学习《深圳的斯芬克思之谜》，他说："我们就像当年向大寨取经一样，向你们学习！"他还告诉我们，在江汉一区之中，读《深圳的斯芬克思之谜》的市民就达三万多人！

深圳，鼓舞着正在苦苦追寻中国前途的全国人民尤其是大学生的心，不少目前还在深圳工作的朋友告诉我，当年他就是因为读了《深圳的斯芬克思之谜》后，才怀揣一本书，登上了来深圳的火车的！所以，有文化学者说，此后开始的上世纪90年代的南下潮，与《深圳的斯芬克思之谜》的广泛传播，有着不解的关系。

《深圳的斯芬克斯之谜》获得了1990~1991年中国作协优秀报告文学奖。图书发行25万册，为1991年全国十大畅销书之一。《深圳的斯芬克斯之谜》取得成功不是偶然的，除了各方面的支持配合外，最主要的原因是它有一个好时机。正如在接受英国路透社采访时我们表示的："中国人民希望改革开放的路能继续走下去，不要改变。这是我们的作品能够受到那么多人欢迎的原因！"

　　据原市委宣传部的朋友告诉我，在邓小平南巡前，曾送了10本《深圳的斯芬克斯之谜》去邓办。邓小平是不是看了这本书，他南巡讲话中的观点，尤其是关于社会主义也有市场，资本主义也有计划的说法，与《深圳的斯芬克斯之谜》所表达的思想有无关联，不敢断言。但如下一点是可以肯定的：2000年，我在北京见到邓林时，她告诉我说："没错，在我家，就有这本书。"

　　事过之后，深圳市委要给我们发奖，地点好像是在政协礼堂，除了奖状外，每人奖励200元，把我们三人高兴坏了。发完奖，我出门的时候正好碰到区汇文社长，他说："小陈啊，你果然拿奖啦！"我说："区社长，我的任务算完成了，明天上班吧。"他笑得一脸花："别急，我同老佟说一声，你为特区报立功了，再休息两天吧，哈哈哈……"

在这里，理想成真

□李佳琦（曾任《深圳特区报》经济部副主任）

人的一生可能会有很多理想，但我觉得，少年时的理想才是纯真的，不含任何的杂质，成年后的理想则更多像职业规划。而只有纯真的东西才能记于心底，成为一段美好的回忆。

我 12 岁的时候萌生了第一个理想，就是成为一名体育记者，走南闯北，笔墨江湖。这个梦想在其后几年不断膨胀，促使我上大学的时候一心读了新闻系，并有幸一毕业就踏进《深圳特区报》的大门。茫茫人海，有多少人有机会实现 12 岁时的少年梦？所以这段经历是我人生的重要里程。

记得 1989 年春节前，我从就读的武汉大学到《深圳特区报》求职。当时的深圳特区，是全国的热土，是逐梦之城，毕业之后到哪里去？"到深圳去"是许多毕业生的第一目标，我也融入了这股南下求职的滚滚人流中。

怀揣着个人简历、作品以及成绩单、奖状等等，还有满腔的新闻理想，我径直找到深圳特区报社，径直敲开了副总编辑陈锡添的办公室。

今天回想起来，那时当记者的心愿太强烈了，所以求职时全然忘了胆怯和紧张。所幸的是，锡添老总得知我是求职的学生后，热情地招呼我坐下。他仔细翻阅了我的实习作品，还耐心地听我讲完了自己的求职愿望。当时惟恐表现自己的东西不够，我还把武汉大学毕业纪念册也带上了，因为扉页上那一届的毕业献辞是我写的。我已记不清当时锡添老总问我的具体问题，但他对一个求职大学生的热情友好和言语间的儒雅气度，给我留下了深刻的印象，也给我新的信心，让我对记者这个职业更加憧憬。

新学期开学后，我一回到学校，继续写信给特区报，再次表达了我想进报社的愿望。让我惊喜的是，没过多久，我收到了陈锡添老总的一封回信，告诉我特区报已决定接收我，并鼓励我将来要好好工作。我从来没有想到能够收到报社老总的回信，迄今我还珍存着这封信。

我至今觉得，对一名大学毕业生来说，职业生涯起步时的经历影响一生。我对刚刚进入报社工作时所感受到的温情往事，一直感念在心。

记得刚刚进特区报的初期，我们大学生习惯称为宋阿姨的宋文竹阿姨，在礼拜天和逢年过节的时候，多次让我去她家里吃饺子，一顿饺子让远离父母又刚刚进入社会的我，感受到一股暖暖的温情。

还有我入行时的几位部主任，他们的认真和勤勉都对我影响至深。当时部主任和大家一起，都是在一间大办公室，一张和我这个小记者一样的办公桌。印象中任何时候我走进办公室，都能看到邓荣祥主任在伏案工作，他极为认真地处理我们交的每一篇稿件。遇到他对我写的比较满意的稿件，会不忘表扬几句："小李呀，这篇稿写得不错。"还有当时年轻的副主任傅建国，我们晚上上夜班，没有车回家，他就骑着摩托当车夫。

我刚分配到特区报要闻部时，老记者们都有了常年跑开的"线"，我这个刚入行的必须要开辟新的线和报道领域，这让人有点不知所措，但从另一个角度来讲，它逼得我每天必须"三勤"，即脚勤、手勤、脑勤，因为没有固定的线，反倒让我没有了框框，有点信马由缰的感觉，要么就到处转悠找线索，要么就钻图书室翻报纸找灵感。当时适逢共和国成立四十周年，深圳经济特区建立 10 个年头，特区报专门开辟了"深圳在改革开放中前进"的专栏，我自己就琢磨着，我能采写什么呢？我个人在特区报的第一篇重要稿件就是在这种心境之下酝酿采写发表的。

那篇稿件的标题是《十年回望绣成堆》，是我从杜牧诗《过华清宫》"长安回望绣成堆"得到灵感改写两字而成的。之所以采写这篇稿件，是我从踏进深圳的第一天起，首先给我深刻印象的就是这个年轻城市拔地而起的建筑物，其风格其特色反映了深圳的勃勃生机，这种景象是当时内地其他城市所无法体会到的。

虽然只是一个新记者的稿件，但稿件到了总编室后得到了高度重视，当天值班的副总编辑许兆焕亲自编辑了稿件，刊登在 1989 年 9 月 8 日《深圳特区报》一版。当时，我的一些在深圳而没有机会进入新闻单位的同学，见到我后说，看到印成铅字的"本报记者李佳琦"七个字，发了半天呆。可以感受到我们那批同学的新闻梦是多么强烈。要知道那时候的报纸版面少，只有 4 个版到 8 个版。新记者一到报社，就能出大稿，无疑给我打了一剂兴奋剂，仿佛有一个声音在告诉我："我可以做得好！"有了这个鼓励，我感到自己的新闻敏感、新闻胆量都豁然开朗。

时间马上到了 1990 年，我参加工作的第二年，适逢深圳特区成立十周年，报社为此策划了两篇全景式的万字长篇通讯：一篇是围绕深圳特区经济和改革方面的成就，另一篇则要反映深圳精神文明风貌。我没有想到，报社把采写精神文明风貌稿件的任务交给了我这个工作不足一年的年轻人！为了让稿件感染人，我穿梭于城市的街道之间，采写了不同背景到特区逐梦的人，感受他们的精神和梦想。这次采访，形成了后来刊发于《深圳特区报》的整版长篇通讯《筑魂》。1991年9月12日，我与钱汉江老总合作在特区报一版刊发了舆论监督报道——《觥筹交错谁做东——深圳公款吃喝扫描》。凭借着这篇报道，我荣获了当年的广东省好新闻奖一等奖。

最难忘的还有我幸运跟随现任《深圳特区报》总编辑陈寅参与了《晶报》的整个创刊过程，有幸和陈总一起起草了《晶报》的创刊词——"阳光媒体，非常新闻"的诞生，洋溢着理想主义的色彩，充满了激情创业的力量！

从全国凝聚了一批年轻的报人，在大家共同熬过的一个个不眠之夜，在创刊两个月内，报纸的零售量从2万多份迅速上升为26万份，写下了青春媒体的传奇和力量，我为这段经历感到骄傲。

我记忆中的特区报，就像当年深圳这座城市一样，是怀揣新闻梦想的年轻人逐梦的一片热土。她对满怀志向的年轻人敞开怀抱，创造机会，一视同仁。年轻人只要肯努力，肯付出，就有充分的机会担当重要采访，发挥所长、施展才干。而每一年毕业时节，当一批批大学生走进报社的时候，一股新的动力又注入并涌动着。

2001年底，由于机缘巧合我离开了报社，涉足了全新的工作领域。前后算起来，我在特区报工作十二年，在特区报这张青春的报纸上留下了青春的笔墨，实现了自己的新闻理想。多年来，这段美好记忆如影随行。

（记录整理：赵新明）

征与尘

深圳特区报30年往事记述

后 记

　　《征与尘——深圳特区报 30 年往事记述》编辑告竣，援例应有一些话要在此处表白。

　　《说文解字》曰："三十年为一世。"可见在中国传统文化中，"三十年"是一个大数字，因而受到特别的重视。今年是《深圳特区报》创刊 30 周年，去年报社编委会早就谋划，要编辑一套丛书来回顾和总结深圳特区报 30 年的历史与成就，这本《征与尘》就是最先被提上议事日程的丛书内容之一。

　　感谢那些"筚路蓝缕以启山林"的创业者，感谢报社的历届领导，他们有的热情接受报社年轻记者的采访，口述当年激情燃烧的岁月；有的不顾年老体衰亲自动手，写下特区报人的改革与创新。我们非常感动，年近八旬的江式高老师，对记者的整理稿改过一遍又一遍；我们无法忘却，抱恙的王荣山老总，用沙哑的嗓音在电话中与我们核实一个又一个细节……有的前辈，曾在书刊上发表过回顾特区报的文字；这次为了给《回忆录》供稿，又在原来的基础上删改补充、加工润色，那种认真仔细的态度，实在令人动容！

　　有的同事年纪不是很大，由于各种原因到了别的单位，但因为对特区报的深厚感情，接受了报社记者的约访。他们不仅在《征与尘》中细述自己的成长历程，而且表达出对特区报这个温馨家庭的眷恋——一位老记者说："特区报的十一年，是我人生中最重要的一段岁月。"我们想，这绝非是一个人的感受。

　　另外一小部分，是现报社在职人员，因为近年一些亲身的经历，希望为深圳特区报 30 年历史留一份见证，我们没有理由不玉成其事。

还有一件必须说明的事：报社编委会在部署编辑《征与尘》的时候，深切怀念已经过世的特区报最早三位老领导——张洪斌总编辑、罗妙社长、区汇文社长，专门安排记者采访熟悉熟情况的老前辈后，撰写纪念文章在《深圳特区报》发表。现将这三篇文章也收入本书。这好像不太符合《征与尘》的体例，但若没有记述这三位领导和前辈，对于《深圳特区报30年往事记述》来说，则是残缺的！

　　我们深切体会到，编辑《征与尘》是一次极好的学习过程。在精神和思想上的收获，自不待言；对于如何编辑类似的史料性书籍，我们也作了一些探索。如：书中有不同作者对同一事件的回忆，若只是细节不同，则不避重复，均予保留，以便读者互相参证；而于个别在现有资料情况下既不能证实、也不能证伪的关键性事件，则本着闻疑载疑的史学态度，存而不弃，以备后人考辨。这些作法，不知道大家能认同否。

　　由于我们学识浅陋，加上时间紧迫，书中错误在所难免，欢迎读者批评指正。

编者